W0396128

Thomas Schwandt
Störenfried

Thomas Schwandt

Störenfried

SWB Media Entertainment

Die Handlung und die handelnden Personen sind frei erfunden.
Jede Ähnlichkeit mit lebenden und bereits verstorbenen Personen ist zufällig.

Bibliografische Information der Deutschen Nationalbibliothek:
Die Deutsche Nationalbibliothek verzeichnet diese Publikation in der Deutschen Nationalbibliografie; detaillierte bibliografische Daten sind im Internet über http://dnb.d-nb.de abrufbar.

Veröffentlicht im Südwestbuch Verlag, einem Unternehmen der SWB Media Entertainment Jürgen Wagner, Waiblingen, November 2020

1. Auflage 2021
ISBN 978-3-96438-027-2

Lektorat: Anette Pröber, Rostock
Titelgestaltung: Dieter Borrmann, Kleve
Satz: SWB Media Entertainment
Druck, Verarbeitung: Booksfactory EU
Für den Druck des Buches wurde chlor- und säurefreies Papier verwendet.

www.suedwestbuch.de

Die Umstände gebären dich,
die Umstände töten dich.
Der Umstand dazwischen ist das Leben.

Kapitel 1

Closed. Das Pappschild hinter dem zugestaubten Türglas hing windschief im Rahmen. Gelblich-weiß schimmerten die Buchstaben auf dem vergilbten Grund. *Closed.* Mark Heidberger war schnurstracks auf die schmale Tür zugegangen. Er wollte Gewissheit. Über die ausgedörrte, verwesende Tankstelle.

Ausgangs der langgestreckten Rechtskurve, die er auf der texanischen County Road 1681 in nordwestlicher Richtung durchfuhr, tauchte sie plötzlich auf. Heidberger verlangsamte das Tempo. Mit dem blauen 3er BMW-Cabrio näherte er sich vorsichtig dem Gebäude, dessen verwitterter altweißer Anstrich in der Nachmittagssonne aufgefrischt leuchtete. Die Tankstelle war ein kompakter Flachbau. Rechterseits lag der Kassenraum. Zwei Glasausschnitte flankierten die Eingangstür. Auf der linken Seite schloss sich ein garagengroßes Nebengelass an mit einem breiten Fenster. Ein wuchtiger Dachvorbau hielt den Eingangsbereich im Schatten. Das Holzkonstrukt überspannte die Fahrspur bis hin zu den zwei Zapfsäulen, die auf einer schmalen, rot umrandeten Betoninsel thronten. Die schwarzen Tankschläuche hingen schlaff herunter, bildeten auf dem Boden auffällige Schlaufen.

Heidberger hatte das Verdeck des Cabrios versenkt. Die kantigen Schottersteine in der Auffahrt knirschten und ächzten unter den Reifen. Auf Höhe der Zapfsäulen stoppte er den Wagen. Aus dem schattigen Halt scannte Heidberger das Umfeld mit verkniffenen Augen. Lichtgeflutet schmerzte die Landschaft. Mannshohe Büsche umzingelten den trostlosen Ort. Hinter dem sperrigen Grün verlor sich das flache Land meilenweit in Kargheit. Fernab unterbrochen von buckligen Hügeln. Niemand war zu sehen.

Der träge schwülwarme Wind, der beim Fahren das Haar fönte, schlich um die Tankstelle, zerrte an den unzähligen, sich lösenden Farbfetzen. Ein feines Pfeifen hing unter dem Gebälk.

Heidberger schmeckte auf seinen Lippen die Trockenheit der späten Junitage in Texas. Er hatte sie unterschätzt. Die eineinhalb Liter Sprudelwasser, mit denen er am frühen Morgen von Houston aus gestartet war, verbrauchten sich schnell. Er hatte auch unterschätzt, auf einer Landstraße quer durch einen der Südstaaten der USA ist es sehr einsam. Hin und wieder signalisierte ein torbogenartiges Namensschild über einer Ranch-Zufahrt, dass der Landstrich nicht gänzlich von Bewohnern verwaist war.

Die Tankstelle am Ende der Rechtskurve, auf halber Strecke zwischen der Kleinstadt Nixon und der Nord-Süd-Road TX 123, erschien ihm für einen Augenblick wie eine Fata Morgana. Eine kalte Coke schob sich ins Bild. Je näher er dem Sehnsuchtsort kam, schwand jedoch die Gewissheit, eine Tankstelle anzusteuern, deren Betreiber auf Kunden hoffte.

Heidberger warf die Fahrertür kräftig zu. In der Absicht, bemerkt zu werden. Das dumpfe Zuklappen floh auf die Straße, ohne dass sich etwas rührte. Vom Wagen aus konnte er nicht erkennen, ob es noch einen Betreiber gab. Der triste Anblick des Ensembles verstärkte die Vermutung von Abwesenheit. Zum Beleg genügte er nicht. Der Verwesungsgrad von Holz, Farbe und Beton war zu wenig fortgeschritten, als dass alles Leben entwichen sein sollte.

Closed. Die sechs Buchstaben brannten wie Salz auf den trockenen Lippen. Heidberger spannte alle Muskeln, um sich abzuwenden und schnell zum Auto zurück zu gelangen. Bis zum Städtchen Seguin, der nächsten bedeutenden Ansiedlung von Menschen auf dem Weg nach Austin, waren noch mindestens 20 Meilen zu fahren. Irgendein unerklärlicher Reflex ließ ihn jedoch innehalten. Er griff mit der rechten Hand auf die kurze metallene Türklinke und drückte sie nach unten. Bedächtig, als gelte es beim Entschärfen eines Bombenzünders die geringste Erschütterung zu vermeiden. Widersetzte er sich dem Pappschild, weil das

Bedürfnis zu trinken alle anderen Denkreize verdrängte? Oder traute er dem klaren *Closed* nicht? Was absurd war. Welchen Grund sollte es geben, dem Ankömmling zu signalisieren, die Tankstelle sei geschlossen, wenn dem gar nicht so war? Ein Missverständnis vielleicht. Der Betreiber hatte lediglich vergessen, das Schild umzudrehen. *Open*. Heidberger dachte darüber nicht nach. Bis zum Anschlag senkte er die Klinke. Sofort löste sich die Tür und schwenkte nach innen. Hinter dem Glas schaukelte die Pappe. Der fahle Schatten von draußen schob sich vor ihm durch die Tür und zerfiel in dem lichtarmen Raum. Ein kleines sonnenerfülltes Fenster auf der gegenüberliegenden Wand blendete wie ein Tiefstrahler. Einige Augenblicke sah Heidberger nichts.

Paul Miller richtete sich ruckartig auf. Zugleich schwang er beide ausgestreckten Beine vom Tisch auf den Boden. Reaktionsschnell zu sein, das war ihm in seinem Polizisten-Job in Fleisch und Blut übergegangen. Bei gefährlichen Einsätzen konnte das Überleben davon abhängen. Er zuckte kurz und die rechte Hand klebte an der rechten Hüfte. Sie griff ins Leere. Die Dienstpistole, eine österreichische Glock, und seine Officer-Uniform lagerten an diesem Nachmittag zu Hause. Zivil gekleidet verzichtete er darauf, seinen privaten Revolver der Marke Smith & Wesson bei sich zu tragen. Er verstaute ihn zumeist im Handschuhfach seines metallic-blauen Ford Edge. Der bullige Wagen parkte hinter der Tankstelle. Miller, mit 46 Jahren im besten Mannesalter, war von leicht untersetzter, aber erstaunlich sportlich-drahtiger Statur. Er trug eine kakifarbene Leinenhose und ein über den Bund reichendes vielfarbiges Hawaii-Hemd. Auf das streng gescheitelte dunkelblonde Haar, welches erst über den kurzgeschorenen Seiten und den Nackenbereich ansetzte, hatte er eine Spiegelglas-Brille geschoben. Sie begleitete ihn stets auch im Dienst. Gut ein Drittel seines Gesichts verdeckend bildete sie ein Schutzschild. Nicht in die Augen des Officers sehen zu können, irritierte sein

Gegenüber. Weitgehend verborgen blieben zudem die auffallend sanften Gesichtszüge. Diese widerstrebten dem hartgesottenen Antlitz populärer Leinwand-Cops vom Schlage eines Tommy Lee Jones oder Charles Bronson.

Schon die Umrisse des unbekannten schmalschulterigen Typen vor der Tür hatten ihn elektrisiert. Er konnte sich nicht erinnern, wann zuletzt jemand an der brachen Tankstelle vorgefahren war und Anstalten machte, den Kassenraum zu betreten. Dieser besaß die bescheidenen Maße eines provinziellen Friseursalons. Sekunden später öffnete sich der Türflügel. Nur wenige Schritte entfernt musterte Miller detektivisch den Fremden. Er war nicht groß und sehr schlank. Zögerlich schritt er über die Schwelle. Sichtlich überrascht, jemanden anzutreffen. Miller erkannte eine dunkelgerahmte Nerdbrille. Sie verlieh dem Eintretenden etwas Jungenhaftes. Eine Wahrnehmung, die Miller kurz darauf in der ganzen Erscheinung bestätigt fand. In weißem T-Shirt, hellblauer Sommerhose und dunkelblauen Sneakern erweckte Heidberger den Eindruck eines unbeschwerten Teenagers nach geglücktem Highschool-Abschluss. Seine Schulzeit lag zehn Jahre zurück. Hin und wieder kokettierte er mit dem jüngeren Bild. Haftete diesem doch ein Bonus von Unschuld an. Im Kassenraum war es stickig-warm. Verbrauchte Luft kroch Heidberger in die Nase.

Miller fuhr den linken Ellenbogen aus. Er traf Lato Kadamskis rechten Oberarm. Kadamski hatte beide Arme auf die Tischplatte gestützt und sich in ein Erotik-Magazin vertieft. Er bemerkte Heidberger nicht. Nach dem seitlichen Rempler klappte er eilig das Hochglanzheft zu, als wäre er beim Lesen eines Geheimpapiers erwischt worden. Fragend sah er seinen Nebenmann an. Der schwieg. Kopfnickend wies er zur Tür. Kadamski drehte den Kopf in die angedeutete Richtung und stutzte. Im Türrahmen stand regungslos eine menschliche Figur. Ein junger Mann. Bedrohlich erschien er ihm nicht. So viel konnte er seinem ausgeprägten Instinkt vertrauen, Menschen schon nach kurzer Ansicht in ihren Wesenszügen zu deuten. In mehr als fünf Lebensjahrzehnten ist ihm selten eine Fehlanzeige unterlaufen. Er hatte in seiner frühen Zeit einige Semester Literaturwissenschaften an der Amerikanischen Universität in Washington D.C. studiert und sich intensiv mit der Skizzierung menschlicher Charaktere in der Dichtung beschäftigt. Er mochte es, Menschen zu lesen.

Heidberger starrte in die zwei Gesichter. Sie zeichneten nichts Verwegenes. Der am Tisch rechts sitzende Mann war unrasiert, sein längliches Gesicht erfuhr durch das straff nach hinten gelegte Haar und die preisgegebenen hohen Geheimratsecken ein scharfes Profil. Der eine im knalligen Hawaii-Hemd, der andere im türkisfarbenen T-Shirt. Sie passten nicht in die Szene, in den erstorbenen Kassenraum.

Den terrakottafarben gepinselten Wänden war das Farbleuchten vor Jahren verlorengegangen. Es gab einen zweiten Tisch rechts neben der Tür. Dichter Staub begrub die holzgemaserte Platte und die Sitzflächen von vier Stühlen. Ebenso abgestumpft dämmerte linkerhand der Tresen vor sich hin. In einer kleinen Vitrine lagen auf dem Boden verstreut tote Fliegen. Aus dem Glaskasten lachten einst womöglich frische Donuts die Kunden an, blitzte es in Heidbergers Fantasie auf. Staub hatte sich auch auf dem seit längerem unbenutzten Kaffeeautomaten an der Wand niedergelassen. Direkt daneben verrieten Schlieren um den Türgriff eines hohen Kühlschranks, dass dieser nicht durchgängig ignoriert worden war. Ob er noch funktionierte, ob er gar gekühlte Getränke enthielt, dies hatten offensichtlich schon andere, Durst verspürende Besucher zu erkunden versucht. Die altmodisch gewölbte Tür gab das Geheimnis nicht preis, ohne geöffnet zu werden.

Heidbergers Aufmerksamkeit wanderte zurück zu den Männern am Tisch. Jeder hatte eine Getränkedose vor sich stehen, der Langgesichtige eine Coke gewählt. Heidberger schnürte es die Kehle zu, er schluckte angestrengt. Mutterseelenallein zusammen mit zwei wildfremden älteren Typen in einer abgehalfterten Tankstelle inmitten von Texas. Unendlich kreiert der Zufall skurrile Situationen. Die gegenwärtige triefte vor Klischees. Sie würde fabelhaft taugen als poetischer Einstieg in jede Reportage aus dem Land der unbegrenzten Möglichkeiten. Unvermittelt erlebte sie der junge Journalist aus Deutschland und beneidete sich in diesem Moment selbst. Die Kehle blieb zugeschnürt.

Dabei begegneten ihm keine düsteren Blicke, eher erstaunte, abtastende, misstrauische. Was Menschen im Schilde führen, wie sie ticken, welche Absichten sie hegen, wie gut oder böse sie sind, ist die große Unbekannte in der Formel vom Menschen. Aufgelöst wird sie einzig durch die Tat.

„Hey Mann, ich hoffe, du bist nicht auf dem letzten Tropfen gefahren. Sprit ist hier nämlich nicht zu holen." Miller hatte sich entspannt zurückgelehnt und lässig die Arme vor der Brust verschränkt. Der Knabe an der Tür verhielt sich uninspiriert. Keine Gefahr.

„So ist es nicht", antwortete Heidberger abwehrend. Als müsste er sich entschuldigen, Millers Vermutung genährt zu haben. Er sprach gutes Englisch. Die bleibende Mitgift eines Schüleraustauschjahres. Er verbrachte es in Leicester im Herzen Großbritanniens. Bei einer netten Familie. Gastvater Liam betrieb einen Weinhandel und verlor regelmäßig verbal die Contenance, wenn er in deftigem britischem Slang seinen Lieblingsfußballklub Leicester City überschwänglich bejubelte oder sich maßlos über vergeigte Spiele ereiferte.

„Was führt dich dann zu uns?", hakte Miller ein. Kadamski lehnte sich jetzt ebenfalls zurück. Seine rechte Hand umklammerte das zur Rolle verdrehte Erotik-Heft.

Heidberger packte das atmosphärische Empfinden, in den Raum eingedrungen zu sein, statt ihn als Kunde zu betreten. Offenkundig erwarteten die Zwei am Tisch niemanden. Logierten sie in der verwaisten Tankstelle? War diese ihnen Zufluchtsort? Oder auch nur zufälliger Rastplatz? Ein Wagen war ihm draußen nicht aufgefallen. Er schwankte. Es wäre die Sache eines Sekundenschlags, bye, bye zu sagen, auf der Sohle kehrtzumachen, den BMW zu starten und davonzufahren. Eiligst raus aus der überraschenden wie unklaren Szene. Der County Road 1681 musste er nur weiter folgen in nordwestliche Richtung. Sie würde ihn führen, auch wenn manche sanfte Kurve erst hinter einem langen flachen Anstieg ihren weiteren Verlauf preisgab. Doch konnte er die Amerikaner, die nicht unfreundlich auf die plötzliche Begegnung mit ihm reagierten, mit einer unbeantworteten Frage einfach so sitzen lassen? Und ihn plagte Durst.

„Ich habe keinen Tropfen Wasser mehr." Kaum hatte er den Satz beendet, war er mitten in der Reportage. Ein klassischer Plot. Im trockenen Texas trifft dürstender Fremder auf zwei verdutzte Einheimische. Alles ist möglich.

„Damit scherzt man hier draußen nicht", knurrte Kadamski. „Du bist also nicht aus der Gegend?"

„Nein, überhaupt nicht. Ich komme aus Deutschland." Heidberger rührte sich nicht vom Fleck. Ohne danach gefragt worden zu sein, fügte er hinzu: „Ich bin auf dem Weg nach Austin."

„Da sind wir ja für dich sowas wie ein Glücksumstand." Miller schob seinen Oberkörper nach vorn. Er stützte den linken Ellenbogen auf und winkte lässig mit der Linken den unverhofften Gast heran. „Setz dich." Im gleichen Moment stand er auf und machte einen Schritt auf den hohen Kühlschrank zu. „Budweiser oder Coke? Mehr Auswahl ist nicht."

„Coke", erwiderte Heidberger und hatte den Tisch schon erreicht.

Der Kühlschrank blieb trotz geöffneter Tür unbeleuchtet. Er schien kaputt. Im Innern, wo kein einziger Einschub mehr vorhanden war, erkannte Heidberger eine tragbare Kühlbox. Wie cool war das denn? Eine temperierte Schatzkiste in einem wärmegedämmten Getränketresor.

Kurz darauf klappte die dicke Tür zu und Miller drehte sich um. Da Heidberger noch nicht saß, standen sie sich unversehens gegenüber. In der Größe gab es keinen Unterschied. Millers sanfte braune Augen signalisierten wohlmeinendes Interesse sich bekanntzumachen. Er reichte Heidberger die Cola-Dose hin.

„Aus Deutschland, sagst du, bist du herübergekommen. Woher genau?"

Kadamski rückte an den Tisch zurück. Das Magazin hatte er beifällig auf den Boden gleiten lassen. Der junge Deutsche entsprach so gar nicht den Germans aus Ostdeutschland in seiner Erinnerung. Vor gut 30 Jahren verdingte er sich für einige Wochen als Observer auf einem Fischereitrawler aus der DDR, überwachte dessen Fänge im US-Schelf. Die Jungs waren raubeinige Kerle und trinkfest. Keine Sneakers-Träger.

„Ich lebe und arbeite in Berlin, als Reporter." Heidberger setzte sich Kadamski gegenüber. Der sah deutlich älter aus als sein Nebenmann, umwoben vom Charme eines Freigeistes. Drei-Tage-Bart, dunkles, streng nach hinten gezogenes Haar, wo es in einem kurzen Zopf zusammengehalten wurde, samt-knurrige Stimme. Heidberger spürte sofort eine träumerische Nähe. „Ich heiße Mark, wie die Deutsche Mark."

„Mit einer eigenen Währung können wir nicht dienen." Miller verzog den Mund zu einem flüchtigen Grinsen. „Ich bin Paul." Der rechte Zeigefinger berührte seine Brust und flog sodann in Richtung Kadamski. „Und das ist Lato." Dem Angezeigten blieb keine Chance, sich selbst vorzustellen. Ihm missfiel Millers Mitteilungseifer.

„Hello Mark." Lato hob seine Cola-Dose. Sie prosteten einander zu.

„Nach Austin geht die Reise. Wo bist du denn an Land gegangen?" Paul konnte sich keinen Reim darauf machen, warum es den Deutschen auf die gottverlassene County Road 1681 verschlagen hatte, wollte er doch nach Austin. Dorthin gelangte man auf belebteren Routen. Ohne Durststrecke.

„Ich habe einen günstigen Flug nach Houston erwischt. Den Mietwagen am Airport gab's obendrauf zum Aktionspreis."

„Von Houston, und da kurvst du über die 1681?" Miller war jetzt der ortskundige Polizist.

Kadamski ließ von der Cola ab und blickte neugierig herüber.

Wie sollte er es erklären und sollte er erklären, wie es war? Heidberger wusste selbst keine plausible Antwort. Dazu müsste er erst jeden Winkel seines Ichs ausgelotet haben. Soweit war er noch nicht. Er befand sich auf der Flucht. Im einst von den Europäern eroberten Land suchte er in der uneroberten Einsamkeit der Weiten einen Weg zu finden. Zu sich selbst. In Deutschland hatte es ihn von der Piste geschleudert.

Kapitel 2

Sechs Wochen zuvor in Berlin. Im Fahrstuhl, der Mark Heidberger in die 5. Etage, in das Redaktionsheiligtum des Info-Magazins „Echo“ beförderte, hielt er es an diesem Tag nur schwer aus. Am ersten Mittwoch des Monats. Mehrere Stapel druckfrischer „Echo“-Ausgaben lagen auf dem Pantry-Tresen. Wenige Schritte hinter der breiten Glastür, die den Etagenflur vom großflächigen Arbeitsraum der Journalisten trennte. Jeder vorbeiposende Redakteur, jede hereinschneiende Redakteurin griff sich am Erscheinungstag mindestens eines der 120 Seiten starken Exemplare.

Heidberger sprang aus dem Lift, kaum dass die Schiebetür zur Hälfte den Zutritt zur 5. Etage freigegeben hatte. Eine euphorische Ungeduld beschleunigte seine Schritte. War am ersten Mittwoch des Monats eine der blattprägenden Reportagen mit der Autorenzeile *Mark Heidberger* versehen, übermannte ihn die Ungeduld vollkommen. Endlich schwarz auf weiß, Zeile für Zeile gedruckt zu sehen, was er an erzählerischen Formulierungen, gedrechselten Wörtern, skizzierten Bildern und szeneastischen Beschreibungen in eine Word-Datei gespeist hatte. Sein Werk akzeptierte er erst in Druckerschwärze. Dann fühlte es sich wertig an. Dann konnte es gegenständlich wahrgenommen werden, von den „Echo“-Lesern, von den wenigen Freunden und von den nicht wenigen Neidern. Aber vor allem von denen, die alljährlich darüber befanden, welchem Journalisten welcher Journalistenpreis zuerkannt werden sollte. Einige der von der schreibenden Zunft als Ritterschlag gehandelten Auszeichnungen waren bereits mit Heidbergers Namen verbunden.

Am Tresen schnappte er sich drei der 2018er Mai-Hefte und marschierte in Richtung seines Schreibtisches. Dieser war ihm, dem festen freien Mitarbeiter, vor drei Jahren zugewiesen worden, abseits des Newsdesks und der zentralen Arbeitsplätze der „Echo"-Matadore. In der Nische mit Blickachse zum Büro des Chefredakteurs fühlte sich Heidberger nicht unwohl. Er wurde häufig übergangen, blieb weitgehend unbehelligt. Dafür sah er frühzeitig, wann jemand auf ihn zusteuerte und wer sich beim Chef Vincent Probst die Klinke in die Hand gab. An diesem späten Mittwochmorgen ignorierte er beides. Hastig durchblätterte er das jungfräuliche Heft. Unberührt aneinander haftende Seiten lösten sich widerspenstig. Dabei setzte sich der unverwechselbare Duft von bedrucktem Papier frei. Heidberger hielt auf Seite 32 inne.

Mit marktschreierischen Lettern war die mehrseitige Reportage übertitelt. *Kokain in Babywindeln*. Darin schildert Heidberger eine wenig bekannte, eine der pervertiertesten Spielarten von Rauschgiftschmuggel. An der Trennlinie Mexikos zum US-Bundesstaat Texas. In der Stadt Ciudad Acuna betreibt ein skrupelloser Haufen von Heranwachsenden unter dem Radar der mächtigen Kokain-Kartelle einen eigenen Drogenhandel, hinüber nach Del Rio auf der anderen Seite des Rio Grande. Deutlich geringer in den Mengen, keinen Deut geringer in der brutalen Regie. Juan Forsena, ein 19-jähriger Schulabbrecher, der unauffällig als Handlanger in einer Autowerkstatt arbeitet, hatte vor zwei Jahren ein halbes Dutzend engste Kumpane um sich geschart. Herumstreuner, allesamt ohne Job. Da sie es nicht schafften, der Trostlosigkeit Ciudad Acunas zu entfliehen, flüchteten sie ins kriminelle Fach. Juan schraubte lediglich zum Schein. Für sich und seine Gang machte er Dollars aus Drogen. Unfreiwillig war er seinem älteren Bruder Benito in das Gewerbe gefolgt.

Benito hatte nach der Schule Ciudad Acuna verlassen. Weit kam er nicht. Er verhedderte sich im vielzweigigen Machtgeflecht des El-Capitano-Kartells. Wie in einem Spinnennetz, dem zu entrinnen unmöglich ist. Sein Schicksal besiegelte eine eskalierende Bandenfehde mit dem Suarez-Clan. Dieser verstieg sich dazu, dem Konkurrenten El Capitano besonders profitable Marktanteile in den USA abzujagen. Das Letzte, was Juan vom Bruder hörte, ging durch alle Nachrichtensendungen in Mexiko. Im Bundesstaat Baja California war die Polizei auf eine Müllhalde gerufen worden, wo inmitten einer Berglandschaft aus Unrat zwölf enthauptete Leichen verwesten. Die zwei weiblichen und zehn männlichen Körper lagen kreuz und quer übereinander. Die Köpfe hatten die Mörder wahllos in das Gelände gekegelt. Es beanspruchte einige Wochen, bis die grausigen Reliquien einer Entartung den Opfern zugeordnet und diese identifiziert waren. Darunter Benito Forsena.

Seitdem ist Juan von einem alles zermalmenden Gedanken beseelt. Den Bruder zu rächen. Er entschied sich für einen langwierigen Weg. Einen in der organisierten Kriminalität Lateinamerikas typischen, nahezu gesetzmäßigen. Scheinbar ewig unantastbare Drogenbosse werden eines Tages von jüngeren Rivalen in Rente oder gleich in die Hölle geschickt. Juan befolgte das Muster konsequent. Um Benitos Mörder eines Tages sicher zur Strecke bringen zu können, durfte er dem Suarez-Clan nicht zu früh in die Quere kommen und musste gleichzeitig eine ebenbürtige eigene Bandenstruktur erschaffen.

Ciudad Acuna am Rio Grande wurde von den Kartellen gemieden. Zu übersichtlich der tägliche Grenzverkehr, und damit zu hoch das Risiko für größere Kokaintransfers. Juan erkannte die Chance. Beschränkte, selten entdeckte Mengen füllen ebenso die Kasse. Gleichsam heikel war es, an den aufmerksamen US-Beamten vorbei die heiße Ware jenseits des Flusses anzulanden. Juan brachte ein grellroter Kinderwagen auf die Idee mit den jungen Müttern. Auf die Idee mit den Babywindeln. Deren Bestimmung bildete eine emotionale Tarnung, eine perfekte Schutzzone. Welcher Grenzpolizist würde jegliche Hemmungen abstreifen und einem schlafenden Kleinkind die Windel unter dem Po wegziehen? Eher verzichtete er mutmaßlich, im zivilisatorischen Innern darauf vertrauend, die Gegenseite bewahrte sich einen Restposten an Anstand.

Im mexikanischen Drogengeschäft existiert keine Moral.

Stolze Mütter von Neugeborenen in Ciudad Acuna wurden gefügig gemacht mit dem Kidnapping der Väter. Ihnen blieb keine Wahl. Die Botschaft, die Juans verruchte Jungkerle überbrachten, las sich unmissverständlich. Mit 300 Gramm Kokain gefüllte Päckchen, versteckt in präparierten Windeln, über die Grenze zu bringen, bewahrte die entführten Ehemänner davor, von ihren Hoden getrennt zu werden. Bereits ein abgeschnittenes Exemplar, wie es einer sich weigernden Mamá in einer kleinen Pralinenschachtel zugestellt worden war, brach jede Widerspenstigkeit.

Die unglückseligen Mütter überquerten mit der Border Crossing Card und ihren im Autofond schlummernden Babies problemlos die Grenze zu den USA. Über die International Bridge passierten sie den erhabenen Rio Grande. Das nördliche Ufer hinter sich lassend empfing die Frauen nach gut 700 Metern Del Rios „Port of Entry". Auf sechs Fahrspuren schoben sich in den Morgenstunden unzählige Pkw Stoßstange an Stoßstange durch den Kontrollpunkt der US Border Patrol. Mehrere leicht gewölbte, an ihren Rändern übereinander gelappte Dachschalen verliehen dem beigefarbenen Flachbau die Anmutung eines riesigen Schalentiers. Sehr häufig traten weibliche Kontrolleure an die Autos heran und ließen sich die Grenzübergangskarte zeigen. Das BCC-Visum erlaubte Mexikanern die kurzzeitige Einreise. Die Babies berührte das nicht. Sie schliefen.

Über den Texas State Highway 239 führte die weitere Route direkt hinein in das Städtchen Del Rio. Nach etwa sechs Kilometern bogen die Frauen von der Gibbs-Street links in die Avenue E, kurz darauf parkten sie vor dem ersten großen

Supermarkt auf amerikanischer Seite. Das Wechseln der Windeln vollzog sich rasch. Begleitet von der Sorge, die Babies begännen zu schreien. Jedes auffällige Geräusch konnte unerwünschte Aufmerksamkeit erregen. Die vermeintlich vollgenässten, vollgekackten Windeln landeten neben einem bestimmten Müllbehälter. Von dem dunkelblauen Plastikkorpus zogen die prallbusigen Kuriere jedes Mal einen frisch angebrachten Aufkleber mit dem Konterfei von *Uncle Sam*. Die Quittung. *Uncle Sam* garantierte die Unversehrtheit der Hoden ihrer Männer. Aus einem nahen Auto beobachteten halb erwachsene, schnöselige Amerikaner die Mexikanerinnen. Sobald diese vom Parkplatz rollten, sammelten die Dealer die Windelpacken ein. Den Stoff vertickten sie kleinportioniert an diversen Treffs unweit von Clubs, Fast-Food-Restaurants und Schulen.

Mark Heidberger hatte eine der Mexikanerinnen getroffen. Zu ihrem Schutz nannte er sie in der Reportage schlicht Maria. Sie lebt in einfachen Verhältnissen mit ihrem Neugeborenen und dem Kindesvater Leon. Er verdingt sich als Fahrer für einen mobilen Food-Lieferanten. Von den vielen Touren im 130.000 Einwohner beherbergenden Ciudad Acuna kam er eines Tages nicht zurück. In der Nachbarschaft erzählte sie, Leon wäre für zwei Wochen zu Verwandten in den Süden gefahren. Eines Familienfestes wegen. In dieser Zeit steuerte sie viermal den Parkplatz vor dem Supermarkt in Del Rio an. Beim letzten Grenzübertritt blickte sie unerwartet nach den vorherigen zwei Fahrten in das Gesicht ein und derselben US-Beamtin. In deren weiche Latino-Züge hatte sich jetzt eine diensteifrige Festigkeit verfangen. Sie sah erst nach hinten zu dem schlafenden Baby und fragte Maria dann, die Augenbrauen streng gewinkelt, warum sie allein und mit einem Kleinkind so häufig in die USA einreiste. Maria berichtete, ohne in ihrer Miene eine Unsicherheit preiszugeben, von einem Kinderarzt. Den konsultiere sie, weil die Kleine an einer seltenen Verdauungsstörung leide. Die Beamtin drehte den Kopf erneut zu dem Baby hin. Ein fürsorgliches Strahlen blitzte in ihren Augen auf. Nach der Adresse und dem Namen des Arztes fragte sie nicht.

Dann war es vorbei. Leon tauchte auf. Unversehens, wie er verschwunden war. Unversehrt. Er sprach nicht von der angedrohten Schmach. Wozu Maria zu Willen sein musste, war ihm schnell klar geworden. Die von den Entführern angedeutete Gefälligkeit bezog sich nicht auf Sex. Den konnten sie sich in Ciudad Acuna anders beschaffen. Er wollte auch keine Details von Maria wissen. Das junge Paar schwieg. Glücklich und verängstigt. Maria wechselte die Windeln und hoffte, die Wochen und Monate bis zur letzten unbehelligt zu überstehen. Begegnete ihr auf der Straße eine Schwangere, beschleunigte sie den Gang.

Mark Heidberger erzählte Chefredakteur Probst, die Geschichte habe er zufällig von einer mexikanischen Studentin erfahren. An der Freien Universität bei einem Solidaritätshappening für mittelamerikanische Flüchtlingskinder in ihrer Heimat wäre er mit ihr ins Gespräch gekommen. Unvermeidlich redeten sie auch über die Drogenkriminalität in der Grenzregion zu den USA. Tausende Tote zeichnete diese jährlich. Das schauderhafte Phänomen füllte regelmäßig die Gazetten rund um den Globus. Die Betroffenheit über den alltäglichen Krieg im offiziellen Frieden wurde mit jeder neuen Pressezeile stumpfer. Heidberger wusste, wollte er bei Probst landen, musste er in einer Story von der Drogenfront den Betroffenheitsgrad extrem schärfen.

Zuletzt war ihm das gelungen in einer Reportage zum Flüchtlingsdrama auf dem Mittelmeer. Im italienischen Lampedusa lief ihm ein sechsjähriges Mädchen aus dem Irak in die Arme und hielt ihm stolz einen abgegriffenen gefalteten Papierbogen entgegen. Ein Brief an die deutsche Bundeskanzlerin. Verfasst in holprigem Englisch. Darin bat die in einem Auffanglager gestrandete

Schülerin die Kanzlerin, sie möge es ihr und ihrer Familie erlauben, nach Deutschland zu kommen und dort ein neues Leben zu beginnen. Sie versprach, in der Schule fleißig zu lernen und jede gute Note der Kanzlerin zu widmen. Heidberger brachte der im „Echo" veröffentlichte Text den renommierten Alf-Stegner-Preis für humanistisches Wirken ein. In den einschlägigen deutschen Medien kritzelten Journalistenkollegen gerührt, begeistert, bewundernd, wohlwollend und neidgeplagt Lobeshymnen ins Feuilleton. Er genoss die mediale Salbung. Von der Spezies Moderatoren öffentlich-rechtlicher Fernsehsender schilderten einige die Geschichte vom Flüchtlingskind und dem Bittschreiben in ergriffener Pose. Die Stimme bebte vernehmlich, emotionsbeschwerte Blicke trafen auf die Kameraoptik, trafen die Zuschauer. Heidberger verachtete diese moralische Aufwallung. Seine thematisch und menschlich auf die Spitze getriebenen Reportagen waren fundamentaler Teil eines Karriereplans. Er sah sich zu einem der gefragtesten und gefeierten Journalisten im Land aufsteigen. Bestbezahlt. Preisgekrönt.

Am Gymnasium in Berlin hatte er Gefallen daran gefunden, „schöne Sätze zu formulieren", wie er in seinen wiederkehrenden Dankesreden bei Preisverleihungen gern herausstellte. Vielmehr noch beeindruckte ihn die Wirkmächtigkeit außergewöhnlicher Lebensgeschichten, gekleidet in „wohlfeile und spannende Wortläufe". Noch Jahre nach dem Abitur kursierte am Gymnasium einer seiner Aufsätze durch den Deutschunterricht, den Nachfolgern zum formidablen Beispiel erhoben. Darin erzählte er das Schicksal eines Teenagers aus seinem Kiez in Stadtmitte. Dem 16-Jährigen hatte es bei einem unbedachten Kopfsprung in einen flachen Waldsee bei Berlin den 4. und 5. Halswirbel zertrümmert. Ecki, so anonymisierte er den Altersgefährten, stilisierte Heidberger zum stillen Helden. Dieser haderte nicht, entdeckte für sich die Mundmalerei, wirbelte die Handicap-Kunstszene auf. Bestaunt und beklatscht. So passte die Reportageübung, so kam sie an. In Wirklichkeit ging der verletzte junge Mann alias Ecki binnen zweier Jahre ein wie eine Primel. Das wäre ein anderer Aufsatz geworden. Unbestaunt und unbeklatscht.

Heidbergers Eltern hielten wenig, im Grunde gar nichts davon, dass ihr einziger Sprössling im Zeitenstrom mitzuschwimmen gedachte und irgendetwas mit Medien machen wollte. Beide arbeiteten in gut dotierten Jobs in der Berliner Senatsverwaltung beziehungsweise im Bundesministerium für Wirtschaft. Zuweilen behelligten Zeitungsleute den zu verwaltenden Behördenalltag. Mit telefonischen Anfragen oder in Pressekonferenzen ihrer Chefs. Ab Mitte der Nullerjahre beobachteten sie anfänglich neugierig, später mit wachsender Skepsis, wie der altehrwürdige Printjournalismus vom digitalen Universum aufgesogen wurde und darin zerbröselte. Die Redaktionen auf unterer Ebene erodierten, die verbliebenen Journalisten reduzierten immer häufiger ihr Werk darauf, eingehende Pressemitteilungen zu verwerten und Agenturberichte aufzubereiten. Blasse Texte füllten zunehmend die Seiten lokaler und regionaler Blätter. Heidbergers Eltern stellten ihn vor die Wahl, vom siechenden Journalismus die Finger zu lassen und dafür in einem akzeptierten Fach üppig alimentiert zu werden. Er entschied sich für Politikwissenschaften und die Knete.

Die Abkehr vom Schreiben währte nicht lange. An einem lauen Juli-Abend, das zweite Semester an der Berliner Universität war abgehakt, traf Heidberger beim Sommerfest der SPD-Bundestagsfraktion auf einen langjährigen Schulfreund. Ihre Beziehung gründete mehr auf dem zufälligen Umstand, seit der Grundschule die gleichen Klassenkameraden geteilt zu haben, als auf freundschaftliche Zuneigung. Nach dem Abitur verlor sich der Kontakt ohne ein Bedauern. Sie begrüßten einander dennoch erfreut. Einst unbedeutend gebliebene Wegbegleiter erfahren mit den Jahren an Bedeutung. Sie sind eine nicht wegzuretuschierende Konstante des sich verklärenden Erinnerungsbildes. Linus hatte in der SPD-Fraktionsspitze eine Referentenstelle ergattert. Was Heidberger wenig aufregend empfand. Bis zu dem Moment, da sich ein strahlender Mittvierziger mit krausem schulterlangem Haar und silbrigem Drei-Tage-Bart zu ihnen gesellte. Linus kannte diesen Gast offensichtlich gut. Er reichte ihm vertraut die Hand und stellte ihn vor. Vincent Probst war damals Parlamentskorrespondent des „Echo". Heidberger elektrisierte der unverhoffte Moment. Einem der angesagten Journalisten im Berliner Medienbetrieb, mit dem sich die quotenträchtigsten Polit-Talks gern schmückten, konnte und wollte er seine unbefriedigte Gabe und Gier zum Schreiben nicht vorenthalten. Probst hörte höflich zu, bemerkte aber schon bald, dass dieser junge Mann nicht oberflächlich daherredete wie die meisten seiner Artgenossen der Irgendetwas-mit-Medien-Generation. Die menschelnde Geschichte über den mundmalenden Rollstuhl-Teenager passte genau in die Spur, in der sich das Info-Magazin anschickte, vom reinen Nachrichten-Versprühen wegzukommen. Hungrige und obendrein sehr flexible freie Mitarbeiter sollten für die nötigen Stories sorgen.

Der „Echo"-Korrespondent steckte Heidberger eine Visitenkarte zu mit der unverfälscht geäußerten Bitte, er möge baldigst in der Redaktion vorbeischauen. Dann entschwand er im Gästegemenge aus Sehen und Gesehenwerden. Der Moment verglühte einer Sternschnuppe gleich. Der Politik-Student erfüllte sich seinen Wunsch zwei Tage später, er schmiss das Studium hin.

Heidberger überflog die fünf Seiten füllende Reportage *Kokain in Babywindeln*. Niemand mehr hatte im redaktionellen Endspurt in den Text hineinredigiert, an Überschrift, Zwischenzeilen und Bildtexten etwas geändert. Er bemerkte nicht, dass Dorothea Hallali an seinen Schreibtisch herangetreten war. Die

Reporterin zählte zu einer Handvoll „Echo“-Redakteuren, deren Bekanntheit über die angestammte Leserschaft des Magazins hinausreichte. Ihr narzisstischer Geltungsdrang half ihr frühzeitig zu erkennen, in die vorderen Reihen publizistischer Wahrnehmung gelangte am schnellsten und ohne genügende Eignungsgewähr, wer sich selbst nach vorne stellte. Verwüsteten linksextreme Plünderertrupps ganze Geschäftszeilen in Hamburg, brüllten Pegida-Demonstranten in Dresden die Kanzlerin weg oder erging in einem Mädchenmord-Prozess gegen einen aus dem afghanischen Mittelaltermilieu sich nach Europa verirrten jungen Mann in Freiburg das Urteil, flugs machte sich Hallali auf den Weg und berichtete von auswärts. Zum tierischen Unbehagen ihres Hundes, einem treumütigen Berner Senn. Er fraß regelmäßig den übervollen Futternapf binnen kurzer Zeit leer und darbte anschließend bis zu Frauchens Rückkehr. Hallali, von Heidberger wegen ihres bräunlichen Teints kurz Doha genannt, berichtete schnell. Sie versorgte die Online-Redaktion live. Mit Selfie-Videoclips. Bedeutungsschwer blickend und unterschwellig grinsend positionierte sie ihr Konterfei jedes Mal auffällig dominant auf der Bildfläche. Dahinter, nahe genug dran, tobte das Geschehen. Das Gesicht brannte sich ein.

„Hi Mark.“

Heidberger zuckte zusammen und unterdrückte den Reflex sogleich. Dohas Stimme surrte vertraut. Er mochte Hallali nicht sonderlich, doch anerkannte er ihre teflonfeste Selbstbehauptung, dem breiigen Journalistenpulk in deutschen Landen zu enteilen und in einer überschaubaren Spitzengruppe mitzufahren. Er sah in ihr das weibliche Pendant seiner selbst.

„Hallo Doha.“

„Tolle Geschichte.“ Hallali setzte mit der rechten Pohälfte auf der zugewandten Schreibtischseite auf. Sie verschränkte die Arme und beugte sich zu Heidberger hin.

„Da dürfte sich deiner Trophäensammlung demnächst eine weitere hinzugesellen." Ihre braunen Augen, sonst sanftmütig irreführend, blitzten kurz. Sie lächelte. Angestrengt suchte sie in der Spreizung ihrer schmalen Lippen die Balance zwischen unterkühltem Schmunzeln und freudvollem Schmachten. „Zählst du sie noch?"

„Hey, übertreib' mal nicht. Das Gleiche könnte ich dich fragen."

Doha richtete sich auf.

„Komm, du spekulierst bei jeder Geschichte dieses Kalibers mit einem Lorbeerkranz. Für die Kokain-Windeln, da wette ich, wird sich irgendein Preiskomitee erwärmen. Ich gönn's dir." Hallali wuppte sich vom Tisch.

„Irgendein Preiskomitee wird sich erwärmen", wiederholte Heidberger leicht angesäuert, „und wenn schon. Mir liegt mehr daran, dass die Welt von solchen skrupellosen Geschäften erfährt."

Doha warf ihr mittellanges schwarzes Haar nach hinten. Schnippisch wirkte das, und das war es auch.

„Lass gut sein Mark." Ihre Stimme klang jetzt eindringlich. „Du weißt es und ich weiß es. Exakt diese Frontberichte befördern uns auf die Magazinseiten und auf Siegerlisten. Im Grunde müssten wir dem Elend der Welt dankbar sein für den nicht ausgehenden Stoff, an dem sich unsere Chefs und die Preisverleiher unentwegt berauschen."

„Hast du heute deinen Sarkastischen?" Heidberger wunderte sich. Doha schwamm seit Jahren auf dieser Welle mit. Er vermutete, sie war geradewegs aus dem Büro des Chefredakteurs gekommen und bei ihm mit einem Thema abgeblitzt. Seit längerem versuchte sie hartnäckig, eine Hunde-Story zu platzieren. Probst witterte darin keinen Preis. Der Daumen blieb unten.

Hallali antwortete Heidberger mit einer abfälligen Handbewegung. Den Stinkefinger fuhr sie nicht aus. Sie ließ den Kollegen sitzen.

Im Verlauf des Nachmittags erhob sich hektisches Treiben am Newsdesk. Die Onliner verwerteten eingehende Nachrichten und hebelten redaktionelle Beiträge für die nächste Druckausgabe vorab ins Netz und hinter die Bezahlschranke. Bei den Blattmachern stauten sich abgelieferte Texte, die ersten Wehen vor dem wöchentlichen Drucktermin setzten ein.

Vincent Probst zog den Aufgussbeutel seines obligatorischen 15-Uhr-Mate-Tees aus dem hitzebeständigen Henkelglas. Zu dieser Stunde checkte er seinen E-Mail-Account auf Mitteilungen der „Echo"-Korrespondenten in Nord- und Lateinamerika. Hinter dem Atlantik fielen die morgendlichen Sonnenstrahlen fünf bis sechs Stunden nach dem Berliner Tageserwachen durch die Bürofenster. Peter Bogdan in New York hatte in die Betreffzeile ein einziges Wort vermerkt, *Klärungsbedarf.* Was gab es mit Bogdan zu klären? Sie kannten sich seit Ewigkeiten. Peter lieferte zuverlässig exklusive Momentaufnahmen aus der US-amerikanischen Gesellschaft in all ihren Facetten und Widersprüchlichkeiten. Probst öffnete Bogdans irgendwie Ungemach verheißende E-Mail.

„Hi Vincent, ich habe in meiner ersten Amtshandlung heute die pdf-Datei des neuen Heftes durchgeblättert. Im Themenmix scheint es mir eines der gelungensten der letzten Wochen zu sein. Danke für die schmissige Schlagzeile über meinen Washington Watch, die hätte ich besser nicht hinkriegen können... Es liest sich wieder spannend, was unsere Edelfeder von der mexikanischen Grenze berichtet. Ich habe mich allerdings bei dem merkwürdigen Gedanken ertappt, noch nie etwas von dem Kokain-Schmuggel in Windeln gehört zu haben. Für unwahrscheinlich halte ich, dass die Drogenkartelle eine unbedeutende Gang am Rio Grande als Nebenbuhler dulden würden. Heidberger hätte durchaus mal Signal geben können, wenn er schon in meinen Gefilden wildert. Ich bin neugierig geworden, ich werde mich mal schlau machen in Texas. Viel Spaß am Loch 4, Peter"

Seit Bogdan 2014 für das „Echo" nach New York gewechselt war, zog er Probst stoisch mit der Abschiedsformel vom Loch 4 auf. Gemeinsam hatten sie vor Jahren aus einem Coaching mitgenommen, als Führungskraft alles richtig zu machen, wenn sie ab 14 Uhr auf dem Golfplatz stünden. Probst schlürfte einen Schluck aus dem Teeglas. Den letzten Teil der E-Mail las er ein zweites Mal. Warum grantelte Peter? Stieß es ihm auf, die Story mit den Kokain-Windeln nicht selbst aufgerissen zu haben? Oder hegte er tatsächlich Zweifel von einer Heftigkeit, dass sie unbedingt der Klärung bedurften? Weil sie an der existenziellen Architektur der Drogengeschichte rüttelten, der Glaubwürdigkeit. Probst wehrte sich. Er hatte Heidbergers Schreibtalent bei ihrer ersten Begegnung erahnt und ihn rechtzeitig an das Magazin binden können. Nach einigen in kurzer Folge eingeheimsten Medienpreisen begannen andere Chefredakteure renommierter Titel sich für Heidberger zu interessieren.

Probst sackte in die Rückenlehne des ledernen Chefsessels. Mit beiden Händen strich er sein krauses, fast bis auf die Schultern reichendes Haar in Richtung Nacken. So als wollte er die hohe Stirn freimachen zum Nachdenken.

Zweifel, einmal in die Welt gesetzt wie die von Peter Bogdan, entfalteten eine teuflische Wirkung. Sie veränderten schlagartig die Sicht auf Dinge, Prozesse und Menschen. Nicht ausgeräumt, nicht widerlegt zerfressen sie das Bild, das bis zum Eindringen der Zweifel in die eigene Betrachtung für die Wirklichkeit gehalten wurde. Bogdans Bedenken beiseite zu schieben mit dem Verweis auf einen in der Branche nicht untypischen Zwist zwischen erfolgreich aufstrebendem Redakteur und etabliertem erfolgreichen Reporter, barg ein hohes Risiko. Zweifel am gedruckten Wort fanden schnell andere Zeugen.

Probst sprang plötzlich auf und durchquerte das Büro. Vor der halbrunden Fensterfront blieb er stehen. Er blickte nach unten, wo sich die Zimmerstraße und die Charlottenstraße kreuzten. Die erste Feierabend-Abwanderungswelle schwappte durch die Häuserschluchten des Bürohausviertels unweit des weltbekannten Checkpoint Charly inmitten von Berlin. Drei Jahrzehnte nach der Grenzöffnung war diese besonders tiefe Schmerzstelle der getrennten Stadt vernarbt. Von Devotionalien des Kalten Krieges, Erinnerungspoesie und permanentem Menschenzulauf. Die sich von ihrem Arbeitsort entfernenden Versicherungsangestellten, Firmenmanager oder Funktionsträger von Lobbyverbänden verschwanden im Touristengewimmel. Sie gehörten jener gesellschaftlichen Klientel an, auf die sich das „Echo" noch stützte. Diese vertraute dem gedruckten Wort, auch wenn es im ePaper nicht mehr raschelte. Dieses Pfund, in keinem Geschäftsbericht gekennziffert, wog schwer. Es konnte alles Zahlenwerk marginalisieren, ginge es dem „Echo" verloren. Probst spürte seine Hände feucht werden.

Er musste den von Bogdan angedeuteten Worst Case annehmen. Es blieb kein Ausweg. Peter konnte er nicht zum Schweigen verdonnern. Erhärtete dieser die Zweifel, stürzte nicht nur Mark Heidberger aus dem Journalistenhimmel. Die Tage als Chefredakteur wären gezählt, der immaterielle und materielle Schaden für das Magazin könnte ausarten. Jeder nächste Schritt war gründlich zu bedenken. Unerträglich umklammerte die Bedrohung seinen Brustkorb. Probst drängte es, sich Luft zu verschaffen. Er lief auf die Bürotür zu. Heidberger sollte ihm auf die ungeschminkteste Art, von Angesicht zu Angesicht, die Frage beantworten, warum sich Peter Bogdan veranlasst fühlte, an die mexikanisch-texanische Grenze zu reisen.

Probst wusste Heidberger am Schreibtisch. Er versäumte selten die ritualisierte Redaktionskonferenz, zu der sich in gut einer Stunde alle versammeln würden, um am Erscheinungstag die jüngste Magazinausgabe zu bewerten. Stets verkrümelte sich das

Supertalent des Hauses in die zweite Reihe. Kam die Rede auf seine Reportagen, waren die Lobspender gezwungen, suchend sich nach ihm umzusehen. Was signalisierte, da wollte einer nicht nach vorn an die Rampe. Ebenso konnte es wohlkalkuliert sein, Aufmerksamkeit auf sich zu lenken. Von letzterem war Probst überzeugt. Heidberger legte den rechten Fuß immer auf das linke Knie und fummelte fortwährend mit einer Hand an dem erhobenen Sneaker herum. Das verriet ihn. Der „Echo"-Chefredakteur kannte die körperliche Attitüde selbstbewusster und selbstverliebter Journalisten. Er legte sich früher einen roten Pulli über die Schultern, die Ärmel vor der Brust locker verbandelt. Angeblich, um die Nackenmuskulatur zu wärmen.

Heidberger schrieb verdammt gute Texte. Probst hielt an der Bürotür inne, die Klinke bereits in der Hand. Natürlich würde es Heidberger abstreiten, unlauter gearbeitet zu haben, und wissen wollen, wer ihm das andichtete. In diesem Moment verlöre er, Probst, die Kontrolle. Die Zweifel gerieten ans Licht, es käme zu einem Stellungskrieg, unabsehbar in den Folgen. Zurück am Schreibtisch klickte er auf das Symbol *Beantworten*. Er hielt sich kurz.

„Ich kümmere mich. Beste Grüße VP"

Kapitel 3

Millers und Kadamskis Blicke nahmen Heidberger in die Zange. Neugierig geworden, harrten sie seiner Erzählung vom Trip auf der 1681. Mit beiden Händen umfasste Heidberger die Cola-Dose. Er presste sie, bis er den Widerstand des kalten Aluminiums spürte, und sich selbst. Der Druckpunkt bot ihm den notwendigen Halt, Gedanken und Worte nicht in Fantasien abheben zu lassen, sondern sie an die Wahrheit zu binden. Wie schmerzhaft und entlarvend diese auch ausfallen mochte.

„Es ist ganz simpel. Ich wollte allein sein. Möglichst weit weg von allem." Heidberger rutschte auf dem Stuhl nach hinten. Nach kurzer Dauer machte sich die Härte der ungepolsterten Sitzfläche bemerkbar. Er drückte den Rücken durch. „Aber das hat sich jetzt ja erledigt." Im nächsten Augenblick presste er gequält die Lippen zusammen, bereute er den ungeschickten Nachsatz.

„Wir halten dich nicht fest, bitte." Miller streckte den rechten Arm zur Tür hin.

„Sorry, es war nicht so gemeint. Die 1681 habe ich gewählt, um 'ne Weile keine Menschenseele anzutreffen."

Bevor Miller, seinem Polizisteninstinkt folgend, irgendetwas in verhörender Manier entgegnen konnte, klinkte sich Kadamski ein. Ihn begann es zu interessieren, warum ein junger Deutscher sein Heil in einem gottverlassenen Landstrich von Texas suchte, statt am Golf von Mexiko knackige Girls aufzugabeln. Er vermutete einen Beweggrund mit dramatischen Zügen. In der Literatur faszinierten ihn undurchsichtige Protagonisten, psychologisch zwiegespalten zwischen introvertiertem Sein und exhibitionistischem Schein. Versagten solche Figuren sich ihrer wichtigsten Projektionsfläche, den Menschen, suchten sie Erlösung aus dem Dilemma. Kadamski ließ es behutsam angehen.

„Manchmal ist es angebracht, völlig abseits von anderem Getöse die eigenen Gedanken zu wälzen", soufflierte er sich selbst, statt eine Frage zu stellen.

„Um das hinzukriegen, muss man weit reisen. Glaubt man zumindest." Ein dünnes Seufzen zerrte an Heidbergers Stimme. „Zuweilen entwickeln sich Situationen so vertrackt, da genügt es nicht, für Stunden oder Tage das Handy lautlos zu stellen und sich die Decke über den Kopf zu ziehen. Um freizudrehen von Alltagsquerelen oder heftigem Streit, von zu viel Arbeit." Er unterbrach sich, nippte an der Cola. „Extreme Krisen peinigen fortdauernd. Egal, was du denkst, wo du dich hinbewegst, du wirst permanent mit ihnen konfrontiert. Das hältst du nicht ewig aus, du willst einfach nur noch abhauen."

„Mann, dir muss es richtig zugesetzt haben, deswegen extra rüberzukommen", warf Miller unvermittelt ein.

Kadamski hakte nach. „Du meinst weniger, von billigen inhaltlichen und sachlichen Kontroversen belastet zu sein. Die Probleme sitzen tiefer, im Verhältnis zu anderen Leuten. Klingt danach, es ist gewaltig was schiefgelaufen."

„Er hat sich mit seinem Mädchen verkracht." Miller nervte das abstrakte Gerede, dem er nichts abgewinnen konnte. Im Polizeialltag waren Rechtsverstöße klar zu benennen, sollten sie nicht bereits vom Haftrichter kassiert werden. Seine Vermutung segelte vorwurfsvoll durch den Raum.

Heidberger kannte Trennungsschmerz bisher nicht. Das sich in die Seele fressende Anti-Gefühl, die wachsende Bedrängnis in einer länger währenden Beziehung, diese aufzukündigen, oder schlimmerenfalls der Schock, aus dieser verstoßen zu werden. Mit seiner Bekannten Harriett pflegte er eine freihändige Intimfreundschaft. Sie hatten sich an der Universität kennengelernt und nach der ersten gemeinsamen Nacht gegenseitig beteuert, für die Liebe nicht geboren zu sein. Ahnungslos, wovon sie sprachen, dafür umso gewisser, eine enge Bindung würde ihren beruflichen Aufstiegen hinderlich sein. Harriett stand inzwischen kurz davor, die Moderation eines Wochenmagazins bei einem privaten TV-Sender in Berlin zu übernehmen. Sie besaß ein hübsches Fernsehgesicht, befand Heidberger. Wirklich angetörnt hatte ihn Harrietts burschenhafter Kurzhaarschnitt. Er verstärkte, fein abgestimmt mit wechselnden stylischen Ohrringen, ihre erotische Extravaganz. Aufkeimende Lust zog sie oft genug zueinander. An Trennungsgedanken verschwendeten sie sich in all den Jahren nicht.

„Kein Girl", winkte Heidberger ab. Millers Verdacht amüsierte ihn. Urklassisch im Zerwürfnis von Männlein und Weiblein den triftigsten Grund zu sehen, sich die Einöde der 1681 aufzuerlegen.

„Du bist ohne Freundin?" Miller schaute zu Kadamski hin. Vergeblich. Der musterte den Deutschen, zog womöglich den gleichen Schluss.

Heidberger verneinte. „Sie heißt Harriett. Aber wir ersparen uns das Privileg, einander derart zu verletzen, dass Texas als Ausflucht gerade gut genug ist."

„Harriett! Netter Name", quittierte Miller lapidar.

Jetzt sah Kadamski zu Miller rüber. Eine Verdutztheit glaubte Heidberger in der Mimik seines Gegenübers bemerkt zu haben. Er dachte nicht weiter darüber nach.

„Paul hat also danebengelegen", wandte sich Kadamski wieder Heidberger zu. „Das eröffnet ein weites Feld an Spekulationen. Vielleicht hast du jemanden umgebracht, sowas soll ja vorkommen, oder versehentlich totgefahren." Er tauchte genussvoll in das Universum kriminalliterarischer Vorlagen ein. „Spielschulden haben manchen Helden in die Prärie getrieben, ebenso falsches Spiel."

Heidberger deklinierte die Motive durch. Wie es sich wohl anfühlte, ein Mörder zu sein oder einen Unfalltoten auf dem Gewissen zu haben. Beim Gedanken an falsches Spiel riss der vielfarbige Faden. Für den Bruchteil einer Sekunde fröstelte es ihm in dem stickigen Quartier. Kadamskis Worte ploppten plötzlich wie in einer Blase auf.

„Menschen irren in die Ferne, weil sie glauben, so ihre Probleme abschütteln zu können. Ein Wegrennen, das am Start schon verloren ist."

Der ältere der beiden zufälligen Bekannten redete intelligent daher. Im Gegensatz zu Paul. So viel Unterschied war Heidberger seit Betreten des Tankstellen-Kassenraums klar geworden, bei Lato stieß er auf einen interessierten Zuhörer. Vielleicht auch auf einen unbefangenen Seelsorger und sogar Verständnis. Letzteres war anmaßend. Er ersehnte Absolution, wo es keine geben konnte. Subjektive Verfehlungen erreichen den Grad des Unentschuldbaren, weil sie moralische und ethische Grundfesten zertrümmert haben. Jeder Fall hat einen eigenen Scharfrichter. Der Missbrauch eines Kindes wiegt anders schwer als die Verführung der Schwiegertochter, und in einem völlig anderen Licht fällt der Bannstrahl auf den Vertrauensbruch gegenüber einer zugeneigten Leserschar Hunderttausender.

„Umgebracht habe ich niemanden. Das könnte ich gar nicht."

„Da wäre ich mir nicht so sicher. Ich habe Leuten Handschellen angelegt, für die hätte ich meinen Arsch verpfändet, dass sie keiner Fliege etwas zuleide tun könnten. Und doch erwürgten sie ihre Frau oder erstachen die süße Anhalterin." Miller verfiel in einen Vortragston, als führte er einen Polizistenanwärter in den Job ein.

„Du bist Polizist?", fragte Heidberger überrascht und atmete einmal tief durch. Auch wenn US-Sheriffs zuweilen Allmachtspsychosen verfielen, so beruhigte der Umstand, Law and Order mit am Tisch sitzen zu haben. Statt von zwei umgänglichen Typen bisher lediglich zu wissen, sie sind Amerikaner.

„Seit gut zwanzig Jahren, aber heute nicht im Dienst." Miller blickte an seinem Hawaii-Hemd herunter. „Falls du etwas verzapft haben solltest, werde ich dich über deine Rechte aufklären." Er legte ein breites gönnerhaftes Grinsen auf.

„Sie haben das Recht zu schweigen. Alles was Sie sagen, kann und wird vor Gericht gegen Sie verwendet werden..." Heidberger schoss die floskelhafte, jedoch juristisch fundamentale Belehrung, ohne die kein US-Kriminalfilm auskam, durch den Kopf. „Das wird nicht notwendig sein. Mir ist bereits die Höchststrafe aufgebrummt worden. Ich muss sie allerdings nicht im Gefängnis verbüßen und es bedurfte auch keines richterlichen Spruchs."

„Kein Mord oder etwas in dieser Preisklasse und trotzdem eine Höchststrafe. Wie geht das denn zusammen?" Millers Erstaunen klang authentisch naiv.

Kadamski spannte sich. Die körperliche Konzentration schärfte seine Neugierde. Was war das Problem des Deutschen? Wie gravierend musste es sein, um sich freiwillig in Texas auszusperren? Er hatte gesagt, er arbeitet in Berlin als Reporter. Heutzutage genügte eine missverständliche Formulierung zu Frauen oder Migranten und ein existenztötender Shitstorm brach los. Beinahe täglich lieferte der amerikanische Medienmarkt prominente Beispiele totalitärer Political Correctness. Schauspieler flogen von Besetzungslisten, Politikerkarrieren endeten abrupt, Moderatoren verschwanden vom Bildschirm.

„Die Höchststrafe für einen Journalisten dürfte es sein, keinen Text mehr veröffentlichen zu können in einschlägigen Medien. Weil er gegen den Mainstream gebürstet hat oder den Mächtigen auf den Schlips getreten ist. Hat es dich erwischt?"

Heidberger zögerte mit einer Antwort. Er sah zwischen Miller und Kadamski hindurch zu dem kleinen halbhohen Fenster auf der Rückseite der Tankstelle. Ein jeansblauer Ausschnitt des Himmels über Texas. So klar lagen die Dinge bei ihm nicht. Sein Verhängnis hatte Lato richtig gedeutet, offenbar war er gut informiert über die aufgebrochenen Risse in den westlichen Gesellschaften diesseits und jenseits des Atlantiks und bestimmt war er kein Staatsdiener. Der Auslöser für das wer-weiß-wie-lange Exil erklärte sich aber nicht aus dem Spaltmaterial von Gut und Böse, von Moral und Unmoral, von Multikulti und Ressentiment. Heidberger nutzte die anziehende wie auch die abstoßende Wirkkraft beider Pole zum Karriereschub. Durchaus im eigenen Wertekanon bediente er die selbstgepachtete Überhöhung des linken Medienmilieus, alleinvertretend die Wahrheit in der Welt zu beanspruchen. Er überdehnte vorsätzlich die Wahrheit, entzog ihr den objektiven Boden.

„Ich bin meinen Job losgeworden." Er räusperte sich kurz. „Ohne jedoch jemanden auf den Schlips getreten zu haben und auch nicht mit dem Mainstream über Kreuz gewesen zu sein. Den Grund gefeuert zu werden, lieferte ich selbst. In einigen meiner Reportagen hatte ich es mit sorgfältiger Recherche nicht sehr genau genommen. Dinge tauchten darin auf, die existierten ausschließlich in meiner Fantasie. Personen, Fakten, Ereignisse. Es ist der journalistische Sündenfall schlechthin."

Miller und Kadamski saßen sprach- und reglos da. Fast sah es so aus, sie bedauerten Heidberger, sich in das Dilemma hineinmanövriert zu haben.

„Bei uns nennen sie sowas Fake News", platzte Miller in die für einen kurzen Moment eingetretene Stille. „Was die News-Sender fälschlich oder wahrheitsgemäß hinausposaunen, lässt sich kaum beurteilen. Demokraten und Republikaner bezichtigen sich jedenfalls gegenseitig, mit Fake News die Leute im Land zu manipulieren."

Heidberger widerstrebte der, wie er es empfand, unzutreffende Vergleich. Er hatte Texte lediglich um kreativ konstruierte Details ergänzt, diese aber beugten das Thema nicht. Falschmeldungen begründeten sich im Bruch der Wahrheit. „Es macht einen

Unterschied, ob ich etwa eine Person frei erfinde, um die Absicht einer Geschichte zu verstärken, oder ob ich in bestimmter Absicht die Geschichte frei erfinde."

„Dann frage ich mich allerdings, warum du rausgeschmissen wurdest, wo doch alles nur halb so schlimm scheint?" Millers Ton verfinsterte sich.

„Ich glaube, Marks Problem reicht über den Wahrheitsgehalt einer Story hinaus", kam Kadamski dem nächsten Erklärungsversuch Heidbergers zuvor. „Er hat das dickste Halteseil zu den Lesern gekappt, absolut glaubwürdig zu sein. Für das wohlige Gefühl, nicht verschaukelt zu werden, bezahlen die Leute schließlich die teuren Magazine."

„Das möchte wohl sein. Ein *Time*-Magazin kostet fünf Dollar." Miller hievte sich nach vorn, griff nach der Dose Budweiser auf dem Tisch.

„Für wen schreibst du?", suchte Kadamski den leichten Wogenschlag von Miller zu glätten. Paul reagierte schnell mürrisch, wenn ihm Antworten wenig plausibel und unpräzis begegneten. Der Polizistenjob hatte ihn eingefärbt, im bunten Hawaii-Hemd schimmerte die Uniform durch.

„Meistens erscheinen meine Texte im *Echo*, einem Mix aus Nachrichtenmagazin und Reportageheft."

„Neuigkeiten flattern von allein ins Haus, aber was sind die Themen, mit denen du im Reportageteil landest? Die Konkurrenz bei der Wahl der Top-Story ist garantiert genauso groß wie in den Redaktionsetagen in New York und Washington."

Heidbergers anfängliche Anspannung löste sich. Kadamski fragte nicht so bohrend, nicht so halb vorwurfsvoll wie Miller. Er, Mark Heidberger, konnte sich erklären und zugleich für sich nach Erklärungen fahnden.

„Das hängt alles sehr mit dem aktuellen Geschehen zusammen. Außergewöhnliche Ereignisse und Schicksale erlangen rasend schnell extreme öffentliche Aufmerksamkeit, dass sie noch tagelang die Nachrichten bestimmen. Erinnert ihr euch an das Massaker in Paris vom November 2015, bei dem 90 Menschen in einem Musiktheater von islamistischen Terroristen zusammengeschossen wurden? Während eines Konzerts einer Metal-Band aus den Staaten."

Lato nickte. „Ich habe davon gehört", sekundierte Paul.

„In einem derartig ausgelösten medialen Tsunami bleibt einem Info-Magazin gar nichts anderes übrig, auf der Welle mitzusurfen. Da alle Kanäle alles zigmal wiederholen, erwächst unweigerlich ein Hype nach neuen Informationen und Details. Es ist zugleich die Chance, ganz vorn zu sein, mit eigenen Recherchen, vorzugsweise im Gespräch mit Betroffenen und im Umfeld der Opfer."

„Bleiben diese stumm oder in ihren Aussagen vage, wird einfach das Passende hinzugedichtet", wetterte Miller erneut drauflos. Journalisten war er wenig zugeneigt. Die Polizeireporter in seinem District von Austin besaßen den Habitus von Kletten. Aufdringlich klebten sie an jedem Fall. Selbst was der Kategorie Alltagskriminalität zuzuordnen war, wurde durch Halbwahrheiten, Spekulationen und Gerüchte dramatisiert und zur fetten Schlagzeile aufgepumpt.

„Machen es sich Journalisten so einfach?"

Allmählich beeindruckte es Heidberger, wie gelassen Kadamski es mit unaufgeregten Fragen schaffte, Millers cholerische Gereiztheit umgehend zu entschärfen. „Es wäre vermessen, das pauschal zu behaupten. Aber normale unterhaltsame Geschichten dringen nicht mehr durch. In der täglichen Informationsflut gieren vor allem die User im Internet nach dem besonderen Kick, um nicht übersättigt in Gleichgültigkeit zu ersaufen. Bad News und betroffen machende menschliche Tragödien halten die Medien am Lodern. Das setzt Journalisten enorm unter Druck."

Heidberger erschrak über seinen dozierenden Wortschwall. Doch Paul und Lato hörten geduldig zu. Wobei ihm Millers abschätzender Blick nicht entging. Er drohte ihm, jederzeit die nächste spitze, von Argwohn beseelte Frage hinzuwerfen.

Miller hielt Wort. „Welche Story von dir hat ausgereicht, dich zu feuern und dir so Gelegenheit zu geben, unsere Bekanntschaft zu machen?"

Pauls plötzliches Witzeln versöhnte, aber Heidberger erwischte es in der Magengrube. Sollte er den Amerikanern von der totalen journalistischen Schmach erzählen? Er kannte beide erst seit einer halben Stunde. Die Konversation verlief bis hierher einseitig. Über Miller und Kadamski hatte er so gut wie nichts erfahren. Gewiss konnte er sein, Miller schlüpfte irgendwann zurück in die Polizeiuniform. Auch ohne ähnelte die Fragerei einer Vernehmung. Wie würden sie auf die Schilderungen in *Kokain in Babywindeln* reagieren? Zumal sich die Reportage vor ihrer Haustür abspielte. In Texas.

Kapitel 4

Vincent Probst verschränkte die Arme hinter dem Kopf und streckte sich. Ein Reflex, zu dem soeben Gelesenen einen gewissen Abstand einzunehmen. In der Distanz bot sich der Freiraum, das Knäuel an Gedanken und Emotionen zu entwirren, welches aus dem Bericht der Abteilung Faktencheck resultierte. Diese hatte auf Probsts Anweisung alle in den vergangenen Jahren im „Echo" veröffentlichten Texte von Mark Heidberger genauestens unter die Lupe genommen. Aufgeschreckt vom Verdacht eigener Versäumnisse prüfte der „Echo"-TÜV akribisch Örtlichkeiten, Identitäten, Fakten und zeitliche Angaben in den zum Teil preisgekrönten Reportagen.

Das Fazit war mit „katastrophal" nur unzureichend beschrieben. In den Werken jüngeren Datums traten gehäuft Ungereimtheiten in den von Heidberger geschilderten Begebenheiten und Begegnungen zutage. Wo Zweifel besonders auffällig angebracht waren, recherchierten die Faktenchecker nach. Von einem sechsjährigen Mädchen aus dem Irak mit einem Bittbrief an die deutsche Bundeskanzlerin wollten die Verantwortlichen in dem Flüchtlingslager im italienischen Lampedusa noch nie etwas gehört haben. Auch erinnerte sich niemand an den Besuch eines Giornalista Heidberger. Die Zustände vor Ort, so wurde versichert, wären alles andere als chaotisch. Heidberger hatte drastische Worte in seiner Beschreibung gewählt. Ein ungeheuerlicher Verdacht verfestigte sich, der Reportagen-Guru des „Echo" wickelte seine Journalistenkollegen und Leser in den Glauben ein, er hätte seine geschliffenen Erzählungen aus unmittelbarem Erleben geschöpft.

Peter Bogdan in New York toppte mit einer anklagenden E-Mail vom Vortag den desaströsen Befund. Eine Drogengang, angeführt von einem Juan Forsena, gab es im mexikanischen

Grenzort Ciudad Acuna offensichtlich nicht. Den US-Beamten am Rio Grande kamen die Kokain-Windeln höchst spanisch vor. Von so einem Fall hätten sie keine Kenntnis. Zudem kämen selten junge Mütter mit Kleinstkindern herüber, gaben sie Bogdan zu Protokoll.

In einer halben Stunde würde Mark Heidberger eintreten. Er hatte ihn zu sich bestellt. Mit jeder vorrückenden Minute schwand Probsts innere Gelassenheit. Gelegentlich bezeichnete sie der langjährige Reporter und jetzige Chefredakteur als eine seiner Stärken. Aber er lief in eine konfrontative Situation hinein, die er in ihren Dimensionen und unkalkulierbaren Konsequenzen zuvor noch nicht durchstehen musste. Heidberger war ahnungslos. Probst hatte es in den zurückliegenden drei Wochen, seit ihn Bogdans anfängliche Bedenken zu dem Artikel *Kokain in Babywindeln* erreichten, geschafft, den sich bewahrheiteten Betrug in engerem Kreis unter dem Deckel zu halten.

Probst schlief seit Tagen nicht gut. Hin- und hergerissen flirtete er mit der Variante, den Status quo des Beschweigens beizubehalten. Die Faktenchecker könnte er versuchen zu überzeugen, den Fall im Interesse des Magazins auf sich beruhen zu lassen. Er würde sich dafür Heidberger ordentlich vorknüpfen. Peter Bogdan wäre weniger einfach zu besänftigen. Dort könnte die Aussicht helfen, nach seiner Rückkehr aus New York in zwei Jahren zu einem der stellvertretenden Chefredakteure aufzusteigen. Doch das Restrisiko war nicht wegzureden. Jederzeit konnte einer der Mitwissenden das Gelübde brechen. Aus welchen Gründen auch immer. Um ein Vielfaches fragiler und riskanter war es dagegen, auf den Tag X zu warten, an dem außerhalb der Redaktion die Sache ruchbar wurde und aufflog. Dann würden er und das „Echo"-Team am Nasenring durch die Arena gezogen werden.

Probst sprang aus dem Chefsessel. Er hatte sich entschieden. Der feste Tritt auf dem Teppichboden wirkte wie ein Siegeldruck.

Er würde Heidberger den Betrugsvorwurf darlegen und eine Erklärung verlangen. Die anschließende Mitteilung des Magazins wird in der Presselandschaft ein Entrüstungsbeben auslösen.

Heidbergers Schicksal wurde ins Abseits bestimmt. Er konnte dem Rauswurf nicht entrinnen. Das „Echo" geriet unter höchsten Druck, es musste sich seiner entledigen. Die Moralhüter der Medienmeute werden gnadenlos und schadenfreudig seinen Kopf fordern. Schnell dürfte es ausgemachte Sache sein, der Grund der Unentschuldbarkeit war erreicht.

Probst stand an der Fensterfront, Heidberger den Rücken zugekehrt. Fünf Etagen tiefer, das Verlagshaus tangierend, strömte die Lebenswirklichkeit durch die Straßenzüge. Er schwieg, die Hände vergraben in den Hosentaschen. Heidbergers sanfte blaugraue Augen wechselten in das blasse Grau erkalteten Stahls. In ihnen spiegelte sich bis vor wenigen Sekunden die Welt. Diese Welt legte sich jetzt in Trümmern. Er sah es und sah im Grunde nichts mehr. Hilflos lag seine Brille auf dem Schreibtisch, die Ohrenbügel auf den verwaisten Chefsessel gerichtet.

Kein Wort brachte Heidberger über die Lippen. Es versagte ihm die Energie, auch nur einen Satz sinnhaft zu artikulieren. Er kannte jedes Detail seines Betrugs. Ausgesprochen durch Vincent entfaltete der negativ geladene Terminus die ihm innewohnende Wucht. Alles fühlte sich plötzlich anders an, fremd und fern. Die Stuhllehne, die Schreibtischkante, der ganze Raum, das hereinfallende Licht, der Mensch an der Fensterfront, das eigene Ich. Ohne vorgewarnt gewesen zu sein, hörte er Vincent anfangs entspannt zu. Der Betrugsvorwurf drang wie eine Injektionsnadel unter die Haut. Ein kurzer stechender Schmerz, dann strömte der toxische Inhalt in die Blutbahn, breitete sich über das Aderngeflecht im Körper aus. Ein bitterer Cocktail. Er beraubte Heidberger der Fähigkeit, schlagfertig etwas zu entgegnen, irgendwas Entlastendes vorzubringen.

Im Kopf brach ein Gedankengewitter los. Blitze zuckten wild durcheinander. Hatte er geglaubt, schlauer als alle anderen zu sein? Wie gelang es Vincent, hinter das falsche Werk zu steigen? War er jetzt der Depp der Journalisten-Hautevolee im Land? Ertappt worden zu sein, bedeutete das das Ende? Warum befleißigte er sich selbstredend des fortgesetzten Betruges? Ließe sich die Sache je wieder kitten? Sollte er sich öffentlich erklären? Würde der Medienlorbeer hinfällig?

„Was hat dich geritten, unser Geschäft so gründlich misszuverstehen?", drang es von Vincent zu ihm. Probst starrte weiter durch das Scheibenglas. „Überhaupt nicht will es mir in den Schädel, dass du uns einige Reportagereisen von Anfang bis Ende vorgegaukelt hast. Was ist mit dir los?" Eine Antwort erwartend wendete er sich um.

„Was ist mit mir los?" wiederholte Heidberger leise. Er hatte sich am Chefsessel festgesehen. „Das wüsste ich gern selbst."

„Soll ich dir die Erklärung liefern?" Probst steuerte auf den Schreibtisch zu und setzte sich Heidberger gegenüber. In seine Stimme mischte sich ein ungehaltener Ton. Das „ich" klang schneidig. Er ärgerte sich über die halb beleidigte, halb trotzige Erwiderung. „So billig kommst du nicht weg, Mark." Die Blicke der Männer trafen sich.

„Ihr habt mich dazu getrieben", schmetterte Heidberger unvermittelt zurück.

„Was heißt ihr? Ich vielleicht?", konterte Probst verdutzt.

„So viel verstehe ich vom Geschäft, einen Betrug weist niemand an. Aber es weist auch niemand Texte ab, aus denen himmelblau alle gängigen Moralappelle, Opferrollen und Retterepen triefen. Nicht ein einziges Mal hast du oder dein Reportagechef danach gefragt, wie es sein kann, dass mir gleich reihenweise Geschichten vor die Füße gefallen sind, die wundersam und herrlich zu den jeweiligen Topthemen passten."

„Wie die Jungfrau Maria zu ihrem Kind gekommen ist, hinterfragt kein Mensch ernsthaft. Es ist einfach zu schön." Die flapsige Rechtfertigung widerrief Probst sofort. „Vergiss es, das ist Quatsch."

„Zuweilen hatte es aber den Anschein. Weißt du, meine Bauchschmerzen wurden weniger, je mehr eure Begeisterung ins Rauschhafte abglitt. Offensichtlich ist es wirklich zu schön, irdisch unglaublich Zugetragenes religiös-heilig zu überhöhen und sich damit selbst und seiner Gesinnungsgemeinde der eigenen moralischen Unfehlbarkeit und Überlegenheit zu vergewissern. Das braucht man wahrscheinlich in heutigen Zeiten, in denen zwischen Dafür und Dagegen kein Platz mehr bleibt für pragmatisch-vernünftige und differenzierende Gedanken."

Heidberger berappelte sich von dem Punkt an, wo ihm endgültig klar wurde, an diesem Tag erledigte sich sein bisheriges Dasein. Preisgekrönt, bestbezahlt.

„Wenn ich nicht die Stories geliefert hätte, vermutlich wäre ein anderer freier Kollege auf den Dreh verfallen. Unter dem Level Jungfrau Maria und Kind wolltet ihr es doch gar nicht mehr haben."

Probst flogen die Worte um die Ohren. Er schätzte Marks Schreiberqualitäten und arrogant anmutende Präsenz. Aber ihn erstaunte, wie er seinen Vertrauensbruch umpolte in vehemente Vorhaltungen gegen die Redaktionsleitung. Als trüge sie Schuld am Betrug aus seiner Feder.

„Mag sein, du hast das so interpretiert, was ich natürlich anders sehe. Aber es legitimiert trotzdem nicht, uns und unseren Lesern etwa die unwahre Geschichte aufzutischen vom Drogenschmuggel in Kindeswindeln. Du solltest besser auf dich schauen und fragen, was dich getrieben hat, die heilige journalistische Schrift der Reportage ohne Bedenken zu entweihen."

„Mit den Medienpreisen hat sich das Magazin doch auch gern geschmückt."

„Es gab keinen Anlass daran zu zweifeln, du könntest dir die Ehrungen nicht redlich verdient haben."

„Wer hat euch nun den Anlass geliefert?"

Auf diese Frage war Probst eingestellt, sie bildete den Casus knacksus für den Betrugsskandal, sie hatte ihn ausgelöst.

„Mark, das Wer werde ich dir nicht beantworten, insofern hast du falsch gefragt. Nur so viel, es hat Hinweise gegeben. Glaubhafte, so dass wir diesen nachgehen mussten. Wir wollten Klarheit."

„Na schön, es ist jetzt eh egal. Vielleicht finde ich es selbst heraus oder den, der den Dolch geführt hat, treibt das Gewissen zu mir. Wie geht es nun weiter?" Heidberger bemerkte ein Erschlaffen in sich hochkriechen. Die offensive Verteidigung zuvor bewahrte ihn zusammenzuklappen. „Hast du mal ein Glas Wasser?"

„Ja klar, mit oder ohne?"

„Mit."

Vincent beugte sich zum rechten Seitenteil des Schreibtisches. Hinter der kleinen Tür verbarg sich ein Mini-Kühlschrank.

„Besser?"

„Schon gut. Es ist ja heute nicht mein Tag."

„Wir werden nachher eine Presse-Mitteilung in eigener Sache herausgeben. Das kann ich uns und dir nicht ersparen." Probst stockte kurz. „Das Kündigungsschreiben schicken wir dir zu."

„Mit sofortiger Wirkung?" Es war keine Frage. Heidberger versicherte sich des fatalen Faktums, wie sich bei Online-Geschäften manche Händler die E-Mail-Adresse ihrer Kunden vorsichtshalber ein zweites Mal bestätigen ließen. Der Chefredakteur des „Echo" nickte.

„Mark, mit gegenseitigen Schuldzuweisungen bringen wir die Sache nicht aus der Welt. Die Aktien daran sind ziemlich eindeutig verteilt. Vertrauen gewinnen wir nur zurück mit gewissenhafter und glaubwürdiger Arbeit. Ich wünsche es dir."

Sie standen auf. Vincent hielt Mark die Hand hin. Der zögerte nicht. Eine Zeit lang wurde Probst die lasche Handreichung von Heidberger nicht los. Der talentierte und gefeierte Reporterstar fühlte sich an, als begänne er mit dem erzwungenen Abschied zu zerfließen. Vincent blieb stehen, bis Mark die Tür geschlossen hatte, und setzte sich auch danach nicht sogleich.

Heidberger betrat den Großraum. Die wenigen Schritte bis zum Schreibtisch dehnten sich. Am und um den Newsdesk gaben die anwesenden Redakteure ein geschäftiges Bild ab. Niemand schien ihn zu bemerken. Niemand schaute erschrocken, als wäre der Teufel leibhaftig aufgekreuzt. Ein beruhigendes Zeichen. Unter den Kollegen war es noch nicht rum, gab es keine Ahnung vom Supergau für das „Echo", verursacht von einem der ihren. Der Spießrutenlauf zwischen vorwurfsvollen Gesichtern fiel aus. Heidberger drängte es zur Eile. Ein unbehagliches Schuldgefühl erfasste ihn in der Nähe der anderen. Mit dem Rauswurf fügte es sich glücklich, in der Redaktion nicht mehr auftauchen zu müssen. An seinem Platz waren keine persönlichen Utensilien deponiert. Keine Bilder, kein Kalender, keine Süßigkeiten. Er hantierte ohne Hektik, ohne aufzufallen. Nichts auf dem Schreibtisch zeugte davon, es gäbe keine nächste Arbeit. Aufgeräumt wie immer verließ er ihn auch jetzt. Den Laptop unter den Arm geklemmt warf Heidberger beim Weggehen einigen Kollegen ein flüchtiges Lächeln zu. Wer es auffing, blieb ohne Hinweis, da zog ein vom Sockel gestürzter Vorzeigereporter eben von dannen. Am nächsten Tag erinnerten sich manche an den völlig unverdächtigen Abgang. Das Zuklacken der Glastür im Rücken nahm Heidberger zum ersten Mal wahr. Kurz, hart, zusperrend.

Vor dem Verlagshaus an der Kreuzung Zimmer-/Charlottenstraße blickte er zu allen Seiten. Er überlegte, Harriett anzurufen, verwarf aber den Gedanken. Das musste nicht sofort sein. Dringlicher war ihm gelegen, sich von diesem Ort zu entfernen. Die Stätte seines Siegertums und seit einer Stunde auch seiner Schmach. Er wählte die Charlottenstraße in Richtung Gendarmenmarkt. Auf der Ostseite vis-à-vis vom Deutschen Dom gab es an der Ecke zur Mohrenstraße einen Coffee-Shop. Selten schaffte er es daran vorbei. Dorthin lenkte es ihn geradewegs. Eine Insel der Gewissheit inmitten eines aufbrausenden Meeres von Ungewissheiten.

Über Berlin strahlte die Sonne. Die ersten Junitage nährten die Hoffnung, es würde ein warmer Sommer bevorstehen. Von den wenigen Tischen vor dem Coffee-Shop war der äußerste zur Mohrenstraße hin unbesetzt. Heidberger freute sich jedes Mal, diesen zu erwischen, etwas abseits sitzend alles im Blick zu haben. Jetzt war er froh, einfach nur dasitzen zu können.

„Hallo Mark, schön dich zu sehen." Marvin, einer der drei jungen Betreiber des trendigen Kaffeeladens, war herausgeeilt und begrüßte den Stammgast vom „Echo". Heidberger genoss das Privileg, bedient zu werden. Er blinzelte zu Marvin hoch. Der stand in der Sonne, so dass Heidberger das freundliche Lächeln lediglich erahnen konnte.

„Ebenso. Wie geht's?"

Marvin beugte sich vor und zupfte das Tischdeckchen zurecht. „Du siehst ja, bei dem Wetter kommen die Kaffeeautomaten kaum nach. Was darf's sein?", fragte er obligatorisch und servierte zugleich die gewohnte Antwort. „Crema und Brownie."

„Diesmal einen großen Crema und keinen Brownie."

„Upps, da war ich etwas voreilig, sorry. Einen großen Crema ohne Brownie."

Heidberger lehnte sich zurück und hob das Gesicht in die Sonnenstrahlen, die Marvin wieder freigegeben hatte.

Er fühlte sich wie immer an. Aber es lag für immer hinter ihm. Was in den nächsten Tagen auf ihn zulief, glich dem Drehbuch für einen albtraumhaften Film. Von dem er nur den Anfang kannte. Der Häme in der Branche konnte er gewiss sein. In der VIP-Lounge des deutschen Journalismus tummelten sich Einzeldarsteller à la couleur. Missgünstig sich belauernd schafften es nur wenige der Meinungsmacher, das eigene Ego zu zähmen und ihre geringschätzende Sicht auf die konkurrierenden Kollegen bei passender Gelegenheit nicht aufblitzen zu lassen. Zum bevorzugten Objekt des Missfallens qualifizierten sich preisverfolgte Journalisten. Räumten einige Reporter regelmäßig Medientrophäen ab, gerieten sie schnell unter Generalverdacht, Everybody's Darling des politischen und medialen Establishments zu sein. Dabei rangelten Leitartikler, Moderatoren, Chefreporter und selbsternannte Themenexperten täglich um die Gunst und das Wohlwollen von Parteigranden, Ministern, Verbandspräsidenten und Bundespolitikern. Wenn auch nicht in jedem Fall penetrant, so gierten sie alle zumindest nach der Nähe und Beachtung der Mächtigen.

Stolperte einer aus dem erlauchten Zirkel, aufgrund einer Verfehlung oder weil er sich mit diskonformen Ansichten herauskatapultierte, brachen sich Verachtung und Verbalprügel hemmungslos Bahn. Heidberger verspürte nicht die geringste Lust, sich dem lustvollen Kreuzverhör dieser Medienentourage auszusetzen. Er beschloss, auf keinerlei Interviewwünsche und Fragen von Journalisten einzugehen. Das beschützte ihn zudem vor überhitzten und unüberlegten Aussagen. Jedes Wort einer Rechtfertigung erstarb ohnehin, bevor er es zu Ende gesprochen hatte. Die Glaubwürdigkeit publizistischer Arbeit zu unterwandern, Zwischentöne wurden da keine zugelassen. Heidberger tastete unversehens nach dem Smartphone in der Hosentasche. Über mögliche juristische und zivilrechtliche Konsequenzen seines Verhängnisses mochte er nicht nachdenken, war er ohne Vorstellung. Er tippte eine SMS an seinen Rechtsanwalt Hilbert Fröder, er möge ihn am Abend anrufen. Es sei dringlich. Noch wurden im SMS-Eingang keine neuen Nachrichten angezeigt. Die unbehelligte Bedenkzeit verkürzte sich bleiern. Die Presse-Mitteilung des „Echo“ in eigener Sache würde schon bald in die Redaktionen der Republik krachen.

Den Brownie hätte er nicht heruntergekriegt, der Crema schmeckte gallig. Heidberger kämpfte gegen ein unbestimmtes Unwohlsein an. Er fühlte den ganzen Körper davon erfasst. Das Bild des erzählerisch brillanten Reporters, welches er der interessierten Öffentlichkeit lieferte und welches diese von ihm zeichnete, zersprang wie ein hart aufschlagender Spiegel.

War es wirklich eine so schwerwiegende Zuwiderhandlung, von der wahrhaftigen Schilderung in die fiktive zu wechseln und es beim Genreausweis der Reportage zu belassen? Konnte es derart verwerflich sein, real existierende Situationen und Sachverhalte mit freizügig ergänzten emotionalen und empathischen Elementen stilistisch aufzuwerten und damit die Leser für den Text zu erwärmen? Neben dem Essay und Leitartikel zählte die Reportage zum Hohen C im journalistischen Handwerk. Sprachliche Raffinesse gepaart mit der authentischen und ungefärbten Wiedergabe des vor Ort Erlebten und Wahrgenommenen adelte das Genre, machte Reportagen regelmäßig zu Favoriten für Medienweihen.

Heidberger schlürfte vorsichtig vom großen Crema. Vermutlich begründete sich an diesem Punkt, warum er seine schreiberischen Qualitäten über die elementaren Standards der Reportage erhob. Je drastischer er in Personen und Ereignissen den gesamten Weltschmerz bündelte und mit literarischen Sequenzen puderte, desto häufiger empfahl er sich den Preisverleihern. Es funktionierte. Die Jurys waren seit Herbst 2015, so hatte er es erfahren, einseitig gekämmt. Bevorzugt bemaßen sie Arbeiten als „herausragend“, wenn diese Flüchtlinge, Minderheiten oder Dunkeldeutsche thematisierten.

Ab sofort funktionierte es nicht mehr. Vor dem Geschworenengericht der Branche stand er als Betrüger da. Die feine Mediengesellschaft ihres Heiligenscheins zu berauben, ahndete diese mit dem Entzug der Existenzgrundlage des Delinquenten. Heidberger krampfte es bei dem Gedanken. Fortan würde jeder Text von ihm, gleich welcher Redaktion er diesen anböte, mit spitzen Fingern angefasst werden. Niemand, davon war er überzeugt, riskierte es, dem Befleckten eine zweite Chance zu gewähren. Aus Angst, von den Gralshütern der journalistischen Unbeflecktheit ebenfalls ins Fegefeuer öffentlicher Empörung gestoßen zu werden. Heidberger malte das Szenario nicht weiter aus. Unter den Achseln fühlte sich der Stoff seines weißen Hemdes schweißnass an. Er schaute auf die Uhr. Es wurde Zeit, Harriett anzurufen, bevor sie von seinem Fall aus den Nachrichten erfuhr.

„Hi Mark, fasse dich bitte kurz. Du erwischt mich gerade zwischen zwei Probeaufnahmen. Was gibt's?"

„Hi Harriett. Können wir uns heute Abend bei mir treffen?"

„Hey du Lüstling, bist du schon wieder in Not?"

„Natürlich. Nein, im Ernst, ich habe mit dir etwas Wichtiges zu besprechen."

„Ein Auslandseinsatz?"

„Nicht jetzt, heute Abend, ja."

„Meinetwegen, dann bis später."

„Tschau."

Heidberger betrat seine Wohnung, wobei ihn eine eigenartige Distanz beunruhigte. Rechtsanwalt Fröder vermittelte ihm vor gut einem Jahr die neue Maisonette-Wohnung über den Dächern von Berlin-Mitte. Unweit der Fischerinsel. Fröder gehörte zu der Bauherrengemeinschaft. Sie freundeten sich bei dem Geschäft an. Für das 100-m^2-Appartement mit großer Dachterrasse wurden 500.000 Euro fällig. Ein Drittel der Summe warf Heidberger als Eigenanteil ein. Den Rest reichte ihm eine Bank problemlos aus. Er verfügte über die Mittel, eine Weile den Ratenzahlungen nachkommen zu können, auch ohne gut dotierten Job. In der Umkehr hieß es, er musste sich beizeiten neue erquickliche Einnahmequellen erschließen. Ungern gäbe er die Wohnung auf.

Das Wohnzimmer präsentierte sich lichtgeflutet, bedingt durch zwei im Winkel einander berührende Fensterfronten. Diagonal dazu schloss die offene Küche das Areal ab. Diese wurde dominiert von einem klobigen Tresen, auf dem eine kräftige Eichenholzplatte ruhte. Davor standen vier hohe Hocker. Etwas abseits gab es zusätzlich einen kleinen Esstisch mit vier Stühlen. Heidberger inspizierte den Kühlschrank. Angesichts von Harrietts kurzfristigem Besuch bot er einen mageren Füllstand. Tröstlich waren lediglich zwei Flaschen Weißwein der Sorte Chardonnay, Harrietts Lieblingstraube. Er öffnete auf dem Smartphone die App eines Berliner Lieferservices und bestellte ein süß-saures Thai-Gericht für zwei Personen. Auf der digitalen Küchenuhr war die Ziffernfolge im Begriff, auf 18.00 Uhr umzuspringen. Noch bevor diese Zahlen auftauchten, stürzte Heidberger zur Couch inmitten des Raumes und griff nach der TV-Fernbedienung. Auf dem schautafelgroßen Flachbildschirm begrüßte die NTV-Nachrichtenmoderatorin die Zuschauer. Das laufende Nachrichtenband am unteren Bildrand vermeldete es bereits, + + + *Info-Magazin Echo erschüttert von Betrugsskandal* + + +

Beim Weiterzappen wiederholte sich die Szene. Er war in der Welt, der Absturz des Mark Heidberger. Eine erste Reporterin meldete sich live vom Haupteingang des „Echo"-Verlages am Knoten von Zimmer- und Charlottenstraße. Aus dem Gebäude eilende Mitarbeiter winkten ohne Stopp ab, wenige hielten ein und fütterten das hingehaltene Mikrofon mit twitterartigen Statements.

„Das macht man nicht."

„Heidberger! Nie und nimmer hätte ich es ihm zugetraut."

„Eine Schande für die Branche“

„Was haben Sie denn erwartet?“, keilte ein anderer sichtlich genervt zurück.

Heidberger kannte diesen und jenen vom Sehen. Fahrstuhlbegegnungen.

Er schaltete den Fernseher ab und fiel rücklings in die flache Couch. Hoch oben im Wohnturm kam er sich mit einem Mal vor wie der Graf von Monte Christo auf der Felseninsel Île d'If. Gefangen. Verfemt. Abgeschnitten vom Leben. Die gruselige Vorstellung verlor jedoch fürs erste ihren Schrecken. Er musste sich keinen Fragen stellen und keine Verwünschungen jeglicher Art ertragen. Elendig mutete indes die Perspektive an. Wie lange galt dieser Ausnahmezustand, das Ausgeschlossensein? Heidberger drehte sich zur Seite, zog die Knie auf die Brust. In der kauernden Embryo-Haltung war er ganz bei sich.

Wohlig fühlten sich die Erinnerungen an. Von allen Seiten ehrlichen und minder ehrlichen Zuspruch zu erhalten. Das eigene Urteil über einen gelungenen Text erfüllt sich im gutmeinenden Urteil maßgeblicher Akteure der Zunft, gleich ob sie dazu Kraft ihres Amtes oder ihrer journalistischen Meisterschaft taugten. Auf den Podien der Krönungsfeiern von Zeitungsverlagen, Medienhäusern und Branchenverbänden lernte er, welche unfassbaren Streicheleinheiten grelle Scheinwerferstrahlen, blendendes Blitzlicht und salbungsvoller Laudatorensprech erzeugten. Das große Suchtpotenzial, welches in ihnen steckte, schlich sich allmählich an. Er öffnete von Mal zu Mal schneller und bedenkenloser den Sperrverschluss zum Betrug. Es bewerkstelligte sich einfach und blieb jahrelang unbemerkt. Was jeden Gedanken an die Folgenschwere der Entdeckung betäubt.

An der Wohnungstür läutete es. Heidberger hob den Kopf. Konnte das schon Harriett sein? Wahrscheinlicher war der Thai-Gericht-Bote. Er drückte den Türöffner, fragte nicht. In das verzerrte Zuklappen der Haustür mischten sich Stimmen. Keine zwei Minuten später klopfte es. Harriett. Sie war nicht allein. Neben ihr hielt der Bote den Food-Karton in den Händen.

„Du hast geahnt, dass ich Hunger habe." Harriett schob sich an ihm vorbei. Heidberger steckte dem studentenhaften Lieferboy zwei Euro Trinkgeld zu.

Auf dem Küchentresen füllte er das würzig duftende Thai-Gericht aus Hühnchenfleisch und knackigem Gemüse auf zwei Teller um und goss den Weißwein ein. Harriett hantierte wie stets bei ihren Besuchen zuerst im Bad. Sie war tatsächlich sehr hungrig, denn kaum nachdem Heidberger alles angerichtet hatte, lehnte sie sich mit den Ellenbogen auf die Eichenholzplatte.

„Das sieht ja lecker aus."

„Für meine Henkersmahlzeit habe ich asiatisch gewählt."

Harriett runzelte irritiert die Stirn. „Was soll das denn heißen, Henkersmahlzeit?"

„Was es eben heißt", erwiderte Heidberger kurz und in einem merkwürdigen Tonfall, den sie von ihm nicht kannte. Sie konnte ihn ungleich deuten, eine Sentenz aus Übelgelauntsein, Schwermut und Sarkasmus. Er langte nach seinem Smartphone, fingerte eilfertig auf dem Touchscreen herum und reichte es ihr dann. Harriett nahm es wortlos und landete auf dem Newsportal einer der renommierten Tageszeitungen Berlins. Betrug, Skandal und Marks Name stachen ins Gehirn und beeinträchtigten augenblicklich den Appetit. Die Nachricht überraschte total, sie war noch nicht zu ihr gedrungen. Harrietts wacher Verstand realisierte die Tragweite der Meldung mit dem nächsten Wimpernaufschlag. Trotzdem wollte sie es aus Marks Munde hören, es von ihm bestätigt wissen.

„Ist das wahr?"

Heidberger stemmte sich mit ausgestreckten Armen gegen den Tresen. Beinahe widerwillig-trotzig bejahte er, „zum Henker, ja".

„Okay." Verärgert begann sie im Thai-Gemüse herumzustochern.

„Was erwartest du jetzt, eine Beichte?" Die forsche und ungerechte Frage bereute er im nächsten Moment. Harriett war der einzige Mensch, mit dem er die ins Unerträgliche auswachsende Situation bereden und sich beratschlagen konnte. „Entschuldigung, es geht ziemlich ins Kostüm." Er hob das Weinglas. Ein dünnes, bedenkengeladenes Lächeln huschte über den Tresen hin und her. Natürlich erwartete Harriett eine Erklärung, durfte sie diese erwarten.

Sie schwiegen beim Essen, genossen es irgend möglich. Heidberger legte die Gabel beiseite, ohne den Teller gänzlich geleert zu haben. Mit den Gläsern wechselten sie auf die u-förmige Sitzgarnitur, die sich mit wenigen Handgriffen zu einer Liegewiese zusammenschieben ließ. Sie setzten sich über Eck zueinander. Harriett trug ein hellbeiges Leinenkleid, hochgeschlitzt am linken Oberschenkel. Ihre schlanken trainierten Beine schlug sie übereinander. Diese endeten in High-Heels-Sandaletten, deren feine Lederriemchen über den Knöcheln kreuzgebunden waren. An den Ohren baumelten diesmal keine Papageienschaukeln. So nannte Heidberger die Ringe mit dem Durchmesser einer Cremedose. Dunkelbraune hölzerne Viereck-Plättchen, schräg und verführerisch, ergänzten das legere Outfit. An besseren Tagen nahmen sie sich nicht die Zeit, den Wein auszutrinken, sie wären übereinander hergefallen.

„Was ist das für ein Betrug, skandalös genug, um für dich die Schlagzeile zu reservieren?" Harriett sah ihn eindringlich an. „Die Spesenabrechnungen, vermute ich, werden es nicht sein, also."

Heidberger, der eben noch in einem Anflug von Lust ihren freien Schenkel streifte, brach den Blick ab. In den Händen begann er, den Glasstiel zu drehen.

„Einige Reportagen waren nicht so stimmig, wie sie sich lasen. Entscheidende Dinge stimmten nicht, ich habe sie schlichtweg erfunden."

„Du warst dir bewusst, Reportagen zu schreiben, und hast sie verfälscht?"

„Ja, das war alles."

„Das war alles? Das ist alles! Wie bist du nur auf den Trichter gekommen, diese Nummer abzuziehen? In deinem Fach bedeutet das doch blanken Selbstmord."

„Ich kann keinen klaren, den einen Grund nennen. Schon Vincent bin ich das erklärende Motiv schuldig geblieben. Das existiert auch nicht. Über die Zeit denkst du häufiger, hoppla, wie das, und du kapierst eines Tages, unter unzähligen Themen erweisen sich einige besonders geeignet, von den Blattmachern den Vorzug zu erhalten. Plötzlich landest du mit eben diesen Stories auf den Nominierungslisten für die begehrtesten Medienpreise und gewinnst sie sogar."

„Hat dich das nicht stutzig gemacht?"

„Wie stutzig?"

„Ist es dir nicht unheimlich geworden, dass wiederholt vor allem ein Siegername aufgerufen wurde, nämlich deiner?"

Heidbergers Gesicht querte ein selbstsicheres kaltes Grinsen. „Deswegen habe ich es riskiert. Ganz oben zu stehen, fühlt sich verdammt gut an."

„Du hast betrogen, um dich feiern zu lassen? Brauchtest du das für dein Ego?"

„Gegenfrage, warum strebst du vor die Kamera, nach vorn in die erste Reihe?"

Er stand auf und holte die angebrochene Weinflasche aus dem Kühlschrank.

„Ich möchte schon Erfolg haben, auch mit dem Privileg, ihn zu zeigen. Aber bitteschön auf sauberem Wege." Während sie redete, senkte sich ein breiter Schatten über das Haus. Eine Wolkenfront schluckte die abendliche Sonne. Ihr kam es vor, in der Beziehung zu Mark ereignete sich in diesem Augenblick gleiches. Sie musterte ihn, wie er die Kühlschranktür auf- und zuschwang. Er hatte sich entfernt.

Harrietts schmales Gesicht prägte eine etwas zu lang geratene Nase. Mit ihren großen dunklen Augen und den vollen Lippen erinnerte sie Heidberger an die US-Schauspielerin Barbra Streisand. Er setzte sich und drehte sich demonstrativ ihr zu.

„Dann glaubst du auch an die reine Lehre. Meinst du nicht, deine erotische Ausstrahlung hat mitgeholfen, dass der Programmchef dich für die Moderation des Wochenmagazins auserkoren hat? Ich würde darauf wetten.“ Er legte die rechte Hand auf ihren hochfreien Schenkel. Energisch fasste sie zu und stoppte ihn.

Die nächsten fünf Tage tigerte Heidberger in der Wohnung umher. Anfangs sah er sich die TV-Nachrichten noch an. Die Hohepriester im öffentlichen Medientempel kommentierten ihn in Stücke. Vincent Probst geriet unter Dauerbeschuss der Presse und gab eine Woche, nachdem er den Skandal von sich aus den Medien auf dem Silbertablett serviert hatte, entnervt auf. Er räumte den Chefredakteursstuhl beim „Echo“. Sein begabtester Reporter hatte ihm den unrühmlichen Abgang eingebrockt. Es herrschte Funkstille zwischen beiden, seit Heidberger vor das „Echo“-Verlagshaus getreten war ohne Aussicht auf Wiederkehr. Die Schuld nagte an ihm. Jederzeit war er sich dieser Ultima Ratio und der außerordentlichen Konsequenzen bewusst gewesen, für den Fall, er würde auffliegen. Aber er kaprizierte diese allein auf sich. Andere in den Schlamassel hineinzuziehen, diese Option erwog er überhaupt nicht. Ein naiver Fehler. Er wollte ihn sich nicht verzeihen, hoffte darauf, bei Vincent irgendwann Abbitte leisten zu können. Harriett schwieg beharrlich. Mächtig angefressen hatte sie die Wohnungstür zugeworfen. Wollte er auf seiner Felseninsel nicht verrecken, musste er raus. Weit weg.

Kapitel 5

„Kokain in Babywindeln? Und das hast du dir ausgedacht?“ In Paul Millers dicken Fragezeichen hallte ungläubiges Staunen nach. Es schlug schnell in nachdenklichen Gestus um. „Du musst viel Fantasie besitzen. Von so einem Schmuggeldeal höre ich das erste Mal. Da unten in Del Rio gilt die Gegend als relativ ruhig. Unsere Jungs an der Grenze würden nicht schlecht staunen, erführen sie, was in Deutschland über sie geschrieben wird. Vermutlich wären sie gar nicht amüsiert darüber.“ Er blickte fragend zu Kadamski. Der riss die Augenbrauen hoch und presste die Lippen breit. Ihm behagte die bedrohliche Nuance im Nachsatz nicht. Auch Heidberger bemerkte den unterschwelligen Vorwurf, sein frei interpretiertes Szenario könnte die Arbeit der realen Grenzbeamten, die offenkundig einen guten Job erledigten, diskreditieren. Miller zeigte sich geneigt, seine Kollegen in Uniform zu verteidigen und im polizeilichen Korpsgeist auch sich selbst. Der Sheriff-Stern war ihm heilig. Er liebte diese Rolle. In allen Western-Klassikern, von denen er in seinen Jugendtagen keinen ausgelassen hatte, bewunderte er die unerschrockenen Männer mit dem blanken Stern. Sie waren das Gesetz, sie waren der Staat. Einen Polizisten der Vereinigten Staaten in der Berufsehre zu verletzen, ihn zu verunglimpfen oder mies zu reden, setzte Miller gleich mit einer Attacke auf alle Cops in den USA.

Unabhängig voneinander suchten Kadamski und Heidberger das eingeträufelte Ungemach in Millers zugespitzter These zu entschärfen. „Mark lag es fern, deine Kollegen vorzuführen. Wie ich es verstanden habe, ging es ihm vor allem um die schmutzigen Methoden der Drogenmafia.“ Kadamski wusste jedoch nur zu gut, Heidberger hatte falsch gespielt. Eine Reportage mit Tatsachen zu spicken, von denen ihm klar war, tatsächlich existierten sie gar nicht, damit betrog er seine Leser und rückte die betreffenden Menschen und Regionen in ein fragwürdiges Licht. Auf höchst unfaire und beleidigende Weise. Hätte er eine fiktive Story geschrieben und als solche ausgewiesen, wäre ihm der jetzige Trouble erspart geblieben. Doch das hieße, die journalistische Linie zu verlassen und die Chance auf Adelung im klassischen Reporterfach hinzugeben.

„In einem anderen Zusammenhang habe ich mal von Geldschmuggel in Babywindeln gelesen. Daraus ist die Idee mit dem Kokain entstanden." Heidberger mühte sich, einen rechtfertigenden Habitus zu vermeiden. In den Satzpausen senkte er den Kopf. Vor zwei Amerikanern in Texas zu sitzen und diesen die Entstehungsmotive der vermeintlichen Reportage vom Rio Grande aufzubröseln, die er nicht vor Ort recherchiert und von hinten bis vorne erlogen hatte, überspannte seinen Gemütsbogen. Anders und schmerzender als die Diskussionen mit Vincent Probst und Harriett in Berlin. Gegenüber Miller und Kadamski brach zum ersten Mal das aufwühlende Gefühl hervor, sich zu schämen. Er kam sich erbärmlich vor, empfand es anmaßend, sich ihrer Landsleute bemächtigt zu haben. Ohne sie kennenzulernen, ohne sie zu fragen. Zu Hause am Schreibtisch sitzend sonderliche Geschichten über sie auszufantasieren und diese zu allem Überdruss als Realität zu verkaufen. Bar jeder Wahrnehmung, zuweilen die Schwelle zur Ehrverletzung zu überschreiten. Im deutschen Journalistenhimmel als Betrüger entblößt worden zu sein, hatte ihm zugesetzt, wie es jeden anderen erwischten Betrüger, Aufschneider oder Hochstapler widerfuhr, der sich in weißer Weste und moralisch sauber darstellte. Die Kühle der Cola-Dose strebte nach dem Ausgleich mit Heidbergers feuchtwarmen Händen. Ihm war heiß.

„Eine heikle Sache, auf die du dich eingelassen hast", fuhr Kadamski fort. „Fies daran ist vor allem, du bekommst es mit einem Sorry oder einer Entschädigungszahlung nicht abgegolten. Dein

Ruf bleibt ruiniert, ein Kainsmal für den Rest des Weges." Er sah ihn fest an. „Wenn dir so viel am Erzählerischen gelegen ist, rate ich dir, in die Literatur zu wechseln und dort deine Erfolgssucht zu stillen. Das Scheitern wäre zwar gewisser, aber beides wenigstens ehrlich."

„Ah, da spricht der verhinderte Literatur-Professor", prustete es aus Miller. Heidberger flog der Satz wie ein erfrischender Luftzug an. Warum war ihm das nicht längst aufgegangen? Kadamskis Rede speiste sich aus einem Quantum an Belesenheit und Textgespür. Ein Seelenverwandter.

„Literatur-Professor und wieso verhindert?"

„Das ist eine längere Erzählung."

„Darauf stehe ich besonders, wie du inzwischen weißt."

Heidberger und Kadamski lachten.

Zögerlich schob Miller ein Grinsen hinterher. „Pass auf, was du sagst, Lato. Ehe du dich versiehst, landest du in Deutschland in einer Zeitschrift, und dann kriegt es auch noch deine polnische Verwandtschaft spitz."

„Wennschon, ich gehe mal davon aus, Mark schreibt es wahrheitsgetreu auf und dichtet nicht irgendwelche Schweinereien hinzu."

„Ich müsste in jedem Fall unter falschem Namen schreiben, meiner ist verbrannt."

Kadamski ging darauf nicht weiter ein. „Paul meint mit dem Literatur-Professor ein paar Semester an der Amerikanischen Universität in Washington D.C. Das Geld langte nicht bis zum Schluss, aber es ist mein Hobby geblieben."

„Inwiefern? Schreibst du?"

Kadamski atmete durch die Nase einmal tief ein und aus. Die Finger seiner Hände griffen ineinander. Er baute Spannung auf.

Die Pause nutzte Miller spontan, seinerseits Heidberger einen Rat zu geben. „Das mit den Entschädigungszahlungen solltest du im Hinterkopf behalten. Es wimmelt hierzulande von Rechtsanwälten, die darauf lauern, ihren Mandanten horrende Summen in Aussicht zu stellen. Bei irrsinnigsten Vorwürfen an die Beklagten, körperliche, seelische und sonstige Schmerzen verursacht zu haben. Wenn so ein Glücksritter den Leuten in Del Rio flüstern würde, sie erlitten durch deine erfundene Geschichte ein kollektives Trauma und die Stadt kränkelt fortan an einem schlechten Image, könnte eine gerichtlich erstrittene Entschädigung schnell in die Millionen gehen. Ich will dich nur warnen, mit deinem Problem allzu leichtfüßig zu hausieren. Eines Tages möchtest du doch wieder nach Hause."

Heidberger konnte sich täuschen, doch wie Miller den letzten Satz prononcierte, schwang wieder etwas Vorwurfsvollbedrohliches darin mit. Mochte er nicht nur Journalisten nicht, sondern auch Ausländer?

Kadamski kämpfte mit sich. Die zwei zur Frage verknüpften Worte „Schreibst du?" stachen stilettartig tief ins Fleisch. Stießen bis zu einem Herd schwelenden Schmerzes vor, den er seit Jahrzehnten in sich trug. Er träumte einst davon, über die wissenschaftliche Annäherung zur Literatur schriftstellerische Fähigkeiten von einer Qualität zu erlangen, die ihm eine steile Buchautor-Karriere ebnen sollten. Salinger, Updike, Ford, Boyle, sie alle leuchteten über ihm. In ihre Höhen strebte er und musste erleben, wie es Franzen, Foster Wallace und Easton Ellis gelang. Den Feuilleton-Helden seiner Generation.

Sollte er den Deutschen damit behelligen, sich womöglich des Verdachts des Selbstmitleids aussetzen? Mark war plötzlich hereingeschneit, entpuppte sich schnell als jemand, dem er zutraute, die Erzählung eines gealterten Mannes zu ertragen und zu verstehen. Vor ihm saß ein mit sich selbst in Konflikt geratener Youngster. Im Begriff, sein Schreibtalent zu entwerten. Wenn auch aus anders geartetem Grunde, der es ihm, Kadamski, verwehrte, seinen amerikanischen Traum zu erfüllen und zu leben. Früh waren die ersten Bande zur aufstrebenden schriftstellerischen Intelligenz der 1980er-Jahre an der Ostküste, in New York, verlorengegangen. In seinem heutigen Umfeld kann er mit niemanden darüber reden. Darin findet sich kein Platz für Literatur, für kulturelle, philosophische und geschichtliche Diskurse. „Ich will die Sache von hinten aufzäumen. Mich hat es vor Jahren auf eines der Gasförderfelder hier in Texas verschlagen. Als es mit diesem Fracking-Boom losging. Du hast bestimmt davon gehört, das Erdgas wird beim Fracking aus dem Erdinnern gepresst."

„Darüber war in den letzten Jahren einiges zu lesen bei uns."

„Es wurden viele Leute gebraucht und mit guten Dollars gelockt. Aus allen Ecken der Staaten strömten sie ins Fracking-Eldorado. Ich komme von weiter oben, aus Massachusetts. Es war die Chance, endlich so viel Geld zu verdienen, dass es über den Monat hinaus reicht. Ich bin Vorarbeiter an einer Förderanlage gut 100 Kilometer westlich von Austin. Das hat mir die Freiheit verschafft, mich wieder dem Schreiben zu widmen. Nach der Highschool begann ich in Washington zu studieren, Literaturwissenschaften. Meine ersten Schreibversuche zuvor beschränkten sich auf Gedichte. Darin besinge ich meine Fernheimat Polen. Sie waren eher so eine pubertäre Ausflucht. Ich wollte unbedingt Schriftsteller werden. Mich interessiert das Ausloten der Wechselbeziehungen zwischen verschiedenen Individuen und Charakteren auf der einen Seite und den gesellschaftlichen Verhältnissen und Zwängen auf der anderen Seite."

„Hast du ein konkretes Projekt in Arbeit?"

„Ich bastele an einem Manuskript für einen Roman. Die Handlung ist in Texas angesiedelt und dreht sich ums Fracking. Vor allem will ich die Frage beleuchten, was der Erdgas-Boom mit den Menschen macht. Mit den Einheimischen und mit denen, die es in Scharen hergezogen hat. Wie verändert der ganze Zauber das Land und die Umwelt?“

„Was macht es mit den Menschen?“, fragte Heidberger, neugierig geworden.

„Unter den Texanern gab es über Nacht etliche Millionäre mehr, da Landbesitzern laut Gesetz die Bodenschätze auf ihrem Grund gehören. Bei den Goldsuchern, ich nenne sie so, weil ich den Hype um das Gas mit dem Goldrausch vom Klondike vergleiche, erlebe ich es jeden Tag. Sie haben alle das Dollarzeichen in den Augen, genauso wie ihre Bosse. Es wird gefördert, als gäbe es kein Morgen. Unter den Jungs findest du alles, was anderswo querbeet aller Branchen vergeblich versucht hat, mit dem Hintern an die Wand zu kommen. Die alles überlagernde Devise lautet, viele Petrodollars machen, solange es geht. Denn es kann von einem Tag auf den anderen vorbei sein, wenn nämlich der Ölpreis auf dem Weltmarkt abstürzt. Dann stehen die Förderanlagen schlagartig still.“

„Jetzt male den Teufel nicht ans Haus“, schaltete sich abrupt Miller ein. „Mit dem Gas und den Arbeitern ist Texas extrem aufgelebt. Alle verdienen auf die eine oder andere Art mit an dem Geschäft. Wie lange es funktioniert, interessiert heute keinen Menschen.“

„Bei euch vielleicht.“ Heidberger unterbrach Miller. „Nicht wenige Experten warnen vor den geologischen Verwerfungen und der chemischen Belastung der Umwelt durch die Pressflüssigkeit.“

„Guck an, unser neuer Freund kennt sich aus und gehört offenbar zu der Sorte Journalisten, die anderen Leuten erzählen wollen, was für sie gut ist, wie sie zu leben haben. Davon haben wir hierzulande genug.“

„Meine Absicht ist das nicht. Aber ich meine trotzdem, das expansive Fracking ist nicht gesund für die Landschaft.“

Rechtzeitig, bevor Miller zum Konter ausholte, grätschte Kadamski in den aufkeimenden Zwist. „Ich habe was gelesen über Fracking in Deutschland. Es ist kaum möglich dort, bei den strengen Auflagen und dem Widerstand vieler Bürger und grünen Protestler."

„Weil wir auf diese Weise Gas gewinnen, heißt es noch lange nicht, wir Texaner agieren verantwortungslos und ohne Bedenken."

„Die Deutschen ticken eben anders. Oder würdest du zur privaten Seelenkur um die halbe Welt reisen?" Kadamski schaute die beiden anderen abwechselnd an. Hoffend, die Gemüter wallten nicht weiter auf.

„Lenk nicht ab, Lato. Du weißt, bei uns im Süden reagieren die meisten Leute allergisch auf Belehrungen."

„Und auf Veränderungen, so diese sich nicht gerade eignen, einen Sack voll Dollars zu verdienen. Das steckt euch Südstaatlern in den Genen. Ihr lauft heute noch mit Colt im Halfter herum und fahrt mit dicken Pick-ups zur nächsten Western-Bar."

„Was willst du damit sagen? Wir sind alles Hinterwäldler?" Miller straffte den Oberkörper, richtete sich auf, als gelte es, einen tätlichen Angriff abzuwehren. „Ich weiß eine Menge Leute, denen es gefällt, so zu leben. Gleich nach dem lieben Gott glauben sie an das ur-amerikanische Ideal des freien Mannes. Der für sich selbst entscheidet und verantwortlich ist, ob er es zum Millionär bringt oder in einem verkifften Wohnwagen endet. Sie halten überhaupt nichts von diesen Spinnern an der Ostküste, die am liebsten alles verstaatlichen würden. Sozialismus habt ihr doch bei euch in Deutschland gehabt." Er sah Mark an. „Was ist daraus geworden? Wirtschaftlich soll es ziemlich beschissen zugegangen sein, bis die Leute die Faxen dicke hatten und die Mauer eingerissen haben."

Heidberger verfolgte gespannt den Disput, bis ihn Pauls direkte Ansprache aus dem Modus des Beobachters riss. Die Frage war von ihm nur mittelbar zu beantworten, hatte er doch mit seinen 28 Lenzen den realsozialistischen Alltag in Ostdeutschland nicht erlebt. Auch die Eltern fielen später im Erfahrungstransfer als Zeitzeugen aus. Sie wechselten nach der deutschen Einheit aus Frankfurt am Main nach Berlin. Der Sozialismusentwurf im Osten interessierte sie vorher nicht. Für sie endete Deutschland am Grenzkontrollpunkt Helmstedt am östlichen Rand von Niedersachsen. Lukrative Behördenjobs lockten sie nach Berlin. Im Stadtteil Mitte wuchs Heidberger auf, umweht vom postsozialistischen Hauch der Wendejahre. In den zu Supermärkten mutierten HO-Kaufhallen funkelte die Konsumwelt des Westens, während sich in den Straßenzügen und in öffentlichen Einrichtungen der triste Charme der gescheiterten anderen deutschen Republik noch lange Zeit sichtbar hielt. Etwas anderes war es, in der einstigen DDR täglich den Widrigkeiten von Mangelwirtschaft, ideologischer Einengung und verriegelten Staatsgrenzen ausgesetzt gewesen zu sein.

„Wie es sich mit Volkseigentum und umgeben von einer Mauer gelebt hat, darüber weiß ich nur vom Hörensagen. Ich wurde geboren, da ging das alles gerade krachend zu Ende." Manchmal wünschte sich Heidberger eine Zeitmaschine für einen Ausflug in den DDR-Alltag. Mit seinen Schulkameraden in Ostberlin ist er nie richtig warm geworden. In ihren Augen blieb er unabänderlich der strebsame Wessifuzzi. Er hat es nie begriffen, nach diesem Rollenmuster eingetütet zu werden. Egal, was er anstellte, wie er sich gab. Ab der Oberstufe war es ihm dann selbst egal. Zumal in jenen Tagen die Altbundesrepublikaner eine Kanzlerin mit dem Stallgeruch des Ostens zuließen. An diesem symbolträchtigen Akt knüpfte er die Hoffnung, die hartnäckigen gegenseitigen Ressentiments in Ost und West würden ein Stück weit befriedet. Ein banaler Wunsch, und wie sich bis dato zeigen sollte, eine grandiose Fehleinschätzung. Ostler und

Westler misstrauen und missfallen sich mehr denn je. Wozu die ostdeutsche Alternativloskanzlerin nicht unwesentlich beigetragen hat, indem sie sich despektierlich ihrer Herkunft als der bessere Westimport gerierte. In den neuen Bundesländern stieß das vielen übel auf.

„Drei Jahrzehnte danach fängt ein Teil der Ostdeutschen irrwitzigerweise an, manches aus der Ära der kollektiven Zwangsbeglückung ganz nett zu finden und für die Zukunft wiederzuentdecken."

„Was soll das denn sein?" Millers Stirn legte sich in Falten.

„Angeblich herrschte damals wohlige Nestwärme. Die Menschen seien mehr füreinander dagewesen, höre ich oft. Was ich aber für eine Verklärung der Umstände halte. In der Not rücken Menschen intuitiv enger zusammen. Im Osten wurde das zur dauerhaften Begebenheit. Mit der harten West-Mark platzte die Blase."

„Wir mögen die Ostküste nicht, du scheinst dem Osten Deutschlands nicht sehr gewogen zu sein."

„Was heißt, nicht sehr gewogen? Ich mag nicht diese anmaßende Einstellung, der Staat müsste alles regeln und ist im Zweifel verantwortlich für die eigene missliche unbefriedigende Situation. In der DDR war es so, Vater Staat dirigierte in jedwede Lebensbereiche hinein und im Volk wurde viel über die da oben gewettert. Anders, als gern vorgeschoben, muss es weniger bedrückend und entbehrungsreich gewesen sein, sonst würde sich jetzt nicht eine solche Sehnsucht nach gemeinschaftlicher Hege und Pflege erheben. Dabei waren es die Ostdeutschen selbst, die diese konsequente Freiheit, wie du sie benannt hast, im Herbst 1989 eingefordert haben. Niemand hatte sie dazu gezwungen, und der Westen wartete nicht auf sie, auch wenn das dort gern gegenteilig kolportiert wird. Mich wurmt das doppelte Spiel. Wild entschlossen vorzupreschen und bei der ersten Erfahrung zurückzuweichen, die ersehnte zuckersüße Freiheit besitzt auch eine raue und unerbittliche Seite. Da lob ich mir eure Mentalität, immer wieder anzupacken, wenn es mal gründlich schiefgegangen ist."

Während Miller die Lobeszeile sichtlich geschmeichelt quittierte, verriet Kadamskis nachdenklicher Gesichtsausdruck, diese nicht unkommentiert stehen zu lassen.

„In deiner vertrackten Situation bist du hier dann ja genau richtig, um Anschauungsunterricht zu nehmen." Durch Kadamskis Drei-Tage-Bart huschte ein flüchtiges Grinsen. „Ich bin einer der Millionen Amerikaner, die den Wiederaufstehen-Mythos bedienen. Er ist erwachsen aus den wirklich gewaltigen Krisen, die dieses Land durchgestanden hat. Nimm den Bürgerkrieg zwischen Nord und Süd oder die große Depression nach der Weltwirtschaftskrise. Die sich berappelten, handelten selbstbestimmt. Sie suchten ihre Chance in den unzähligen Möglichkeiten. Texas und der Gasboom waren für mich eine solche. Aber es ist leider nur die halbe Wahrheit. Ebenso Millionen Amerikaner raffen sich nicht auf und ziehen nicht dem nächsten guten Job hinterher, den sie in der absterbenden Stahlindustrie oder im kriselnden Automobilbau verloren haben. In den verslumten Stadtteilen von Detroit und Baltimore hoffen sie auch, dass ihnen geholfen wird. Ich will damit sagen, es ist ungerecht, über ganze Bevölkerungskreise den Stab zu brechen. Das geht mir bei vielen Kollegen deiner Zunft zu leicht über die Lippen. Wir sollten stattdessen über die Individuen und einzelne Schicksale reden. Sie werden in aller Regel durch die Lebensumstände, in die jeder zufällig hineingeboren wird, geprägt und vorgezeichnet. Nicht jedem Menschen wohnt die Energie inne, sich diesen zu entziehen, sich gegen sie zu stemmen."

Kadamski lugte zu Miller. „Ich komme von der Ostküste und Paul kann mich trotzdem leiden, stimmt's?"

„Ich sehe es dir nach."

„Da hörst du es, Mark! Ostküste hin oder her. Natürlich gibt es dort genug Spinner. Denen würde ich auch keinen Teebeutel abkaufen. Aber sie haben wie deine ostdeutschen Kameraden ein Anrecht darauf, fair behandelt zu werden." Die polnische Herkunft zählte zu Kadamskis prägenden Lebensumständen. Er reagierte sensibel, wenn Menschengruppen ausgegrenzt, stigmatisiert wurden, weil sie in ihrer Abstammung, in ihrer Kultur und in ihrem sozialen Status abwichen von der vermeintlichen Ideallinie einer sich selbsterhöhenden, selbstherrlichen Mehrheit. Heidbergers Rhetorik zu den Ostdeutschen störte ihn. Weniger wegen dessen spätgeburtlichen Unerfahrenheit. Der Junge vereinte allen Grund auf sich, demütig zu sein. Moralisch und persönlich in seinem journalistischen Schaffen gescheitert, hatte es ihn in eine der abgelegenen Ecken von Texas getrieben. Am Selbstbildnis rüttelte das kaum. Eine gewisse Überheblichkeit, eine Verliebtheit in sich selbst und eine herablassende Distanz zu allem, was er vermeinte beurteilen zu können. Er machte sich nicht die Mühe, es zu verbergen.

„Grundsätzlich magst du richtig liegen, Lato. Doch wenn bei euch ein paar Radikalinskis prosozialistische Umverteilungsfantasien salonfähig machen und sich ein Haufen hippiger Leute dafür erwärmen kann, ist das ein ganz anderer Schuh. Sie banalisieren totalitäres Machtgebaren, indem sie dieses lautstark einfordern ohne den blassesten Schimmer eigenen Erlebens. Bei uns wissen die meisten Ostdeutschen, worüber sie reden. Doch verblassende Erinnerungen scheinen es zu erleichtern, Gleichmacherei und All-inclusive-Versorgung das Wort zu reden. Aber das könnt ihr euch nicht vorstellen, es ist eine sehr spezielle Laune der Geschichte."

„Was wird das jetzt, ein History-Seminar?", zischte Miller dazwischen. „Mir ist es schnuppe, Mann, wovon eure Ex-Kommunisten träumen. Hauptsache an der Ostküste kriegen sich die Linken in der Demokratischen Partei wieder ein, sonst kriegen wir Bürgerkrieg."

Der harte Tobak verfing bei Kadamski nicht. Er war noch bei den Ostdeutschen. „Deine Landsleute aus der ehemaligen DDR habe ich als ziemlich selbstbewusste Typen kennengelernt, gar nicht larmoyant."

Kapitel 6

In der Bucht von Gloucester lag der Supertrawler „Eduard Claudius“ seit den Morgenstunden auf Reede. Amerika empfing die Hochseefischer aus der DDR nach ihrer zehntägigen Reise über den Atlantik in strahlendblauem Gewand. Von Land aus betrachtet, ragte der schwarze Rumpf hoch aus dem Wasser. Die Laderäume des Trawlers waren leergefegt, sie sollten in den kommenden Wochen mit tiefgefrorenen Makrelen-Filets aufgefüllt werden. Beim Fischzug im US-Schelf südlich von New York. Lato Kadamski bestieg ein kleines Fangboot im Hafen. Wo sich sonst Hummerkörbe auf dem schmalen Arbeitsdeck verteilten, stapelten sich Kartons mit Lebensmitteln und Kisten mit frischem Obst und Gemüse. Proviant für die Crew der „Eduard Claudius“. Zusammen mit Kadamski kletterte seine Kollegin Lisa Finnegan an Bord. Der stämmige Bootsführer nahm ihr die schwarze Reisetasche ab und verstaute diese im Ruderhaus. Wodurch sich der geringe Platz in dem vor Wind und Wellen schützenden Unterschlupf weiter einengte. Wie in eine Liftkabine gedrängt standen die drei Bootsfahrer beieinander, während der Hummerfänger in die Hafenausfahrt tuckerte. Auf der offenen See beschleunigte er und hielt auf den Supertrawler zu.

Lisa und Lato setzten mit dem gecharterten kleinen Boot über. Die Fischereiaufsicht der USA schickte sie auf das Fischereischiff mit der DDR-Flagge am Heck. Die beiden Observer sollten in den nächsten vier Wochen die täglichen Fänge des Supertrawlers überwachen und dokumentieren. Ende der 1980er-Jahre waren diese auf die Tonne quotiert, wurde die Einhaltung des Limits in der ökonomischen 200-Meilen-Zone streng beäugt. Auch dass nur Makrelen in die Fischbunker der ostdeutschen und anderen ausländischen Fänger verschwanden. Lisa, seit kurzem 20 Jahre jung und mit wild gerupftem schwarzen Haarschopf burschikos aussehend, unternahm ihre zweite Kontrollreise. Nach der Schule hatte sie sich mit einigen Gelegenheitsjobs herumgeschlagen, bis sie auf das Angebot der Fischereiaufsicht stieß. Ein Eintrittsticket, sie träumte davon, eines Tages als Meeresbiologin zu arbeiten. Lato wagte sich zum ersten Mal aufs Meer. Der passabel bezahlte Job bewahrte ihn davor, in seine Heimatstadt Springfield zurückkehren zu müssen. In das Haus seiner Eltern, zwei Autostunden entfernt von der Küste, im Hinterland von Massachusetts. Mit Mitte 20 musste er den ersten tiefen Einschnitt in seinem Leben verwinden und sich auf die Suche nach einer existenziellen Perspektive machen.

Eines Morgens zerriss zu ungewöhnlich früher Stunde das Telefonklingeln die komatöse Ausnüchterungsstille in seiner Studentenbehausung. Einem schmalen abgewetterten Haus in einem Vorort der US-amerikanischen Hauptstadt. Gemeinsam mit drei anderen Studenten hatte Kadamski sich dort eingemietet. Zwei Kumpels aus New York und ein Schotte. Alan stammte aus Edinburgh. Auf dem Campus waren sie zufällig an die gleiche Mietofferte geraten und entschieden sich spontan zusammenzuziehen.

Kadamskis Vater, ein angesehener Allgemeinmediziner mit eigener Praxis in Springfield, ermöglichte es ihm, an der Amerikanischen Universität zu studieren und die Hausmiete mitzutragen. Verstimmt und nach einigem Zögern akzeptierte er den Wunsch des Sohnes, sich den Literaturwissenschaften zu widmen. Er hätte es lieber gesehen, Lato wäre ebenfalls Mediziner geworden und würde die Arztpraxis weiterführen. Sie war seine Selfmade-Story im gelobten Land. 1967, nach dem Studium in Warschau, siedelte er mit Ehefrau Agnieszka und dem vierjährigen Lato um. Vorfahren, die sich bereits vor dem Zweiten Weltkrieg in Chicago niedergelassen hatten, erleichterten es der jungen Familie, das kommunistisch regierte Polen zu verlassen. Gut ausgebildeten Medizinern verweigerten sich die USA seit jeher nicht.

Im Schrillen des Telefons lag etwas Bedrohliches. Das Schluchzen der Mutter drang befremdlich an sein Ohr. So hatte er sie noch nie vernommen. Ein ihrem polnischen Akzent geschuldeter Szecz-Sound verstümmelte jedes zweite Wort. Lato bereitete es Mühe, sie zu verstehen. Das beunruhigte ihn, sein alkoholumnebelter Geist sah blitzartig klar. Er hakte nach, und noch mal nach, bis er den entscheidenden Satz herausgefiltert hatte. „Dein Vater hat einen Herzinfarkt erlitten, er ist tot." Zbigniew Kadamski fehlten wenige Wochen, um das 50. Lebensjahr zu vollenden. Und es fehlte Geld auf der Habenseite. Bei einem Immobilienprojekt in Florida war er dem Renditeversprechen aufgesessen und hatte nach der dubiosen Pleite des Investmentfonds einen Großteil seines Vermögens verloren. Kadamskis Witwe Agnieszka blieb nichts anderes übrig, sie musste die Arztpraxis verkaufen, um das feine Anwesen der Familie mit einem geräumigen Haus im Bungalowstil der 1960er-Jahre halten zu können. Seit sie in Springfield sesshaft waren, arbeitete die studierte Kennerin slawischer Literatur stundenweise in der örtlichen Bibliothek. Aus Liebe zu Büchern, die Praxis ihres Mannes lief gut.

Kurz vor Ende des vierten Semesters türmten sich öfters Bierdosen und Schnapsflaschen auf dem flachen Wohnzimmertisch der Studentenherberge. Lato und die anderen drei angehenden Literaturwissenschaftler konnten sich mit dem zweiten Teil des Sammelbegriffs nicht anfreunden. Sie wähnten sich mehr kreativen Experimenten hingezogen. Jeder schrieb an irgendwelchen Texten. Gedichten, Essay-Entwürfen und Versatzstücken künftiger Romane. Alan versuchte sich gar an einem Drehbuch. Damit wollte er in Hollywood einreiten und eine Karriere als Autor im Filmgeschäft begründen. Sie trauten sich in kleiner Runde, aus ihren Textfragmenten vorzulesen und darüber zu diskutieren.

Meistens mündeten die Abende in Alans populärfachlichen Vorträgen über die Herstellung und Geheimnisse des schottischen Whiskys. Sie leerten keine Flasche ohne nähere Kenntnisse zur Destillerie, dem spezifischen Geschmack und der Wertigkeit des jeweiligen Tropfens. Lato ertrug die bedrückende Unzufriedenheit, die eigene und die der anderen, dem schöpferischen Drang nicht freie Hand und freien Lauf geben zu können, kaum noch ohne einen spürbaren Promille-Anteil Alkohol im Körpersaft. Das schmale Haus, eine halbe Autostunde von Washington entfernt, engte alle zunehmend ein.

Der Tod des Vaters befreite ihn aus dem Dilemma. Die jährlichen 12.000 Dollar Studiengebühren waren passé. Fortan spürte er die kalten Fesseln monetärer Abhängigkeit. Die beiden New Yorker befeuerten ihn, in die Ostküsten-Metropole zu ziehen. Ein paar Mal hatten sie zusammen dort Wochenenden verbracht. Er lernte den noch unbekannten Jonathan Franzen kennen und auch den geheimnisvollen David Foster Wallace, dessen Freitod gut 20 Jahre später ihn nicht so sehr überraschen sollte. Bret Easton Ellis bewunderte er. Mit 21 Jahren feierte der seinen ersten Bucherfolg und schrieb Artikel für große Magazine. Er selbst war nicht soweit und vielleicht auch nicht so talentiert. Exzentrisch traten die anderen auf, Lato Kadamski mussten sie nicht kennen.

Bei der Trauerfeier in Springfield erzählte ihm ein Verwandter väterlicherseits, die Fischereiaufsicht in Massachusetts suchte dringend Observer. Für die zahlreichen vor der Ostküste ihre Schleppnetze ausbringenden Fischereitrawler aus Europa und von den Sowjets.

Auf der „Eduard Claudius", der Namenspatron des Fangschiffes, so erfuhr er an Bord, war Schriftsteller gewesen, erwartete ihn und seine Partnerin im Job Lisa eine Besatzung aus dem kommunistischen Teil Deutschlands. Der im Osten an Polen grenzte. Einige der Seeleute aus der DDR hatten sich an der Reling eingefunden und sahen neugierig zu, wie der kleine Hummerfänger auf dem Wasser tänzelnd versuchte, mit dem Heck losen Kontakt zum heruntergelassenen Fallreep zu halten. Die Proviantkartons und Obst-und-Gemüse-Kisten wurden hinübergereicht und von Hand zu Hand nach oben auf das Arbeitsdeck befördert. Zuletzt stiegen Lisa und Lato über. Danach drehte das Fangboot ab und nahm Kurs auf die Hafenzufahrt von Gloucester.

Amerikanische Observer waren den Hochseefischern keine unbekannten Wesen. Lato fiel sofort auf, sie begegneten den administrativen Gästen kameradschaftlich und ungezwungen. Ein klar geregeltes Regime bestimmte das Zusammenleben und die Arbeit der 90-köpfigen Crew. Den weiblichen Anteil in figura von zwei Stewardessen ergänzte Lisa für die kommenden Wochen zu einem Trio. Lisa und Lato wurden als Offiziere behandelt. Sie bezogen jeweils eine Kammer im oberen Decksbereich und nahmen das Essen zusammen mit den höheren Dienstgraden in der Offiziersmesse ein. Die Meerestage waren angefüllt mit Warten. Auf der Brücke, der Kommandozentrale, schauten Kapitän Peter Schmidtke und die nautischen Wachoffiziere zuweilen im Minutentakt auf das Fischortungsgerät, hoffend, ein Makrelenschwarm würde angezeigt. Mit jeder Stunde ohne den erlösenden dunklen Flecken auf dem Bildschirm wuchs die Anspannung, wurde es stiller, leerte sich die Kaffeekanne auf dem kleinen Tischvorbau an der Fensterfront des Ruderhauses schneller als üblich. Die Mannen um Kapitän Schmidtke verbrachten kostbare Lebenszeit auf hoher See. Doch nicht, um diese untätig totzuschlagen.

Das erste Anzeichen eines Schwarms und der trockene Hinweis des Wachhabenden darauf elektrisierten die Luft auf der Brücke. Im Nu war das Ortungsgerät umringt. Neben dem Kapitän und zwei Nautikern gesellte sich der Chief dazu, der seine Stippvisite in der Maschinenanlage beendet hatte. Kapitän Schmidtke griff routiniert nach dem von der Decke baumelnden

Telefonhörer, der ihn direkt mit der Crew auf dem Arbeitsdeck verband. Es gab keine Zeit zu verlieren. Das Ausmaß der Makrelenansammlung versprach einen satten Fang oder Hol, wie Lato von den Deutschen lernte. Er verfolgte den Stimmungsumschwung von der Backbordseite aus, eine Tasse Kaffee in der Hand. Kapitän und Erster Offizier hatten ihn glatt stehengelassen, nachdem von der gegenüberliegenden Steuerbordseite die erfolgreiche Fischsuche signalisiert worden war. Ihn erstaunte das Momentum der Erlösung vom Nichtstun. Im Betriebssystem des Supertrawlers begannen alle ineinander greifenden Rädchen zu drehen. Mit dem lässigen Kommando von der Brücke „Leggo!", das Lato als „Let's go!" identifizierte, rutschte das Fanggeschirr samt Steert über die Heckslip in die Fluten des Atlantiks. Einige Stunden schleppte die „Eduard Claudius" den tonnenschweren Ballast hinter sich her. Derweil stieg auch im letzten Winkel des Fangschiffes erneut die Anspannung. Wie viele Tonnen Makrelen werden ins Netz gehen?

„Das dürfte für 40 Tonnen reichen." Kapitän Schmidtke war gelöst zu Lato zurückgekehrt. Er und die anderen Offiziere sprachen trefflich Englisch.

„Dann hat sich das ewige Lauern wenigstens gelohnt."

„Fürwahr, Sie glauben gar nicht, wie sehr mich die Tage grauen, an denen wir sprichwörtlich im Trüben fischen."

„Warum das?"

„Sehen Sie Lato, die Jungs sind 90 bis 100 Tage auf dem Dampfer eingesperrt. Startet die Reise ohne nennenswerte Fänge, kann man nur hoffen, dass das Essen schmeckt. Gereizte Stimmung an Bord gleicht einem Atlantiktief. Du musst es aushalten, bis die Sonne wieder auftaucht oder eben viel Fisch. Wir treffen uns nachher auf dem Deck beim Hieven." Schmidtke schlürfte aus seiner Tasse den letzten Schluck Kaffee und verließ die Brücke.

Wenig später war Lato mit dem Zweiten Offizier Erich Korn allein. Vor zwei Stunden, um 12 Uhr mittags, hatte der Nautiker den zwölfstündigen Wachdienst angetreten.

„Der Käpt'n sagt, von der Erfolgsquote beim Fischen hängt ab, ob die Leute bei guter Laune sind. Kann es auf einem kommunistischen Schiff nicht gleichgültig sein, sie erhalten doch ohnehin ihr Geld?"

Erich Korn blickte übers Vorschiff. Auf dem Fangplatz operierte auf Sichtweite ein halbes Dutzend Fischereifahrzeuge. „Weißt du, auf See liegen die Dinge etwas anders, nicht wie in den Betrieben an Land. An jeder Tonne gefangenen und verarbeiteten Fisch verdient jeder auf dem Schiff mit. Vom Matrosen bis zum Kapitän. Anteilig unterschiedlich, aber immerhin. Füllt sich der Laderaum, füllt sich die eigene Börse. Anderenfalls würden sich die wenigsten das hier antun." Korn schaute um sich.

„Das klingt nicht sehr nach Planwirtschaft."

„Wir kriegen Vorgaben, welche Mengen wir im Jahr anzulanden haben. Aber im Grunde interessiert das niemanden von uns. Volle Steerts machen die Jungs da hinten froh." Korn nickte mit dem Kopf in Richtung Arbeitsdeck, das sich unterhalb des Ruderhauses über 40 Meter bis zum Heck erstreckte. Es war verwaist, die Deckscrew zur Kaffeepause verschwunden. An den straffen Kurrleinen, die achtern raus im Meer steckten, zerrte in der Tiefe das gewaltige Schleppnetz. Eine trichterförmige Falle für zigtausende Fische. Der Zweite Offizier schätzte, in zwei bis drei Stunden würde er das Kommando geben können, das Netz über die halbrunde Heckslip an Bord zu hieven. Dann hatten Lisa und Lato ihren Auftritt. Gemeinsam mit Kapitän Schmidtke, einem erfahrenen Jäger auf den Weltmeeren, verfolgten sie seitlich an der Heckslip stehend, wie der Steert aus dem Wasser auftauchte. Sie zogen die Schultern hoch. Ein ungemütlicher Wind fegte in ihre Nacken. Mit jedem Meter Netz, den das Meer freigab, klärte sich die Frage nach einem dicken Hol oder laschen Ertrag.

Lisa offenbarte wenig Geschick, die Fangmenge annähernd genau zu taxieren. Lato wiederum entwickelte keinen besonderen Ehrgeiz, mit dem Kapitän um die letzte Tonne zu feilschen. Was Schmidtke nicht entging. Lautstark gegen den Seewind untertrieb er, streckte so abseits des Protokolls die Fangquote. Schnell erkannten Kapitän und Offiziere zudem, Lato war einem Whisky nicht abgeneigt. Dermaßen, dass er zuweilen bei nächtlichen Hols darauf verzichtete, an Deck zu stiefeln.

Schmidtkes rechter Hand, dem Ersten Offizier Manfred Olbrecht, fiel es zu, mit Lato die Vorliebe zum Whisky zu pflegen. Olbrecht, von allen nur Frösi genannt, lud den Amerikaner zumeist nach dem Abendessen auf seine Kammer ein. Blieben sie zu zweit, redete sich Frösi gern die Seele vom Leib. Spätestens nach dem dritten Glas rutschte er ins Politische ab. Gegenüber Lato machte er keinen Hehl daraus, mit den Verhältnissen in der DDR unzufrieden zu sein und wie ihn die Solidarnosc-Bewegung in Polen begeisterte. „Ähnliches müsste sich auch bei uns ereignen. Die ganze Gesellschaft versinkt in Lethargie." Frösis glasige Augen flackerten kurz auf. Lato wischte sich mit der Hand durch den kurzgehaltenen Vollbart.

„Warum machst du nicht in den Westen? Meine Eltern sind Ende der 1960er-Jahre in die USA ausgewandert, weil sie in Polen keine Zukunft mehr für sich sahen und ohne zu wissen, was sie erwartete."

„Für mich ist das keine Option. Als Seemann vermisse ich den Westen nicht. Ich komme in der Welt herum und verdiene sogar mit jedem Tag auf dem Wasser etwas Valuta-Kleingeld. Jeder auf diesem Kahn ist Ostdeutscher mit westlichem Genussschein."

Lato Kadamski stutzte. Frösi und die meisten anderem Hochseefischer auf der „Eduard Claudius" entpuppten sich nicht gerade als treue Verfechter der kommunistischen Idee. Sie erledigten professionell ihren Job und schienen wenig veranlasst zu sein, über ihr Leben auf der roten Seite der Welt zu wehklagen.

„Lato, mein Freund“, Frösi schenkte noch mal nach, „wir sind sowas wie ein schwimmender Vorposten des Sozialismus.“ Lallendes Gelächter begleitete die klirrende Berührung der Gläser. „Aber keine Bange, unsere Herren trauen ihrem eigenen System wenig zu, sonst würden sie uns die große Freiheit auf dem Meer nicht auch noch mit Devisen versüßen.“ Je länger sie zusammen hockten und tranken, umso sicherer mündete Frösis Platzbeschreibung der Hochseefischer im System DDR in einer Schimpfkanonade über die alltäglichen planwirtschaftlichen Unzulänglichkeiten. Über seinen kleinen Arbeitstisch, mit dem eine mechanische Schreibmaschine fest verschraubt war, gingen aus den Bordabteilungen sämtliche Bestellscheine für fehlendes Material. Vom Klopapier bis zum Putzlappen. Und für Alkohol. Als Erster Offizier waltete er über das verschlossene Depot von Weinbrand, Wein, Bier und Whisky.

Er war es gewohnt, bestellte Ware in geringerer Menge oder gar nicht geliefert zu bekommen. Bei akuten Engpässen halfen sich die Trawler aus der DDR und anderen Ostblockländern untereinander. An der US-Küste klappte es hingegen mit frischen Lebensmitteln perfekt. Sie wurden vor Ort geordert.

Lato kümmerte es wenig, wie Lisa sich die Zeit zwischen den Hols vertrieb. Wenn sie gemeinsam das Protokoll eines Fangs abgefasst hatten, verschwand sie häufig in ihrer Kammer. Zuweilen plauderte sie mit den Stewardessen. Ihren Kompagnon zog es regelmäßig auf die Brücke in den Wachdienst des Zweiten Offiziers. Erich Korn, ein kräftig gebauter Kerl, liebte starken Kaffee und war dankbar für einen Plausch während der trostlosen Stunden, in denen der ausgesetzte Steert den Atlantik im US-Schelf durchpflügte.

Erich hatte die Hochseefischerei von der Pike auf gelernt. Mit Ende 30 erwischte er sich häufiger bei dem Gedanken, den Job aufzugeben. Zu Hause wartete seine Frau mit wachsender Ungeduld auf den Tag, an dem sie sich nicht mehr für 100 Tage und manchmal auch mehr von ihrem Mann verabschieden musste. Sie betrieb eine kleine Töpferwerkstatt und träumte davon, gemeinsam mit ihm das Geschäft auszubauen. Es spielte genug ein. Auf den üppigen Verdienst und die Devisen aus der Seefahrt waren sie nicht angewiesen. Erich schob die Entscheidung vor sich her. Ihm widerstrebte es, künftig nicht mehr in die Welt hinaussegeln zu können und sich an Land dem Sozialismus in all seinen bevormundenden Auswüchsen fügen zu müssen. An Bord existierte dieser lediglich im Miniformat. Man konnte ihn vergessen.

„Sag mal Lato, was reitet dich, wochenlang mit uns Kinder fressenden Kommunisten deine Zeit zu vertreiben? Da gibt es in den Staaten doch weit mehr Möglichkeiten, an Dollars zu kommen."

Kadamski stand neben Korn, der sitzend auf einem hohen Drehstuhl direkt das Fischortungsgerät einsehen konnte, und starrte aufs Meer. Er antwortete nicht sofort. Wie sollte er es einem Ostdeutschen erklären, der unbegrenzte Möglichkeiten gleichsetzte mit unbegrenzten Chancen? Was für ein fataler Irrtum.

„Die CIA schickt mich jedenfalls nicht, was sicherlich lukrativ wäre." Lato sah Erich an. „Ich mache es, um zu überleben."

Kadamski als Literaturprofessor, so recht mochte die Vorstellung nicht bei Korn verfangen. Der Amerikaner ähnelte eher einem Lebenskünstler. Auf der Durchreise zu einem Ziel, das ihm selbst unbekannt war. Es hatte trotzdem etwas Verstörendes, einen Literaturstudierten dazu verdammt zu sehen, seine Brötchen mit Fischezählen zu verdienen. In persona von Lato verlor das abstrakte Bild vom puren Existenzkampf nach amerikanischen

Spielregeln seine Blutarmut. Kehrte er eines Tages der Seefahrt den Rücken, würde er sich ebenso bedingungslos einer aufgezwungenen anderen Profession fügen? Er lebte in der DDR, nicht in den USA. Es bedurfte keiner Antwort, glaubte er.

„Wie lange gedenkst du, Steerts zu begutachten?"

„Bei uns sollte man sich nicht allzu weit über den Tag hinaus festlegen. Ich halte die Augen auf nach einer neuen Chance. Womit ich nichts gegen euch Hochseefischer gesagt haben will." Kadamski hob in entschuldigender Geste die Hände halb hoch.

„Das will ich gehofft haben", brummelte Korn.

Die beiden Observer wurden nach vier Wochen auf der „Eduard Claudius" von zwei Kollegen abgelöst. Ein halbes Jahr später zogen alle DDR-Trawler vom US-Schelf ab, sie kehrten heim in ein Land im totalen Umbruch.

Kapitel 7

„Seeleute sind überall in der Welt ein besonderes Völkchen. Von der Seefahrt in der DDR habe ich keine Ahnung." Heidberger zog die Schultern hoch. „Das interessiert vermutlich nur noch Leute, die dabei waren. Ich jedenfalls…" Er brachte den Satz nicht zu Ende, seine Aufmerksamkeit schweifte zum Tresen ab. Rechts davon hatte sich eine Tür geöffnet. Terrakottafarben wie die Wände war sie ihm zuvor nicht aufgefallen. Sie führte in einen Nebenraum. Aus diesem trat ein mittelgroßer bulliger Typ herein, mit der rechten Hand einen abgelederten Cowboy-Hut auf dem Kopf zurechtrückend. Unter der Krempe lugte ein fleischiges Gesicht mit einer kleinen Nase hervor. Er trug ein rot-schwarzes Holzfällerhemd. Es schien eine Nummer zu groß geraten und hing luftig über dem Bund einer ausgewaschenen Jeans. Nach zwei Schritten blieb der unbekannte Dritte überrascht stehen.

„Was ist das, haben wir Besuch?" Skeptisch musterte er Heidberger und blickte dann fragend zu Miller und Kadamski. In beider Gesichtsausdruck spiegelte sich für den Hauch eines Moments ein Unbehagen über die plötzlich entstandene neue Konstellation im Raum.

„Das ist Mark, ein Journalist aus Deutschland." Als erster reagierte Kadamski. „Auf der Durchreise, stimmt's?"

„Ja, ja, auf der Durchreise", bestätigte Heidberger holprig. Er rang mit der Wahrnehmung des dritten Mannes. Aus dem Nichts war er erschienen. Eine gute halbe Stunde, so fühlte es sich an, hatte er mit Miller und Kadamski geredet. Währenddessen gab es keinerlei Anzeichen, es würde sich noch jemand in der alten Tankstelle aufhalten. Kein menschliches Geräusch, kein Knarren auf den abgewetzten Holzbohlen, kein Schatten. Was hatte der Neue im Nebenraum gemacht? Geschlafen? Warum verschwiegen ihn die anderen die ganze Zeit?

Ein Gedankensturm fegte durch sein Gehirn. Es hielt Heidberger kaum auf dem Stuhl. Ihm strömte ein mulmiges Gefühl in die Adern. Wobei er instinktiv daran glaubte, von den drei Amerikanern ging nichts Bedrohliches aus. Was aber hieß das schon, daran glauben? Er blieb auf dem Stuhl sitzen, zwang sich, ruhig und klar zu denken. Kein Zweifel, die drei kannten sich. Der Cowboy-Hut sprach von „wir" in seiner Frage. Miller war Polizist und Kadamski arbeitete auf einem Erdgasfeld. Aus der Begegnung mit ihnen konnte er bisher nicht entnehmen, warum sie an diesem Tag überhaupt die vermodernde Tankstelle aufsuchten, und wie sich jetzt zeigte, in einem Trio. „Ich bin zufällig hereinspaziert, auf der Suche nach etwas zum Trinken."

Als hätte er ein Stichwort gegeben, der Neue öffnete den toten Kühlschrank und griff sich aus der Kühlbox ein Budweiser. Kurz drehte er den Kopf nach hinten. „Noch jemand Bedarf?"

„Eine Coke, bitte", antwortete Heidberger ohne zu zögern. Die Cola und die kurze banale Konversation um das amerikanischste aller Getränke drängten den Adrenalinschub von vor wenigen Sekunden zurück.

Das Holzfällerhemd baute sich am Tisch vor ihm auf und drückte ihm die rote, sich mit Feuchtigkeit beschlagende Dose in die Hand.

„Ich bin Frank Spencer, Truckfahrer, und das sind Freunde von mir. Ihr habt euch ja bereits bekannt gemacht."

„Hi, Mark Heidberger." Wie zu einem Friedensschluss streckte er spontan Spencer die rechte Hand hin. Ohne vom Frieden veranlasst zu sein. Die Geste beruhigte.

Kadamski beobachtete Heidberger und dessen Verunsicherung. Er selbst fühlte sich unbehaglich. Hoffte er doch bis dahin, Spencer würde sich nebenan erst rühren, wenn der Deutsche von dannen gezogen war. Es wäre bei der unverfänglichen Episode zwischen ihm, Miller und Heidberger geblieben. Geschehen und bald schon im Gedächtnis verschüttet.

Der Sekundenschlag, in dem die Tür neben dem Tresen in den Nebenraum hineingezogen wurde, veränderte alles. Gegenüber Heidberger hatten er und Miller ihren Dritten im Bunde, Frank Spencer, mit keiner Silbe erwähnt. Spekulierend darauf, das zarte Vertrauensband zu ihrem unerwarteten Gast würde unberührt bleiben von Spencers Anwesenheit. Nun, wo dieser leibhaftig im Raum stand, ein Budweiser am Hals, war es so, als hätte ein Regisseur die Resettaste gedrückt. Die Szene noch mal von vorn. Demnach wäre es jetzt an Miller gewesen, etwas zu sagen. Er hatte Heidberger zuerst angesprochen. Aber er machte keine Anstalten zu reden. Lässig kauerte er auf dem Stuhl, in einer eigentümlichen Körperspannung. Zwischen weiter abhängen und aufstehen wollen. Unentschlossen.

Spencer lehnte mit dem rechten Ellenbogen auf dem Tresen. Die Tür hinter ihm war zugefallen. Lediglich ein verbliebener offener Spalt erinnerte daran, es gab diesen Zugang zu einem Nebenraum. Er sagte ebenfalls nichts mehr, seit er Heidbergers Handschlag lapidar mit den Worten „Willkommen in Texas" quittiert hatte.

Mit ihrem Schweigen zwangen sie Kadamski, die Regie zu übernehmen. Heidberger sah ihn erwartungsvoll an, verlangte nahezu nach Aufklärung. Ohne es auszusprechen, was hat das zu bedeuten?

Kadamski verweigerte sich nicht. Er wägte ab. Quälend und lange. Letztlich würde er nicht umhin kommen, ein Geheimnis preiszugeben, das ihn mit Miller und Spencer seit gut zwei Jahren verband.

„Sieh mal Mark, andere Freundeskreise treffen sich regelmäßig zum Golfspielen, beim Baseball oder auf Wohltätigkeitsveranstaltungen. Uns zieht es in diese entlegene Hütte. Was natürlich die Frage aufwirft, was an diesem beschaulichen Ort so spannend sein soll, um sich mehr als nur einmal hierher zu verirren? Nur einfach zum Zusammensitzen und Quatschen gibt es nettere Lokalitäten in der Gegend, zumal wir alle in Austin beziehungsweise unweit davon leben. Wir sind auch kein Bürgerkomitee zum Erhalt historischer Tankstellen."

Spencer und Miller konnten ein dünnes Grinsen nicht unterdrücken. Sie hörten Kadamski angespannt zu und schauten dabei zu Heidberger. Auch ihm entlockte der skurrile Vergleich ein feinstrahliges Schmunzeln.

Kadamski geriet ins Stocken. Andere abwegige Assoziationen wollten ihm nicht einfallen, er verkrampfte davor, ungeschminkt den wahren Grund ihres Hierseins zu benennen. Offen sprach er darüber nie, mit Ausnahme von Frank und Paul. Wie es sagen, das im Nichtsagen eingefroren war? Plötzlich beugte er sich nach unten und fischte das abgelegte Erotik-Heft vom Boden. Das Hochglanzdruckwerk drehte er mit der Schrift zu Heidberger hin und schob es mit einem kurzen Stoß über den Tisch.

„Das ist es."

Heidberger zog das Magazin zu sich heran. Auf dem Titelblatt war in großen runden gelben Buchstaben zu lesen „Gay Guide". Ein jugendlich-unversehrter nackter Oberkörper füllte die Seite eins, rekelte sich dem Betrachter rücklings entgegen. Den blondierten Kopf nach hinten geneigt, blickte ihn ein junger Mann begierlich-schmachtend an. Im Nacken den linken Arm verschränkt, umgriff er mit der rechten Hand die Genitalien. Auf den schmalen Hüften war kein Slip zu erkennen und das linke der leicht gespreizten Beine war angewinkelt. Vom Scheitel bis zur Ferse glänzte der glattrasierte Cover-Gay. Ein Ebenbild eines schönen Jünglings.

Heidberger spürte einen Hitzeschwall in sich aufsteigen. Der begehrende Blick des Gayboys, der in seinem Alter sein mochte, bohrte sich unerwartet ins Fleisch. So hatte ihn noch nie ein Mann angesehen, in ihm das unbekannte Gefühl ausgelöst, ein Objekt männlicher Begierde zu sein. Die vom Fotografen perfekt inszenierte Emotion sprang über. Es irritierte Heidberger zutiefst. Nicht im Entferntesten war er sexuellen Fantasien mit Geschlechtsgenossen begegnet und hing solchen nicht nach. Auch wenn er sich beim Abspritzen allein gern zusah. Wirklich befriedigender Sex umschlang ihn zwischen Harrietts Schenkeln.

Es war eigenartig, er ertrug das Coverbild kaum. Entblößt vor dem Spiegel konnte er sich leiden. Die Natur meinte es gut mit ihm. Trotz unbedachten, oft zu notwendiger Nahrungsaufnahme degradierten Essens und meist nur gelegentlichen Laufkilometern der Spree entlang neigte er nicht dazu, unbotmäßig zu zulegen. Sein makelloser Körper präsentierte sich zwischen „slim fit" und „regular fit". Er gefiel sich in narzisstischer Pose und genoss mehr noch mit allen Fasern unter der Haut, wie der Ansatz von Eigenliebe überflügelt wurde, wenn Harriett ihm Zentimeter für Zentimeter davon entriss. Die unverbrauchte maskuline Schönheit auf dem Titel erschien ihm wie sein Abbild. Er unterdrückte den Reflex, im Heft zu blättern. Ausschweifend und erschöpfend genommen zu werden, nicht von Frauenhand, von unbändiger männlicher Potenz, die ungesehenen Bilder projizierten sich im Kopf.

Heidberger sperrte sich mit allen sinnlichen Kräften dagegen, sich bei dem Gedanken zu erwischen, sein Ich auf den Coverboy zu kaprizieren. Kein Fremder rekelte sich da. Weggewischt die Barriere, selbst zu befriedigende Gelüste zu entfachen. Mit einer abrupten Handbewegung sprengte er sich los, drehte das Erotik-Magazin zur Seite und drückte es zur Tischmitte. Im gleichen Moment, wie er sich der surrealen Versuchung entledigte, wurde ihm die reale Metamorphosis am Tisch bewusst. Die drei Amerikaner, eine halbe Generation mindestens älter, entpuppten sich als homosexuell. Ab diesem Augenblick nahm er, gesteuert von einem zivilisationsfernen Instinkt, die drei völlig anders wahr. Das bunte Hawaii-Leibchen, das türkisene T-Shirt und das weite Holzfällerhemd leuchteten kräftiger. Wie standen der andere Miller, der andere Kadamski und der andere Spencer zueinander? Heidbergers Gedanken irrlichterten. Bis adrenalinbegleitet die Frage vordrängte, wie hielten sie es mit ihm? Entzündeten sich an seinem überraschenden Eindringen schwer zügelbare Begehrlichkeiten? Der „Gay Guide" lieferte die Vorlage. Unsinn! Und wenn nicht? Sie könnten über ihn herfallen. Sich an ihm fangfrische Befriedigung verschaffen. In dieser Einöde einer Vergewaltigung zu entkommen, dazu bräuchte er eine Waffe. Heidberger schleuderte unkontrolliert von einem Extrem zum nächsten. Es strengte ihn an, zerrte an ihm.

„Seid ihr etwa schwul?" Der letzte Sicherungsdraht, bei klarem Verstand vor unbedachten eruptiven Äußerungen und verbalen Entgleisungen schützend, war durchgebrannt. Ein Missgriff im Ton, vorwurfsvoll und ausgrenzend. Heidberger wusste es, kaum dass das Fragezeichen über die Lippen geglitten war.

Nichts kaperte die Stille. Der Wind schien sich verkrochen zu haben. Keiner rührte sich. Die Zeit dehnte die Sekunden. Dann klackte Spencers Bierdose hohl auf der Tischplatte auf.

„Passt dir daran etwas nicht?" Spencer formulierte die Frage eindringlich statt bedrohlich. In der Schärfe lag kein Unterschied.

„Nein, natürlich nicht." Heidberger riss die Augen weit auf und schüttelte hektisch den Kopf.

„So natürlich klang das aber nicht", hakte Miller pathologisch nach.

„Es kam nur überraschend. Ich habe es nicht erwartet."

„Willst du damit sagen, wir sollten Erkennungsmarken tragen?" Miller geriet schnell in den Verhörmodus und ließ ungern locker.

Kadamski befürchtete es. Auch er haderte mit Heidberger.

„Paul übertreibt gern. Aber glaubst du im Ernst, wir könnten das hier jedem auf die Nase binden? Unter dem Himmel von Texas?"

„Das Gesetz ist auf eurer Seite, die amerikanische Verfassung."

Kadamski schaute hilflos zu den anderen, baff ob der naiven Vorstellung des Deutschen. Sie verschlug ihm die Spontanität einer Antwort.

„Du scheinst ja ein besonders Schlauer zu sein", sprang Spencer ein. „Haben sie dir das in der Schule beigebracht?"

„Bei uns ist seit gut einem Jahr die gleichgeschlechtliche Ehe erlaubt, und wir haben einen homosexuellen Minister, für Gesundheit." Heidberger stammelte mehr, als dass er redete.

Spencers Frage legte frei, mit dem Thema ist er nie wirklich in Berührung gekommen. Jedenfalls nicht kontrovers. In der Schule rutschte zwischen endlose Blondinen- und Polizisten-Witze auch mal einer über Schwule. Alle lachten, niemand nahm es ernsthaft für diskriminierend hin. Gelacht wurde nicht verächtlich, weil der Witzemacher nicht verächtlich tönte. Wie nennt man zwei schwarze Homos? Black und Decker. Die anzügliche Antwort war ihm wegen des Wortspiels unvergesslich geblieben. Er konnte sich nicht an ein Coming-out unter den Mitschülern erinnern. Schwulsein begegnete ihm als abstrakte Kategorie und PR-Beschleuniger von mittelmäßigen Promis. „Ey Mann, du bist wohl schwul, oder was?" Mit der provozierenden Frage wurde er nie konfrontiert, auch nicht angemacht in der schwülhitzigen Atmosphäre einschlägiger Clubs und Bars. Aus einem simplen Grund. Heidberger mied Gangs und sich bis zum Morgengrauen ziehende Partys. Er vergrub sich in Büchern und Zeitschriften, hing in Cafés ab und paddelte stundenlang mit dem Kanu allein auf der Spree.

Im Bekanntenkreis später, unter Journalisten, Schriftstellern, Künstlern und Parteikarrieristen, bewegten sich homosexuelle und lesbische Paare ohne Sonderstatus. Über der Berliner Käseglocke wehte offiziell die Regenbogenfahne. Die Medien predigten unermüdlich Gleichstellung. In berlinfernen Kreisen kamen sie nicht umhin, abseits von gesetzlichen Verordnungen und trompetendem Mainstream verbreitet giftige Ablehnung und verwurzelte Homophobie zu konstatieren. Heidberger las darüber. Es berührte ihn wenig. Der Staat erließ Gesetze.

„In New York feiern sie jedes Jahr überschwänglich Christopher Street Day und zwischen Manhattan und Queens regt es keinen auf, wenn du zur anderen Fraktion gehörst. Aber hier unten im Süden, wo in den 1960er-Jahren junge Hippies mit langen Haaren noch Gefahr liefen, dass ihnen der Scheitel mit einer Fahrradkette nachgezogen wurde, ist die erzkonservative Verteufelung gleichgeschlechtlicher Liebe zementiert wie in Stein gemeißelte altägyptische Hieroglyphen“, wählte Kadamski einen plastischen Vergleich. „Das Gesetz mag mit dir sein, aber Regieanweisungen von oben verfangen nicht im uralten Kopfkino mit John Wayne in der Hauptrolle.“

John Wayne, das Bild gefiel Miller. Zugleich offenbarte nichts anschaulicher das Dilemma, dem er täglich im Polizeidienst ausgesetzt war.

„In meinem Job hält sich jeder kleine Cop für den größten County-Sheriff. Wo er aufkreuzt, ist das Gesetz. Welches Minderheiten und Randgruppen nicht aussortiert. Im Innersten aber dulden viele den aufgeklärten Zeitgeist nur und hängen einem Männerbild von gestern nach. Hart im Nehmen, raubeinig, trinkfest, ohne Gefühlsduselei. Diesen Typus Mann meinen sie verteidigen zu müssen. Homosexuellen, weil viel zu weich, was immer damit auch gemeint ist, und sexuell fehlgeleitet, würden sie gern mal zeigen, wozu die ihre Eier haben.“

„Wie einst den Langhaarigen ihr Anderssein abgesprochen wurde." Heidberger brauchte den Satz zum Luftholen.

„Diese Denke hält sich hartnäckig. Einem Ressentiment ist mit politischem Flankenschutz für Betroffene nur bedingt beizukommen. Es lässt sich nicht austreiben wie der Beelzebub." Er, Kadamski, erlebte es in jeder Schicht an der Gasförderanlage, Miller auf Patrouille und Spencer on tour mit dem Truck. Aus Furcht vor Entdeckung streiften sie einen Schutzanzug über, aus Selbstverleugnung und Schauspielerei.

„Verkrümelt ihr euch deshalb in diese verlassene Petrol Station", Heidberger sah sich abschätzig um, „oder seid ihr auch nur zufällig hier?"

Miller räusperte sich, Spencer zog den Ellenbogen vom Tresen und Kadamski legte die Hände gebetsähnlich gegeneinander und presste die Fingerspitzen an die Lippen. Ein stilles Abwarten. Jeder harrte der Antwort des anderen. Sollten sie dem jungen Deutschen ohne Umschweife erklären, was sie trieben?

Sie könnten darauf verzichten; ihn belügen und aufatmen, wenn er wieder verschwand und seinen Trip auf der 1681 fortsetzte. Da aber die Frage gestellt war, geriet das Wanken zwischen Wahrheit und Lüge zum Abwägen der Konsequenzen. Heidberger, in seiner Profession neugierig, dürfte sich kaum mit einer unverdächtigen Ausflugsstory abspeisen lassen. Zumal an diesem wenig einladenden Ort. Drei Schwule, einer machte sich zeitweilig in einem Nebenraum zu schaffen, die anderen taten beschäftigt wie in einem Wartezimmer. Die Wahrheit verlangte ihnen ein weiteres Bekenntnis ab.

„Es ist ein Zufluchtsort, wir suchen ihn öfters auf." Kadamski stach zuerst in das entstandene Wortvakuum. Die rechte Hand ruhte auf dem „Gay Guide" wie auf der Heiligen Schrift, um Energie daraus zu ziehen, über das Unvermeidliche reden zu können mit einem Fremden. Leidenschaftlicher Sex unter Männern. „Du dürftest wenig überrascht sein, wir fahren nicht meilenweit über Land zum Händchenhalten im Verborgenen oder zum heimlichen Schmökern in Schwulenmagazinen.“

„Das kann ich einfacher haben.“ Miller tippte sein Smartphone an, linkerhand vor ihm auf dem Tisch.

„Wir amüsieren uns auf unsere Art.“ Spencer stieß sich vom Tresen ab und machte zwei Schritte auf Miller zu. Demonstrativ berührte seine linke Hand dessen rechte Schulter.

„Ihr habt Sex?“ Ungeduldig ob der zähen Erklärung der drei fragte Heidberger geradeheraus. Wobei es ihm selbst unerklärlich blieb. Spencer weilte die ganze Zeit nebenan, während er mit den beiden anderen plauderte. Hatten sie ihr Vergnügen gehabt, nur Spencer benötigte etwas länger, sich aufzurappeln? Der mysteriöse Nebenraum, diente er als Liebesnest fernab ihres ansonsten bürgerlichkonformen Lebens? Hinzu kam, sie wirkten in ihrem Wesen, in ihrer Erscheinung sehr unterschiedlich. Heidberger konnte sich schwer vorstellen, sie schliefen miteinander.

„Sex ist gut“, nahm Spencer die knappe inhaltspralle Vokabel auf. „Nur ist es anders, als du es dir gerade ausmalst.“

„Ja, aber…“

Kapitel 8

Nach Jahren noch flackerte zuweilen die Erinnerung an Erich Korn auf. In den Zweiten Offizier des DDR-Fischereitrawlers „Eduard Claudius“ hatte er sich damals schwer verliebt. Das hallte lange nach. Lato Kadamski war es zum ersten Mal widerfahren, sich zu einem Mann derart hingezogen zu fühlen, dass es ihn seelisch aus den Angeln zu heben drohte. In den studentischen Jahren trotzte er der aufkeimenden sinnlichen Gleichgültigkeit gegenüber dem anderen Geschlecht und den Lästereien, sich literarischen Studien intensiver zu widmen als den üppig lockenden weiblichen Genüssen auf dem Campus. Er überspülte mit viel Alkohol die erotische Tristesse, wenn er sich einer der unverletzten Schönen ergab und sie respektvoll und unverdächtig wenigstens befummelte. Wie er auch plötzlich bis in die Lenden einschlagende Gefühlsregungen ertränkte, ausgelöst im Angesicht von Kommilitonen, die er, anfangs für ihn verstörend, attraktiv empfand.

Auf der „Eduard Claudius“, einer schwimmenden Lebensinsel auf dem kalten Atlantik, atmete er testosteronerfüllte Luft. Darin überdauerten vernunftverlorene tiefe Zuneigung und rebellisches körperliches Begehren nur schockgefroren wie die Makrelenfilets im bis minus 25 Grad Celsius heruntergekühlten Laderaum. Fast vier Wochen lang wälzte er sich jede Nacht aufgewühlt in der Koje, verschaffte sich selbst süße Ermattung oder trank übermäßig Whisky. So oft und so lange es irgend unauffällig möglich war, genoss er Erichs Nähe. Die dunklen Augen des ahnungslosen Enddreißigers strahlten ihn vertrauensvoll an, zu gerne wäre er mit der Hand über den auf wenige Millimeter gestutzten Vollbart und das kurzgehaltene Haar gefahren. Erich besaß wie er breite Geheimratsecken. Die hohe glatte Stirn verhieß Samtheit und Wärme. Kadamski spürte sie einem Phantomschmerz gleich an seiner Wange.

Zum Abschied drückten sie einander fest die Hände, einen Sekundenbruchteil hielten sie die Spannung länger als gewöhnlich und sahen sich verbindend an. Korn mochte den belesenen und beredten Amerikaner mit osteuropäischem Habitus. Kadamski hätte ihn am liebsten zu sich herangezogen und geküsst. An der Reling stehend verschwand der wichtigste Ostdeutsche in seinem Leben allmählich aus selbigem, je weiter sich der Hummerfänger vom Trawler entfernte. Ein flaues Gefühl sickerte in Kadamskis Magengrube. Dabei präsentierte sich die See spiegelglatt.

Den Job als Aufseher der Fischereibehörde hielt er nicht lange durch. In dem rauen Umfeld zerrissener Männer, monatelang sich in äußerst harter Arbeit zu ergehen und damit die beißende Sehnsucht nach zu Hause, nach Weib und Kindern zu betäuben, wurde die Unterdrückung seiner antipodischen Empfindungswelt zum Spießrutenlauf. Jedes vollbusige und vollbuschige Kalendergirl an den Kammerwänden der einsamen Seeleute traktierte ihn wie einen Rutenhieb. Er meldete sich seeuntauglich und hatte das Glück, an Land auf den Stuhl eines schwer erkrankten Behördenmitarbeiters rücken zu können. Er schrieb fortan, schöpfend aus den Fangprotokollen der Kollegen im Ozeaneinsatz, ausführliche Quartalsberichte. Das monatliche Salär reichte nicht hin, nur daran zu denken, das abgebrochene Literaturstudium jemals wieder aufnehmen zu können.

Eines Tages las Kadamski im „Boston Globe“ eine Reportage über die Technologie des Frackings. Sie erlaubte es, vordem für nicht ausbeutbar geltende Gaslagerstätten zu erschließen und riesige Mengen des fossilen Rohstoffs aus dem Erdreich zu pressen. Der geologische Unterbau von Texas erwies sich besonders ergiebig. Was einen Ansturm von Kapitalgebern, Förderfirmen und Gasfeldarbeitern aus allen Ecken der USA auslöste. Gen Süden war er in den zerronnenen Jahren regelmäßig aufgebrochen, um dem öden Alltagstrott in Gloucester zu entfliehen. Wo er in der Fischereiaufsicht von netten männlichen und weiblichen Barbecue-Kollegen umgeben war. Weder entfachten diese sexuelles Begehren, noch boten sie Gelegenheit, diese zu befriedigen. In dem Nest an der Atlantikküste von Massachusetts, allein lebend ohnehin im Visier kleinbürgerlicher Hinterfragung, galt er bald als spinnerter Bücherfresser, häufig in der städtischen Bibliothek anzutreffen. Ein neuer Erich Korn lief ihm nicht über den Weg. Unglücklicherweise, oder doch glücklicherweise, denn sich zu outen, gliche einer Entblößerpose, der sich die anderen unsichtbaren Homosexuellen in dem Städtchen wohlweislich enthielten. Das kleine Aquarium voller silbrig-grauer Fischlein blieb ohne exotisch-bunten Blickfang.

Im fünf Autostunden entfernten New York sprang Kadamski in den Ozean. Von dem mittelmäßigen Hotel, in das er jedes Mal strandete, waren es nur wenige Straßen bis zu den einschlägigen Szenelokalen im Stadtteil Chelsea. Er bediente sich, sättigte freischwimmend die aufgestauten Gelüste. Die zu seinen Jahren jüngeren Gayboys warfen im Alkohol- und Sexrausch alle Hemmungen über Bord. Sie strichen selbstbewusst ihre Stricherdollars ein, stylten und pflegten ihre blütenreinen Bodys. Alle hofften sie auf den einen Kunden, der ihnen den Einstieg in die Upperclass ermöglichte. Auf einen männeraffinen Modemacher, Bestsellerautoren oder Schauspielstar. Als Geliebter würden sie zumindest temporär ans luxuriöse Ufer der Stadt gelangen. Traumhaft winkte das Schicksal einer dauerhaften Partnerbeziehung in der Hautevolee von New York. Sie war der Frei-Fahrtschein.

Kadamski fiel durch das Raster. Zu unspektakulär trat er auf. Vor allem war er finanziell beschnitten. Er bezahlte die Jungs ordentlich, aber zu mehr, zu der Verheißung einer engeren Bindung langte es in dem Milieu nicht. Ohne Frei-Fahrtschein stempelte er in den provinziellen Verhältnissen von Gloucester seine Homosexualität zum Geheimnis. Der Text über das Fracking im „Boston Globe“ kam gelegen. In der Fischereiaufsicht trudelten weniger Fangprotokolle ein, seit vor der US-Küste die Flottille ausländischer Trawler, insbesondere aus dem früheren Ostblock, stark geschrumpft war. Texas rief. Im Gasrausch zählte jeder Mann. Austin, die Hauptstadt des Südstaates, avancierte zur Boomtown.

Gut 100 Kilometer westlich von Austin auf dem Gasfeld „Rising Sun“ parkte Kadamski an einem heißen Septembertag der späten Nullerjahre seinen alten Chevrolet neben einer mintgrünen Baubaracke. In dem transportablen Bürocontainer residierte der Chefingenieur der Förderanlage. Auch die anderen farbgleichen Boxen ringsum, sie dienten zur Unterkunft der Arbeiter und zur Aufbewahrung von Material und Ausrüstung, waren mobil stationiert. Erwies sich eine Förderstelle nicht mehr ergiebig genug oder fiel der Weltmarktpreis für Erdgas unter die Profitabilitätsschwelle, versiegte von einem Tag auf den anderen der Gasstrom, zog die Karawane weiter oder zurück ins Hauptlager der Gasfördergesellschaft. Es ähnelte in Struktur und Geschwindigkeit einem militärischen Stellungswechsel. Chefingenieur Jeremy Duncan kannte sich damit aus. Knapp 20 Jahre diente er bei den Marines in den US-Streitkräften. Im Rang eines Lieutenants war er als junger Offizier im ersten Wüstenfeldzug zu Beginn der 1990er-Jahre abkommandiert, mit seiner Truppe Erdöl- und Erdgasanlagen in Kuwait zu schützen und betriebsfähig zu halten. Mit dem Wechsel in die private Wirtschaft streifte Duncan seine martialische Attitüde nicht ab. Die Haare kurzgeschnitten, die Augen zu Schlitzen verengt, harte Züge ins Gesicht geschnitzt. Er ließ keinen Zweifel aufkommen, wer die Befehlsgewalt auf dem Schlachtfeld in Texas innehatte.

Regungsresistent empfing er den gleichaltrigen Neuen. Mit einem festen Händedruck und einem die Platzverhältnisse markierenden „Ihr pünktliches Erscheinen freut mich“ begrüßte er den Mann aus Massachusetts. Sie setzten sich. Duncan rückte dicht an den Schreibtisch heran und straffte den Rücken. Auf einem der zwei Stühle vor der Tischfront ließ sich Kadamski nieder. Das Büro war spartanisch eingerichtet. Ein mannshoher stabiler Metallschrank dominierte das Interieur. Unmittelbar neben dem grauen Aktendepot gluckste ein Wasserspender. Meetings hielt Duncan grundsätzlich draußen am Bohrloch ab, wo sich das Schicksal des Teams entschied.

„Ich will nicht drum herumreden, Kadamski", hob Duncan an. „Wir erledigen hier einen Scheißjob, welcher mit zwei Worten beschrieben ist, arbeiten und schlafen. Gefördert wird an Gas, was sich Mutter Erde abpressen lässt." Er hatte Kadamski fest im Visier, registrierte jedes Zucken im Gesicht. „Zu schaffen ist das nur, wenn alle mitziehen, wenn einer sich auf den anderen absolut verlassen kann. Das zählt, alles andere interessiert mich nicht. Egal, ob sich jemand auf dem Selbstfindungstrip wähnt, Shakespeare liest oder in der Freiwoche junge Kerle fickt."

Kadamski zuckte nicht. Ihm wurde kurz heiß in dem klimatisierten Raum. Duncan wechselte nach einer minimalen Pause abrupt in einen vertraulicheren Ton. „Einer der Vorarbeiter hat es vor einer Woche vorgezogen, auszusteigen aus der Goldgrube. Wir haben etliche ungelernte Jungs in der Truppe. Von unserer Personalmanagerin weiß ich, du hast Uni-Luft geschnuppert und bei einer staatlichen Behörde gearbeitet. Kriegst du es hin, den Posten zu übernehmen?"

Überrascht von der Offerte drückte Kadamski den Oberkörper an die Rückenlehne. Ein Moment der Vergewisserung. Es war reizvoll und schnell entschieden. Nur antwortete er nicht überstürzt. Mit „vielleicht", „naja" oder „ich glaub schon" konnte er Duncan nicht kommen. So viel lehrte ihn die erste Begegnung. Des Jobs konnte er sicher sein, wenn er klipp und klar zusagte.

„Den Posten übernehme ich."

„Sehr gut. Wir marschieren gleich mal raus. Dein Vertreter Michael Heintz erwartet uns. Er ist extra einen Tag länger geblieben, er schwirrt dann ab in die Freiwoche. Ein knurriger arbeitsamer Geselle.“

Duncan führte die rechte Hand zu Kadamskis linker Schulter und schob ihn vor sich durch die Tür. Lauwarme, von schwer zu deutenden synthetischen Ausdünstungen geschwängerte Luft schlug ihnen ins Gesicht. Sie setzten Schutzhelme auf.

„Wenn der Wind stärker aus Südosten weht, hält er das Camp frei von dem erbärmlich miefenden Zeugs.“ Duncan hatte das nachspürende Flattern von Kadamskis Nasenflügeln bemerkt.

Das Zeugs war die Pressflüssigkeit, ein Gebräu aus Wasser, Quarzsand und verschiedenen Chemikalien. Sie strömte im Bohrgestänge unter großem Druck in die gashaltigen Erdschichten und setzte das goldwerte fossile Aerosol frei. Die Pumpen, Rohrleitungen, Tanks und das Bohrloch schwitzten die toxisch nicht unverdächtige Brühe aus.

Unweit des schlanken Förderturms trafen sie Michael Heintz an. Zusammen mit einem Kollegen stand er gebeugt über dem Anschlussflansch einer oberschenkeldicken Wasserleitung. Der Abzweig zu einem haushohen Tank. Mit vereinten Kräften und klobigen Schraubschlüsseln arretierten sie das Verbindungsstück.

„Das ist unser neuer Mann, unser Vorarbeiter“, brüllte Duncan von der Seite und tippte Heintz an. Der richtete sich auf, blickte zuerst zum Chefingenieur, dann zu Kadamski und hieß beide, einige Schritte beiseite zu treten. Weg von dem auf dem Boden ausgebreiteten Rohrgedärm der Förderstätte „Rising Sun“. Heintz zog den rechten Handschuh aus und packte fest zu. Seine dunkelgrauen Augen blinzelten neugierig-freundlich. Ein bauschiger Bart überspannte die Oberlippe, unterhalb am Kinn wucherten schwarze Stoppeln, als wollten sie zum Oberlippenbewuchs aufschließen.

„Angenehm, Michael."

„Lato Kadamski."

„Lato Kadamski klingt nicht danach, dass du aus der Gegend stammst."

„Massachusetts."

„Macht nichts." Heintzes Oberlippenbart streckte sich.

„Okay Jungs, zum Kennenlernen bleibt später Zeit", unterbrach Duncan. „Welche Ausbeute haben wir, Michael?"

„Unten ist offenbar einiges aufgerissen, die Gasdichte ist passabel. Es schafft."

Auf der Förderanlage wechselten die Schichtbesatzungen nach zwölf Stunden einander ab. Nach zwei Wochen Tagestörn folgten sieben Tage Nachtarbeit. Daran schloss sich die Freiwoche an. Inmitten der texanischen Einöde glich der kompakte Arbeits- und Wohnkomplex einer künstlichen Insel. Nächtens hell bis zur Bohrturmspitze erleuchtet rückte das Bild eines lichtüberfluteten Ozeanriesen in die Fantasie, oder eines Fischereitrawlers auf dem dunklen Meer. Kadamski fühlte sich an seinem neuen Wirkungsort in vielem erinnert an die Zeit als Observer auf hoher See. Gefangen in Raum und Zeit schuftete eine Horde Männer für mehr als eine Handvoll Dollar und für die Hoffnung, das alles eines Tages hinter sich lassen zu können und die Heimreise anzutreten. Die Ein-Mann-Logis in den Wohncontainern besaßen die Maße von Schiffskammern. Bevor er in der ersten Nacht auf der „Rising Sun" im Schlaf versank, sinnierte Kadamski heftig über das Déjà-vu. Erich Korn tauchte auf und er wartete vergeblich, dass der Trawler schwankte.

Am Abend hatte er in der Kantine, der Name übertrieb in der Bezeichnung des schmucklosen Restaurantersatzes, mit Michael Heintz zusammengesessen. Sie gönnten sich jeder einen kleinen Berg Ribs und zwei Budweiser. Die anderen Männer von der Tagesschicht saßen frischgeduscht an den umliegenden metallbeinigen Plastiktischen und schoben sich deftiges Fast Food rein. Dabei verfolgten sie auf dem großen Flachbildschirm an der Wand ein Spiel des Basketballteams Houston Rockets.

„Lato, hier draußen sind wir ziemlich am Arsch. Weit und breit findest du nicht mal eine lausige Bar in einem vergessenen Motel oder etwas anderes in dieser Preislage, nichts." Heintz quetschte ein dickes Ribteil in einen Haufen Ketchup, von dem ein Streifen am Oberlippenbart hängen blieb. Er wischte ihn mit einer Serviette weg. „Die hundert Kilometer bis nach Austin lohnen einfach nicht. Sonst hältst du die Plagerei am Loch nicht durch."

Michael Heintz gehörte seit drei Jahren zur Besatzung. Der Enddreißiger lebte im benachbarten New Mexico, wo er sich zuvor mühsam als Zimmerer verdingte. Mit seinem Pick-up tingelte er von einer Ranch zur nächsten. Holzarbeiten fielen immer irgendwo an. Er träumte von einer eigenen Tischlerei, erst recht, nachdem er mit seiner einige Jahre jüngeren Freundin Melinda, einem mexikanischen Halbblut, und deren Söhnchen Carlos in ein bescheidenes Haus unweit der Grenze zu Texas gezogen war. Der Job im Gas warf genug ab, um die Pläne für den eigenen Betrieb konkret werden zu lassen.

Kürzlich verbreitete sich die Kunde, in der texanischen Grenzregion zu New Mexico sei ein gigantisches Öl- und Gasreservoir erkundet worden, was sich mit Fracking gewinnbringend auszubeuten lohnte. Sollte es dort losgehen, würde er unbedingt wechseln. Es wäre nur noch ein Sprung zu Melinda und klein Carlos.

„Ich werde wohl erst mal keinen Gedanken an Barbesuche verschwenden und versuchen, mich möglichst schnell in den Job hineinzufinden. Das ist ein anderes Kaliber zu dem, was ich bisher gemacht habe."

„Was denn?"

„Ich war bei der Fischereiaufsicht in Gloucester, einem Kaff an der Küste nördlich von Boston.“

„Du hast Fische gezählt?“

„Könnte man so sagen. Eine Weile bin ich an Bord ausländischer Fangschiffe gewesen und habe im Auftrag der Vereinigten Staaten geschaut, was die herausholen aus dem Meer?“

„Wieso brauchten die einen Aufseher?“

„Es verhält sich wie mit dem Gas. Die vor unserer Küste gefangenen Fischmengen bringen einiges an Gewinn. Weil sie den Silberlingen in US-Gewässern nachjagen, müssen die Fischereiflottillen von sonst woher dafür Lizenzgebühren bezahlen und Fangquoten einhalten. Auch die Fracking-Konzerne überweisen den Landbesitzern erkleckliche Summen, um auf deren Grund bohren zu dürfen.“

„Wohl wahr. Wir kommen jedoch ohne Kontrolleure aus.“

„Die Technik ist eben unbestechlich. Jeder Kubikmeter Gas wird exakt gezählt.“

„Stimmt.“ Heintz klang verblüfft ob der offensichtlichen Logik. „Warum wolltest du keine Fische mehr zählen, das hört sich jedenfalls lockerer an als der Knochenjob hier?“

Kadamski legte ein halb abgenagtes Stück Rib auf dem Teller ab und lehnte sich zurück. „Da geht's mir wie dir, der Dollars wegen.“

„Wie allen hier“, ergänzte Heintz und blickte sich in der Kantine um. „Das ist das Einzige, was alle verbindet, ansonsten weiß kaum jemand vom anderen, woher er genau kommt, wie er sein Geld vorher verdient hat. Vermutlich die Hälfte aller Bundesstaaten ist im Camp vertreten.“ Er trank einen Schluck aus der Bierdose. „Es sind nicht die hellsten Typen. Einige waren bereits beim Öl in Alaska dabei, andere haben sich mehr schlecht als recht über Wasser gehalten. Zwei, soviel ich weiß, sind wegen Drogendelikten schon in den Knast eingefahren. Du solltest also nicht sofort jedem dein Herz ausschütten und dir nicht auf der Nase herumtanzen lassen. Duncan hat dafür wenig übrig. Dank ihm läuft es in dem Laden einigermaßen sittlich. Wer austickt, riskiert es, am nächsten Tag gefeuert zu sein.“ Heintz prostete Kadamski zu. „Auf gutes Teamwork und viele grüne Scheine.“

Nach drei Wochen zerstreute sich die Truppe in alle Winde. Kadamski hatte die Freiwoche herbeigesehnt. Zwölf Stunden am Stück auf den Beinen, zwölf Stunden unter ständiger Anspannung, den Gasstrom nicht abreißen zu lassen, verzehrten seine Kräfte rücksichtslos. Alles überstieg seine ärgsten Vorstellungen und Ängste. Die Produktion lief auf vollen Touren. Lediglich zwei Ventilschäden an Zuleitungen der Pressflüssigkeit unterbrachen kurz die routinemäßigen Arbeiten. Das Nachsetzen des Bohrgestänges, das Auffüllen der Wasserreservetanks und der Bestände an Chemikalien und Quarzsand, das permanente Überwachen aller fördertechnischen und sicherheitsrelevanten Betriebszustände. Es ging wortkarg zu am Bohrturm. Hin und wieder ein Fluch über eine allzu fest sitzende Schraubverbindung oder der laute Ruf, irgendein Werkzeug herüberzureichen. In die Abläufe fuchste sich Kadamski schnell ein. Die Männer akzeptierten den Neuen auf eine gleichgültige Weise, die diesem signalisierte, so lange ihr persönlicher Dollarzufluss nicht ins Stocken geriet, ziehen sie ihm Anfängerungeschick und Erfahrungsdefizite. Kadamski agierte angestrengt unauffällig, jeden Fingerzeig vermeidend, dass er anders drauf war. Es genügten wenige Stunden auf „Rising Sun“ für den atmosphärischen Lackmusbefund, auf der Insel gab es keinen Platz auch nur für den Gedanken an Homosexualität. An dem Männerhord hatte sie nichts zu suchen. Er mochte sich gar nicht ausmalen, die Mitstreiter erführen von seiner Veranlagung. Andererseits geriet er nicht in die Versuchung. Mit Michael Heintz kam er gut klar. Er verkörperte nicht den draufgängerischen Glücksritter, löste aber auch keine erotisch-sinnlichen Sehnsüchte aus. An Duncans schneidigen Ton gewöhnte er sich rasch. Kadamski gefiel die Klarheit in der Sprache, sah über das befehlsaffine Gehabe hinweg. Der Chefingenieur hielt den Druck hoch, die wöchentlichen Produktionszahlen beförderten die Arbeiter von „Rising Sun“ zu Mitgewinnlern des Gasbooms.

Wenige Tage vor der heranrückenden Freiwoche erkundete Kadamski auf dem Laptop die texanische Metropole Austin. Er surfte auf dem Immobilienmarkt, entschlossen, sich ein festes Quartier in der Stadt zu zulegen. Ein kleines Appartement in der City vielleicht. Austin mauserte sich gerade zu einer der prosperierenden Großstädte in den USA. In die über allem schwebende Gas-Cloud loggten sich immer mehr zuströmende unternehmenswillige IT-Freaks, Start-Upper, Kreativworker und Szenekünstler ein. Ihnen boten sich unzählige Schnittstellen in dem wirtschaftlichen Vollprogramm. Kadamski erhoffte sich eine sympathiegeladene Bekanntschaft mit der Stadt am Colorado River. Nach dem Fracking war sie möglicherweise der Ort, die ursprünglichen literarischen Ambitionen ausleben und zu seinem künftigen Daseinsmodell werden zu lassen. Die ermüdende Quartiersuche mündete zumeist in einem Kurztrip durch das Vergnügungsviertel von Austin im zentralen Warehouse District. Einige Bars und Clubs waren unschwer als Treff von Schwulen zu identifizieren. Es wimmelte auf den Bildern von gutaussehenden lustbereiten Boys. Auch sie hatte der gewaltige Sog des Fracking-Furors angesaugt.

Freiwoche. In der am Chevrolet-Heck klebenden Staubwolke verschwand „Rising Sun“. Kadamski trat aufs Pedal, er hatte es eilig, in die Anonymität von Austin zu entschwinden. In der 38. Straße im Cherrywood District unweit des Highways Interstate 35 mietete er ein möbliertes Appartement. Der Makler erwartete ihn bereits, sie wurden sich schnell einig. Bei seinen Recherchen im nächtlichen Milieu war ihm ein Club aufgefallen. Im „Purple River“ gab es eine kleine Live-Bühne, auf der allabendlich Countrymusik wimmerte. Das Outfit der Gäste unterschied sich unmerklich von dem in anderen Westernclubs. Kadamski erkannte in der Bildergalerie das andere Detail. Engere Hosen, längere Fransen, seidene Halstücher. Am zweiten Abend in Austin tauchte er zum ersten Mal in den „Purple River“.

Kapitel 9

Plötzlich erhob sich Miller und wechselte in eine beinahe exerzierend stramme Haltung. Weniger militärisch exakt führte er die ausgestreckten Zeige- und Mittelfinger der rechten Hand an die Schläfe und ließ sie kurz wegschnellen. Miller verabschiedete sich wortlos, signalisierte aber Heidberger mit dem flüchtigen Gruß, ihm nicht endgültig Bye-bye zu sagen. Sie würden sich sicherlich noch sehen. An Spencer und am Tresen vorbei schritt er auf die angelehnte Tür zu und schloss sie hinter sich. Sie löste sich in der terrakottafarbenen Wand auf.

Spencer nahm Millers Platz ein und den Cowboy-Hut ab. Er behielt ihn in der Hand und begann, sich Luft damit zu zuwedeln. Die ausgestreckten Beine lagen vor ihm. Eine Szene, als wäre sie einem Low-Budget-Western entlehnt worden. Klischee und Realität wurden eins. Heidberger registrierte es mit einem versteckten Schmunzeln. Doch das war sekündlich dahin. „Darf ich vermuten, zu viert sind wir nicht unter uns, es ist mindestens noch jemand anwesend." Heidberger deutete mit dem linken Zeigefinger zur Tür neben dem Tresen.

„In Mathematik hast du gut aufgepasst. Die Unbekannte in der Formel durfte rechnerisch nicht schwer zu ermitteln gewesen sein", entgegnete Spencer unaufgeregt. „Aber im Ernst, nebenan ist Miller nicht allein. Er gönnt sich ein wenig Spaß mit einem Freund von uns."

„Wie soll ich das verstehen? Du warst doch eben vor ihm da drin, hast du auch Spaß gehabt mit eurem Freund?"

„Erfasst." Spencer hielt mit dem Hutwedeln inne.

„Ich werde anschließend auch reinmarschieren", setzte Kadamski hinterher, als müsste er Spencers Offenheit zusätzlich Absolution erteilen.

Beide klangen erlöst. Davon, noch weiter herumzudrucksen.

Spencer vermeinte, einen empörenden Unterton in Heidbergers Frage anklingen gehört zu haben. „Das erschüttert dich hoffentlich nicht in deinen moralischen Grundfesten?“

„Macht es. Jemanden einen Freund zu nennen, der sich offensichtlich für euch prostituiert, kommt mir ziemlich zynisch vor.“

„Hey, das musst du schon uns überlassen, wer uns ein Freund ist. Junge Kerle wie dich nennen wir Greenhorns, weil sie in vielen Dingen noch grün hinter den Ohren sind. Ich vermute, du bist in deinem Leben bisher nie mit Prostitution in Berührung gekommen.“

Heidbergers Schweigen bestätigte Spencer in seiner Annahme.

„In dem Geschäft existieren feine Unterschiede. Der wesentliche sollte sein, es neigen Männlein wie Weiblein dazu, dir gegen Bezahlung freiwillig Gutes zu tun. Ob dir das gefällt oder nicht oder ob irgendjemandem anderen dies missfällt, ändert daran nichts. Du solltest also entspannt bleiben.“

Die Aufforderung war der eine Satz zu spät. Heidberger konnte nicht mehr entspannt bleiben. Es attackierte sein Ego, auf billigem Schuljungenniveau belehrt zu werden. Zahlreiche Medienpreise sind ihm zuteil geworden, weil er sich in seinen Reportagen tragischen, abgründigen und elendigen Verwerfungen im Umgang von Menschen mit Menschen zugewandt hatte. Ein Truckfahrer wollte ihm jetzt beibiegen, in bestimmter Weise wäre Prostitution schicklich und es unnütz, darüber moralisierend zu befinden. Er empfand dieses Geschäft entwürdigend, ob freiwillig betrieben oder erzwungen. Es gehörte nicht mehr stillschweigend akzeptiert. Im Zeitgeist der Greenhorns wandelte sich momentan sehr schnell und sehr drastisch die Sicht auf in Jahrhunderten eingeschliffene Hierarchien, Denkmuster und Konsumsitten.

„Ich bin entspannt und trotzdem anderer Ansicht. Seinen Körper auszuliefern wie ein Spielgerät, halte ich für würdelos, und zwar in jedem Fall. Auch wer sich aus freien Stücken hingibt und bezahlen lässt, entwürdigt sich. Kein Mensch sollte in diese Lage geraten oder sie selbst herbeiführen, um seine Existenz bestreiten zu können."

„Hoppla, du hast wohl nicht bemerkt, in welchem Land du unterwegs bist. Es steht jedem frei, wie er seine Haut zu Markte trägt. Ob er sich entwürdigt dabei, finanziell übernimmt oder abhebt in den siebten Himmel, entscheidet einzig jeder für sich allein. Da braucht es keine scheinheiligen Wegmarker."

„Diesen absoluten Anspruch moralischer Unfehlbarkeit kenne ich aus dem Gerede fundamentalistischer Wanderprediger und anderer extremistischer Heilsbringer", pflichtete Kadamski Spencer bei. „Die dürfen bei uns frei herumlaufen und ihren Psalm absondern, aber damit hat es sich denn auch. Kein freier Bürger muss sich darum scheren."

„Noch nicht", entgegnete Heidberger trotzig und trocken.

„Was willst du damit sagen?" Spencer zog die ausgestreckten Beine ein und richtete sich auf. Eine anstrengende Erwartung überstrich sein Gesicht. Auch Kadamskis Blick wurde schlagartig fester.

„Ihr habt es doch selbst erlebt, wie sich grundsätzliche Verhältnisse in der Gesellschaft, die Generationen überdauerten, plötzlich gewandelt haben. Die Rassentrennung, das Verbot der Homosexualität oder zuletzt die Anerkennung diverser Sexualität. Das alles wäre nicht in Bewegung geraten, wenn sich vorher keine Bürger dafür eingesetzt und vom Staat erstritten hätten, entsprechende gesetzliche Garantien zu erlassen."

„Du haust zwei Auffassungen in einen Topf, die nicht zusammenpassen. Dass auch bei uns in vielen Bundesstaaten heute gleichgeschlechtliche Partnerschaften erlaubt sind, ist zweifelsohne ein Fortschritt. Es bewirkt aber noch lange nicht eine allgemeine Akzeptanz bei den Bürgern. Alle sind bei Strafandrohung lediglich gehalten, diese andere Form des Zusammenlebens zu tolerieren und keinen Menschen deswegen zu diskriminieren. Schwule und Lesben nicht zu mögen, bleibt jedem individuell überlassen. Diese Auffassung zu verurteilen und sich moralisch darüber zu erheben, ist die andere Seite der Geschichte und kommt bei sehr vielen Amerikanern nicht gut an." Kadamski bemühte sich um einen freundlichen, keineswegs vorwurfsvollen Ton. „Sie fühlen ihr ureigenes Selbstverständnis von unbegrenzter persönlicher Freiheit bedroht. Was euch Deutschen völlig abgeht, da euch nach Monarchie und Diktaturen gehorsames Untertanentum in die Gene gestanzt ist."

„Das mag noch für unsere Eltern und Vorfahren gegolten haben, für uns Jüngeren, und das habe ich in meinem Job häufig beobachtet, trifft das kaum mehr zu. Gesetze sind ja gut und schön, doch wie du selbst sagst, allgemeine Akzeptanz stellt sich erst ein, wenn zu kritisierende Normen und Verhaltensweisen gesellschaftlich geächtet werden. Jeder Einzelne gerät in den Konflikt, eigene Einstellungen, das eigene Verhalten zu hinterfragen und bestenfalls zu korrigieren."

„Du meinst, sich anzupassen, sich dem Mainstream zu unterwerfen. Nee, nee, so einfach kriegt ihr das nicht. Auch wenn hierzulande ein großer Haufen von Meinungsmachern deiner Branche sich auf die Seite der Bekehrer geschlagen hat. Sie zeigen auf uns und halten uns vor, wie ungesund wir uns ernähren, wie konservativ wir denken, wie weltfremd wir leben. Noch haben wir keinen Sozialismus und zum Glück ist die Ostküste nicht vollends an die Demokraten gefallen."

Heidberger horchte auf. Spencer brachte die gleichen Ansichten vor, die Miller formuliert hatte. Ihn irritierte, mit welcher Vehemenz die beiden und auf intellektuell feinsinnigere Weise ebenso Kadamski den Freiheitsgedanken amerikanischer Fasson verteidigten. Wobei sie selbst unfrei darin waren, im gepriesenen Wertekanon ihre anders gelagerte sexuelle Orientierung auszuleben.

„Aber ihr habt kein Problem damit, eure Homosexualität in dieser entlegenen Tankstelle verbergen zu müssen? Soweit ist es denn mit der Freiheit nicht her."

„An diesem Punkt waren wir doch bereits. Hartnäckige Homophobie wächst sich nur allmählich aus. In Texas wird es leider eine Weile mehr Zeit beanspruchen. In dieser zähen Phase wäre es hasadeurisch, den Helden zu spielen. Anders liegen die Dinge, wenn politische Strömungen bestimmte, auf den moralischen Schild gehobene Lebensentwürfe und Verhaltenstugenden zum allgemeinen Dogma erklären. Das sind autokratische Schablonen, die die Freiheit wirklich beschneiden."

Kadamski hielt kurz ein. Er sortierte die Gedanken, Heidbergers Vorwurf traf tief. „Bei euch in Deutschland sind homosexuelle Handlungen erst in den 90ern aus dem Strafenkatalog gestrichen worden. Du glaubst doch bestimmt nicht, dass die latente Abneigung in großen Teilen der Gesellschaft damit weggewischt wurde? Miller, Spencer und ich bewegen uns in männerdominierten Jobs. Die sind für Schwule eigentlich No-go-Areas. Das dürfte in eurer Polizei oder einigen Sportarten genauso der Fall sein. Ein homosexueller Gesundheitsminister ändert daran nichts. Der kann sich unbehelligt outen, weil er ohnehin im Kokon des politischen Establishments über dem realen Leben schwebt. Wir müssen indes vorsichtig sein. Natürlich steht es uns frei, in Austin in einer Schwulenbar aufzukreuzen. Aber selbst die bietet keinen Schutzraum."

„Wenn du einverstanden bist, nehme ich dich mal mit auf eine meiner Touren. So'n Stück durch Mississippi und Louisiana. An den Raststätten könntest du es ausprobieren, laut darüber nachzudenken, wie es sich anfühlt, anders gepolt zu sein und auf Männer zu stehen. Wenn du Glück hast, sperren sie dich in einen Tiefkühlcontainer für eine Frosttherapie deiner Eier."

Spencer meinte es bitterernst. Ihm behagte das ausschweifende Gerede nicht sonderlich. Er hätte sich am liebsten längst die Ohrhörer eingestöpselt und übers Smartphone die aktuellsten Country-Hits reingezogen. Er war ein großer Fan des Szenebarden Garth Brooks.

„Hast du dich auf Recherchetrip hierher vergaloppiert oder machst du Urlaub?"

„Es ist sowas wie eine Flucht, vor mir selbst."

„Für eine Sinnkrise kommst du aber erstaunlich tough daher. Ein bisschen ähnelst du hiesigen Fernsehreportern, die glauben uns Cowboy-Hüte missionieren zu müssen. Die quatschen vom Klimawandel und Waffenverbot und solchen Kram. Die schalte ich weg, man erträgt es nicht, von welchem hohen Ross sie Moral und korrektes Leben predigen. Bei dir ist es etwas anderes, das nehme ich hin für den Moment." Den Schlenker im letzten Satz artikulierte Spencer gönnerhaft.

„Danke", warf Heidberger den Ball zurück. „Es ist ein netter Zufall, der uns zusammengebracht hat. Ich halte nur ungern meine Sicht auf die Welt zurück, da bricht immer der Journalist durch. Wobei ich Social Media meide. Auf den Kanälen wird mir zu viel rumgemotzt und beleidigt, darauf habe ich keine Lust. Twittern habe ich gar nicht erst angefangen."

„Das verbindet uns, wir twittern alle drei nicht." Kadamski verschränkte die Arme vor der Brust und neigte den Kopf leicht nach vorn. „Dumm ist nur, wir disqualifizieren uns dadurch zu Außenseitern. Irrwitzig finde ich es, dass die totale Vernetzung von Milliarden Usern im Internet, statt die Menschen zueinander zu bringen, die Risse zwischen ihnen extrem verstärkt, auf allen Ebenen."

„Allen voran euer Präsident."

„Ja, er ist ein Twitter-Freak. Die zwei politischen Lager im Land vergraben sich in ihren Schützengräben so tief, sie können gar nicht mehr über den Grabenrand sehen. Der traditionelle

Gegner degeneriert zum abstrakten Feindbild, ohne Würde und ohne Anspruch auf Respekt und Achtung."

„Das hat bei uns auch voll eingeschlagen. In Deutschland mischen zwar mehr als zwei Parteien mit, aber die Gesellschaft zieht sich zunehmend in zwei große Meinungsfestungen zurück. In Gut und Böse."

„Ich befürchte vor allem, die oft gegenteiligen Auffassungen verhärten sich langfristig, es bleibt kein Platz mehr für ein Dazwischen. Wie schwer ins kollektive Gedächtnis gemeißelte Meinungen, Behauptungen und Moraledikte zu eliminieren sind, erleben wir leibhaftig."

„Bemerkenswert ist, je mehr jede Seite auf ihren vermeintlich unantastbaren Positionen verharrt, desto destruktiver attackieren sie einander."

„Destruktiv, was heißt das denn?" Unbedarft fragte Spencer nach der ihm nicht bekannten Vokabel.

„Es gibt kein Bemühen, sich auf andere konträre Ansichten einzulassen, sich damit auseinanderzusetzen. Lieber geht man mit dem Meinungsträger ins Gericht, stellt ihn bloß, beschimpft und ächtet ihn. Erkenntnisse und Fakten werden moralisierend übergangen und ignoriert. Es tobt im Grunde ein Glaubenskrieg."

„Die wirklichen Glaubenskrieger auf dem Globus reiben sich vermutlich die Augen. Deren fundamentalistische Verbissenheit in der Gotteslehre wird von den Ungläubigen im Internet noch getoppt."

Kadamskis Vergleich gefiel Heidberger. Ein plausibles Bild, in dem sich die ganze Enthemmung und Gefährlichkeit der zerfallenden Debattenkultur spiegelte. Er würde irgendwann in einem Text Anleihe bei Kadamski nehmen.

„Wie kommt ihr eigentlich klar, in euren Jobs eure Homosexualität verheimlichen zu müssen? Führt kein Weg aus der Klemme?"

„Den Druck hast du von dem Tag an, an dem dir gnadenlos bewusst wird, Muschis und Titten interessieren dich nicht und dir fährt dafür der sanfte Blick eines Klassenkameraden unter die Haut." Spencer skizzierte drastisch seine Stunde null. „Seit ich Truck fahre, habe ich weniger Stress. Ich karre die meiste Zeit allein auf dem Bock durch die Gegend. Mein Chef würde wahrscheinlich wenig Aufhebens machen. Er ist ein liberaler offener Typ. Er stammt aus der Nähe von Los Angeles und schwärmt manchmal von den alten Zeiten mit Poolpartys, bei denen es heftig zur Sache gegangen sein muss. Die Jungs auf den Trucks sind weniger zimperlich. Sie hängen gern den harten Asphalt-Cowboy raus. Ich bin sicher, die würden kein Wort mehr mit mir reden und mit am liebsten in den Kaffee pinkeln. Also gebe ich auch den Harten und grinse mit bei gelegentlichen Schwulenwitzen. Glaub mir, so lebe ich ruhiger."

„Recht hat er." Kadamski war aufgestanden und zur Tür mit dem pappenen Öffnungsschild geschlenzt. Durch die Scheibe blickte er auf den staubigen Zufahrtsbereich der Tankstelle. „Schönes Cabrio, ein BMW. Das muss man euch Deutschen lassen, Autos bauen könnt ihr. Von den dickeren Modellen fahren in Austin zahllose umher. Ich empfehle dir, hier draußen das Verdeck zu zuklappen, wenn du den Wagen abstellst. Die Sandkörner und Blütenstäube im Wind verfangen sich in allen Ritzen."

„Werde ich machen. Aber ich wollte ja auch nur etwas zu trinken abfassen, stattdessen bin ich an euch geraten."

Kadamski drehte sich zu Heidberger um. „Klingt jetzt nicht sehr erfreut. Ist dir unsere Gesellschaft unangenehm?"

Heidberger spürte einen unterkühlten Vorwurf im Nacken. Doch so war es nicht. Er empfand nach anfänglicher Ungewissheit die überraschende Begegnung mit den Amerikanern prickelnd und in seiner Situation fast von psychotherapeutischer

Wirkung. Drei schwule weiße Männer verkrümeln sich zum erotischen Tête-à-tête in eine Absteige im Tarnkleid einer Tankstelle. Sie sind dazu genötigt, arrangieren sich jedoch mit dem homophoben Klima in ihrem Lebensumfeld. Opfer zu sein, das blenden sie aus. Eine Art von Schutzfilm, um körperlich und auch im Geiste nicht zu zerbrechen. Für ihre Selbstbehauptung bedeutete es einen Kraftquell, sich als patriotische Amerikaner zu gerieren. Sie gehörten dazu, trotz allem.

Heidberger antwortete mit einer Gegenfrage. „Meinst du, ich hätte es sonst seit mehr als einer Stunde mit euch ausgehalten? Ich könnte fast in Austin sein. Nein, mich hat lange nicht mehr eine Unterhaltung so sehr gefesselt. Zumal ich über eure spezielle Situation bisher wenig wusste und jetzt alles aus erster Hand erfahre. Mein Journalistenherz schlägt höher und zertrümmert den Gedanken, alles hinzuschmeißen. Obwohl, mit Truckfahren lässt sich ebenso Geld verdienen."

Er lächelte Spencer zu.

„Du weißt nicht, worauf du dich einlassen würdest."

„Okay, war nur ein Gedanke. Die Sache mit eurem Freund, daraus werde ich allerdings nicht schlau."

„Inwiefern?" Kadamski steuerte auf den verlassenen Stuhl zu.

„Miller meinte zwar, es ginge mich nichts an, wie und mit wem ihr euch vergnügt."

„Aber?"

„Ihr werdet selbst diskriminiert, könnt nicht unbelästigt und verachtet zu eurer sexuellen Neigung stehen. Zugleich lebt ihr diese aus, indem ihr euch einer besonders angefeindeten Klientel bedient, Callboys. Oder Stricher, wie sie bei uns bezeichnet werden. Doppelzüngig nenne ich das, eine miese Nummer."

Die nächsten 30 Sekunden verstrichen wortleer.

Kadamski zupfte an seinem türkisfarbenen T-Shirt herum, suchte eines dunklen Fusels habhaft zu werden. Spencer begutachtete zwanghaft die Fingernägel, abwartend die Reaktion des älteren Kumpels.

„Offen gestanden, du musst schlecht zugehört haben. Die Dinge gestalten sich zuweilen anders, wie es sich du und deine Journalistenkollegen in ihren schwarz-weißen Denkmustern ausmalen, geschweige denn vorstellen könnt. Es existieren Grautöne, in denen erst im zweiten Blick abweichende Sachlagen und Verhaltensmotive sichtbar werden. Diese zu verurteilen, ist problematisch. Wo es zum Beispiel um Existenzen geht, sollte man sich den moralischen Finger lieber in den Arsch stecken. Ich glaube, es wäre erhellend für dich, wir stellen dir unseren Freund vor.“

Kapitel 10

Mathilda Brown war vernarrt in Frank Spencer. So oft sie es ermöglichen konnte, sattelte die 16-Jährige ihren jungen Hengst „Starlight" und preschte von der Grant-Kohrs-Ranch über das hügelige Weideland zur benachbarten Ranch der Spencers. Beide Rinderfarmen unweit des Städtchens Deer Lodge im westlichen Montana gehörten zur Gründererzählung des Bundesstaates im Nordwesten der USA. Auf der einstigen Ranch des legendären Rinderbarons Conrad Kohrs, die seit 1972 der Bundesverwaltung unterstand und als historisches Areal gehegt wurde, arbeitete Mathildas Vater als Viehzüchter. Sie wuchs im Pferdesattel auf und verließ, seit sie denken konnte, das flache Holzwohnhaus auf der Ranch nie ohne ihren beigefarbenen Cowboyhut. Unter diesem quoll kräftiges und lockiges blondes Haar hervor und fiel bis auf die Schultern.

Den Hut mit langgeschwungener Krempe trug sie noch stolzer, nachdem ihr erstmals bewusst geworden war, dass mit Ronald Reagan seit fünf Jahren ein ehemaliger Cowboy-Kinoheld im Weißen Haus residierte. Er war im Herbst 1980 zum Präsidenten der USA gewählt worden. Sie sah darin einen Tribut an die Geschichte des Wilden Westens. Die Cowboy-Attrappe an der fernen Ostküste wurde für die Highschool-Schülerin zur Mitte des Jahres 1986 jedoch zur Randfigur. Beim Lagerfeuerfest nach dem Viehtrieb auf die Sommerweiden zog es sie zu dem gleichaltrigen Spencer-Sohn Frank. Den jüngsten von vier Brüdern kannte sie bereits seit den Kindheitstagen, sie besuchten gemeinsam die Schule in Deer Lodge. Sie setzte sich nahe dem Feuer neben ihn. Im lodernden Schein leuchteten die Gipfel der Rocky Mountains am Himmelsrand. Aus Mathildas wallendem Haar strömte ein Duft aus blutjunger Weiblichkeit, wildem Pferdeesprit und würziger Weideluft. Frank wagte größtmögliche Nähe, sog den betörenden Mix begierig auf. Mathilda konnte er gut leiden. Pferde mit ihr zu stehlen, war in doppelter Hinsicht kein Problem. Sie kannte sich mit den Vierbeinern aus und war ein Girl von draufgängerischem und abenteuersuchendem Schlag. Wann immer die heranwachsenden Cowboys in der Gegend zu Pferd oder ohne etwas ausheckten, zum Beispiel rivalisierenden Mitschülern kackfrische Pferdeäppel zukommen ließen, durfte Mathilda nicht fehlen. In gewetzter Jeans und kariertem Flanellhemd verschwamm sie unter den anderen. Ihr Befreundetsein nahmen Mathilda und Frank mit in die Teenagerjahre und begannen allmählich einander mit anderen Augen zu sehen.

Nach ihrer Feuertaufe ritten sie häufiger ohne die anderen aus. Am liebsten zu einem gut zwei Meilen entfernten Rasenhügel, auf dem ein knorriger Baum seit Jahrzehnten allen Wetterwidrigkeiten trotzte. Von dort sahen sie weit über das Weideland, durchzogen von wenig akkurat zusammengezimmerten Begrenzungszäunen, die an Stangenhindernisse beim Springreiten erinnerten. Bereits die Großväter und deren Großväter hatten das satte Grün Montanas genutzt, große Rinderherden zu halten und aufzuziehen. Sie versorgten die wachsenden Metropolen im Osten der Vereinigten Staaten mit Zugladungen von Fleisch.

Ihre nicht unbemerkten Ausritte zu zweit regten niemanden auf, außer diesen oder jenen anderen um Mathilda buhlenden jungen Kerl. In dem dünn besiedelten Landstrich schränkte sich die Auswahl nicht vergebener Bräute schnell ein.

Frank Spencer, kein Riese von Wuchs, aber von naturburschig-kräftiger Statur, genoss Mathildas Zuneigung. Wenn sie mit dem Pick-up seines Vaters in Deer Lodge einritten, um im bestbesuchten Burger-Restaurant ihren Fast-Food-Hunger zu stillen, konnte er sich neidvoller Blicke und Kommentare sicher sein. Zumal Mathilda mit stolzem Auftritt nicht sparte, den anderen zu zeigen, wie gleichgültig sie ihr waren. Aus den Musikboxen schallten dazu die aktuellen Hits von Michael Jackson, Madonna und Prince.

Auf ihrem Hügel gab Mathilda zuerst die Zurückhaltung auf. Sie legte den Cowboyhut beiseite und schüttelte ihr Haar frei. Franks Herz schlug mit einem Mal hoch bis in den Hals. Das Cowboy-Girl entpuppte sich zum Girl. Mit beiden Händen umfasste sie sein Gesicht und presste ihre schmelzweichen Lippen auf seinen Mund, begehrte mit der Zungenspitze um Einlass. Ruckartig ließ sie ab und sich auf den Rücken sinken. Dabei zog sie seine rechte Hand zu sich und drückte sie auf die linke Brust. Frank hatte seit längerem schon die festen Wölbungen registriert, welche das Flanellhemd spannten.

„Willst du nicht nachschauen, was sich unter den Brusttaschen verbirgt?"

In ihren stahlgrauen Augen verfing sich das gelbrote Abendlicht, brachte diese zum Glühen. Ein samtener Schein, überzogen von glitzernder Feuchte. Frank schob den Cowboyhut ins Genick und beugte sich über Mathilda. Eine unbekannte Magie führte ihn an ihren halb geöffneten Mund. Das Beben ihrer Brust wurde heftiger.

Es gelang ihm, zwei Knöpfe des Hemdes zu öffnen. Aufgeregt griff er an Mathildas Büstenhalter und umfasste die linke Brust.

„Drunter", hauchte sie ihm zu. Sie drückte den Brustkorb nach oben in dem Moment, als Franks heiße Fingerspitzen den harten Nippel berührten und umkreisten. Die weibliche Wärme, die bedingungslose Hingabe betäubten ihn. Mathilda zerfloss ungeduldig. Sie dirigierte Frank zum Jeansbund und senkte den Unterleib. So konnte seine Hand in den Schritt schlüpfen, ohne die Hose zu öffnen. Er tastete sich über den warmen Stoff des Slips vor, erfühlte ihre feste Vulva und rutschte hinab bis zu dem kleinen nassen Fleck vor ihrer Scham. Ein paar Mal glitt die Hand auf dieser Bahn hin und her, nicht aber unter den Slip. Mathildas rechte Hand verkrallte sich in Franks linker Schulter. Ihr sanftes Stöhnen mündete rhythmisch in ein langatmiges „Aaah…".

Frank hatte sich kaum aus Mathildas Jeans zurückgezogen, packte ihn ein seltsam distanzierendes Gefühl. Bislang war er sich körperlich nur selbst so nahegekommen. Er liebte seine makellose Muskelpartien und seinen prächtig steifen Schwanz. Mathildas aufknospende Weiblichkeit entließ ihn in einer unerwarteten Enttäuschung. Hatte er in dem Cowboy-Girl einen Cowboy gesehen, gar ersehnt?

Als Mathilda „Starlight" in Richtung Grant-Kohrs-Ranch gelenkt hatte, sah Frank ihr eine Weile nach. Er wendete den Blick zur Farm seiner Familie und ritt immer noch nicht los. Mit den Händen hielt er sich krampfartig am Sattelhorn fest. Die ersten Sterne funkelten über Montana.

Mathilda tauchte mit „Starlight" häufiger unverabredet vor dem Wohnhaus der Spencers auf. War Frank noch draußen bei den Rindern, ritt sie zu ihm. Sie ritt Frank nach. In den zurückliegenden Wochen beschlich sie eine dunkle Ahnung. Er wich ihr aus. Nach ihrem ersten intimen Vortasten waren sie sich nicht mehr so nahe gewesen. Bei ihren Treffs auf dem Rasenhügel quatschten sie über Gott und die Welt. Begann sie, ihre Lust zu signalisieren, stellte er irgendeine Angelegenheit dagegen, die unbedingt zu erledigen war. Klar wäre es in der bibeltreuen Gegend wenig ratsam, mit Ende 16 und vor der Ehe aktvollendeten Sex zu haben. Darauf legte sie es auch nicht an. Mathilda hatte sich in Frank Spencer verliebt und ersehnte eine gemeinsame Zukunft. Der Schulabschluss und das 18. Lebensjahr waren keine Ewigkeit mehr entfernt. Sie lebte jeden Tag in dieser Glückssehnsucht.

Der jüngste der Spencer-Brüder indes war vom Pferd gefallen. Auf dem hufzertrampelten Boden seiner Heimat überkam Frank das widersinnige Gefühl, in der vertrauten Community plötzlich fremd zu sein. Wem sollte er offenbaren, wie es um ihn bestellt war? Die sich unvermittelt einbohrende Erkenntnis, dass ihn der wippende Gang, die schmale Hüfte, das erotische Timbre von Mitschülern an der Highschool mehr erregten als feste weibliche Brüste. Mathilda sich zu entziehen, wie sollte das gehen, ohne es erklären zu können? Würde sie es überhaupt glauben? Schwule Cowboys gab es nicht. Nicht in der offiziellen Realität, nicht in kühnsten Fantasien konservativer Geister, nicht mal im Kinofilm. Er würde sie hinhalten müssen. Mit einer Legende. Hoffend, sie verlöre vielleicht die Geduld.

Ein halbes Jahr vor der Volljährigkeit fasste Frank den Entschluss, in die US-Army einzutreten. Im Hause Spencer musste er dies nicht lang und breit erläutern. Mit den älteren drei Brüdern war der Fortbestand der Ranch vorgezeigt, auch wenn den Züchtern im weiten Westen der Import von billigem Rindfleisch aus Südamerika und die industrielle Mast das Geschäft zunehmend beschwerten. Mathilda, von der er wusste, sie würde Montana nie verlassen, begründete er seinen Weggang mit der Suche nach einer Alternative zum Leben zwischen Rindern und Pferden. Auf der Spencer-Ranch würde es ihm zu eng werden.

„Du meinst, dich richtig entschieden zu haben? Aber du liebst mich doch?"

Frank schmerzte Mathildas verzweifelte Frage. Sie tat ihm leid. Da er sich der wahren Erklärung verweigerte, entschloss er sich zu der einzig möglichen ehrlichen Antwort.

„Nein."

Mathilda drehte stumm den Kopf zur Seite, starrte in die Landschaft. Frank brachte kein weiteres Wort hervor. Nach einer gefühlten Ewigkeit sah sie ihn an.

„War das alles nur ein Spiel für dich?"

„War es nicht." Er betonte „nicht" fast trotzig. „Anfangs hatte ich auch Schmetterlinge im Bauch, wie es so schön heißt. Doch sie flatterten wieder davon. Ich will nur ehrlich zu dir sein."

„Wichser.“ Mathilda trat „Starlight“ kräftig in die Seiten und flog davon.

Frank ritt an diesem Abend allein zum Rasenhügel.

Nach der Beförderung zum Staff Sergeant bei den US-amerikanischen Luftstreitkräften wurde Frank Spencer weiter weg vom Heimatflecken in Montana und von Mathilda abkommandiert, wie er es sich in seiner Verzweiflung und vagen Vorstellung nicht hätte ausmalen gewollt. Er wurde nach Deutschland versetzt in das 435. Luftwaffengeschwader. Der Einheit oblag der Betrieb der größten Air Base außerhalb der USA im süddeutschen Ramstein. Zu Beginn des Militärdienstes vor eineinhalb Jahren hätte er nicht gewusst, dass es diesen Stützpunkt gibt und wo dieses Ramstein zu finden ist. Aber Ende des Sommers 1988 ging die Ramstein Air Base durch alle Zeitungen und TV-Sender. Während einer Flugschau waren drei Jets einer Kunstflugstaffel am Himmel kollidiert und über den zahlreichen Zuschauern am Rollfeld brennend abgestürzt. Eine Katastrophe, bei der 70 Menschen starben und zig schwere Verletzungen erlitten.

Bei der Ankunft empfing heilloser Lärm ihn und weitere 24 Rekruten. Auf dem Flugplatz jaulten die Propeller und Triebwerke von einem Dutzend startbereiten und eben gelandeten Hercules- und Galaxy-Transportflugzeugen. Mit einer dieser Monstermaschinen waren sie von den USA herübergekommen. Spencer schaute sich um. Die Air Base war eingekreist von imposantem Bergland. Vor einigen buckligen Hangars am Rande des Areals entdeckte er F16-Kampfjets. Aus den Berichten über das Flugschau-Unglück wusste er, es handelte sich bei den abgestürzten Jets um italienische, keine amerikanischen. Am Schauplatz des Grauens in diesem Moment zu stehen, beeindruckte ihn. Der gewaltige Feuerball über den fliehenden Menschen, der, von einem Fotografen auf Zelluloid gebannt, um die Welt gegangen war, blitzte vor ihm auf. Aber auch der Ortswechsel über den Atlantik, seine erste Fernreise überhaupt, beschäftigte ihn. Dabei gab es zum Fremdeln wenig Anlass. Die Kaiserslautern Military Community, benannt nach der nur wenige Kilometer entfernten Pfalz-Metropole, zählte mehrere Zehntausend Angehörige. Soldaten, Ehepartner und Kinder. Für die Offiziersfamilien waren autonome Wohnsiedlungen gebaut worden. Spencer und die anderen Neuen zogen in eine der US-Kasernen im Stadtgebiet von Kaiserslautern ein.

Auf der Air Base gehörte Staff Sergeant Spencer fortan zum Technical Services. Dieser erfüllte eine der wichtigsten Aufgaben, das Betanken der Flugzeuge. Spencer übernahm einen Tanklastzug, pendelte zwischen Treibstoffdepot und leergeflogenen Transportern und Jets. Von den Kameraden hatten sich die meisten zur Armee gemeldet, um der Arbeitslosigkeit zu entkommen. Junge Burschen wie er. Einer der Dunkelhäutigen war Jonathan Palton. Ein 23-jähriger Afroamerikaner, aufgewachsen in der New Yorker Bronx. Gut und gerne wäre er als Profiboxer weggegangen, mit fast 1,90 Meter Größe und durchtrainiertem Body.

Auf der Air Base begegneten sie sich häufig. Palton gehörte der Crew an, die die Flugzeuge mit Kerosin befüllten. Eines späten Nachmittags, Palton hatte den Tankrüssel von einer Hercules abgezogen und an Spencer übergeben, beugte er sich zu diesem hin und schrie ihm ins Ohr.

„Hey Monti, hast du heute Abend Lust, mit mir Kaiserslautern zu erkunden?"

Paltons große dunkle Augen schauten ihn verschmitzt an. Genauso wie in der Sekunde, als Spencer dem New Yorker sagte, woher er stammte, und dieser ihn spontan Monti taufte. Es würde keine Sightseeing-Tour werden. „Ich muss mal wieder ein paar Weiberärsche aus der Nähe betrachten." Spencer nickte zustimmend.

Die Pfälzer hatten es längst verwunden, mit Tausenden Amerikanern zusammenzuleben. Nach Kriegsende nisteten sich diese im strategisch günstig gelegenen Ramstein ein, bauten die Air Base zu einem Drehkreuz globaler Truppentransporte und einem Schauplatz militärischer Machtpräsenz aus. Dieser barg neben den F16-Jets auch atomare Fliegerbomben. Ein Wink an den Osten. Dieser war in jüngerer Zeit jedoch mehr mit sich selbst beschäftigt. Die kommunistischen Festungen wurden von innen durch eigene Leute sturmreif geschossen. In Polen, in der Sowjetunion, zuletzt mehrten sich auch im anderen Teil Deutschlands die Anzeichen ziviler Rebellion.

Kaiserslautern zeigte sich noch nicht aufnahmefähig für die eruptiven Vorläufer eines bevorstehenden geopolitischen Bebens. Warschau, Moskau und Ostberlin lagen in viel zu großer Ferne. Das Flugschau-Desaster hing bleiern im Alltag. Trotzdem ging die Show weiter. In den Bars, Striptease-Lokalen und Bordellen. Dort zählten die unteren Dienstgrade der US Air Force zu den Stammgästen. Palton und Spencer blieben in der Moltkestraße vor einem Tabledance-Club stehen.

„Bock auf'n Bier mit Aussicht?" Palton wartete die Antwort nicht ab und schritt auf die Eingangstür zu, auf der ein autokennzeichengroßes Leuchtschild prangte. Grellrote kleine Glühlampen umrandeten die vier ebenfalls grellrot jeden Passanten anschreienden Buchstaben *Open*. Spencer trabte neugierig und lustgebremst hinterher.

Im Club dominierte eine große halbrunde Tabledance-Bühne die Szene. Drei Laufstege ragten ins Publikum hinein. Auf jedem rekelte sich eine Tänzerin an der Stange. Zwischen den Stegen auf dem verbindenden Lauf buhlten vier weitere Damen um die Gunst der an dem Konstrukt klebenden Männermeute. Von einer ballonähnlich herunterhängenden Disko-Glitzerkugel spritzten rote und gelbe Lichtstrahlen ins Rund. Die mit wenig

Textil bekleideten Tänzerinnen choreografierten professionell ihre erotischen Reize. Im Filter aufsteigenden Zigarettenqualms flimmerten die nicht mehr blutjungen Körper betörend, weckten Begehrlichkeiten.

Hingegen schienen die eifrigen Kellnerinnen im Dresscode von kurzem schwarzen Rock und enger weißer Bluse durch die Bank kaum älter als Spencer. Sie sprachen mit ausländischem Akzent. Er konnte diesen nicht zuordnen.

„Bitteschön, zwei Bier." Das streng gekämmte schwarze Haar der jungen Kellnerin fiel hinten bis auf den Rücken. Graugrüne Augen lächelten Spencer an.

„Danke", entgegnete er unsicher mit der zuallererst gelernten deutschen Vokabel. Palton stierte auf die Tänzerin unmittelbar vor ihm. Zum Ende der Darbietung schob sie hockend ihre rechte Hüfte vor und der GI klemmte ihr bereitwillig zehn Dollar hinter den knappen Höschenbund.

„Mensch Monti, guck mal bisschen heiterer, das Girl hatte doch ordentlich was zu bieten." Spencer verzog seine Miene nur im Ansatz. Was Palton nicht entging. Die gequält anmutende Reaktion seines Kameraden schrieb er dessen provinziellen Herkunft zu. Montana und New York trennten nicht nur mehr als 2000 Automeilen, sie trennten amerikanische Welten.

„Deine Braut wird nicht erfahren, dass du dich in diesem Schuppen gleich mit einem halben Dutzend scharfer Weiber umgibst." Palton bleckte seine großen weißen Zähne, die von den Glitzerkugel-Strahlen getroffen wurden. Dann wippten seine wulstigen Lippen aufgeregt. „Du hast doch eine Braut?"

„Ja, eher nein." Paltons Frage erwischte ihn auf dem falschen Fuß. Die dunkelhaarige Kellnerin drapierte die nächsten zwei Bier auf dem tresenartigen Seitenstreifen des Laufstegs. Wieder nahm sie sich den Moment, ihn gewinnend anzusehen.

„Was nun, ja oder nein?"

„Bevor ich eingerückt bin, ist es aus gewesen."

„Na super, dann musst du dir gar keine Rübe machen. Auf…, wie hieß die Verflossene?"

„Mathilda." Es rutschte Spencer unversehens heraus.

„Auf Mathilda!" Die vollen Biergläser schepperten aneinander. Weißgelblicher Bierschaum schwappte in die Luft.

„Meine letzte Flamme hat mir schon vor zwei Jahren den Koffer vor die Tür gestellt. Sie hieß Veronique."

„Eine Amerikanerin?"

„Warum fragst du?"

„Wegen des Namens?"

„Gefällt er dir nicht, Bruder?"

„Doch sehr, aber er klingt so…?"

„…französisch, ja?"

„Wenn du es sagst."

„Ihr Vater wanderte aus Französisch-Guyana ein, das ist irgendwo in Südamerika."

„Davon habe ich noch nie gehört. War sie auch schwarz?"

„Nicht so vollendet wie ich, die Mutter ist weiß. An so einer Halb-und-halb-Schönheit finden viele Gefallen, und sie wollte unbedingt ins Modelgeschäft. Farbige sind da zwar immer noch Exoten, aber zurzeit schwer gefragt. Sie sammelte alle Magazine, die sich mit Naomi Campbell schmückten, dem Shootingstar in der Branche. Eine schwarze Perle."

Palton wirkte kurz nachdenklich, in seinen Worten schwang ein Bedauern mit, dass es schiefgegangen war. Ramstein bedeutete auch ihm ein Zufluchtsort.

Spencer gefiel das Geradeheraus Paltons. Zuweilen begegneten sie sich im Duschraum. Wenn weißer Schaum über den tadellosen Körper des Afroamerikaners rann, erregte ihn das über die Maßen, obgleich er vor dem Eintritt in die Armee eine eingeimpfte Distanz zu Schwarzen besaß. Montana war weißes

Land. Dorthin trieb es Palton und Co. nicht freiwillig. Aber in der uniformierten Gemeinschaft, im direkten Miteinander lösten sich die rassistischen Antikörper des jungen Cowboys auf. Spencer beklagte beinahe Paltons Hang zu Schönheiten mit prallem Hintern. Schwarze wie weiße. Keine Zivilangestellte oder Soldatin ließ er auf der Air Base kommentarlos an sich vorüberziehen. Spencer überdauerte sinnig den Dienstalltag in innerer Emigration.

Als Palton sich in Richtung Toilette bewegte und jeden Augenblick die Kellnerin aufkreuzen würde, er hatte ihr kurz zuvor per Handzeichen zwei frische Bier angezeigt, griff sich Spencer einen Bierdeckel. Er beschrieb diesen flugs mit seinem Kugelschreiber. Diesen zierte der goldene Schriftzug *Spencer-Ranch*. Er trug ihn stets bei sich.

Wenig später stellte die Kellnerin sich die leeren Biergläser aufs Tablett und war im Begriff abzudrehen. Spencer schob ihr den Bierdeckel hin. Ein Wort, ein Fragezeichen. *Gayboys?*

Sie schaute ihn an und lächelte ein „schade". Dann entschwand sie wortlos. Spencer nippte am Bier und beobachtete die Clubbesucher, die ihrerseits die sich akrobatisch verrenkenden Mädels beobachteten. Die Tablegirls wechselten regelmäßig die Stangen. Palton tauchte nicht sogleich wieder auf. Offensichtlich war er einem anderen Kameraden in die Arme gelaufen. Der Schaum auf seinem Bier lichtete sich. Nach einigen Minuten spürte Spencer einen Stups in der Seite. Die Kellnerin hielt einen Zettel hin. Ihre Augen leuchteten, als könnte sie ihn trotzdem erobern.

„Danke."

Eine Woche danach befreite sich Spencer. In der Nachtbar „Linie 7" begrüßten ihn Dutzende neugierige Blicke, vor denen er seine Homosexualität nicht wegsperren musste. Wer die „Linie 7" betrat, wusste um das Terrain. Die Bar zählte zu den wenigen Treffs für die Schwulen in Kaiserslautern. Am Rande eines Gewerbegebietes, besiedelt von Technikfirmen und Autohäusern, lag sie unanstößig entfernt genug vom Zentrum und blieb unbehelligt. Spencer war beileibe nicht der einzige GI in Ramstein, der außerhalb des militärischen Sperrgebietes seine männerfokussierte Erotik inkognito zu befriedigen suchte.

Ein unbeschreibliches Schweben erfasste ihn. Niemanden gegenüber musste er sich verstellen. Im Etablissement herrschte wildes Durcheinander. Eine Schicksalsgemeinschaft, selbstverliebt, hungrig, getrieben von der Not der letzten Gelegenheit, aufgewühlt von der Angst vor dieser neuen Infektionskrankheit AIDS, herübergeschwappt aus Amerika.

In Ansammlungen von Menschen stechen unweigerlich die Wesensverwandten heraus. Ihr Äußeres, ihre Bewegungen, ihr Habitus reflektieren das eigene Ich, die eigenen favorisierten Sympathiemerkmale. Andreas, 20-jährig, war ein solches Gegenstück, das herausstach. Einzig ihn schmückte im schummrigen Raum ein schwarzledernes Hütchen. Ein ebenso dunkles Leinensakko hing schlappernd um eine Nummer zu groß an ihm herab. Die farbgleiche Lederhose saß hingegen eng an. Zu den spitzen Tönen von Jimmy Somerville und Bronski Beats „Smalltown Boy" wiegte Andreas auf der kleinen Tanzfläche seinen schlanken Körper. Spencer hatte ihn sofort in der Herde ausgemacht. Ihre Blicke kollidierten, weil auch Andreas den plötzlich in der Tür stehenden und sich umschauenden Fremden wie von einer unsichtbaren Kraft gesteuert intensiv fixierte.

„Magst du einer durstigen Seele einen Drink spendieren?" Andreas quetschte sich am Tresen forsch an Spencers Seite. Der hatte den Lederhut im großen Spiegel an der Ausschankrückwand nicht aus den Augen gelassen. Über die Bande flogen die Blicke des jungen Deutschen zurück. Spencer erwartete ihn.

„Sorry, ich bin noch nicht lange in Deutschland, können wir englisch sprechen?"

„Kein Problem. Andreas, volljährig."

„Was soll es denn sein, auch ein Bier?"

„Lieber einen Mujito mit viel Eis und Minze."

„Ich heiße Frank und diene auf der Air Base."

„Von wo bist du her?"

„Aus Montana."

„Das ist aber nicht gleich um die Ecke."

„Korrekt, doch die lange Reise hat sich gelohnt, schon deswegen, dass wir jetzt zusammen hier stehen. Du gefällst mir." Spencers Puls raste. Es war raus.

„Komm", Andreas griff sich den Mujito und nahm Spencer an die Hand. Er führte ihn in den hinteren Bereich der Bar. Dorthin drang wenig Licht. Lediglich drei rote Leuchtpunkte zeigten, von den vier jeweils mit schweren Vorhängen abgetrennten Separees war lediglich eines frei. Wollten sie es tun, blieb ihnen maximal eine halbe Stunde. Dann begann das rote Lämpchen zu flackern. Sie wollten.

Nach einem ausgiebigen und heftiger werdenden Zungenspiel drücke Andreas den jungfräulichen Amerikaner auf das rote Kanapee. Er tastete beiläufig in der rechten Sakkotasche umher und zückte ein Kondom hervor.

„Ich mache es nur damit. Es sind mir inzwischen einfach zu viele Leute durch diese HIV-Scheiße draufgegangen. Von euch Amerikanern kriegen wir aber auch alles übergeholfen. Als wären die Atomwaffen auf der Base nicht schon des Übels genug."

Frank vernahm nichts. Ihn erfüllte die wohlige Vorstellung, in warmen Treibsand zu versinken. Bis er keuchend um Luft rang.

Fortan trafen sich Andreas, der aus einer mittelständischen Unternehmerfamilie stammte und an die Technische Universität Kaiserslautern geflüchtet war, wo er Sozialwissenschaften studierte, und der Cowboy aus Montana regelmäßig in der Schwulenbar „Linie 7". Sie genossen ihre erotische Zuneigung. Aber bald war diese von der Erkenntnis gefärbt, es begrenzte sich darauf. Zu weit lagen sie in ihren Ansichten zum Weltenlauf und in ihren Lebensmaximen auseinander. Der eine kannte sich mit Pferden aus, der andere engagierte sich in der Friedensbewegung.

Eines Abends, der Januar 1991 war zur Hälfte rum, fiel Andreas' Begrüßung flüchtig aus. Stattdessen stellte er Frank Spencer zur Rede, als hätte er ihn beim Fremdgehen erwischt oder sowas.

„Was treibt ihr da auf der Air Base? Euer Präsident gibt *Feuer frei!* im Irak und ihr sorgt für den Nachschub der Kriegsmaschinerie."

Seit Tagen wurden Truppen und Material in hoher Frequenz eingeflogen und weiter an den Golf verfrachtet. Die Kameraden sollten die militärische Besetzung Kuwaits durch den Irak schnellstmöglich beenden. Warum machte Andreas ihm daraus einen Vorwurf?

Zwei Jahre später wechselte der Freund an die Universität in Frankfurt am Main. Sie versprachen sich, in Kontakt zu bleiben. Vielleicht mal eine Postkarte, und er werde bestimmt in der „Linie 7" vorbeischauen, sollte er Kaiserslautern heimsuchen. Andreas kreuzte nie mehr auf. In der Schwulenbar tummelten sich umso häufiger junge Kerle mit unverkennbar südosteuropäischem Aussehen. Es war wieder Krieg. Diesmal nur zwei Flugstunden entfernt von Ramstein. Auf dem Balkan. Serben, Kroaten und Bosnier schlugen brutal aufeinander ein, massakrierten und demütigten sich. Mehrere Hunderttausend Menschen flohen vor dem kollektiven Blutrausch in die Kernländer Europas, bevorzugt nach Schweden und Deutschland. Auch in und um Kaiserslautern fräste sich der Zustrom von Kriegsflüchtlingen in das Straßenbild. Ein für Spencer ungewohntes wie unfassbares Szenario. In Montana begegnete ihm Fremdheit in überschaubarer Zahl an Touristen. Er begann „Linie 7" zu meiden. Es häuften sich Streitereien und die Bar wurde mit Drogen geflutet.

Kapitel 11

„Mit den beiden dauert es noch." Spencer wendete sich von den Fingernägeln ab. „Es wird dich vielleicht überraschen, aber ich hatte mal einen deutschen Freund. Ist lange her. Ich war jünger als du, bin von der Army nach Deutschland kommandiert worden. Nach Ramstein, auf die Air Base. Die mit der Flugschau-Katastrophe von 1988."

„Schlimme Sache, liegt jetzt 30 Jahre zurück. Ich habe davon gelesen."

„Andreas hieß der Typ. Ich hatte mich heftig in den verguckt. Er machte bei so einer Friedensinitiative mit, gegen Atomwaffen. 1990 brach der erste Irak-Krieg los und der Nachschub für unsere Truppen lief zu einem Großteil über die Base. Ich habe dort einen Tanklastzug gefahren. Jedenfalls sah sich mein Friedenskämpfer veranlasst, mich in Mithaftung für den Krieg zu nehmen. Ich erklärte ihm, als Soldat stellt man sich nicht eben mal hin und sagt, da mache ich nicht mit. Aber so malte er es sich aus. Völlig aberwitzig. Dabei hatten wir den Krieg gar nicht angezettelt. Die Iraker waren in Kuwait eimarschiert und sackten sich den kleinen Nachbarstaat ein. Wir haben die wieder rausgehauen, Kuwait gemeinsam mit Verbündeten befreit. Deinem Landsmann beirrte das nicht, er warf mir vor, wir Amerikaner wären gewaltbereit und skrupellos, nur bedacht darauf, eigene Interessen durchzusetzen. Wenn's sein muss mit Krieg."

„Warum erzählst du mir das?" Weshalb Spencer auf eine Zeit in seinem Leben zurückgriff, in die er, Heidberger, erst hineingeboren wurde, wunderte ihn.

„Wie ich dich bisher habe reden hören, seid ihr Deutschen heute immer noch davon eingenommen, anderen eine heile Welt zu verkündigen und vor allem aufzuzeigen, was alle anderen, nicht die Deutschen, falsch machen. Ich habe das ehrabschneidend und ungerecht empfunden. Von euch hat keiner einen Fuß in den Wüstensand gesetzt und seinen Hintern hingehalten für die Kuwaitis."

„Da weiß ich zu wenig darüber, was damals abging, und ob ich dir ähnlich wie einst dein Freund zu nahe getreten bin, kann ich auch nicht ermessen."

Heidberger suchte nach einer Erklärung, warum Spencer sich an seine frühe Erfahrung in Deutschland erinnert sah. Lagen so viel Missverstehen und Missdeutung im Raum, dass die Amerikaner es unfreundlich empfanden, was er sagte? Tickten sie so völlig anders, abgesehen von ihrer homosexuellen Prägung, oder war es das Alter? Sie unterschieden sich in einer Generation an Lebenserfahrung. Waren sie hypersensibilisiert oder gab er, ohne es zu wollen, den belehrenden Deutschen? Die Luft flirrte. Es hätte ihn beruhigt, wenn nur die texanische Hitze dafür ursächlich gewesen wäre.

„Spencer schert gern alle über einen Kamm. Doch das Problem sitzt tiefer und tangiert weniger dich persönlich", klemmte sich Kadamski dazwischen. „Seit einigen Jahren erleben wir auch in Austin, dass unsere Generation an den Pranger gestellt wird. Political Correctness und die #MeToo-Debatte werden von deinen Zeitgenossen fanatisch benutzt, uns ältere weiße Männer, die wir uns noch gar nicht so alt empfinden, anzuzählen und für alle möglichen realen und vermeintlichen Schieflagen in der Gesellschaft verantwortlich zu machen. Was früher vielleicht schon nicht schicklich war, eine blöde Anquatsche im Fahrstuhl, ein schlechter Witz über eine Minderheit, wird heutzutage zum Kapitalverbrechen hochstilisiert. Wer der neuen Inquisition ins Visier gerät, dem droht mindestens die ökonomische Liquidierung."

„Was besonders nervt, die Youngster, sei es an den Universitäten oder in irgendwelchen öffentlichen Institutionen, geben sich selbstgerecht und besserwissend. Als hätten sie Amerika aufgebaut und groß gemacht." Spencer klang ziemlich angefressen. „Wie ist das bei euch, müssen Uni-Professoren auch vor Studentinnen zittern, weil diese eine Frage zu ihrer Herkunft diskriminierend empfinden oder ein freundliches Lächeln sexistisch ausgelegt wird?"

Heidberger wackelte mit dem Kopf. „So extrem ist es nicht. Die #MeToo-Debatte schlägt zwar Wellen, sie befeuert vor allem die Diskussion um sexuelle Belästigung. Dies jedoch genügt, um Männer vorsichtiger werden zu lassen. Ein gut gemeintes Kompliment verkneifen sich die meisten inzwischen lieber."

„Feine Sitten, was alles übergriffig ausgelegt werden kann. Damit will ich nichts kleinreden, es gibt natürlich Dinge, die inakzeptabel sind. Hysterischer Aktionismus hat aber immer bewirkt, die Atmosphäre weiter zu vergiften und in Extreme zu verfallen." Kadamski zog die Schultern hoch.

Im gleichen Augenblick öffnete sich die terrakottafarbene Wand. Miller stand im Türrahmen. Spencer drehte sich zu ihm hin.

„Hey Miller, bitte doch mal Freund Jerimez herein, wir wollen ihn unserem Gast vorstellen." Er nickte, als wollte er Miller bekräftigen, es hätte alles seine Richtigkeit.

Miller verschwand und kehrte nach ein, zwei Minuten mit einem latino-dunklen schlanken Jüngling an der Seite zurück. Die pechschwarzen Haare fielen bis über die Ohren, ein langer Scheitel hielt das Gesicht frei. Jerimez' braune Augen schauten unsicher. Er war sichtlich von deutlich geringerem Alter als Heidberger. Das kragenlose weiße Leinenhemd war zur Hälfte geöffnet und in aller Eile übergeworfen worden. Eine weite sandfarbene Hose hing luftig an den Beinen. Nach zwei Schritten auf die anderen zu blieb er stehen. Miller zwängte sich an ihm vorbei und visierte den Kühlschrank an.

„Jerimez, wir haben unerwarteten Besuch“, löste Kadamski das kurze Schweigen auf. Der draußen unterm Vordach verhakte Wind jaulte seltsam verzweifelt und leise. „Das ist Mark, er kommt aus Deutschland, wo er als Journalist arbeitet. Er wollte sich nach etwas zum Trinken umschauen und hat uns angetroffen.“

„Hi Jerimez.“

„Hello Mark“, stotterte der Loverboy mit deutlich spanischem Akzent.

Heidberger sah sich zu weitergehender Konversation in der Kennenlernszene außerstande. Diese mutete unwirklich an. Stärker noch, als er den Kassenraum betrat, mit Miller und Kadamski am Tisch sitzend. Sie amüsierten sich mit einem nichtweißen Freund, der möglicherweise keine 18 Jahre zählte. Völlig widerstrebte Heidberger, dass Jerimez ihm vorgeführt wurde wie ein… Es sträubte ihn, den Gedanken zu zulassen. Wie ein Sklave. Ohne ein weiteres Wort gewechselt und mehr über Jerimez in Erfahrung gebracht zu haben, verortete er ihn in die Opferrolle. Vor ihm tauchten die jungen Männer im Flüchtlingscamp von Lampedusa auf. Dorthin war er gefahren, um eine emotional hochsiedene Geschichte zu recherchieren. Im Mittelpunkt die armen, übers Mittelmeer getriebenen Seelen. Männer, viele nicht älter als er, schauten ihn mit fragenden, zweifelerfüllten, bittstellenden Augen an. Ihre im Camp schicksalsgeeinten Blicke ließen keine Einblicke in die individuellen Schicksale und Fluchtvorleben zu. Doch sah er in ihnen allesamt bedauernswerte Geschöpfe. Ahnungslos, was sie in Europa, dem Ziel ihrer Träume, erwartete. An permanenten Problemen, an behördlichen, sprachlichen, bildungsrelevanten und existenziellen Schwierigkeiten. Abseits von Ablehnung und Willkommenskultur. Ahnungslos, dem Untergang im Meer entronnen zu sein, um im Millionenheer der Flüchtlinge unterzugehen.

In dieser Erkenntnis schrumpfte der beabsichtigte Erregungsgrad seiner Flüchtlingsstory gegen null. Auf Heidberger wuchs der Druck, die nächste medienpreisreife Reportage abzuliefern. Bis eines Tages das kleine Mädchen mit einem abgegriffenen bunten Bilderbuch in der Hand seinen Weg im Lager kreuzte. Das strubbelige schwarze Haar, das verschmutzte geblümte Kleidchen, die gleichgültigen leeren Augen erbarmten jeden mit einem Restfunken an Emotion wandelten Menschen und bedurften lediglich eines mediendonnernden Bezugs zum politischen Universum. Den erfundenen Bittbrief an die deutsche Kanzlerin schrieb er später, als der journalistische Schwindel aufgeflogen war, einer spontanen Eingebung zu. Diese gründete auf seinem talentierten instinktiven Gespür, aus Lebenslinien von Menschen besonders menschelnde Begebenheiten herauszupicken.

Die gestrandeten Perspektivlosen von Lampedusa hefteten sich an seine Fersen. Er wurde sie nicht mehr los. Heidberger erdrückte die Vorstellung, in eine gleiche Lage geraten zu sein, ohne realistische Chance, ihr jemals entkommen zu können. Die Odyssee der Elenden schärfte die Sicht auf sich selbst, begünstigt und privilegiert zu sein. Allein dadurch, dass er die richtige Tür ins Leben erwischt hatte. Er konnte es fortan schlecht ertragen, wie aus dieser natürlichen Ungleichheit neue, vermeidbare soziale Unwuchten erwuchsen. Wo sich die Gelegenheit bot, in Talkshows, bei Preisgalas oder in seinen Texten, forderte er ein, sich solidarisch mit den Benachteiligten zu erweisen. Die gehässigen, ihn verteufelnden Sequenzen in Online-Kommentarfenstern ignorierte er.

Dieser junge Latino vor ihm reanimierte seinen journalistischen Eifer. Wo kam er her? War er Mexikaner? Lebte er illegal in den USA? Warum gab er sich den drei Amerikanern hin? Erzwangen sie seine Prostitution? Unzählige Fragen schwirrten im Kopf umher. Aber meinten die drei nicht, es geschehe alles auf freiwilliger Basis? Wie wenig zynisch war es deshalb, Jerimez ihren Freund zu nennen?

„Erzähle Mark mal, warum du hier bist und vor allem, dass wir dich nicht entführt haben?“

Spencers Aufforderung fügte sich in Heidbergers unangenehme Wahrnehmung und stachelte ihn an, die verbale Ladehemmung zu überwinden. Bevor Jerimez etwas sagen konnte, warf er ein „Was soll das werden?“ in den Raum. Der prägnanten wie entschlossenen Frage folgte eine vorwurfsvolle Tirade.

„Euer Freund ist nicht in einem Verhör. Er wird sich sicherlich selbst erklären können, ohne von euch etwas vorgekaut zu bekommen.“ Heidberger atmete tief und hektisch. Er ahnte, er sollte besser nicht überziehen. Wobei unklar blieb, ob das bereits Gesagte genügte, um die anderen zu provozieren, sie gar gegen sich aufzubringen.

„Das solltest du schnell vergessen. Oder hast du verdrängt, warum wir Jerimez herausgebeten haben?“ Kadamski brach nicht aus. Besonnen und doch energisch wies er Heidbergers unterschwellige Anklage zurück. „Jerimez ist mit uns einen Deal eingegangen, der auch ihm das Leben auf gewisse Weise erleichtert.“

„Bist du Mexikaner?“ Heidberger konnte die Frage nicht zurückhalten.

„Si“, antwortet Jerimez spontan.

„Und du bist illegal in den Staaten?“

„Si“, wiederholte der Mexikaner und schüttelte heftig den dunklen Haarschopf.

„Keine Sorge, von mir hast du nichts zu befürchten“, beruhigte ihn Heidberger.

„Warum bist du hier?“

„In den USA?“

„Ich meine hier“, Heidbergers Blick kreiste im Kassenraum.

Jerimez ersuchte wortlos Kadamskis Rat. Der verstand. „Sag's ihm."

„Ich brauche das Geld." Dem Mexikaner gingen die Worte hörbar mühsam über die Lippen. „Lato, Frank und Paul bezahlen mich gut für das, was sie von mir erwarten. Sie zwingen mich zu nichts."

Heidberger bemerkte, Jerimez' Redefluss stockte nicht, weil es ihn beschämte, über die sexuelle Dienstleistung zu sprechen, oder weil er weniger gut des Englischen mächtig war. Das Fügen von Satz an Satz fiel ihm aus irgendeinem Grund phonetisch und sprechtechnisch schwer.

„Ist er auch homosexuell?" Heidberger richtete sich unvermittelt in der dritten Person an Spencer und Kadamski. Als wollte er Jerimez von der Frage verschonen. Die beiden zuckten fast unisono abweisend.

„Ihr wisst es nicht?"

„Wennschon, welchen Unterschied macht das? Du hörst es doch, wir gehen fair mit ihm um. Ob er Spaß empfindet, wenn er uns Spaß bereitet, ehrlich man, das ist mir egal." Spencer keilte rigoros zurück.

„Fair soll das sein? Ich weiß nicht. Ihr bedient euch seiner prekären Situation, illegal im Land zu sein, um eurem eigenen Dilemma, selbst drangsaliert zu werden, auszuweichen."

„Versuche uns nicht gegeneinander auszuspielen", meldete sich Miller hinter dem Tresen. Er hatte einen kräftigen Schluck Budweiser gezogen und zeigte mit der Bierdose bannstrahlartig auf Heidberger. „Nach dem Gesetz müsste ich ihn", jetzt deutete die Bierdose auf Jerimez, „wegen unerlaubten Aufenthaltes festsetzen." Es folge eine unbedeutende Pause. „Was denkst du, wie viele Illegale hierzulande herumlaufen? Ich käme zu nichts anderem, würde ich jedem Verdächtigen nachstellen und diesen dingfest machen. Die meisten erledigen einen Job, für den sich keiner unserer Landsleute mehr hergibt. So sieht es aus. Alles läuft nach dem ungeschriebenen Gesetz, leben und leben lassen, und unter dem Radar von Law and Order und der offiziellen Öffentlichkeit. Im kleinen Alltag interessiert sich niemand für das Gequatsche von intellektuellen Spinnern, für die realitätsfernen Kommentare deiner Journalistenkollegen und für die Selbstbeschäftigung im Fort Washington."

Miller redete sich in Wallung, was Kadamski erstaunte. Ihrem Sheriff hatte er das gar nicht zugetraut.

„Von welchem Stern kommst du? Anzunehmen, das Leben treibt idealistischen Ufern zu, nur weil irgendwelche Idealisten sich das so vorstellen? Du bist nicht mehr sehr jung und müsstest längst begriffen haben, die Masse der Menschen tickt auf bescheidenem Level. Ob der Staat gut zu ihnen ist, machen sie daran fest, wie gut es ihnen geht. In den meisten Fällen heißt das hier draußen, die Tiefkühltruhe ist randvoll, die Kreditkarte hält, was sie verspricht, und Amazon liefert pünktlich. Ansonsten möchte man in Ruhe gelassen werden. Mich würde schwer wundern, bei euch in Deutschland liefe es anders. Frank, du hast ein paar Jahre bei der Army dort zugebracht. Es ist doch so, oder?"

„Was ich damals mitbekommen habe, die Pfälzer interessierten sich vor allem für sich selbst. Dagegen weiter im Osten, 1989 war es, glaub ich, fanden viele Menschen ihren Staat, East-Germany, auf einmal gar nicht mehr gut und haben ihn gleich ganz abgeschafft. Seitdem denke ich, wenn dem Volk einmal der Geduldsfaden reißt, dann wird es für die Regierenden überall in der Welt ungemütlich. Wir haben jedenfalls staunend und unter erhöhter Alarmbereitschaft verfolgt, was in East-Germany abging. Aber es kehrte bald wieder Ruhe ein. Den Leuten scheint es besser zu gehen."

Gab sich Deutschland ruhig, wie Spencer meinte? Was wussten sie schon, wie es auf der anderen Seite des Atlantiks heute aussah? Heidbergers Erfahrungen mit Amerikanern nährten die Vermutung, sie hatten keinen blassen Schimmer. Millers und Spencers Universum begrenzte sich auf Texas. Bei Kadamski reichte das Interesse weiter. Geschuldet seiner polnischen Herkunft besaß er eine ursprüngliche Beziehung zu Europa.

Aber Millers Charakterisierung der Masse lag nahe bei dem, wie Heidberger über die breite Mitte der Gesellschaft urteilte. Er unterschriebe sofort, dass die Mehrheit der Deutschen erst aufmüpfig reagieren werde, wenn sie am Wochenende nicht mehr den Einkaufswagen übervoll beladen könnte, wenn der Mallorca-Urlaub entfallen müsste, wenn das Diesel-Auto verboten worden war. Traf das zu? Heidberger schwankte. Im Grunde glaubte er, diese drastischen Einschnitte reichten dennoch zu keiner Revolte. Aller politischer Murks in den letzten Jahrzehnten wurde geduldig ertragen. Selbst seit sich die Gesellschaft durch die Flüchtlingskrise tief gespalten zeigt, steigt kein Rauch auf aus den Gräben. Stattdessen schluckt das Volk willig eine Berliner Beruhigungspille nach der anderen, als hoffte es, damit den aus den Poren der Gesellschaft triefenden Unmut und Zweifel verdrängen und betäuben zu können.

Links und rechts von der Mitte krakeelten die ideologiegetränkten Minderheiten umso lauter und radikaler. Sie mochten sich endlos mühen, sie scheiterten daran, die Masse in Schwung zu bekommen, so lange diese vom Gefühl der Sattheit gelähmt blieb. Spencers Ruhe-Befund hatte die letzten drei Jahrzehnte konserviert überdauert.

„Bei uns geht es der Masse gut, würde ich behaupten. Aber Paul, wenn du als Polizist schon die gesetzlichen Spielregeln unterläufst und andere nach Gutdünken eigene rechtliche Rahmen abstecken, wo soll das hinführen? Die großen Probleme und Ungerechtigkeiten“, Heidberger sah Jerimez an, „schaffen es in dieser stillen Übereinkunft nicht aus der Welt.“

„Frag ihn, ob er es ungerecht empfindet.“ Miller wendete sich zu dem jungen Mexikaner hin und gab sich gleich selbst die Antwort. „Ihm dürfte es recht sein, bei uns einiges an Dollars zu verdienen und nicht wegen seiner Herkunft behelligt zu werden.“

„Uns hilft er außerdem auch aus der Klemme“, ergänzte Spencer.

„Was ist gerecht und was ungerecht? Das lässt sich sowieso nie eindeutig beantworten“, nahm sich Kadamski theoretisierend der Frage an. „Weshalb wir uns hier treffen und unter welchen Umständen, magst du ablehnen, Mark, doch dadurch geschieht nicht automatisch Ungerechtes. Wir haben es miteinander ausgehandelt. Jeder akzeptiert es. Das allein zählt.“

„Ist dir nichts anderes geblieben, als dich zu verkaufen?“

Jerimez sammelte die Worte, um dem unbekannten Deutschen den Grund plausibel zu beschreiben.

Bevor er loslegen konnte, er schien ausführlicher werden zu wollen, funkte Kadamski erneut.

„Das ist eine längere Geschichte, die kannst du dir nachher anhören. Jetzt würde ich gern mit Jerimez nach nebenan verschwinden.“ Der polnischstämmige Amerikaner mit dem türkisfarbenen T-Shirt und dem kurzen Zopf erhob sich, legte den linken Arm um den Latinojungen und schob mit ihm ab. Jerimez warf Heidberger eine entschuldigende Geste zu. Sie trug einen gequälten Zug.

Kapitel 12

Der Club „Purple River" lud unscheinbar ein. Er verzichtete auf grelle Außenwerbung. Unter texanischem Himmel konnte subversives Lila schnell zum roten Tuch werden. In der gelblichen barackenflachen Front war die schmale Eingangstür im namensgebenden Farbton gehalten. Ein wellenartiger, keine drei Ziegelsteine hoher Anstrich am unteren Rand der Fassade symbolisierte den Purple River. Das Farbband ging im künstlichen Schatten unter. Kadamski verharrte einen Augenblick auf der gegenüberliegenden Straßenseite und vergewisserte sich der unauffälligen Adresse. Hierher verschlug es keine ihm bekannten Gesichter von der „Rising Sun". Auf dem spärlich beleuchteten Gehweg war selbst aus vorbeifahrenden Autos niemand vor dem Schwulentreff zweifelsfrei zu erkennen.

Im „Purple River" führte ein längerer Gang in den Club. Kadamski driftete an etlichen mit den Wänden verbandelten Boys vorbei. Einige Pärchen, zu sehr miteinander beschäftigt, bemerkten ihn nicht. Andere hefteten ihre Blicke an den erstmals in dem Etablissement gesichteten Zopfträger von mittlerem Alter. Nach einer Liebschaft sollte er nicht aus sein, bemaßen ihn die lauernden jungen Callboys. Sie witterten Kundschaft. Zwei lösten sich von der Wand und folgten Kadamski.

Ein langer, von violettem Neonlicht kalt getroffener Tresen bildete den hellen Teil des tiefen Raums, während der andere in behütender Dunkelheit sein Antlitz verbarg. Wenige gedämpfte Wandleuchten verrieten, alle vertikalen Flächen im Club waren in Schattierungen lilafarben gebeizt. Hinter dem Ende des Tresens schwenkte der Raum nach rechts ab. Von dorther quoll stampfende Country-Musik nach vorn. Live. Auf der Homepage des Clubs hatte Kadamski davon gelesen. Die Gigs namenloser Bands des vertonten Prärieritts in der Abendsonne waren das

Werbeschild des schwulen Kulturladens. Er schlenderte am Tresen vorbei und an den nahezu sämtlich besetzten Barhockern. Die Konzertszene ähnelte denen in unzähligen anderen Clubs. Eine kaum Platz bietende Mini-Bühne bespielten die Musiker im Glauben an das Sprungbrett, zu welchem diese unter sehr glücklichen Zufällen avancieren konnte. Und welches sie aus der Namenlosigkeit katapultieren würde. Der Traum lebte durch großartige Karrieren, die in verqualmten und bierdunstigen Musikschuppen ihren Ursprung nahmen.

Einige Dutzend Zuhörer hatten den Weg vor die Bühne gefunden. Zumeist paarweise eng aneinander geschmiegt wiegten sie sich im romantischen Countrysound. Der blonde Frontmann der vierköpfigen Band schob aufreizend seine schmalen Hüften rhythmisch nach vorn. Kadamski tastete sich heran und blieb am hinteren Ende des sanft wogenden Zuschauerpulks stehen. Eine Weile beobachtete er die Musiker und das Publikum.

Er mochte die auf Zitherklängen gebettete Cowboy-Musik nicht sonderlich. Zu eintönig, zu schlicht gestrickt. Inmitten von Texas hörte er höflich-interessiert zu. Dabei bemerkte er nicht, dass einer der zwei sich im Gang an seine Fersen gehefteten Callboys hautnah an ihn heranrückte. Eine Mücke oder ähnliches Getier an seinem Hals spürend schlug Kadamski mit der linken Hand auf den Nacken. Er traf auf eine andere Hand. Diese war im Begriff gewesen, ihn zärtlich zu berühren. Kadamski blickte jäh zur Seite und tief in die dunkelrandigen Augen eines schmalen Gesichts. Sie lächelten ihn an, wenig überrascht von seiner schlagfesten Gegenwehr. Diese war erwartet worden, sie war einkalkuliert. Für den Augenblick, den ein Lichtspot von der Bühne her über das Gesicht des unbekannten jungen Mannes huschte, erkannte er weite Pupillen und aschfahle Haut. Ihn baggerte ein kaum 20 Jahre alter Callboy an, dessen Motiv, Männern zu Diensten zu sein, nicht von eigenen sexuellen Gelüsten befeuert wurde. Er benötigte jeden Dollar, um seine Drogensucht zu befriedigen. Im „Purple River" danach zu fischen, erwies sich als lukrativ.

Kadamski drückte den Aufdringling bestimmt auf Distanz. Ihm missfiel diese Anmache. Die schnelle und billige Nummer mit Süchtigen verbat er sich. Ihn törnten die unübersehbaren Verfallszeichen ab. Weit schwerer wog indes das hohe Risiko, sich eine Infektion einzufangen. Die aufziehende Angst in der Szene vor AIDS hatte er in den Anfangsjahren der Seuche miterlebt. Sie brannte sich ein.

„Mann, was ist? Hast du keine Lust, dir einen blasen zu lassen?", empörte sich der Zurückgewiesene mit betäubter Stimme und aufgerissenen Augen. „30 Dollar und du wirst es nie vergessen." Theatralisch warf er die Unterarme nach oben mit dem vorwurfsvollen Gestus „Was willst du mehr?".

„Lass gut sein, greif dir jemand anderen."

Kadamski wendete sich ab und ging. Ihm flog ein weinerlich-trotziges „Das ist jetzt nicht fair" hinterher. Er bedauerte die jungen Kerle. Sie hingen auf der Nadel fest und ohne professionelle Hilfe, die es wiederum nur für genügende Dollars gab, würden sie früher oder später vor die Hunde gehen. Die aus Mexiko einsickernde Drogen-Infizierung des Landes mutierte zur modernen Pest.

Am Tresen fiel Kadamski auf, dass die Barhocker überwiegend von Altersgenossen okkupiert waren. Um die 40 und darüber. Sie bildeten ein Lager der Willigen. Bevor sie sich einen der im schummrigen Abteil des Clubs lauernden Callboys schnappten, tranken sie sich in Laune. Auf eine Partnerschaft waren sie offensichtlich nicht aus. Jeder am langen Brett saß für sich allein. Kein Händchenhalten, kein Schmusen, kein Bussi.

Auf dem linken Flügel der Ausschankzeile war Sekunden zuvor neben zwei intensiv miteinander diskutierenden Typen ein

Platz verlassen worden. Kadamski zögerte nicht und schwang sich auf den gepolsterten Hocker. Die in dem Lederbezug gespeicherte Wärme des Vorsitzenden kroch in die Jeans. Er verspürte Lust auf einen schottischen Whisky. Im Flaschenregal fand sich gut ein Dutzend angebrochener Pullen, alle mit dem Edelvermerk „Single Malt". Kadamski entschied sich für einen weniger torfigen „Oban".

Der Barkeeper goss den „Oban" kommentarlos ein. Seit Austin auch immer mehr Ausländer anzog und etliche regelmäßig im „Purple River" vorbeischauten, wurden neben dem landestypischen Bourbon häufiger fremde Whiskymarken ausgeschenkt. Der Typ direkt neben Kadamski hatte gerade sein Bierglas an die Lippen geführt, da beobachtete er, wie der Keeper den schottischen Whisky ins Glas füllte. Er vollendete den Zug und wischte sich mit dem Handrücken den Mund trocken. Dann drehte er sich zu seinem neuen Nachbarn hin.

„Du bist nicht von hier, kommst du von Übersee? Brite?"

„Nein, Amerikaner."

„Das schottische Zeug saufen vor allem die Ostküstler."

„Stimmt. Ich bin aus Massachusetts eingewandert." Kadamski hielt dem einige Jahre jünger anmutenden Holzfällerhemd-Träger das Whiskyglas hin. „Cheers."

„Cheers", nahm dieser die Kennenlerngeste an und stellte sich vor. „Frank Spencer."

„Lato Kadamski."

„Wie? Ka-, Kadam-, Kadamski", zerfledderte Spencer den Namen, um ihn schließlich in einem Ritt auszusprechen.

„Das ist polnisch."

„Lato Kadamski", wiederholte Spencer langatmig und verdrehte den Oberkörper zu seinem linken Nebenmann. „Hast du das gehört, Paul, wir haben hier einen Einwanderer. Er behauptet, Amerikaner zu sein, trägt aber einen polnischen Namen.

Lato Kadamski." Er lehnte sich zurück, um den Weg frei zu machen, dass die beiden ungehindert einander vorstellen konnten. Paul Miller fixierte Kadamski und hob zum Gruß kurz die rechte Hand. Der Ellenbogen verharrte auf dem Tresen.

„Paul Miller."

„Check doch mal, ob er einen US-Pass besitzt", stichelte Spencer und grinste Kadamski bittersüß an. „Miller ist bei der Polizei und wirft gern einen Blick auf so genannte Amerikaner." Jetzt verzogen sich sein Mundwinkel lüsternfies.

„Lass gut sein." Miller hob sein Bierglas und prostete Kadamski zu. „Cheers."

Einwanderer hatte Spencer ihn genannt. Kadamski ließ den „Oban" in die Kehle rinnen. Er verfolgte den Malt im Abgang länger als sonst. Das Wort Einwanderer elektrisierte ihn, forderte ihn heraus. Energisch setzte er das leere Whiskyglas auf den Tresen auf.

„Sind wir Amerikaner nicht alle Einwanderer?"

„Komm, Spencer hat es nicht wirklich so gemeint", suchte Miller die Wogen im Ansatz zu glätten. Vergeblich.

„Schon gut", winkte Spencer ab. „Ich bin in Montana aufgewachsen. In das Land sind meine Urgroßväter, die dort Rinderherden gehalten haben, nicht eingewandert, sie haben es in Besitz genommen. Dort war nichts außer Wildnis. Ich glaube, viele Polen sind damals nicht dabei gewesen. Hast du den blauen Pass?"

„Habe ich. Meine Eltern sind 1969 in der Tat eingewandert. Mit mir als Sechsjährigem im Gepäck. Trotzdem bin ich zuerst US-Bürger."

„Dann können wir uns einigen, ich als Amerikaner reinsten Ursprungs betrachte dich als eingewanderten Landsmann."

„Können wir nicht", wehrte Kadamski die Sortierung ab. „Ich akzeptiere nicht, wie du in wahre und unwahre Amerikaner unterscheidest. Mich wundert sowieso, warum dir das bedeutsam ist. Dafür juckt es dich offenbar weniger, dass wir in diesem Schwulenclub zusammensitzen, um unter uns sein zu können. Weil wir draußen nicht als Gleiche unter Gleichen anerkannt und respektiert werden."

„Nicht mal der da oben erteilt uns seinen Segen." Millers linker Zeigefinger stocherte senkrecht in Richtung der Decke.

Spencer erwiderte zunächst nichts. Er starrte auf sein halbvolles Bierglas. Kadamskis gedanklicher Schwenk musste ähnlich einem Akupunktur-Nadelstich eine Nervenbahn getroffen haben. Der Pole mit US-Pass redete ohne Umschweife. Es beeindruckte Spencer. Und ja, Schwulenverächter scherte nicht, ob sie Amerikaner waren, illegal oder eingewandert, schwarz oder weiß. Einzig zielten sie auf ihre Homosexualität. Das Kainsmal, das sie ebenso wenig abstreifen konnten, wie ihre Widersacher es zu ertragen sich außerstande sahen. Spencer trank das Glas leer.

„Wir haben dich in diesem Laden noch nie gesehen."

„Seit ein paar Wochen arbeite ich auf dem Gasfeld *Rising Sun*, gut hundert Kilometer westlich. Ich habe ein Appartement genommen in der Stadt."

„Wie kommst du denn da klar mit den Jungs am Bohrturm? Das ist nicht gerade eine Ansammlung von Balletttänzern."

„Man hält sich bedeckt. Ich habe das immer gut im Griff gehabt, so dass mir giftige Sprüche oder ähnliches erspart geblieben sind. Ich befürchtete schon, in Texas gibt es keine Clubs für unsereins. Die New Yorker Szene kenne ich ganz gut."

„Bis nach New York habe ich es noch nicht raufgeschafft."

„Er kurvt mit einem Laster durch die Gegend", frotzelte Miller aus dem Hintergrund.

„Schon gut, Sunny." Spencer würdigte ihn keines Blickes. „Was wollte ich sagen? Ach ja, unter Truckern behält man auch besser für sich, welche Websites einen interessieren und dass man gern in Gayboy-Heften blättert. Miller ist in seinem Job noch mehr gekniffen." Jetzt legte Spencer den Kopf zur linken Seite.

„Übertreibe nicht", entgegnete Miller und suchte Kadamski. „Aber klar, es ist was dran. In Texas, aber vermutlich überall werden in uniformierten Korps Männer aus dem richtigen Holz erwartet. Nicht nur in der Truppe bevorzuge ich es, wie du in Deckung zu bleiben. Du solltest dir genau ansehen, mit wem du dich einlässt."

„Wo? Im *Purple River*?"

„Genau. Es springen ein paar Junkies umher, die entwickeln erhebliche Energie, um an das nötige Kleingeld für ihren Stoff zu gelangen. Wenn die mitkriegen, wo du dich sonst herumtreibst, schrecken sie nicht vor Erpressung zurück. Also am besten gar nichts erzählen oder Märchen."

„Okay, ihr kommt aber nicht nur zum Trinken her?"

„Gut, dass du daran erinnerst. Ich verkrümel mich mal für eine halbe Stunde." Miller rutschte vom Barhocker. Er trug ein grün-gelbes, mit Palmwedel verziertes Sommerhemd. Ein Mitbringsel vermutlich von einem Karibik-Urlaub. Auf seinem Kopf thronte die ganze Zeit eine enganliegende schwarze Sonnenbrille. Beim Weggehen schob er das schmale Visier ins Gesicht.

„Er marschiert zu Jerimez, unserem Mexikaner", kam Spencer der Frage zuvor, die Kadamski im nächsten Augenblick gestellt hätte. „Nimmst du noch mal dieses schottische Getränk?"

Kadamski nickte. „Und eine Coke."

Der Barkeeper war von der flinken Sorte. Ein frisches Budweiser, ein „Oban" und eine Coke reihte er keine Minute später vor ihnen auf.

„Mexikaner? Du kennst ihn?"

„Ein süßer Kerl. Noch jung, ich schätze um die 20. Er schafft hier an. Wir gehören zu seinen Stammkunden."

„Er ist also eine sichere Bank?“

„Würde ich behaupten, aus einem zwingenden Grund. Jerimez lebt illegal in den Staaten. Wir halten die Klappe und bezahlen ihn. Eine klassische Win-win-Situation.“

„Klingt vernünftig. Könnte er einen weiteren Kunden verkraften?“

„Er braucht jeden Dollar, er spart dafür, seine Familie nachzuholen. Die lebt in diesem verdammten Ciudad Juárez, was die Hölle auf Erden sein muss. Dort massakrieren sich die Rauschgiftgangs gegenseitig und aus reiner Mordlust völlig unbeteiligte Leute. Jerimez ist ein kluges Köpfchen, ihm gelang es, da rauszukommen. Ich bin nachher bei ihm, ich werde ihn fragen. Erzähl mir derweil, was hast du gemacht, bevor du dem Ruf des Frackings gefolgt bist.“

Miller erreichte den dunkelsten Winkel im „Purple River“. Die Brille rückte er auf den Schädel zurück. Ein halbes Dutzend separierte Sitzecken bildeten einen Halbkreis. Auf den Polstergarnituren gab es keine übliche Sitzordnung. Schemenhaft hoben sich etliche verschlungene Körper aus der Finsternis ab. Eine Schlangengrube. Es wurde heftig geküsst, zu zweit, zu dritt. Fiebrig wurde Hand angelegt und manchen Schoß füllte ein rhythmisch wiegender Schopf.

Für Miller war es ein Unding, Jerimez herauszufiltern. Insgeheim hoffte er, ihn nicht darunter auszumachen, zumal der Mexikaner wählerisch bei den Freiern war.

Miller kniff die Augen zusammen, schaute sich angestrengt um. Jerimez’ schwarze Haare und bräunlicher Teint erschwerten die Suche. Die blassen Junkies leuchteten gespensterhaft. Sie näherten sich dem Bunthemd nicht, sie kannten ihn. Jerimez scheute für gewöhnlich das Licht. Er agierte vorsichtig und unsicher unter den Homosexuellen. Es gab sie à la couleur. Psychisch und charakterlich unterschied sie nichts von der Masse der Menschen. Von Harmoniesüchtigen bis Perversen reichte das Spektrum der im „Purple River“ verkehrenden Schwulen. Jerimez blieb distanziert, auch weil er sich im Unklaren war, ob er dazu gehörte. Einem prallen Schwanz ein Kondom überzustülpen, die Eruption zu spüren, das erregte ihn schon. Doch genauso konnte ein formschöner Frauenhintern seine Lust entfachen. In den Club kam er zum Geldverdienen.

Betont sachte tippte Jerimez auf Millers linke Schulter. Der zuckte trotzdem zusammen. Aus der unabschaltbaren Angst, jemand Bekanntes könnte ihn entdecken, statt ein interessierter Callboy. Der Schrecken verflog sofort. Jerimez' sanfte Augen strahlten ihn an.

„Hi Mexikaner, wo drückst du dich rum?“ Miller küsste ihn auf die Wange, ein zarter Hauch streifte die eigene.

„Ich war nur kurz…, du weiß schon.“ Er neigte den Kopf in Richtung WC-Tür.

„Du machst einen entspannten Eindruck. Gibt es zahlreich Kunden?“

„Auf meinen Typ stehen einige.“

Miller hielt Jerimez das rechte Ohr hin. Die herüberschallende Live-Musik, aber vor allem der zerstückelte Sprachfluss des Mexikaners erschwerten die Konversation im Clubgewusel. Es lag nicht am Englisch, das Jerimez bemerkenswert sauber beherrschte. In Ciudad Juárez, dem berüchtigten Grenzort zu den USA, aufgewachsen, interessierte er sich früh für Informationstechnik. Er kannte sich mit Computerprogrammen aus und schrieb eigene. Anfangs für Lernaufgaben in der Schule, später entwickelte er einfache Spiele und Hausetatmodelle. Diese sollten wenig begüterten Familien helfen, Kosten zu sparen und mit geringen Einkünften besser zurecht zu kommen. So erlernte er unkonventionell die englische Sprache. Der beeinträchtigte Redesingsang resultierte aus einem schockwirksamen Erlebnis kurz vor seinem fluchtartigen Verschwinden aus Ciudad Juárez.

„Wollen wir uns ein Plätzchen suchen?“ Miller reichte Jerimez einen 50-Dollar-Schein. „Spencer ist übrigens auch da.“ Kadamski erwähnte er nicht.

Keine halbe Stunde war verstrichen, da kehrte Miller zurück in das kalte Licht am Tresen. Eine weiche Röte im Gesicht hatte sich noch nicht ganz verflüchtigt.

„Du entschuldigst mich.“ Spencer beugte sich zu Kadamski hin und stieg vom Barhocker. Fast stieß er mit Miller zusammen. „Wo finde ich ihn?“

„Bei den Sitzecken, du bist bereits angekündigt.“

„Guter Cop.“ Spencer griente schelmisch.

Miller hievte sich auf seinen Sitz und trank das zurückgelassene, viertelvolle Bierglas in einem Zug aus. „Was hat er dir für krumme Geschichten von mir aufgetischt?“

„Ich habe von mir erzählt und er hat von eurem Freund Jerimez berichtet. Und ihn mir empfohlen.“

„Ein feiner Junge und hier eigentlich völlig fehl am Platz. Der versteht was von Computer und Programmieren. Ich halte länger schon die Ohren offen, ob sich für ihn irgendwo ein Job in der IT-Branche findet. Am besten wäre es, er könnte in dem Fach studieren. Aber ich kann mich als Polizist nicht auffällig für ihn verwenden, er ist ein Illegaler.“

„Sind deine Kollegen weniger empathisch, ich meine mitfühlend?“

„Die halten sich an Recht und Gesetz, davon gehe ich aus. Aber das Leben ist konkret. Wenn ein Latino sich bestens mit Computern auskennt und im Office mal wieder der Kasten abgestürzt ist, würde ich meinen, so einen günstigen Spezialisten muss man nicht über den Rio Grande nach Hause schicken.“

„Im Kleinen regelt sich vieles unkompliziert, ohne das Große zu gefährden. Leider wird es immer heikel, wenn die unbarmherzige Bürokratie davon Wind bekommt und ihre kalte Hand auflegt. Darunter erstirbt jede Hoffnung."

Kadamski inspizierte den Tresen. Der Barkeeper sammelte leere Gläser ein und stellte frisch gefüllte auf die beräumten Plätze.

„Kennt man sich hier?"

„In Gruppen untereinander schon. Die meisten aber bleiben lieber anonym. Bei den Callboys sowieso."

„Als Polizist gehst du ein ziemliches Wagnis ein. Deine Kollegen sollten das besser nicht spitzkriegen."

„Von mir weiß nur Spencer und jetzt auch du Bescheid. Es sind viele Stammkunden, viele Gesichter haben sich eingeprägt. Allzu oft bin ich außerdem nicht hier."

„Wie haben du und Spencer euch kennengelernt?"

Miller musste unweigerlich grinsen. Über die kuriosen Umstände. Gut zehn Jahre lagen sie zurück. Damals beorderte ihn die Zentrale während eines Streifendienstes in eine der Vorort-Siedlungen von Austin. Besorgte Einwohner hatten die Polizei alarmiert, weil ein Haus in der Nachbarschaft von Unbekannten ausgeräumt wurde. Es war zu Beginn der großen Immobilienkrise. Tausende mit dünn oder gar nicht abgesicherten Krediten finanzierte Häuser mussten von den Bewohnern verlassen werden. Nachdem die überdehnte Auf-Pump-bauen-Blase geplatzt war. Zurück blieben Schrottimmobilien und tief ins Kapitalmark getroffene Banken. In dem Haus, zu dem Miller fuhr, hatten die Bewohner alles stehen und liegen gelassen und sich auf der Suche nach einer neuen Chance aus dem Staub gemacht. Der Truck auf der Straße war von dem Kreditinstitut geschickt worden, um das Haus leerzuräumen. Viel mussten der Fahrer Frank Spencer und sein Spanner nicht für den Sperrmüll verladen. Die Einrichtung fiel übersichtlich aus. Nachdem sich Officer Frank Miller vorgestellt hatte, löste sich das von den Nachbarn initiierte Missverständnis schnell auf.

„Officer, sehen wir aus wie mäßige Möbeldiebe?", flachste Spencer. Er zeigte den Auftrag der Bank vor.

Einen Möbeldieb mochte Miller nicht erkennen. Dafür fiel ihm sofort die prätentiöse feine Art auf, mit der Spencer ihm begegnete. Diese unterschied sich von dem für gewöhnlich ruppigen Gehabe von Truckern. Er fasste spontan an den Bügel der Spiegelglas-Brille und nahm sie ab. Mit einem Blitzen in den Augen quittierte Spencer den vertraulichen Moment. Auch er registrierte, keinen üblichen Cop vor sich zu haben. Nicht arrogant, nicht anherrschend, nicht herablassend. Miller suchte eiligst nach einem Vorwand, Spencer auf keinen Fall davonziehen zu lassen ohne eine Kontaktmöglichkeit. Ihm fiel ein, in absehbarer Zeit das Quartier wechseln zu wollen und fragte nach einer Telefonadresse für einen etwaigen Umzugsauftrag. Spencer diktierte ihm seine private Handynummer in den Notizblock und lächelte.

„Habt ihr euch ineinander verknallt?"

„Nein, so lief es nicht. Es war eher eine Sympathie. Sie fußte darauf, jemanden zu kennen, der sich in der gleichen Gefühlswelt bewegte. Wir haben uns hin und wieder in Raststätten getroffen und viel über unsere speziellen Situationen im Job gequatscht. Eines Tages beschlossen wir, den Club *Purple River* aufzusuchen. Das sexuelle Begehren drängte nach Befriedigung. In diesem Punkt fanden wir nicht zueinander. That's all."

Kapitel 13

Heidberger entschloss sich, nicht loszulassen. Mit Jerimez war ihm eine besondere, vor allem wahre Geschichte eines illegalen Einwanderers vor die Füße geweht. Unverhofft und zufällig wie ein vom Wind durch die trockenen Ebenen von Texas getriebener Steppenläufer-Busch. Ein knapp volljähriger Mexikaner verdiente sich den Lebensunterhalt als Stricher in der Homosexuellenszene von Austin. Gab es keine andere Möglichkeit für ihn? Wie sehr stand Jerimez' Schicksal exemplarisch für das von zig Millionen Illegaler in den USA? Wieso nahmen es die drei Amerikaner von der Tankstelle unbeeindruckt hin? Warum hatte sich Jerimez überhaupt aus Mexiko davongemacht? Er wollte es herausfinden. Dazu müsste er ihn interviewen. Am besten gleich. Zu einem späteren Zeitpunkt und an anderem Ort könnte sich Jerimez möglicherweise verweigern.

Vorerst saßen ihm Miller und Spencer gegenüber. Sie passten, bei allem, was er von ihnen bisher wusste, zum Typus des alten weißen Mannes, der weitgehend unisono in der internationalen Presse für die Wahl Donald Trumps zum US-Präsidenten verantwortlich gestempelt wurde. Was war dran an dem Vorwurf?

„Wie oft treibt ihr mit Jerimez eure Spielchen?"

„Hör zu, wir treiben keine Spielchen." Miller reagierte energisch. Wenn er uns nicht begleiten wollte, würde er es nicht tun."

„Wir verabreden uns einmal in vier Wochen. Alles andere wäre viel zu brenzlig. Bis jetzt war die alte Tanke ein ungestörter Unterschlupf." Spencer betonte das Adjektiv „ungestört" auffällig.

Die Schärfe verfehlte nicht ihre Wirkung. Seit dem Zusammentreffen musste Heidberger in der Reaktion der Amerikaner wiederholt erkennen, es kam nicht gut an, sie anzugehen. Seine teils konträren Ansichten zu denen der anderen berechtigten ebenso wenig dazu, wie es der Respekt vor den Einheimischen umso mehr gebot, sich nicht belehrend und rechthaberisch aufzuschwingen. Sie waren von der Tadellosigkeit ihres Handelns überzeugt. Es gab einen Deal. Nach amerikanischer Wesensart wurde zuvorderst gefragt, was nutzt dieser den beteiligten Partnern? Moralische und ethische Aspekte wurden nachrangig erwogen oder ganz und gar ausgespart. Derartiges nachzuverhandeln oblag nicht selten Gerichten, wenn entsprechende Flurschäden entstanden waren. Mit Präsident Donald Trump war die Deal-Mentalität ins Weiße Haus und in die US-Politik eingezogen. Heidbergers deutsche Journalistenkollegen geißelten vom ersten Tag, an dem Trump hinter dem Schreibtisch im Oval Office Platz genommen hatte, dessen Gangart in Wild-West-Manier. Jenseits des Atlantiks griffen sie in ihrem moralisierenden Eifer in finstere Schubladen pöbelnder Publizistik. Trumps tägliche Twitter-Grüße in die Welt wirkten wie Benzinspritzer in ein offenes Feuer. Dessen Hitze hatte sich Heidberger nicht entzogen.

Vor Ort, diesseits des Atlantiks, schrumpfte die Schlagdistanz auf die Breite eines Tisches. Jede missverständliche Geste, jedes im schlechten Sinne überzogene Wort, jede provokant empfundene Tonlage stieß sofort und ungefiltert auf direkte Resonanz. Heidberger mühte sich, mit der ungewohnten Situation klarzukommen. Sympathisch aufgeschlossen und freundlich begegneten ihm Miller, Spencer und Kadamski. Unbedacht sie zu verprellen, würde die Runde sprengen. Auf schlecht absehbare Weise. Aber vor allem fiele die Chance gegen null, Jerimez ausführlich zu befragen.

„Sorry für die Spielchen. Seit wann kennt ihr Jerimez?"

Miller und Spencer sahen sich an. Sie verständigten sich wortlos.

„In Austin gibt es einige diverse Clubs. Im *Purple River* ist es möglich, bereitwillige Jungs zu treffen. Einer von ihnen war

Jerimez. Er gefiel Spencer und mir auf Anhieb. Mit seiner makellosen Körperlichkeit. Auch sprach er erstaunlich gut Englisch."

„Ihr ward ihm auf Anhieb auch nicht, sagen wir, unsympathisch?"

„Würde ich meinen. Wir hatten schnell den Eindruck, Jerimez war gelegen an einem dauerhaften Kontakt, in dem ein gewisses Vertrauen sich einstellen konnte. Was wiederum uns zu pass kam. Mit dem Background als Polizist und Trucker interessierten uns Blowjobs ohne Geräuschkulisse und Zänkerei."

Miller blinzelte Spencer zu. Der griente lüstern.

„Wie meint ihr das?"

„Du kennst dich in der Schwulenszene wenig aus, nicht wahr?" Miller fragte ohne Sarkasmus. Heidbergers Mimik entnahm er, richtig vermutet zu haben. „Das ist wie bei euch Heteros."

Heidberger war wehrlos gegen die in die Wangen schießende Hitze. Miller amüsierte die jungenhafte Reaktion. Gnädig ging er darüber hinweg.

„Okay. In intimen Beziehungen unter Männern gibt es genauso leidenschaftliche und kopflose Hingabe wie nicht selten hässliche Szenen, entfacht durch Eifersüchteleien, Untreue und Gekränktsein. Dann wird es mitunter lautstark. Diese Art von Aufmerksamkeit können wir nicht gebrauchen. Jerimez hatte der Himmel geschickt."

„Wie steht es eigentlich um die Homosexuellen bei euch?", driftete Spencer urplötzlich ab vom „Purple River". „Zu meiner Zeit in Kaiserslautern mieden die Schwulen noch das Tageslicht. Aber inzwischen schwenken sie überall die Regenbogenfahne und knutschen auf Love Parades herum. Was ich an Bildern und Videoclips im Internet gesehen habe, geht es ziemlich grell und bunt zu. Da scheint sich niemand mehr zu verstecken."

„Das ist so. In Berlin vor allem, aber auch in Hamburg und anderen größeren Städten. Schwule, Lesben und Transsexuelle sind in den Alltag eingezogen. Sie verbergen ihr Anderssein nicht. Weitgehend wird das akzeptiert. Ich hatte es schon erwähnt, Politiker, Lehrer, Künstler bekennen sich offen zu ihrer Homosexualität. Daran haben übrigens die Medien kräftig mitgewirkt. Betroffene outeten sich und berichteten über die Zwänge, unter denen sie jahrelang leben mussten. Die ersten standesamtlich besiegelten Partnerschaften sind von viel Blitzlichtgewittern und Kameras begleitet worden und Dragqueens belebten mit ihren schrillen Outfits vergilbte Talkshows."

Er hatte den Satz kaum beendet, da versagte Heidberger die Stimme. Aus dem Unterbewusstsein brach eine Begebenheit hervor, die er seit Jahren unter Verschluss hielt und mit sich herumschleppte. Dem Vergessen anheimgestellt. Wie bei einem Erdbeben ohne Vorwarnung die Erde aufreißt, so drängte ein Stück verschüttete Vergangenheit brachial in die Gedankenhelligkeit.

Das abgelegte Ereignis reichte zurück in die Anfangszeit beim „Echo". In der hauptstädtischen Journalistenmeute existierte ein Feierring, dessen Kern einige etablierte Akteure der ansässigen Tageszeitungen und aus dem Korrespondentenpool auswärtiger Medienverlage bildeten. Auch zählte sich eine Handvoll freier und fester Mitarbeiter von Radio- und TV-Sendern dazu. Sie waren alle in der zweiten Hälfte ihrer 30er-Jahre angelangt und hatten sehr gut dotierte Posten in den Redaktionen erklommen. Die meisten kannten sich aus unzähligen Bundespressekonferenzen und noch zahlreicheren, sinnlos verbrachten Wartestunden vor den Parteizentralen und Ministerien. Nach der Ochsentour prägten sie jetzt maßgeblich die Meinungs- und Stimmungsmache im Blätterwald an der Spree.

Reihum lud einer von ihnen zur Party ein, in der geräumigen Altbauwohnung oder auf dem Wochenendgrundstück. Ausgemachte Sache war es, jeder konnte mit zwei, drei Bekannten im Schlepptau erscheinen. Da es sich nicht um Familienfeiern handelte, schmückten sich die Feierring-Jongleure häufig mit „jungem Gemüse". Volontäre, Praktikanten, frische Redakteure. Diese zauderten bei den Einladungen in der Regel nicht. Galten die Partys doch als Kontaktbörse im weitesten Sinne. Geeignete Bekanntschaften beschleunigten das berufliche Fortkommen. Harriett hatte ihrem Programmchef zugesagt unter der Bedingung, Mark mitbringen zu können. Heidberger schlug die Eintrittskarte nicht aus. Kontakte schadeten nur dem, der keine hatte. Eine Floskel, die in der Branche so lebendig war wie zu Zeiten von Guy de Maupassants „Bel-Ami".

Harrietts Gönner Niklas Nieper, Programmchef des größten Berliner TV-Privatsenders, war an dem Abend, spätsommerliche Saisonabschiedsstimmung breitete sich in der Hauptstadt aus, zugleich der Gastgeber. Seine Frau, eine von Style- und Modemagazinen angefragte Fotografin, weilte zu einem Kollektionsshooting an Spaniens schönen Küsten. Das Paar bewohnte eine beeindruckend große Zwei-Etagen-Wohnung im Prenzlauer Berg. In der Oderberger Straße, die sich von einer grenzmauernahen tristen Sackgasse zu einer Szene-Meile gemausert hatte.

Nieper begrüßte ihn und Harriett unauffällig freundlich. Im großen Wohnzimmer, Altbaucharme und New Style verschmolzen symbiotisch, saßen und standen bereits etliche Partygäste zusammen. Vielleicht ein Dutzend. Jedenfalls wenig genug, so dass Nieper in der Tür innehielt, seine Arme auf die Schultern der zu beiden Seiten neben ihm stehenden jungen Journalisten legte und sich Gehör erbat.

„Das sind Harriett und Mark. Harriett ist heiße Moderationsanwärterin bei uns im Sender. Mark hat bei Probst beim *Echo* angeheuert." Dann entließ er sie in die Runde neugierig blickender Medienmenschen. „Nehmt euch zu trinken, es ist genug da."

Am Ende des Begrüßungsreigens traf Mark auf Raven Meynburg. Der großgewachsene schlanke Enddreißiger trug ein feines silbergraues Jackett, im offenen Kragen des weißen Hemdes glänzte ein goldgelbes Seidentuch. Gespickt mit dunkelblauen Ornamenten. Sie ähnelten einem chinesischen Drachenkopf. Er lebte mit einem malenden Künstler zusammen.

„Hallo Mark. Raven Meynburg von der *Berliner*." Er lächelte vereinnahmend.

„Herr Meynburg", in Marks Erwiderung schwang die ehrfürchtige Überraschung mit, den Chefkommentator der „Berliner" persönlich kennenzulernen. Dessen exzellente und strittige Texte las er begierig.

„Nix mit Herr, ich bin Raven. Trinkst du einen Whisky mit?"

Heidberger war hochprozentigem Alkohol wenig zugetan. Aus irgendeinem unbewussten Grund mochte er die Einladung Meynburgs nicht ausschlagen. War es die naive Vorstellung, die mit dem *Du* freundschaftlich gereichte Hand zu missachten, oder gar die abstruse Annahme, nicht dem klischeehaften Bild des trinkfesten Journalisten zu genügen?

Der 18-jährige „Bowmore" setzte hart zu. Es schüttelte ihn nach jedem Schluck des torfig schmeckenden Single Malt. Meynburg goss rasch nach.

„Kommst du mit Vincent, ich meine euren frisch gekürten Chefredakteur, gut klar?"

„Er hat mich zum *Echo* gelotst. Wir sind uns auf einer Sommerparty der SPD-Bundestagsfraktion erstmals begegnet. Er war noch Parlamentskorrespondent. Ich weiß nicht warum, aber die Chemie hat von Anfang an gepasst."

„Bei einem so feschen jungen Mann kein Wunder. Nimmst du noch einen?"

Heidberger nickte zustimmend. Meynburgs letzte Bemerkung kreiselte im Kopf, ohne dass er sie richtig zu fassen bekam. Der edle Whisky begann, seine unedle Wirkung unter der Schädeldecke zu entfalten. Merkwürdig entrückt nahm er die Musik, ihm völlig unbekannte französische Chansons, und das Stimmengewirr, hin und wieder unterbrochen von schallendem Gelächter, wahr. Meynburg griente mit verzehrtem Gesicht.

Zeitlich im Nirvana stand Harriett unvermittelt neben ihm. Heidberger hockte in einem tiefen Ledersessel. Er hievte sich zu ihr hoch und schaute sie mit großen Augen an. Die Beine mühten sich um Balance. Harriett stützte ihn am rechten Oberarm. So kannte sie Mark nicht.

„Alles gut?" Sie klang ehrlich besorgt.

„Geht schon klar." Er atmete schwer.

„Ich ziehe mit ein paar Leuten weiter, wir wollen in einem Club noch ein bisschen abdancen. Sieh zu, dass du dir ein Taxi schnappst und ab in die Falle."

Sie küsste ihn auf die Wange und verabschiedete sich mit einem Fingerzeig von Meynburg.

Heidberger fiel in den Sessel zurück. Kurz dämmerte ihm, er würde auf sich gestellt der ledernen Kuhle nicht mehr entrinnen können. Jemand musste ihn fortführen. Dankbarkeit rieselte in das vernebelte Gehirn für Meynburgs erlösende Formel „Wir sollten aufbrechen. Es ist genug".

Der Hausflur mit steilen knarrenden Holztreppen wankte. Mit der rechten Hand tastete Heidberger die hohe Wand entlang. Unter seiner linken Achsel klemmte Meynburgs rechter Arm. Ohne den Stützapparat wäre der junge Kollege vom „Echo" kopfüber hinuntergestürzt. Vor dem Haus drückte Heidberger den Rücken durch und schniefte tief nach der klaren Nachtluft, erzwang einen Moment der Standfestigkeit. „Komm, wir gehen zu mir, ich wohne nur zwei Straßen weiter." Meynburg dirigierte ihn in den Straßenverlauf, der in der Kastanienallee mündete. „Du könntest jetzt einen starken Kaffee gebrauchen." Im Tandem suchten sie die Ideallinie auf dem Gehweg zu halten.

Das großräumige Loft von Meynburg und seinem Partner

weitete sich in Heidbergers Zustand über die Dimension der hohen Fensterfront hinaus. Er kam sich verloren vor. Hinter einer Säule in der ehemaligen Fabriketage erspähte er einen Landeplatz. Eine breite Liegecouch. Kaum saß er auf der Kante, kippte er rücklings nach hinten und stierte an die Decke. Kurz bevor er in den rauschtiefen Schlaf gerissen wurde, hielt ihn Meynburgs eindringliche Stimme zurück.

„Du wirst doch jetzt nicht schlapp machen? Hier, ein Espresso, doppelt." Während Heidberger an dem heißen Wiederbelebungstrunk nippte, reichte Meynburg ein Longdrink-Glas nach. „Cola gefällig?" Die Kühle der dunklen Brause strahlte in den todmüden Körper. Sie verflog schnell. Umso nachdrücklicher drängte eine bleiern in die Adern schießende Schwere ihn aus dem Bewusstsein. Matt und daniederliegend wehrte sich Heidberger instinktiv gegen die Fesselung ohne Fesseln. Vergeblich. Was um ihn herum, was mit ihm geschah, erreichte die Sinne nur noch bruchstück- und schemenhaft. Über seinem erschien ein verschwommenes Gesicht. Lippen pressten sich auf seine Augenbrauen, seine Nase, seinen Mund. Dann Dunkelheit. Hektisches und fremdes Berühren im Lendenbereich entdämmerte ihn kurzzeitig. Sanfter spreizender Druck auf die Innenschenkel verstärkte das elende Gefühl einer hilflos ausgelieferten Entblößung. Hände zirkulierten wild.

Gegen Mittag erwachte er. Lediglich in Unterwäsche bekleidet und bedeckt von einem leichten Betttuch. Der Kopf schmerzte, musste zu früh die Realität erkennen. Er entsann sich des Lofts, durch dessen Fenster der Tag jetzt hereinflutete. Und der Liegecouch, auf die er sich betrunken setzte und auf der er nun mit aufgestützten Ellenbogen den Oberkörper in den Raum stellte. Dazwischen war nichts. Das Nichts wurde blitzartig durchbrochen von nicht klar zu deutenden Wahrnehmungssequenzen. Sie ergaben kein Bild.

Tagelang verfolgten ihn die traumatischen Fetzen. Meynburg hatte sich gönnerhaft zum Abschied gegeben und gemeint, er könne sich jederzeit melden, sollte es beim „Echo“ nicht mehr passen. Heidberger getraute es sich nicht zu fragen, wie er es bewerkstelligt haben konnte, sich zu entkleiden und zu betten. Der totale Blackout erklärte sich kaum aus einigen Whiskys. Das nahe Gesicht, die fremden Berührungen zwischen den Beinen, er hatte es wirklicher wahrgenommen, als dass es nur geträumt sein sollte. Ein schlimmer Verdacht tröpfelte in den Versuch der Erklärung. Meynburg hatte ihm die Cola geradezu aufgenötigt und mit ihr die angenehme Kühle. Unmittelbar danach setzte der Filmriss ein. Was an Bildmomenten haften geblieben war, nährte den Schluss, er war von dem Chefkommentator der „Berliner“ mit vollem Bedacht in den k.o.-ähnlichen Zustand befördert worden. Die manipulierte Cola ermöglichte es Meynburg, sich widerstands- und folgenlos an ihm zu vergehen. Heidberger konnte Meynburgs Schilderung, er hätte ihn, nachdem er in einen Tiefschlaf versunken war, der Klamotten entledigt und zugedeckt, nicht entkräften. Gläser und Tassen waren längst gespült, alles ringsum frisch bereinigt. Auf der Schlafstätte deuteten keinerlei Spuren auf ein vorheriges sexuelles Geschehen hin. Heidberger verzieh es sich nicht, eigene Schuld daran zu tragen, in die zweifelbeladene Situation geraten zu sein. Die unheimliche Vorstellung, vergewaltigt worden zu sein, zudem von einem der anerkanntesten Berliner Journalisten, drohte ihn zu erdrücken. Niemanden konnte er seine Niedergeschlagenheit wahrheitsgetreu begründen. Niemand würde ihm glauben. Meynburg ein hinterhältiger Vergewaltiger? Selbst Harriett zu überzeugen, räumte er keine Chance ein. Unbefleckte Reputation überwog unklarem Realitätsverlust. Heidberger arrangierte sich mit der einsamen Verzweiflung. Er erstickte sie in journalistischem Eifer.

„Hey Mann, alles okay?“ Spencer kniff irritiert die Augen zusammen und beugte sich vor. Heidberger starrte gedankenverloren an ihm und Miller vorbei.

„Alles okay, es ist nichts.“

„Du bist einen Moment weggewesen, deinem Gesicht nach zu urteilen, muss dir der Satan erschienen sein.“

„Wenn ich wüsste, wie der aussieht. Aber er soll ja in vielen Rollen auftreten.“

„Wenigstes werden bei euch die Homosexuellen nicht mehr verteufelt, wenn es stimmt, was du erzählst“, nahm Miller den abgerissenen Gedanken auf. „Ich weiß herzlich wenig über Deutschland. Ehrlich gesagt, es interessiert mich nur mäßig. Mein Vater Dave war mal drüben. Er hat das Grabmal seines Vaters besucht. Auf einem der Soldatenfriedhöfe für unsere Jungs, die gegen die Nazis gekämpft haben. Großvater ist am Rhein gefallen. Seinen Dad hat mein Vater jedenfalls nie kennengelernt, er lag noch im Kinderwagen zu jener Zeit.“

Kapitel 14

Dave Miller klatschte, nachdem er den Telefonhörer aufgelegt hatte, einmal laut und rieb sich dann die Hände. Ein Junge! Wie oft hatte er den Wunsch nach einem Sohn ins sonntägliche Gebet eingebunden? Im nicht übermäßig heißen Sommer 1972 erlöste ihn Wanda in seinem Sehnen. Paul war prächtig geraten. Das erste Kind des frisch vermählten Paares. Ein Jahr zuvor war Dave Miller nach seinem Ausscheiden aus der Armee von den Einwohnern der texanischen Kleinstadt Elgin zu ihrem Bürgermeister gewählt worden. Fast zeitgleich übernahm Pauls Mutter Wanda, zwei Jahre jünger als ihr 32-jähriger Ehemann, die Leitung der feinen örtlichen Bibliothek.

Durch die beruflichen Wege der Eltern geriet Paul Millers früher Lebenslauf in eine Doppelspur. Vater Dave zog die konservativen Zügel an, sofern sich der Sohn anschickte, unbequeme Fragen zu stellen. Die Fragen entsprangen einer Sicht auf die Welt, die sich aus Büchern des von der Mutter verwalteten Bibliotheksbestandes speiste. Sie reichte meilenweit über die engen lokalen Grenzen von Elgin hinaus. Was hatte die US-Army im Irak verloren, 19 Jahre nach dem in seinem Geburtsjahr besiegelten Kriegsdesaster der Staaten in Vietnam? Warum redete der Vater verächtlich über Afroamerikaner und glorifizierte den weißen Patrioten? Hatten nicht unzählige schwarze GIs ebenso wie der Großvater für die Vereinigten Staaten gekämpft im Zweiten Weltkrieg, und in allen folgenden Kriegen fernab der Heimat?

Paul wurde hin- und hergerissen zwischen der Weltborniertheit des Vaters und der Weltoffenheit der Mutter. Halteseile suchte er nach dem College in den straffen Regeln des Polizeidienstes. Eine Entscheidung, welche Dave Miller beinahe ähnlich euphorisierte wie einst die Geburt eines Sohnes. Diesem drohten auf der Police Academy von Austin die Halteseile schon bald zu entgleiten.

Er hatte am ersten Tag der neunmonatigen Ausbildung zum Officer im neonlichtgefluteten Schulungsraum in der zweiten Stuhlreihe Platz genommen, als links von ihm eine säuselnde Stimme grüßte. Deren Absender streckte ihm die Hand entgegen, bevor er sich setzte.

„Hi, ich bin Jason, du kannst mich Jessy nennen."

Paul blickte auf und in ein fein geschnittenes Gesicht eines blonden Boys. Der lächelte freundlich.

„Paul. Danke, aber wirklich Jessy?"

„So nennen mich alle."

Miller beugte sich zur Seite. Mit gedämpfter Stimme, dabei sich vergewissernd, dass niemand von den anderen Polizeianwärtern im Raum die Aufmerksamkeit auf sie richtete, beschwor er seinen neuen Nachbarn fast. „Findest du Jessy hier angebracht?"

„Wie meinst du das?"

„Schau dich mal um, glaubst du, von den Jungs, denen alle der Typ harter Cop vorschwebt, würde auch nur einer sich Jessy nennen wollen. Ich denke, du solltest es bei Jason belassen. Du musst dich nicht freiwillig in die Schusslinie stellen."

Einen Augenblick verharrte Jason regungslos. Er erschrak über seine kindliche Naivität, bloßgelegt durch Pauls Bedenken. Schwulsein in Polizeiuniform, nichts Antagonistischeres konnte sich das Gros texanischer Ordnungshüter in ihren Reihen vorstellen. Jason berührte Pauls unerwartete Offenheit. Ebenso unerwartet ertappte sich Paul, in Jasons nachdenklicher Mimik schöne begehrenswerte Züge zu entdecken. Der fließende Übergang zu femininer erotischer Ausstrahlung fasste ihn an. An der Highschool und am College verweigerte er sich nicht den unverstellten und lusterfüllten Avancen hübscher Mitschülerinnen. In mit viel Bier getränkten Hauspartys gab er sich von Neugierde und eigenen Gelüsten getrieben dem heißen Spiel mit den anderen Geschlechtsvertreterinnen hin. Vielleicht fand sich in jenen Tagen nicht die eine, von der er sich in eine innigere Beziehung hätte mitreißen lassen. Er legte es aber auch nicht darauf an. Eine seltsame Vorstellung umklammerte ihn. Sollte der von der Schöpfung fundamentierte Sex zwischen Mann und Frau der einzige ultimative Höhepunkt sein? Schleichend bemächtigte sich seiner die verheißungsvolle Sehnsucht, abseits gäbe es ebensolche erfüllenden Begehrlichkeiten. Welcher Art, blieb ihm längere Zeit verschlossen. Bestenfalls ahnte er es. Das andersartige Verlangen sperrte sich, weil es ihm schlicht nicht begegnete. An der Highschool und am College kreuzte kein Jason alias Jessy auf.

In wahllos zusammengewürfelten Schicksalsgemeinschaften wird von der ersten Stunde an ungesteuert und eigenständig ein Findungsprozess provoziert. Ausgelöst durch das zufällige Aufeinandertreffen verschiedenster Charaktere und Intelligenzen. Paul Miller und Jason Fairbanks zog es zueinander. Was wenig Aufsehen in der Riege der Polizeianwärter erweckte. Duos fanden sich in einem halben Dutzend. Aus unterschiedlichster Anziehung. Die einen verpassten zusammen kein Basketballspiel im Fernsehen, die nächsten liefen Halbmarathon, eine andere Minigruppe liebte klassische Musik. In der Academy vermieden Paul und Jason auffällige körperliche Nähe. Keiner von beiden wagte es auszusprechen, sie tasteten sich aneinander vor. In Austin wichen sie öfters in entlegene Winkel des Auditorium Shores Park am südlichen Ufer des Colorados aus. Vorsichtig berührten sich ihre Schultern, hilfreich berührten sich die Hände, wenn sich einer beim anderen abstützte, um ein vermeintlich in den Schuh geratenen kleinen Stein zu entfernen. Sie erzählten einander aus der Kindheit und Schulzeit. Sie erklärten sich, weshalb sie Polizisten werden wollten, und sie gestanden sich, einander sympathisch zu sein.

Eines Tages, goldgelbe Blätter tänzelten, vom Wind aus den Asthalterungen gerissen, auf den Parkboden, stoppte Jason abrupt und stellte sich vor Paul. In einem wohlbedachten Moment.

Weit und breit war keine andere Menschenseele zu erblicken. Jasons Augen lächelten, trotzdem wirkte er angespannt.

„Ich möchte dich küssen."

Paul erwiderte nichts. Er öffnete vorsichtig die Lippen.

Der nächste Augenblick löste alles auf. Jason schmeckte und sprühte so ganz anders als die liebestollen und doch ängstlich verkrampften Münder der Schoolgirls. Wenige hatte er erlebt, die sich freiküssten, sich ihren intimen Lüsten nicht versagten. Jason drang auf ihn ein, eine Eroberungsattacke. Der Unterschied zu früheren erotischen Abenteuern entzückte Paul sofort, reizt ihn zur Gegenattacke. Der Zungenschlagabtausch fiel kurz und heftig aus. Jason schien nicht zum ersten Mal einen Mann zu küssen. Paul hingegen überwältigte die andersartige Intimität, die unbekannte Intensität. Er verwehrte sich nicht dem bis eben nur vage erahnten Glücksmoment. Dieser strömte in die Adern und Sinnesbahnen, als würde der Colorado umkehren in seinem Lauf.

„Überrascht?", fragte Jason, nachdem er von Paul abgelassen hatte. „Du wolltest es doch auch, oder?"

„Es war das erste Mal, es war fantastisch."

„Lass uns am Ufer in die Sonne setzen."

Der Colorado umkurvte in einem großen Bogen die City von Austin. Träge schoben die Wassermassen gen Südosten. Paul und Jason hockten mit angewinkelten, von ihren Armen umschlungenen Beinen auf dem von der spätsommerlichen Sonne restgewärmten Grasboden. Sie sahen auf das zähe Wasser. Während des Stück Wegs war Paul unvermittelt Vater Dave in die Parade gefahren. Er würde es niemals hinnehmen, dass sein Sohn sexuell mit einem Mann verkehrte. Vermutlich dürfte er, Paul, keinen Fuß mehr über die Schwelle des Elternhauses in Elgin setzen. So denn der Vater von dem homosexuellen Gebaren wüsste. Erfahren bräuchte er es nicht zwingend. Was Paul beruhigte. Anders verhielt es sich mit der Police Academy.

„Jason.“

„Ja.“

„Wir müssen von jetzt an sehr vorsichtig sein. Abgesehen davon, dass mein Dad mir Hausverbot erteilen würde, erführe er von uns beiden, in der Academy droht uns echter Stress. Die Ausbilder schwören uns darauf ein, Eigentum und Rechte der Bürger zu schützen und deren Familien. Sie meinen nicht gleichgeschlechtliche Paare. Im Gegenteil, für die sind wir mehr als eine Ordnungswidrigkeit. Wir verletzen zwar keine Gesetze, schlimmer, wir verstoßen gegen ihr Weltbild und ihre Moral.“

„Das ermächtigt sie aber nicht, sich uns gegenüber unfair und feindselig zu verhalten, zumal in einer staatlichen Lehranstalt.“

Paul sah Jason erschrocken an.

„Bist du so blauäugig? Sie drillen uns jetzt schon bis an die Grenze des Würdelosen und der Erniedrigung. Oder hältst du es für normal, wie herrisch sie uns anschreien und von uns verlangen, in ihrer Anwesenheit zur persönlichkeitslosen Zapfsäule zu erstarren?“

„Heftig ist es schon. Aber da draußen“, Jason nickte in Richtung von Austin Downtown auf der gegenüberliegenden Uferseite, „treten uns die Leute auch ohne Samthandschuhe und Engelszungen gegenüber. Da müssen wir hart sein. Welches Strafmaß steht deines Erachtens auf Homosexualität bei der Polizei?“

„Hältst du mich zum Narren oder fehlt dir die Fantasie? Für unseren Nahkampf-Coach Roberto sollte es kein Problem sein, uns ein paar eklige Übungen zusätzlich aufzubrummen. Uns die Eier zu schleifen. So pflegt mein Vater den Drill bei der Army zu beschreiben. Er war fünf Jahre Infanterist. Von unseren letzten Kampfübungen im Schlamm habe ich jedenfalls vorerst genug.“

Chief Stanley Stevenson, Leiter der Police Academy Austin, führte ein strenges Regime. Teilten Ausbilder und Anwärter die Atemluft mit ihm, wagten sie kaum sich zu rühren. Ihre Gesichter gefroren, und wurden sie angesprochen, antworteten sie zackig belfernd. Am Ende das obligatorische „Sir" glich einem Donnerhall.

Unter den zwei Dutzend Polizeianwärtern gehörten Paul und Jason zu den jüngeren. Sie benötigten einige Zeit, sich an die befehlsgelenkte Gangart zu gewöhnen. Diese gebärdete sich diametral zu dem freiheitlichen Way of Life made in USA. Welcher über allem schwebt und doch zwischen Alabama und Alaska vieltausendfach von starren gesellschaftlichen, gesetzlichen, religiösen und moralischen Strukturen und Institutionen kassiert wird.

Paul und Jason standen die Widrigkeiten der strengen Ausbildung gemeinsam durch. So oft es ging, absolvierten sie sportliche Einheiten, Schießübungen und Lehrstunden im Sparring. Sich im Team zu unterstützen und zu motivieren, wurde ausdrücklich geschult. Was die Gefahr eindämmte, dass aus auffälliger Nähe fatale Schlüsse gezogen wurden. Ihre guten Ergebnisse, im Miteinander erzielt, euphorisierten Paul und Jason. Einher steigerte sich das körperliche Begehren. Immer häufiger duldete es keinen Aufschub bis nach Ende des Ausbildungstages. Sie wurden unvorsichtig.

Nach einer kräftezehrenden und schweißtreibenden Übungseinheit in Selbstverteidigung überstürzten es beide nicht, unter die Dusche zu kommen. An den Umkleidespinten hantierten sie mit ihren Sachen so lange, bis die letzten verbliebenen Polizeianwärter drauf und dran waren, sich zu verabschieden. Nachdem die Tür letztmalig zuknallte, war dies das Signal, in den Duschraum zu wechseln. Das warme Wasser brachte die erotische Spannung zum Sieden. Paul und Jason wuschen sich den texanischen Staub mit viel Schaum gegenseitig von der Haut. Kein Einhalten mehr, keine Umkehr. Nicht jetzt.

Die Tür zur Umkleide fiel ins Schloss zurück. Lieutenant Malcom Fork bewegte sich behutsam vorwärts. Feuchtwarme Luft kroch unter das dunkle Uniformhemd, Schweißperlen versammelten sich auf der Stirn. Während seines Sicherheitsrundgangs kurz vor fünf Uhr am Nachmittag hatte den Ausbilder spätes Wasserrauschen im Sanitärtrakt stutzig gemacht. Für gewöhnlich sahen die Kadetten zu, nach der letzten Ausbildungseinheit keine Minute länger in der Academy zu verweilen. Zwei Spinttüren standen offen. Millers und die von Fairbanks.

Am Durchgang zum Duschraum blieb Fork stehen und in Deckung. Aus zwei der sechs Duschköpfe strömte dampfendes Wasser. Er erkannte Miller, rücklings an die weiße Fliesenwand angelehnt. Mit abgespreizten Armen und aufgefächerten Händen presste er sich nach vorn. Fairbanks entgegen, der vor Miller hockte und rhythmisch den Kopf in dessen Schoß versenkte. Lieutenant Forks Uniformhemd klebte jetzt feucht auf der Haut. Was er sah, empfand er so ungeheuerlich, dass er für einen Moment glaubte, einer Sinnestäuschung zu erliegen. Schwulen abnormes Verhalten zu attestieren, Witze über sie zu machen, in ihnen Abschaum zu sehen, das alles hatte sich in den 47 Jahren seines Lebens zu einem erzkonservativen Wert verfestigt. Zu einem abstrakten Bild. Es kollidierte in dieser Sekunde mit dem sexuellen Akt zweier ihm bekannter junger Männer aus Fleisch und Blut.

Fork ertrug den Anblick nicht. Es drängte ihn, die Szene zu zerschlagen. Hervorzutreten, sich martialisch vor den Bastarden aufzubauen und sie auseinanderzujagen. Ein Zittern erfasste seinen Körper. Um sich zu beruhigen, drehte er den Kopf weg von dem Wasserrauschen, in das sich ein heftiges Stöhnen mischte. Die kurze Abkehr genügte, wieder klaren Gedanken den Vortritt zu gewähren. Es nützte gar nichts, überfallartig dazwischenzufegen. Miller und Fairbanks würde es zerschmettern, aber um den Preis eines viel größeren Schadens für die Academy. Hinter deren verklinkerten Mauern ließe sich der Vorfall nicht einhegen. Es würden Fragen gestellt. Womöglich käme es zu Handgreiflichkeiten, von den meisten Anwärtern und Ausbildern war keine Toleranz zu erwarten. Auch weil sie das Ansehen der Polizeischule befleckt sähen. Die Academy ein Sündenpfuhl. Weniger verachtet, aber schlimm genug wäre es, sie geriete zum Gespött der Austin Community.

Der Lieutenant entschied sich, seine Anwesenheit nicht preiszugeben und sich unbemerkt zurückzuziehen. Er würde am nächsten Morgen Chief Stevenson das Vorkommnis melden in der Annahme, dieser werde die Sache intern und geräuschlos bereinigen. Schwule in der Police Academy! Fork musste sich zusammenreißen, die Tür zur Umkleide hinter sich nicht krachend zuzuwerfen. Eine Viertelstunde später beobachtete er vom Fenster des Ausbilderbüros aus, wie Miller seinen weißen Toyota gemeinsam mit Fairbanks bestieg und vom Parkplatz fuhr. Nichts deutete auf das hin, was sich zuvor ereignet hatte.

Am folgenden Tag versammelten sich die Anwärter nach einer doppelten Sporteinheit im Unterrichtsraum. Rechtsfragen und Verhaltensregeln im Streifendienst galt es in den kommenden eineinhalb Stunden zu verinnerlichen. Die letzten Kadetten waren im Begriff, sich an ihren Platz einzufinden, da versiegte der ohnehin dürftige Geräuschpegel. Lieutenant Fork betrat überraschend den Raum. Miller, Fairbanks und die anderen schnellten von ihren Sitzen, sofern sie bereits saßen, und nahmen straffe Grundhaltung ein.

„Polizeianwärter Miller."

„Anwesend, Sir."

„Sie begeben sich sofort in das Büro von Chief Stevenson. Sofort."

Ohne auch nur einen Gedanken zuzulassen, was ihm die zweifelhafte Ehre eines Besuchs beim Academy-Chef bescherte, antwortete er automatisiert: „Jawohl, Sir."

Das Büro des Chiefs lag am Ende eines langen flachen Korridors. Links und rechts waren die weißen Wände dicht dekoriert mit Absolventenbildern, Auszeichnungen, Ehrenurkunden der Academy und Porträts von Stevensons Vorgängern. Unbeachtet von Miller flogen die gerahmten Erinnerungen vorbei. Mit jedem Schritt klopfte die Frage an die Schädeldecke, was wollte der Chief von ihm, welchen Grund gab es, ihn mitten in der Ausbildung zu sich zu zitieren? Es schwebte keine Antwort herbei und die Tür zu Stevensons Büro wurde größer. Vor ihr hielt Miller zum Durchatmen inne. Auf dem Weg zum Henker gab es wenigstens Gewissheit. Ohne diese war der Weg die Marter.

Er klopfte und trat ein. „Polizeianwärter Miller, Sir." Die Schirmmütze klemmte unter dem linken Arm.

Mitten im Raum der klobige, aus dunklem Holz gefertigte Schreibtisch wirkte wie ein unverrückbarer Massekern, dessen Gravitationsfeld alles ringsum auf Position hielt. Links neben dem breiten, aber schmalen Fenster im Rücken des Chiefs mimten die Banner der Vereinigten Staaten und des Bundesstaates Texas einen Doppelposten. An den Fahnenstangen schlaff gefächertes Tuch. Am Schreibtisch saß, nicht weniger klobig, der Leiter der Police Academy Austin. Auf Stanley Stevensons stiernackigem Hals thronte ein mächtiger Kopf. Von stoppelkurzem Haar in seiner runden Kontur scharf gezeichnet. Der Schädel war Miller zugeneigt, das Gesicht der Tischplatte.

Ohne aufzuschauen beorderte Stevenson den Delinquenten aus dem aktuellen Ausbildungskurs zu sich an den Tisch. „Setzen Sie sich."

Die Beine exakt im rechten Winkel, den Rücken an eine Messlatte getackert, hockte Miller ahnungs- und regungslos vor dem Vorgesetzten. Chief Stevenson hob den Kopf bedächtig in einem Tempo, das dem Aufziehen einer Zugbrücke nahekam. Bis sein Blick auf den seines Gegenübers traf. Der guckte scheu, verunsichert. Stevensons Augen gaben keine Regung zu erkennen. Zwei blaugraue Stahlprojektile durchbohrten Miller. Endlose Sekunden musterte Stevenson ihn. Der Chief war eine imposante Autorität. An den kräftigen Oberarmen an den ebenso kräftigen Schultern prangten die bierdeckelgroßen Embleme des Austin Police Departments. Zur linken und rechten Kragenseite funkelten jeweils drei silberne Sterne, die den Mittfünfziger im zweithöchsten Rang eines Chief of Staff auswiesen.

„Polizeianwärter Miller, haben Sie eine Ahnung, warum ich Ihnen kostbare Zeit von mir zuteilwerden lasse?“ Stevenson fragte ungewöhnlich ruhig, was nicht die bedrohliche Schärfe minderte in der unterschwelligen Zuweisung eines Schuldgefühls. Eine Antwort wartete er nicht ab. „Was ich mit Ihnen zu besprechen habe, verbleibt in diesem Raum.“

Millers Gedanken gerieten in ein Vakuum. Rational gab es keinen Reim darauf, warum er im Chief-Zimmer saß, wo er sich doch im Schulungsraum eigentlich Notizen machen sollte zu Rechtsfragen und Verhaltensregeln im Streifendienst. Was bedeutete es zudem, etwas zu besprechen, das offenbar nur eine Sache zwischen ihnen beiden zu betreffen schien?

„Wo hielten Sie sich gestern Nachmittag gegen 05:00 auf?“

Sämtlichen Muskeln ging schlagartig die Spannung verloren, Miller strengte sich übermenschlich an, um nicht vom Stuhl zu rutschen. Er fing sich, auch weil er in einem existenziellen Abwehrreflex eine erste klare Gegenfrage ins Vakuum schoss. Woher wusste der Chief davon? Sie waren allein und die letzten im Duschraum gewesen. Eine Überwachungskamera existierte dort nicht. Jemand musste sie beobachtet haben, ohne dass sie es bemerkten. Am Tag eins danach degradierte die konkrete Kenntnis des Chiefs jeglichen Erklärungsversuch auf *egal*. Aus dem Geschehenen erwuchs jede weitere Frage.

„Erinnern Sie sich nicht, oder war das Wasser zu heiß?“ Nachdem er mit der Wucht der ersten Frage einen Volltreffer gelandet hatte, hakte Stevenson beinahe genüsslich nach.

„Entschuldigung Sir, gegen 05:00 war ich…“

„Schon gut, ersparen Sie mir die Details“, fuhr der Chief dazwischen, sich dabei zurücklehnend und die Arme vor die Brust verschränkend. „Von Rechts wegen gehen mich Ihre sexuellen Neigungen nichts an und meine persönliche distanzierte Haltung zu gleichgeschlechtlicher Paarbildung ist ebenfalls nicht relevant. Was mich aber sehr wohl an dem Vorkommnis zu interessieren hat, dass Sie sich für Ihre Praktiken die Police Academy von Austin ausgesucht haben.“

Trotz der Aussprache unter vier Augen suchte Chief Stevenson nach einer offiziell korrekten Begründung, warum er sich gehalten sah, Millers und Fairbanks' Entgleisung zu sanktionieren. In tiefster Abneigung verabscheute er die homosexuellen Bande der beiden jungen Männer. Schwule hatten in der Polizei nichts verloren. Darin war er sich mit allen Vertrauten in der Truppe einig. Allein die Vorstellung, „solche Schwanzlutscher“ in der gleichen Uniform zu wissen, brachte ihn an die Grenze, seine Gedanken in Zaum zu halten. Der Verweis auf das Image der Police Academy, dem solch beschämende Umtriebe schweren Schaden zufügen würden, bot ihm das Ventil, seine Homophobie zu befriedigen.

„Ihnen sollte klar sein, wir haben es hier nicht mit einer der üblichen Verfehlungen zu tun, die leider immer wieder zu ahnden sind.“ Stevenson unterbrach sich.

In die Pause hinein antwortete Miller: „Ja, Sir.“

„Dann schlage ich vor, wir schaffen die Sache ohne Aufsehen aus der Welt.“

Jetzt beugte sich der Chief nach vorn. Sein Gesicht wirkte mit einem Mal weniger bedrohlich. „Miller“, in fast väterlichem Ton setzte er fort, „Sie wissen, Ihr Dad Dave und ich haben zusammen bei den Marineinfanteristen gedient. Er war ein außerordentlich pflichtbewusster und begabter Soldat. Die Erfahrungen sind sicherlich hilfreich in seinem Job als Bürgermeister von Elgin. Ich hörte, er managt die Community zu aller Zufriedenheit. Er hat es bestimmt begrüßt, dass Sie Polizist werden wollen. Eines Tages der Sheriff in einem County sein, das wäre doch was."

„Ja, Sir."

„Sehen Sie Miller, dafür ist es notwendig, die Academy bestmöglich zu absolvieren. Ich möchte Ihnen das weiterhin gewähren, auch weil es Ihren Vater freuen dürfte. Er hat die Schande eines unrühmlichen Abbruchs Ihrer Polizistenkarriere nicht verdient."

Von Schande sprach der Chief. Der verbale Tiefschlag traf Miller in die Magengrube. Ein von Angst gefärbtes Unwohlsein ergriff ihn, er spürte den Nacken und die Hände feucht werden. Die Polizistenlaufbahn beendet, bevor sie begonnen hat, der Gedanke packte ihn brutal an. Schlimm genug, die ganze Verachtung des Vaters ertragen zu müssen. Schlimmer war es, nicht Polizist werden zu können, seinen Traum gescheitert zu sehen. Und das aus dem einzigen Grund, sich seinen freien Gefühlen, seiner ersehnten körperlichen Nähe zu Jason ergeben zu haben. Ein tiefer Riss brach in ihm auf, aus dem Zweifel kroch und ihn zu peinigen begann. War es mehr als eine Liebelei, mehr als die Befriedigung einer erotischen Neugierde und war es von solchem Wert für ihn, dafür auf den Sheriff zu verzichten?

„Polizeianwärter Miller, Sie können Ihre Ausbildung jetzt fortsetzen. Abtreten!"

Miller fuhr vom Stuhl hoch, knallte die Hacken zusammen und vollzog zackig eine 180-Grad-Kehre. Der Chief hatte das „Sie" überdeutlich betont. Für Jasons Verbleib an der Academy verhieß das nichts Gutes. Dies zu hinterfragen, was in der Situation unklug gewesen wäre, hatte sich erledigt.

Nach Ausbildungsschluss an diesem Tag wartete Paul im Toyota auf Jason. Der war nach der letzten Einheit zum Chief beordert worden. Im Rückspiegel sah er ihn über den Parkplatz heranmarschieren. Kurz darauf fiel er in den Beifahrersitz. Mit gleichgültiger Miene.

„Fahren wir zur Leroy-Insel?"

„Meinetwegen."

Die Leroy-Insel bildete ein kleines grünes Eiland unterhalb der Pfluger Pedestrian Brücke, einer Rad- und Fußgänger-Querung über dem Colorado. Sie verband den Auditorium Shores Park mit der City von Austin. An das Ufer, von dem ein Holzsteg zur Leroy-Insel hinreichte, verirrte sich selten jemand, obgleich nicht weit davon parallel zum Fluss der Hike and Bike Trail und der West Riverside Drive entlangführten.

„Wie ist es gelaufen? Die gleiche Ansage?"

Jason nickte nur.

„Hast du einen Schimmer, wer uns gestern in die Quere gekommen ist?"

„Was soll das noch bringen, es nützt nichts mehr." In Jasons Stimme schwang ein seichtes Seufzen. Er klang weniger verzweifelt, eher niedergeschlagen. „Stevenson hat mir unzweideutig nahegelegt, den Ausbildungskurs zu quittieren."

„Wieso das denn?" Paul war ob der Ungleichbehandlung empört und zugleich irritiert. „Mich hat er nicht aussortiert." Er verzichtete darauf, Jason über die persönliche Bekanntschaft und die gemeinsame Militärzeit von Dave Miller und Stanley Stevenson in Kenntnis zu setzen. Diese gaben offenbar den Ausschlag für seinen Verbleib an der Police Academy. Jason war es zugedacht, die Suppe allein auszulöffeln. Obendrein wurden sie auseinandergesperrt.

„Er will uns maßregeln, indem er nur mich in die Wüste schickt. Mit dem perfiden Wink, freiwillig zu gehen."

„Der Chief kann dich nicht zwingen."

„Eben deshalb, ich soll von mir aus hinschmeißen. Das unbefleckte Bild der Academy bliebe erhalten. Von wegen, Homosexuelle bei der Polizei."

„Und wenn du dich weigerst?"

„Das ist nicht dein Ernst? Die restlichen Ausbildungswochen würden für uns zu einem Spießrutenlauf."

Wortlos startete Paul den Wagen.

Auf dem Parkplatz am West Riverside Drive verloren sich wenige Fahrzeuge. Meistens gehörten sie Joggern, die auf dem Hike an Bike Trail ihre Meilen abspulten. Paul und Jason beeilten sich, in das goldgelb verfärbte Blätterdickicht der Leroy-Insel einzutauchen.

„Was wirst du jetzt machen?"

„Da es mit einer schicken Uniform nichts werden soll, muss ich mir im Freestyle etwas suchen. Ich kenne in der Clubszene einige Leute gut. Es wird sich schon ein Job finden."

Jason sagte es ohne ein Anzeichen von Bitternis. Er wirkte unbekümmert. Was er im Grunde immer war. Paul hatte es sich nie erschlossen, warum einer vom Schlage des Freundes partout Polizist werden wollte, und nie danach gefragt.

„Was hat dich eigentlich zu der Truppe hingezogen?"

„Vermutlich das gleiche Motiv, weshalb du dabei bist. Ein solides Salär und die uniformierte Machtbefugnis." Überraschend schob er einen Vorschlag hinterher. „Du könntest auch aussteigen und dann starten wir gemeinsam durch, mit einer eigenen Late-Night-Bar oder so."

Jason blieb verborgen, dass sich Paul ertappt fühlte. Er konnte sich keine Umstände vorstellen, unter denen er sich veranlasst sah, freiwillig aufzugeben. Zu sehr war er beseelt davon, Polizist zu werden, im Rahmen von Gesetzen und Vorschriften seinem eigenen Leben ein Korsett zu verpassen. Die so andersartigen

Gefühle zu Jason zügellos zugelassen zu haben, eröffnete ihm eine neue sexuelle Freiheit. Sie riss ihn jedoch nicht fort. Jason zu folgen, das fiel aus. Sein zu langes Schweigen verriet ihn.

„Ich hab's kapiert. Dann wäre jetzt ein guter Zeitpunkt, bye, bye zu sagen."

„Warte Jason, versteh doch, ich wollte immer schon Polizist werden." Er versuchte ihn zu umarmen. Jason entwand sich ihm mit einem Schritt zur Seite.

„Du musst mir nichts erklären, auch nicht, dass ich offensichtlich für dich nur eine Episode gewesen bin."

Der Vorwurf erwischte Paul kalt. Jason deutete an, mehr zu empfinden für ihn als eine vorübergehende sexuelle Beziehung. Liebe, die hehre Kategorie menschlicher Sehnsüchte, hatte in Pauls entfachtem homosexuellen Verlangen bisher keinen Platz eingenommen. Damit plötzlich konfrontiert, löste ein elendiges Gefühl von Schuld aus, ohne schuldig zu sein. Es blieb zu schwach, um etwas zu ändern.

Jason bat sich aus, zu Fuß über die nahe Brücke nach Austin Downtown zu laufen, den Colorado und Paul hinter sich lassend. Paul sah ihm nach. Der blonde Schopf auf der Pfluger Pedestrian Brücke schrumpfte mit jedem Meter. Er drehte sich nicht mehr um.

Am Tag der Ernennung zum Officer musste sich Paul Miller zwingen, auf dem US-Highway 290 nicht zu schnell zu fahren. Die Straße führt direkt nach Elgin, in seine Heimatstadt. Gut 25 Meilen östlich von Austin gelegen. Im weißen Toyota gestoppt zu werden und sich im frisch übergestreiften Uniformhemd eines Officers des Austin Police Departments einem Kollegen von der State Police erklären zu müssen, den unvermeidbaren Eintrag in seiner Disziplinarakte, das bräuchte er nicht. Er war ekstatisch, atmete tief, spürte dabei den festen Stoff des Polizeihemdes sich spannen.

Eine Stunde zuvor waren ihm und den anderen Anwärtern in der Police Academy Austin die Urkunden überreicht worden, die sie zu Staatsdienern erhoben. In den letzten Wochen hatte er sich bestmöglich ins Zeug gelegt, dem Rat von Chief Stevenson folgend. Der Chief händigte ihm die Urkunde mit dem schmalen Lächeln und Augenblitzen eines Siegers aus. „Ihr Vater wird stolz auf Sie sein." Die Worte spießten sich an einem unfreiwillig vordrängenden Gedanken auf. Stevenson wusste ihn dort, wo er ihn hinhaben wollte. Wo Miller selbst hinwollte. Es war der einzige Augenblick, in dem Paul an Jason dachte.

Der Toyota bog auf die Auffahrt des elterlichen Grundstücks. An der nördlichen Hauptstraße von Elgin erstreckte sich das Areal auf 1000 Quadratmeter. Die meisten davon grasbedeckt und weitläufig vor dem flachen kaminroten Bungalow. Unweit des Hauses standen etwa zwei Dutzend Menschen beieinander. Aus der Mitte der Ansammlung stieg eine Rauchfahne empor. Bei den spätsommerlichen Temperaturen suchten die Gäste die Nähe von Dave Millers ungewöhnlich großem Grill. Einer nach dem anderen der mit dem Rücken zu Auffahrt Ausharrenden drehte sich zu dem erwarteten Ankömmling um. Der entstieg dem Auto und lehnte sich bei offener Fahrertür mit den Unterarmen auf dem Dachrand auf. Nervös mit dem Zündschlüssel in der Hand hantierend. Paul mochte es kaum glauben. Sein Dad überraschte ihn mit einer Empfangsparty rund um den heiligen Grill.

Aus dem bunten Pulk schoss Dave Miller hervor, wild wedelnd mit einem Sternenbanner-Fähnchen und einer texanischen Flagge im Winke-Format. Mutter Wanda stolperte über den Rasen hinterher, ohne Dave noch vor der Auffahrt einzuholen. Paul bewegte sich um den Toyota herum den Eltern entgegen. Dave Miller umarmte den Sohn, die Fähnchen hinter dessen Rücken gekreuzt. Wanda umschloss Pauls Gesicht mit den Händen und herzte ihn mit zwei innigen Wangenküssen. Dann griff sich Dave seine Frau und drückte sie an sich.

„Sieht er nicht gut aus in der Uniform?"

„Er sieht gut aus. Ich bin sehr stolz auf dich, Paul."

„Und ich erst, mein Junge. Die Unterwelt in Austin darf ab heute zittern." Dave schaute seine Frau an. Er strahlte über das ganze Gesicht. „Komm Paul, unsere Gäste, ach was, deine Gäste sind ganz erpicht, Officer Miller zu begrüßen."

So hatte Paul seinen Dad selten erlebt. Locker, beinahe losgelöst von allen staatstragenden, religiösen und idealisierenden Konfessionen. In seiner strikten Law-and-Order-Grundhaltung und einem fundamentalen anachronistischen Ordnungsbild von der Menschengemeinschaft, in dem es keinen Freiraum für abweichende Formen des Zusammenlebens und der Liebe gab, spiegelte sich die Weltsicht der meisten der rund 8000 Einwohner von Elgin. Seit zwei Jahrzehnten votierten sie dafür, dass Dave Miller im Bürgermeisterbüro im Rathaus residierte. Die vor über 100 Jahren erbaute City Hall ähnelte mit zwei Turmelementen in der Architektur einem Parkschlösschen. Im krassen Gegensatz zu dem hellbacksteinernen Flachbau der öffentlichen Bibliothek gleich nebenan. Wandas Arbeitsort.

„Darf ich vorstellen, Officer Paul Miller." Der Hausherr genoss den einsetzenden Beifall. Hände streckten sich Paul entgegen, andere landeten auf seinen Schultern. Ihm wurde es leicht unter den Füßen, die Welle höflicher Sympathie trug ihn über den Rasen. Bis vor die Eingangstür des Hauses. Er drehte sich den Gästen zu und genoss in der Ewigkeit des Moments das Willkommen. Er stand einfach da und präsentierte sich in der Polizistenkluft. Wort hatte er gehalten, hatte nach dem Collegeabschluss allen Fragenden seine berufliche Perspektive als Cop beschieden. Pauls Blick schweifte in das Rund. Nachbarn sah er, Bekannte und Freunde von Dave und Wanda. Auch Pastor Pat Holmes und die Vorsitzenden des Schießvereins und des Veteranenzirkels waren gekommen. Plötzlich stockte er. Neben ihren Eltern stehend lächelte ihn Diane Taylor an. Seit er denken konnte, flankierte sie sein Leben. Sie wuchsen in der Mainstreet gemeinsam auf. Nur zwei Grundstücke weiter bewohnten die Taylors ein geräumiges, zweigeschossiges Haus von unauffälliger blaugrauer Farbe. Zur Familie gehörten zwei jüngere Geschwister und Colly, ein Yorkshire Terrier.

Diane glänzte in den Jahren an der Highschool und am College weniger mit intelligenten Einlassungen, stattdessen mit einem schlichten Gemüt. Gutgläubig, langweilig, liebenswert. Ihr dunkelblondes langes Haar tänzelte stets zum Pferdeschwanz gebunden auf dem Rücken hin und her. Der hohe Haaransatz stellte ihr natürliches schönes Gesicht nach vorn. Spätestens als Cheerleader des College-Basketballteams lenkte sie körperliche Begehrlichkeiten der männlichen Mitschüler auf sich. Sie vertraute sich Paul an. Bei einer der sommerlichen Teenager-Partys. Irgendjemandes Eltern aus dem Freundeskreis machten sich stets ein erstes Mal ohne den pubertären Nachwuchs auf den Urlaubstrip. Getarnt wurden die Feten als Geburtstagsfeiern, auch wenn das nicht in jedem Fall einer Überprüfung standgehalten hätte. Diane küsste sich nicht frei. Sie machte mit, und Paul überforderte sie nicht. Ihre kindliche Vertrautheit half ihnen, sich zusammen auf das unbekannte Terrain jungfräulicher erotischer Kontakte vorzutasten. Es ging nicht über eine Erkundung hinaus. Paul erinnerte sich an Dianes zaghafte Küsserei. Ihrer Zunge widerstrebte ein wilder Tanz. Die ausgeprägten kugeligen Brüste hingegen konnten sich der Erregung nicht entziehen. Paul berührte die Nippel. Sie fühlten sich an wie hart gewordene Gummibärchen.

Die ersten Gäste wandten sich den Steaks und Ribs zu. Paul winkte Diane und deutete ihr an, er werde zu ihr kommen. Ahnend, es könnte dauern. Etliche Gratulanten stellten sich ihm in den Weg. Jungs wie er, bekam er zu hören, wären die richtigen in der Polizei. Rechtschaffend und das Recht schützend und durchsetzend. Mit aller Härte, wenn es sein musste. Bloß keine

Schwäche zeigen gegenüber Kriminellen, Radikalen und gottlosen Weltveränderern. Paul wippte mit dem Kopf zustimmend oder erwiderte schablonenhaft „Ich werde mein Bestes geben". Ein ehrliches Bekenntnis zu der traditionellen Sheriff-Mentalität in Texas. Für einen Augenblick ergriff ihn der Gedanke, wie wohl die ihn anstachelnden Gesichter abrupt entgleisen würden, berichtete er ihnen, sich sexuell Männern hingezogen zu fühlen. Die aufblitzende Vorstellung zerfetzte er, so schnell sie aufgekommen war. In der irrigen Angst, das Abweichen von der gemeinschaftlichen Norm könnte ihm angemerkt werden. Nachsichtige Toleranz schloss sich in Elgin, einem einst bedeutenden Eisenbahnknotenpunkt im Süden, weitgehend aus.

„Hi Diane, schön, dass du das bist." Er küsste sie links und rechts auf die Wangen.

„Passt perfekt." Sie trat einen Schritt zurück, um die Uniform mit Abstand zu betrachten.

„Gefällt's dir?"

„Du hast immer davon geschwärmt. Ich kann nicht sagen, nicht begeistert zu sein. Ich freue mich für dich."

„Danke."

Paul nahm Dianes offenherziges Urteil zufrieden hin. Ihre freundschaftlichen Bande dauerten an. Nachdem sie das College verlassen hatten, trafen sie sich hin und wieder im „Jalisco", einem mexikanischen Restaurant. Sie aßen beide gern feurige Tacos. Diane arbeitete zwei Straßen entfernt in einem Friseursalon. In den Ferien hatte sie dort öfters gejobbt. Haarpflege und Kosmetik gefielen ihr. Die Chefin war froh darüber, für sie eröffnete sich die Chance, den kleinen Laden eines Tages Diane zu überlassen. Was dieser gelegen käme. Ein eigener Friseursalon, Dianes Traum.

Paul begann in Diane, die nicht das Geringste von seinen homosexuellen Neigungen wusste, einen Glücksfall zu sehen. In Elgin und im Polizeidienst verfiel niemand der Annahme, er entspräche nicht dem gottgewollten Bild des treusorgenden Ehemannes, nicht dem gottgeschützten Ideal des durchgreifenden Officers. Diane an seiner Seite schützte vor Ungemach. Und vor sich selbst, so hoffte er. Jedenfalls würde es ihm nichts ausmachen, mit ihr zu schlafen. Das lustbare Erwidern weiblicher Begierden war zum eigenen Erstaunen nie gänzlich von den aufgebrochenen homosexuellen Trieben und Empfindungen verdrängt worden. Trotz Jason.

Nach der Empfangsparty trafen sich Paul und Diane auch außerhalb des „Jalisco". Sie wollten es allen zeigen. Unbegleitet von einem hemmungslosen Liebesrausch fühlten sie sich zueinander hingezogen. Tiefe Sympathie mischte sich mit pragmatischer Verbundenheit. Diane kannte Paul lange genug, um auf ihn den Wunsch nach Sicherheit und Halt zu projizieren. Ohne das ungewisse und risikovollere Erkunden von Gegenliebe eines völlig unbekannten Mannes durchleben zu müssen. Sie scheute es. Für Paul bedeutete ihre Beziehung die schützende Fassade des Familienidylls.

„Weißt du Paul, ich habe dich schon immer gemocht, und auf eine gewisse Art auch geliebt. So mehr vom Verstand her."

„Wie meinst du das?", fragte er, obgleich er es ahnte.

„Naja, ich habe dir von jeher vertraut. Daraus ist eine Sehnsucht erwachsen, dich auch im weiteren Leben an meiner Seite zu wissen." Es nahm ihr fast den Atem, den Satz über die Lippen zu bringen. Sie sah ihn erwartungsvoll an. Paul machte sich nicht die Mühe, sich großartig zu erklären. Er küsste sie.

Sie saßen auf einer der steinernen Bänke im Veteran's Memorial Park. Dieser glich einer kleinen Oase nahe einer der zwei Eisenbahnlinien, die Elgin querten. In jenem Spätsommer 1992 hatten sich die letzten Rauchschwaden des zweiten Golfkrieges verzogen, feierten die Vereinigten Staaten die ersten Heimkehrer vom Irak-Feldzug, der sich in der Befreiung Kuwaits begrenzte.

Kapitel 15

„Haben deine Großväter auch an der Front gekämpft, für die Nazis?“ Die Frage bewegte Miller spontan, saß doch unverhofft ein Deutscher vor ihm.

„Es waren die Urgroßväter“, korrigierte Heidberger. „Ich weiß von einem, dass er zu Kriegsende in Bayern in amerikanische Gefangenschaft geraten war. Mein Vater erzählte gelegentlich von dessen Schicksal. Er kannte die Geschichte sehr detailliert. Zehnjährig fiel ihm als Enkelsohn die Rolle zu, für die Schilderung eingebrannter Kriegserlebnisse geduldiger Zuhörer zu sein. Ihn hatte das noch angefasst, vermutlich wegen der authentischen Erzählung. Mich reizte das nicht mehr, zumal im letzten Schuljahr in Geschichte kaum noch Zeit verblieb, näher auf den Zweiten Weltkrieg einzugehen.“

„Was hat dein Vater gesagt, haben unsere Jungs deinen Urgroßvater gut behandelt?“

„Er hatte Glück, arbeitete in einer Versorgungseinrichtung für ein Lazarett. Die Amerikaner haben ihn schon im Frühjahr 1946 nach Hause geschickt. Sie waren wohl gnädig, hatte er doch die gesamten sechs Kriegsjahre zuvor an der Front durchhalten müssen.“

„Und du, hast du gedient?“ Spencer sah ihn eindringlich an. So als hinge von der Antwort die weitere Form ihrer Konversation ab. Er pflegte Vorbehalte gegenüber Leuten, denen militärische Disziplin kein Begriff war, die nicht mit Waffen umgehen konnten und für die kameradschaftlicher Zusammenhalt eine abstrakte, nie erfahrene Kategorie darstellte. Im Grunde unterteilte er die männliche Bevölkerung in gedient und ungedient.

„Bei der Armee bin ich nie gewesen“, bekannte Heidberger. „Es gab damals bei uns zwar noch die Wehrpflicht, ich habe mich aber zum Zivildienst gemeldet, für 15 Monate.“

„Dann sind dir Knarren völlig fremd?“

Heidberger überlegte. Am Computer hatte er herumgeballert, aber nie erfahren, was für ein Gefühl eine echte Waffe in der Hand vermittelte. Das interessierte ihn nicht primär. In seiner Welt, der Medienwelt, wurde Gewalt permanent geächtet, wurde ein gewaltfreies Miteinander gepredigt. Dabei kamen die Redaktionen nicht umhin, täglich Zeitungsseiten und Sendezeit mit Übergriffen auf die körperliche Unversehrtheit von Menschen zu füllen. Von der Messerstecherei vor der Diskothek bis zum Gemetzel in Syrien. Ihn beirrte dies nicht, daran zu glauben, Probleme mit Verstand einvernehmlich zu lösen. Statt sie zugunsten des gewaltbereiten Stärkeren auszuräumen.

„Ich habe bisher mit keiner Pistole und keinem Gewehr geschossen."

„Nicht einen einzigen Schuss?" Spencer mochte es kaum glauben.

„Keinen einzigen."

Spencer klopfte mit der linken Hand auf die Tischkante. „Hast du das gehört, Paul, es gibt tatsächlich Menschen, die meinen, hier ohne griffbereite Waffe sicher die Gegend erkunden zu können."

Bevor Miller etwas antworten konnte, fasste Spencer hinter sich unter den Saum des Holzfällerhemdes. Er legte einen Colt zwischen sich und Heidberger. Der Lauf peilte den verlassenen Tresen an.

Instinktiv zuckte Heidberger zusammen. Vor ihm lag ein funktionsfähiger Colt. Anthrazitgrau und mit holzfarbenem Griff. Ein befremdliches Eisen, zu dem ihm jeglicher haptischer und emotionaler Zugang fehlte. Was bezweckte Spencer mit der Demonstration? Wenigstens war die Waffe nicht auf ihn gerichtet, was das flaue Gefühl nicht zur Bedrohung ausufern ließ.

„So'n Ding kann bei uns jeder kaufen, es sei denn, du bist vorher psychopathisch oder ähnlich auffällig geworden."

Heidberger trank seine Cola-Dose leer. Worauf wollte Spencer hinaus?

„Ist die geladen?"

„Ohne Patronen wäre sie ja wohl nutzlos."

„Warum fühlst du dich damit sicherer? Das funktioniert doch nur, wenn du bereit bist, auf jemanden zu schießen. Ich stelle mir das belastend vor."

„So habe ich auch mal gedacht. Bis eines Abends auf einem Parkplatz ein Typ mit einer Pumpgun an die Fahrertür meines Trucks klopfte. Von dem Moment an schaust du anders auf die Welt da draußen." Spencer bewegte den Kopf in Richtung Eingangstür. „Eine Handvoll Dollars, meine Kreditkarte und meine Uhr, ein Mitbringsel aus Germany, war ich los. Dafür habe ich den jetzt." Er tippte mit dem Zeigefinger auf den Colt. „Seit dem Tag liegt er bei mir auf dem Schoß, wenn ich hinter dem Lenkrad ein Nickerchen halte. Falls mal wieder jemand ungebeten anklopft."

„In Deutschland kommen wir ganz gut klar, ohne dass jeder eine Waffe besitzt."

„Das funktioniert so lange, bis jemand in der Redaktion aufkreuzt und jeden niedermäht, der ihm vor die Flinte gerät. Vor einigen Jahren ist exakt das drüben in Paris passiert." Miller zielte absichtlich auf die Journalistengilde.

„Beim Satiremagazin *Charlie Hebdo*, ich weiß."

„Von deinen Journalistenkollegen laufen hier einige mit einem Waffenkomplex herum. Sie fordern verschärfte Gesetze für den Besitz und möchten sie uns am liebsten wegnehmen. Wäre nur einer von den Jungs in der Redaktion bewaffnet gewesen, hätte er die anderen verteidigen können. Es hätte weniger Opfer gegeben."

„Du redest wie Trump, wenn sich mal wieder ein Amoklauf zugetragen hat. Der möchte doch sogar, dass Lehrer mit Waffe unterrichten."

Heidberger hielt seine Abneigung gegen eine derartige Praxis nicht zurück.

„Präsident Trump! Okay? Es ist unser Präsident. Das kannst du gern mit eurer Kanzlerin so halten und sie nur beim Nachnamen nennen. Wer es ins Weiße Haus geschafft hat, genießt Respekt. Egal, ob er einem passt oder nicht."

„Gut, meinetwegen Präsident Trump."

„Nicht *gut* und nicht *meinetwegen*. Präsident Trump ist mein oberster Dienstherr, da bestehe ich auf angemessenen Respekt in der Anrede."

Millers Gesichtszüge versteinerten bei den letzten Sätzen. Er meinte es bitterernst. So durfte Heidberger sich ihn als Cop vorstellen, wenn er einen Bürger zur Ordnung mahnte oder einen Verdächtigen dingfest machte.

„Ich will dir auch sagen, warum Journalisten, auffallend viele jüngeren Kalibers, so waffenfeindlich ticken."

Heidberger lehnte sich demonstrativ erwartungsvoll zurück. Eine unbehagliche Gewissheit erfasste ihn. Miller zählte Journalisten nicht zu seinen Freunden und verhehlte es nicht.

„Zumeist kommen die aus behüteten Verhältnissen, haben das wahre Leben auf der Straße nie kennengelernt. Sie können sich kaum vorstellen, dass abgehalfterte Typen anderen Leuten eine Puste unter die Nase halten, nur um ein paar Dollars einzukassieren. Für Drogen oder den simplen Zweck, den Tag über die Runden zu kriegen. Ich glaube, dir fehlt auch diese Erfahrung. Ein Colt am Gürtel fühlt sich verdammt gut an. Du hast damit die Chance, dem anderen ziemlich unmissverständlich klarzumachen, dass du keine Dollars abzugeben hast."

„Wenn's dumm läuft, ballert ihr euch gegenseitig über den Haufen."

Miller zeigte sich überrascht von Heidbergers resolutem Konter. „Ich sage nicht, es ist eine ideale Lösung. Aber allemal der verfuckten Situation vorzuziehen, wehrlos in den Lauf einer Waffe zu schauen. Ich weiß, wovon ich spreche."

„Auch wenn ich, wie ihr meint, zu den Klugscheißern von den Medien gehöre, finde ich es nicht sehr klug, wenn der Präsident eines großen Landes einer Selbstjustiz mit geladenem Revolver das Wort redet. Er ermuntert fast dazu, von der Waffe Gebrauch zu machen."

„Unterstelle dem Präsidenten nichts, was er so nicht gemeint hat. Selbstjustiz und Sich-seiner-Haut-erwehren, das sind zwei sehr unterschiedliche Dinge. Niemand darf sich bei uns zum Richter aufschwingen, wenn er nicht in dieses Amt berufen worden ist. Jedem Bürger, der Leib und Leben, sein Hab und Gut bedroht sieht, wird jedoch zugestanden, sich zu verteidigen, notfalls mit einer Schusswaffe. Wobei hinterher zu prüfen ist, wie verhältnismäßig es war, den Abzug zu betätigen."

„Das ließe sich vermeiden, hätte statistisch nicht jeder Amerikaner eine Waffe im Schrank."

„Andersherum betrachtet hält diese Tatsache viele hitzköpfige Desperados davon ab, ihr Schießeisen zu benutzen. Ein anderes könnte sie selbst treffen." Millers Ehrgeiz wucherte daran, mit dem deutschen Schreiberling über fundamentale Fragen zu streiten. Ihre konträren Ansichten entsprangen völlig gegenteiligen Erfahrungsquellen und Kulturkreisen. Die Alte und die Neue Welt bewahrten seit mehr als 200 Jahren ein tiefes Maß an Unterschiedlichkeit.

„In Wahrheit steckt das Big Business dahinter. Die Waffenlobby drückt nach jedem schweren Verbrechen, bei dem sich halbautomatische Gewehre besonders effizient erwiesen, auf die Taste, verschärfte Besitzregeln seien überflüssig."

„Das sind sie auch. Wer sich eine Pistole oder ein Sturmgewehr zulegt, ist kein potenzieller Massenmörder. Bei den heftigen Schulmassakern vor Jahren bei euch in Deutschland benutzte ein Täter keine ihm gehörende Handfeuerwaffe."

Miller meinte die Amokläufe in Erfurt 2002 und Winnenden

2009 mit fast drei Dutzend Toten. Die unfassbaren Mordorgien entsetzten seinerzeit die Welt. Heidberger ging daher davon aus, die Psychonomie der Taten war auch von den Sicherheitsbehörden in den Staaten analysiert und mit ähnlichen Verbrechen an US-amerikanischen Schulen und Institutionen abgeglichen worden.

„Trotzdem glaube ich, je länger eine Waffe unbenutzt bleibt, desto stärker wird das Verlangen, damit auch zu schießen."

„Wer unbedingt erfahren will, wie es sich anfühlt, wenn ein Schuss den Lauf der eigenen Waffe verlässt, kann einem Schießclub beitreten."

Unvermittelt sprang Spencer auf und trat auf Heidberger zu. Dabei den Colt vom Tisch greifend. Heidberger erstarrte für einen Sekundenbruchteil. Er spürte einen leichten Stupser an der rechten Schulter.

„Komm mit, ich zeige dir, was eine Waffe mit dir macht."

Heidberger erhob sich und blickte Miller an, vergewissernd. Der senkte gnädig den Kopf. Die Botschaft lautete, mach dir keine Sorgen.

An der Tür drehte Spencer sich kurz um. „Klopfe bei Kadamski an. Es knallt gleich."

Das blendweiße Licht der Nachmittagssonne brannte in den Augen. Im Schatten des Tankstellen-Vordachs gewöhnten sie sich jedoch schnell an die Überdosis von Helligkeit. Auf dem blauen Lack des BMW-Cabrios hatte sich feiner Straßenstaub niedergelassen. Heidberger war einen Moment versucht, das Verdeck auszuklappen, verwarf aber sogleich das Ansinnen. Spencer könnte es missdeuten, er wolle überstürzt und ohne Goodbye davonfahren.

„Wir gehen hinter die Hütte", dirigierte Spencer ihn um den verwitterten Bau herum. „Bis vor ungefähr 15 Jahren hat die Station ein alter Pächter betrieben und sinnigerweise auch darin gewohnt. Seit seinem Tod verirrt sich niemand mehr hierher."

Nach einer Pause fügte er hinzu, „es gibt Ausnahmen“, und griente vergnüglich.

Sie erreichten die Rückseite. Daran schloss sich eine Stellfläche für zwei Fahrzeuge an. Ein klobiger Ford Edge stand unsauber geparkt schräg auf dem sandfarbenen Schotter. Sie waren also zu viert von Austin hierher rausgefahren. „Das ist Millers Wagen“, hörte Heidberger Spencer sagen. Wenige Meter hinter dem Ford öffnete sich weite texanische Einöde. Auf Sicht umzingelten einige dörre Büsche die Tankstelle.

„Dahinten der dichte Strauch ist das Ziel. Da kann nichts passieren, wenn du draufhältst.“ Gut 50 bis 60 Meter mochte er entfernt sein, schätzte Heidberger. Freie Schussbahn.

Als würde er ein Geschenk überreichen, hielt Spencer den Colt Heidberger hin. „Du kannst eigentlich nichts falsch machen“, leitete er den Waffenschnellkurs ein. „Den Schlaghahn hier ziehst du ganz nach hinten. Von da an zeigt der Lauf immer weg vom eigenen Körper und weg von anderen Menschen. Das erspart dir unnötigen Ärger.“ Wohl wahr, bestätigte sich Heidberger. In ihm stieg die Anspannung.

„Du stellst dich ein wenig quer zur Schussrichtung und den rechten Fuß vor. Du bist Rechtshänder, ja?“

„Bin ich.“

„Mit dem ausgestreckten Arm hebst du den Colt bis fast auf Augenhöhe und hältst kurz inne.“ Spencer nahm die Ausgangsposition ein. „Dann ziehst du den Schlaghahn zurück und nimmst das Ziel sachte ins Visier. Halte erst etwas drüber und senke dann langsam ab. Dabei atmest du ruhig und tief ein und lässt ein Drittel der Luft wieder raus. Das ist der Moment, in dem du Kimme und Korn auf eine Linie mit dem Ziel bringst und abdrückst. Probier’s. Aber erst mal nur das Ziel aufnehmen.“

Heidberger umfasste den Griff des Colts. Er fühlte sich von Spencers Hand warm an. Am langen Armhebel machte sich jedes

Gramm Gewicht der Waffe bemerkbar. Ein feines Zittern strömte bis zur Schulter hin. Kimme und Korn tanzten unruhig auf und ab. Der dichte Strauch wirkte jetzt klein. Langatmend versuchte Heidberger, die Kontrolle zu gewinnen. Für eine Sekunde malte er sich aus, er zielte auf einen Menschen. Der Gedanke sperrte sich. Er hatte nur einen halbtoten Strauch vor dem Lauf. Eine völlig unvergleichlich andere Konstellation. Er setzte den Colt ab.

„Sichern!"

Heidberger drückte den Hebel vor auf die Sicherungsposition. Er beendete damit eine fragile und eskalationsgefährdete Situation. Die Waffe konnte nun niemanden etwas anhaben. Eine minimale Schranke trennte Gedeihen und Verderben.

„Wiederhole es, und diesmal feuerst du einen Schuss ab."

Der geladene Colt lastete plötzlich schwerer in der Hand. Er entsicherte und rückte damit erneut die reale Möglichkeit ins Bewusstsein, Unheil anrichten zu können. Unzählige Male ist die Szene auf ihn eingeprasselt. In Computerspielen auf der Playstation, in Krimis und Actionfilmen. Er nahm sie hin wie das Einwerfen eines Briefes in den Postkasten oder das Einfüllen von Milch in ein Glas. Ohne weiter darüber nachzudenken, ohne emotionalen Ausschlag.

Jetzt war es anders, ganz anders. Das Druckgefühl des Fingers am Abzug, was machte das mit ihm? Der Brief und die Milch landeten an ihrem Bestimmungsort, es erledigte sich für ihn in dem Augenblick, in dem er es tat. Mit dem Colt zielte er ebenfalls auf etwas ab. Doch ob sich die Absicht erfüllte, klärte sich erst Sekundenbruchteile nachdem das Projektil aus der Umklammerung der Patronenhülse gerissen wurde und seinen Weg durch den gezogenen Lauf nahm. Das Abdrücken lud ihm eine unbekannte Verantwortung auf. Er entschied darüber, wann und in welche Richtung der Schuss losging. Und wen und was er treffen wollte. Zugleich begann er eine Macht zu erahnen, die diesem

Colt anhaftete. Bis vor wenigen Minuten hätte er geleugnet, von dieser ergriffen werden zu können.

Strikt lehnte er Waffen und damit ausgeübte Gewalt ab. Es fiel nicht schwer, ist es doch ein Leichtes, über Dinge, Vorgänge und Personen zu richten, die einem abstrakt und fern bleiben. Wohlig lässt es sich im Mainstream jetten. Bewaffnung, Waffengebrauch, Waffenexport, Waffenbesitz, in der heiligen pazifistisch überwucherten bundesrepublikanischen Wirklichkeit eckte allein schon der Gedanke an, dass eskalierende Notlagen den Einsatz von Waffengewalt unumgänglich machen konnten. Die amerikanische Wirklichkeit war den Welt-ohne-Waffen-Aposteln ein Albtraum. Bei jedem neuerlichen Amoklauf in den Staaten ratterten die Maschinengewehre der Waffenverdammnispropaganda halbautomatisch los. Heidberger hatte den Finger stets mit am Abzug.

Jetzt zielte er mit einem geladenen Colt auf ein willkürlich erwähltes Objekt in der texanischen Wildnis. Der Schuss würde folgenlos bleiben. Für den Strauch, für ihn. Kimme und Korn kamen kurz überein. Das Signal an den rechten Zeigefinger, Druck auf den Abzugshebel aufzubauen. Unerwartet gab dieser widerstandlos nach. Bevor Heidberger das lose Spiel verunsicherte, gelangte er an den Punkt, ab dem sich zum Lampenfieber vor seinem ersten Schuss ein befremdlicher Adrenalinschub gesellte. Ungeschützt und unaufgefordert vermittelte dieser ihm eine verführerische Überlegenheit. Die von einem mit rund 260 Meter pro Sekunde durch die Luft peitschenden Geschoss ausgehende Bedrohung klärte auf brachiale und ebenso banale Weise zugespitzte Machtfragen. Her mit dem Geld! Zieh dich aus! Rühr dich nicht vom Fleck! Sag die Wahrheit! Raus aus dem Wagen!

Heidberger spulte etliche Szenarien ab, deren beabsichtigter Ausgang erzwungen werden sollte mit der Urangst vor dem Sterben. Der Colt in der Hand erhob ihn über Leben und Tod. In einem einzigen Schuss, in einer 40 Millimeter kleinen Patrone steckte komprimiert die gottähnliche Anmaßung. Neugierig versuchte er, sich in diese exaltierte Machtposition hineinzuversetzen. Würde er ihr standhalten können? Brächte er die Kraft und Kaltschnäuzigkeit auf, das Leben eines anderen Menschen derart zu bedrohen? Was würde aus der Drohgebärde, paarte sie sich nicht mit der entschiedenen Abgebrühtheit, im Falle, die Gewaltpose liefe ins Leere, gezielt mindestens einen Schuss abzufeuern?

Am Druckpunkt verdichteten sich die Gedanken zur Ewigkeit. Um es zu erfahren, bräuchte er sich nur zu Spencer hinwenden und den Colt auf ihn zu richten. Er würde dabei mehr riskieren, als durch einen in der Aufregung versehentlich ausgelösten Schuss zum Mörder zu werden. Spencer in den Lauf seiner Waffe blicken zu lassen, zerstörte das zarte Vertrauen, welches sich seit seiner Ankunft an der alten Petrol Station zwischen ihnen angebahnt hatte. Keine flapsige Bemerkung, es handele sich um einen Spaß, könnte den Bruch verhindern. In den schmalen Spalt zwischen ungläubigem Erstaunen und unwillkürlicher Todesangst passte keine Erklärung. So viel ahnte Heidberger, so klar war es. Er zog durch.

Trotzdem er den gesamten Körper gespannt hielt, riss es den Arm nach oben. Wenige Zentimeter. In der unbekannten Wucht des Schusses verlor er kurz den anvisierten Strauch aus den Augen. Dieser schüttelte sich nicht, einige Meter weiter spritzte der trockene Boden auf. Überwältigt und zugleich entgeistert hing Heidberger auf der unsichtbaren Flugbahn dem Schuss nach. Vielfaserig wirkte die Machtgewalt der Handfeuerwaffe. Hatte es ihn jetzt fasziniert oder erschrocken und entsetzt? Auf eine merkwürdige Weise hinterließ der erste Schuss seines Lebens eine Leere. Er senkte den Colt.

„Sichern!“ Spencer trat heran. „Nun, was sagst du, wie fühlt es sich an?“

Er hielt die rechte Hand vor. Heidberger legte den Colt hinein.

„Puh, ich weiß nicht. Auf jeden Fall habe ich keine Zweifel mehr, beim Anblick eines solchen Dings nicht den Helden spielen zu müssen."

Die Angespanntheit im Gesicht registrierte Spencer. Er schob den Colt zurück in den Halfter unter dem Holzfällerhemd.

Heidberger knetete sich die Hände. Eine Angewohnheit, um nach stressigem Erlebten schnell herunterzukommen und klaren Gedanken wieder Raum zu geben. „Hast du schon mal mit der Waffe auf einen Menschen gezielt?"

„Zum Glück ist mir das bisher erspart geblieben. Das meine ich, wie ich es sage. Denn ich glaube, es macht mental keinen so großen Unterschied zu der Situation, mit einer scharfen Waffe selbst bedroht zu werden. In beiden Fällen packt dich die blanke Angst. Klingt komisch, oder?"

„Gar nicht." Heidberger beeindruckte Spencers Bekenntnis. „Aber wenn du den Colt stets bei dir hast, schleppst du diese Last permanent mit dir herum. Du könntest ihn einfach zu Hause lassen."

Spencer legte freundschaftlich den linken Arm um Heidbergers Schulter, sanft drängte er ihn zur Umkehr, zurück in die morsche Tankstelle.

„So naiv bist du nicht. Eine Waffe bei sich zu haben, entfaltet in der Gemeinschaft eine befriedende Gewissheit. Jedem ist klar, auch der andere hat eine dabei. Zumindest kann er es nicht ausschließen, auch wenn bei uns wahrlich nicht jeder draußen mit Knarre herumläuft. In jedem Fall mahnt es, sich friedlich zu geben. Wobei die meisten dafür beten, den Revolver nicht ziehen zu müssen."

Heidberger entgegnete nichts mehr. Sich gegenseitig mit Waffen in Schach zu halten, nistete tief im Selbstverständnis von

Südstaatlern. Dass es ohne genauso funktionieren konnte, über diese Brücke wollte niemand gehen. Diese Brücke existierte im kollektiven Gedächtnis nicht.

Das Pappschild *Closed* schaukelte ausgiebig. Nur selten in den letzten Jahren wurde die Tür geöffnet. Miller saß immer noch allein am Tisch. Kadamski hatte es nicht sonderlich eilig.

„Hat es dir Frank gezeigt?“ Miller erkundigte sich ungewollt doppeldeutig.

„Schon beeindruckend, aber ich bin nicht sicher, ob ich den Strauch getroffen habe. Der Premierenschuss war wohl ziemlich daneben.“ Beide grinsten.

Spencer umkurvte den Tisch, ohne den Blick von der Platte abzuwenden. Auf diese starrte auch Heidberger plötzlich irritiert. „Was ist das denn?“, drang Franks Frage zu ihm.

Auf dem Tisch stand, von gut 20 Zentimeter Größe, ein rosafarbenes Schwein.

Kapitel 16

Drei Jahre nach dem Polizei-Ritterschlag und der Empfangsparty im Vorgarten des elterlichen Bungalows trat Paul mit Diane an seiner Seite vor Pfarrer Pat Holmes hin, um sich den kirchlichen Segen für den Bund des Lebens zu holen. Glücklich fügte sich auch, sie konnten wenige Straßen entfernt vom Veteran's Memorial, zu dem beschaulichen Ort spazierten sie in ihrer ersten Zeit regelmäßig, ein ziemlich heruntergekommenes kleines Haus günstig übernehmen. Die Vorbesitzerin wechselte hochbetagt in ein Seniorenzentrum. Paul und Diane legten viel selbst Hand an, ihr Heim herzurichten. Ein Nest für den Familiennachwuchs.

Das anfänglich entflammte erotische Begehren flackerte seit längerem nur noch sporadisch auf. Diane wechselte schnell in den Ehepflichten-Modus. Sie hatte dem Geschlechtsakt nie eine leidenschaftliche und lustvolle Seite abgewinnen können. Ihr uninspiriertes, beinahe langweiliges Psychogramm stand ihr im Wege. Beim Frisieren genügte es, die überwiegend altersreifere Kundschaft mit bewährten und zeitlosen Haarschnitten und Formgebungen zu bedienen. Keine Experimente, keine Farbsträhnen, kein Gel-Style, keine scharfe Kante. Sie konnte es jedoch kaum erwarten, Mutter zu werden.

Was bei anderen Ehemännern ein hohes Frustpotenzial aufbauen würde, verfing bei Paul zu einer glücklichen Fügung. Beim Verkehr mit Diane erlebte er in seinem bisexuellen Empfinden einige Befriedigung. Doch überwog sein Liebesdrang zum gleichen Geschlecht. Dianes abstinentes Gebaren im Bett ersparte ihm ein ansonsten unausweichliches Coming-out in der Ehe. Was es ihm jedoch draußen im Polizeidienst um keinen Deut erleichterte, seine Homosexualität unter dem Deckel zu halten. Er fand zunächst keinen Ausweg. Der Um- und Ausbau des Hauses, viel Eifer im Polizistenjob in den Straßen von Austin Downtown und schließlich die Geburten seiner Töchter Katy und Betsy zu Beginn der Nullerjahre halfen ihm, den Mantel der Identitätsverleugnung geschlossen zu halten. Er ertrug ihn gleich einer Mönchskutte. Zuweilen geriet sie ihm zu eng. Wenn junge, gut gebaute Männer in seinem District mit dem Gesetz kollidierten.

Im anbrechenden Fracking-Boom hatte es diese zahlreich nach Austin gespült. IT- und Finanzdienstleistungsunternehmen, Handelshäuser und Maklereien, Zuliefer- und Forschungsfirmen boten üppige Verdienstmöglichkeiten. Sie waren in der Stadt zeitgleich mit der steigenden Zahl der Förderinseln auf den umliegenden Öl- und Gasfeldern ins Kraut geschossen. Von den gut gedeckten Kreditkarten saugten sich Vergnügungslokale, Striptease-Bars und andere Absteigen begierig ihren Anteil. Der Alkohol- und Drogenkonsum erweckte den Anschein, an den steigenden Ölpreis gekoppelt zu sein. Von Miller und von den anderen Cops der Stadt aufzunehmende Delikte zogen sprunghaft an.

Miller, nach mehr als zehn Jahren im Dienst mittlerweile im Rang eines Sergeants, gefiel sich in der Rolle des korruptionsresistenten und kompromisslosen Ordnungshüters. Es passierte ihm ein ums andere Mal, sich bei attraktiven Vertretern seiner Gattung besonders hart zu gerieren. Wenn diese angetrunken oder bekifft nächtens in den Straßen mit ein paar Phonstärken zu viel über den kürzesten Heimweg diskutierten oder nach dem nächsten Lokal Ausschau hielten. Wenn sie ungeniert in irgendeine Blumenrabatte urinierten oder reifenquietschend mit ihren Autos eine Straßenbiegung durchkurvten. Die schlagartige Ernüchterung der an Selbstbewusstseinsmangel selten leidenden jungen Kerle befriedigte ihn in seiner Mission, dem staatlichen Regelkatalog gebührenden Respekt zu verschaffen. Zugleich erfüllte dies eine Schutzfunktion gegenüber sich selbst. Er leistete sich keine Nachsichten, die nur den leisesten Ansatz für die Idee boten, diese könnten einem lasziven Wohlgefallen entspringen. Er hatte es im Griff.

Auch in den Ferien. Diane liebte es, mit den heranwachsenden Kindern in die Fantasiewelten von Disney einzutauchen. Zum sechsten Geburtstag von Katy waren sie zum ersten Mal ins Disneyland nach Orlando in Florida gefahren. Katy und ihre zwei Jahre jüngere Schwester Betsy kamen aus dem Staunen nicht heraus. Ihren Helden vom Bildschirm begegneten sie in dem Erlebnispark auf Schritt und Tritt. Goofy, Mickey Mouse, Donald Duck, Daniel Düsentrieb. Auf den Karussells, Achterbahnen und Splash-Rutschen flog Diane zurück in die eigene Kindheit. Auch Paul konnte sich nicht der kunterbunten Glitzerwelt entziehen. Die Aufenthalte dort gerieten regelmäßig zu einem fröhlichen Ritt auf einer rosaroten Wolke.

Eines Tages sahen Katy und Betsy auf dem Disney Channel das Kreuzfahrtschiff mit dem Konterfei von Mickey Mouse auf den roten Schornsteinen. Von da an löcherten sie ihre Eltern, bis diese einwilligten, den nächsten Trip in das Universum von Goofy und Co. auf der „Disney" zu planen. Vom floridanischen Port Canaveral führte die Sieben-Tage-Reise in die Karibik. Auf der über vier Decks gewundenen Wasserrutsche mit einem über die Bordwand ausladenden Röhrenbogen nach unten rauschen oder rund um die Uhr in „Pluto's Dog House" auf fette Hamburger zugreifen zu können, toppte auf vereinnahmende Weise den Disney-Traum an Land.

Für Paul leuchtete die fröhliche Wolke indes weniger rosarot. Auf dem 300 Meter langen Kreuzfahrtschiff geriet er in eine siebentägige Gefangenschaft der Versuchung. Die Poollandschaft und das Sports Deck entpuppten sich als Schaulaufbühne. Seine Blicke verloren sich an zahlreich anwesende Männer, die auffallend dem Körperstyling huldigten und dies zeigten. Er selbst hatte in den zurückliegenden Jahren penibel darauf geachtet, ungezügeltes Fast-Food-Futtern zu vermeiden und den dienstlichen Sport ernst zu nehmen. Er konnte sich sehen lassen.

An Bord war es zwecklos, seiner unterdrückten Begierde entfliehen zu wollen. Selbstisolation in der Kabine funktionierte nicht und ins Meer springen genauso wenig. Diane hegte zum Glück keinen Argwohn, als er sich am zweiten Abend zu einem späten Bier in eine der Bars verabschiedete, während sie sich mit den Kindern bereits für die Nacht vorbereitete. Vom Bett aus wollten sie noch einen Teil der Toy-Story ansehen. Diane gönnte es Paul, nach dem Trubel tagsüber mit den Kindern allein auszuspannen.

An der „Sunset"-Bar lernte er Billy kennen und genoss es, von dem Mittfünfziger zuerst angesprochen worden zu sein. Sie saßen zusammen am Tresen, Billy hatte sich zu ihm gesellt. Er bestellte einen schottischen Whisky und wollte das durchaus als Fingerzeig seiner Herkunft verstanden wissen. Er war Schotte. Großgewachsen und schlank. Dem lichter werdenden Haar hatte er beizeiten den Schneid genommen und es auf dem schmalen Schädel gleichmäßig auf Stoppelmaß geschoren. Paul meinte einen Rest rötlichen Schimmer zu erkennen. Dieser konnte aber auch von dem warmen gedämpften Licht in der Bar herrühren. Billy erzählte ihm, von Schottland herübergekommen zu sein. Gemeinsam mit seiner Tochter Caroline und den Enkelsöhnen Wayne und Nicholas. Zwei fußballverrückte Burschen von zehn und acht Jahren. Für einen Schotten weniger markant wies Billys Gesicht kaum grobe Züge auf, es wirkte eher wachsglatt. Fein ausgeprägte Jochbeinknochen verliehen ihm ein dauerhaft freundliches Antlitz. Es betörte Paul.

„Ich habe meiner Tochter gegenüber mal erwähnt, wir könnten zusammen die Tour auf der *Disney* unternehmen mit den Jungs, bevor sie aus dem Mickey-Mouse-Alter raus sind. Du musst wissen, ihr Mann ist bei der Navy und oft monatelang auf dem Meer, in der Straße von Hormus und sonstwo. Da verspürt er keine Lust, im Urlaub ein Schiff zu besteigen. Wayne und Nicholas bekamen Wind von meinem Vorschlag, und von da an gab es kein Zurück. Natürlich erwartete mein Töchterchen, dass einen Großteil der Reisekosten ich übernehme." Er lächelte milde und nippte einen ersten winzigen Schluck aus dem Whiskyglas. „Verdammt gutes Zeug, dieser *Balvenie.*" Paul sagte der Name des Single Malts nichts.

„Bei mir war es ähnlich. Meine beiden Quälgeister Katy und Betsy mussten nach etlichen Besuchen im Disneyland unbedingt auch noch eine Woche auf dem Wasser mit ihren Comic-Helden verbringen." Er prostete Billy zu. „Deine Frau wollte nicht mit?"

„Nein. Aber da muss ich etwas weiter ausholen. Ich war mal verheiratet mit Carolines Mutter Annie. In jugendlich ungestümer Zeit kommt es leider hin und wieder vor, dass es beim ersten Mal passiert. Annie konnte ich gut leiden und ich wollte es mir mit einem Mädel beweisen. Alle Kumpels legten es darauf an, behaupten zu können, sie hätten es schon mal getrieben. Wir waren 17, 18, noch junge Dachse." Billy nahm einen zweiten Schluck. „Wir wuchsen in Nairn auf, am Moray Firth im Nordosten Schottlands. Annies Eltern betrieben ein kleines Hotel, das im Sommer stets ausgebucht war von Feriengästen aus den größeren Städten. Glasgow, Edinburgh, Aberdeen. Annie wurde schwanger. Mir blieb keine Wahl. Annies Vater war ein sehr impulsiver Mann. Er drohte mit dem Jagdgewehr in der Hand, ich sollte bloß nicht erwägen, seine Tochter sitzen zu lassen. Ich fügte mich, auch wegen der Aussicht, eines Tages das Hotel mit Annie zusammen zu führen."

Er machte eine Pause, sah sich in der Bar um, die kurz vor Mitternacht von Nachtschwärmern geflutet war, und wendete sich wieder Paul zu.

„In den ersten Jahren haben wir viel investiert, haben das Hotel aufgemöbelt. Dann checkte irgendwann Archibald bei uns ein. Er kam durch die Haupttür, erst ein Schattenbild im Gegenlicht, und wie er vor mir an der Rezeption stand, war es um mich geschehen. In mich drang etwas Unbekanntes, es explodierte förmlich in mir. Ich verliebte mich in diesen Kerl, ich kapierte es in der ersten Sekunde. Doch in der nächsten dachte ich an Annie und Caroline. Was bedeutete das jetzt? Ich rannte in den folgenden Tagen wie ein Tiger in einem Zwinger planlos hin und her. Den Job erledigte ich mechanisch. Wenn Archibald das Hotel verließ, wurden die Stunden unerträglich, bis er zurückkehrte. Ich schaffte es auch nicht, mein Verlangen zu unterdrücken, das ich ihm mit einem freundlichen Wort, einem netten Blick oder Lächeln zu signalisieren versuchte."

„Was für ein Typ war er denn? Oder ist es, pardon, immer noch?"

„Wir leben zusammen. Archibald reiste nach einer Woche ab. Zurück nach Edinburgh. Er arbeitete dort als Ingenieur bei einer Offshore-Firma. Zum Abschied gab er mir zu verstehen, alsbald wieder ein Zimmer nehmen zu wollen. Du musst wissen, in unserem Hotel steigen in der Hauptsaison nicht wenige Homosexuelle mit ihren Partnern oder allein ab. Nairn hat sich über viele Jahre zu einer Art Wallfahrtsort für die Szene entwickelt. Damit konnte ich immer entspannt umgehen. Bis Archibald aufkreuzte. Mit seinen schwarzen, fein geschnittenen Haaren, einem ganzjährigen natürlich gebräunten Gesichtsteint und dazu eleganten Klamotten von Armani und anderen piekfeinen Labeln war er eine blendende Erscheinung. Aber vor allem umweht Archibald eine zärtlich-freundliche Attitüde. Dieser konnte sich kaum jemand entziehen. Er ist ein Menschenfänger, um es weniger pathetisch auszudrücken. Jedenfalls schritt er nach vier Wochen erneut durch die Foyertür. Von da an gab es für uns kein Aber mehr. Wir hatten uns."

Paul trank sein Bier aus und bestellte ein neues. Einen Augenblick rang er mit sich, ob er Billy von seiner frühen Begegnung mit Jason erzählen sollte.

„Ich nehme auch noch einen." Billy tippte auf sein Glas und ließ Paul erst gar nicht zu Wort kommen. „Hart war es, Annie zu offenbaren, es ist von null auf gleich alles anders. Was ich anfangs selbst als Gefühlschaos empfand und darunter litt, bis ich im Innersten jeden Widerstand aufgab und das Tor aufsperrte. Sie stürzte in einen Abgrund. Zum Glück lebte ihr Vater nicht mehr." Billys Lippen spreizten sich zu einem „der Kelch ist an mir vorübergegangen".

„Annie verließ mich kurz darauf. Caroline ging mit ihr. Wir haben alles über Anwälte geregelt. Archibald und ich betreiben weiter das Hotel in Nairn. Caroline hat mir irgendwann verziehen. Ihre Generation begegnet dem Thema gleichgeschlechtliche Partnerschaft sehr viel liberaler. Zu unserer Zeit in ihrem Alter war es noch viel verkrampfter." Billy musterte Paul abwägend. „Du dürftest nur wenig älter sein als sie."

„Ich marschiere auf die 40 zu. Meine Frau Diane und ich sind seit über zehn Jahren verheiratet. Wir haben zwei Töchter. Katy und Betsy könnten deine Enkel sein."

„Deine Frau Diane ist mit an Bord?"

„Ja, wieso?"

„Du hast auch gefragt."

Aber ja, dachte Paul, welch peinlicher Lapsus. Er hatte eher nebensächlich gefragt. Wirklich? Er wusste mit aufsteigender Hitze, so nebensächlich war ihm die Frage nicht über die Lippen gerutscht.

„Diane ist in der Kabine geblieben, mit den Kindern wollte sie einen Trickfilm ansehen. In einem Ranking Best-Mam-of-the-World würde sie ganz vorn landen. Sie hält mir den Rücken frei. Für einen Polizisten schiebt sich der Feierabend oft unbestimmt hinaus."

„Polizist bist du?“ Billy wirkte echt erstaunt.

„In Austin, in Texas. Wir leben jedoch gut 25 Meilen außerhalb in einem beschaulichen Städtchen namens Elgin.“

„Elgin? E-l-g-i-n?“

„Exakt.“

„Wow, das ist ein Zufall. Bei uns gibt es unweit von Nairn auch ein Elgin. Es gilt als Whisky-Hauptstadt. Mit einem Laden, der führt das größte Sortiment an schottischem Whisky. Um die 1000 Sorten. Leute aus aller Welt kaufen dort ein und legen für manche Flasche mehrere tausend Pfund auf den Tresen. Darauf müssen wir anstoßen.“

Billy hielt sein Glas Paul hin. Das Bierglas kam entgegen. Da der Texaner auf die Namensgleichheit keine weitere Reaktion zeigte, vermied es der Schotte, näher auf das Nationalgetränk einzugehen. Sie starrten gedankenverloren eine Weile auf den Barkeeper. Ein schmächtiger Asiate. Aus dem Heer zahlloser billiger Arbeitskräfte vom gelben Kontinent, die sich auf den Kreuzfahrtschiffen der Welt verdingten. Er jonglierte virtuos mit den edelbunten Flaschen an Brandy, Likör, Wodka, Whisky, Cognac und Sekt, schüttelte gekonnt den Shakebecher und drapierte stilvoll die Cocktailgläser mit Fruchtstückchen, Palmenstrohhalmen und Eis.

„Ich bin unheimlich froh gewesen, dass Caroline zurückgefunden und mir zwei prächtige Enkel beschert hat. Familienbande zu erleben, ist durch nichts zu ersetzen, ganz gleich, was einem an Wundervollem im Leben sonst widerfährt.“

„Meine Familie ist mir auch heilig, ich liebe sie.“

Paul ließ den Satz so stehen und schwang sich vom Barhocker. Er schaute Billy erwartungsfroh an. „Morgen Abend, hier? Ich werde da sein.“

Am nächsten Abend saß Billy frühzeitig beim Asiaten. Er beobachtete die Gäste, die nach und nach in die Bar geschlendert kamen. Paul winkte ihm bereits vom Eingang zu, er quittierte den Gruß mit einem kurzen Anheben des Kopfes.

„Hi Paul, schön dich zu sehen.“ Er reichte ihm die Hand. „Wie war dein Tag?“

„Wie das so geht, wenn zwei kleine Ladies wieder und wieder in der Wasserrutsche abrauschen wollen.“

„Bei mir verlief es ruhiger. Die Jungs wollten auf dem Sports Deck unbedingt Fußball spielen. Das ist nichts mehr für meine Knochen. So hatte ich Zeit für ein Nickerchen in meiner Kabine.“

Der Barkeeper schob Paul ein Bier zu. Ein erster langer Zug ließ ihn ankommen. Er drehte sich zu Billy.

„Ich hatte dir gestern gesagt, meine Familie bedeutet mir alles. Aber das ist nicht alles, was sie bedeutet. In ihr lebe ich in einem schützenden Kokon.“

„Wovor soll sie dich denn schützen? Alkohol? Drogen?“

„Ein bisschen vor mir selbst, aber vor allem vor der Welt da draußen.“

„Was will die Welt dir Schlimmes?“

„In der texanischen Kleinstadt und in Uniform eines Polizisten behält man es besser für sich, homosexuell zu ticken.“

„Angenehm zu hören.“ Billy lächelte. „Und deine Frau weiß nichts davon? Verstehe. Was aber hast du draußen zu befürchten? Müsstest du deine Polizeimarke abgeben?“

„Offiziell natürlich nicht. In den Südstaaten, vor allem auf dem weiten Land geistert seit eh und je das martialische Leitbild vom harten und starken Mann, zu dem die eigene Waffe gehört wie seine Unterhose. Schwul sein gilt als Fehlkonstruktion, als völlig inakzeptabel.“

„Sind die da immer noch hinterm Berg?“ Billy wollte es kaum glauben, dass sich Vorurteile in der amerikanischen Provinz hartnäckig hielten, die er in seiner Heimat seit längerem verbannt sah.

„Es ist, wie es ist. Zu Beginn meiner Polizistenausbildung habe ich mich in einen Kameraden verknallt und er sich in mich. Durch eine dumme Unvorsichtigkeit ist es publik geworden. Daraufhin konfrontierte mich der Chef der Academy mit der einzigen Alternative, die Ausbildung fortsetzen zu können. Ich müsste im Gegenzug die Beziehung zu Jason, so hieß er, beenden. Jason wurde derweil nahegelegt, die Anwärterschaft umgehend zu quittieren. Ich bin geblieben."

„Seitdem verleugnest du dich selbst und versteckst dich in der Familie."

„Ich konnte mich immer auch auf Mädels einlassen, hatte zumindest kein Problem damit. Zum Glück ist Diane sehr genügsam, um nicht zu sagen, sie vermisst nichts, seit Katy und Betsy da sind."

„Was aber ist mit dir? Alkoholische Abstinenz über Jahre", Billy hob das Whisky-Glas gegen die Barbeleuchtung, „kann ich mir noch vorstellen, aber sexuelle? Was wäre, wenn Diane von deinem homosexuellen Ich wüsste?"

„Das würde sie absolut irritieren. Sie muss es nicht wissen. Niemand darf es wissen, meine Reputation, meine Existenz wären gefährdet."

„Hier an Bord kennt dich aber niemand weiter."

Billys entwaffnende Feststellung durchzuckte Pauls Körper. Sie löste eine Fessel, die er sich nach der Verliebtheit zu Jason auferlegt hatte. Der Schotte neben ihm redete offen und relaxt über die Liebe zu seinem Partner Archibald. Er sah in Billy plötzlich nicht allein eine zufällige Bekanntschaft, mit der es sich unterhaltsam plaudern ließ. Der Mittfünfziger zählte zwar etliche Semester mehr als er, aber Billy war nicht annähernd so sehr gealtert. Das weiße Leinenhemd und die beige Sommerhose kleideten tadellos den großen schlanken Körper. Mit seiner überraschenden Bemerkung riss er die natürliche emotionale Barriere zwischen zwei Menschen nieder, die 48 Stunden zuvor nichts voneinander ahnten. Billys Blick empfand er ab diesem Moment wie einen Bodyscanner. In ihm selbst schälte sich eine unbändige Lust frei, Billy sogleich mit den Händen, mit den Lippen zu ertasten. Die schwülwarme Luft in der Bar befeuerte die eruptive Begierde. Instinktiv riss er sich los aus dem Bann und wendete sich dem Asiaten zu. Er bestellte das letzte Bier an diesem Abend.

Billy nahm noch einen Whisky. „Balvenie", zehn Jahre. Ihm war die impulsive Erregung von Paul nach dem Hinweis auf die inselhafte Abgeschiedenheit des Schiffes überdeutlich gewahr geworden. Was ihn ebenfalls verunsicherte. Sich auf ein Tête-à-Tête mit Paul einzulassen, hieße brutal nichts anderes, Archibald untreu zu sein, sein Vertrauen zu untergraben. Aber die „Disney" war eine abgeschiedene Insel, inmitten der Karibik.

„Wollen wir noch auf das Pooldeck gehen, frische Luft schnappen?"

„Ja, das würde guttun." Paul kippte das Bier in sich hinein. Der Versuch schlug fehl, damit die innere Aufgewühltheit hinwegspülen zu wollen.

An der Reling auf dem Umgang oberhalb des Pooldecks, auf dem die unterschiedlich großen, erleuchteten Wasserbecken pockenartigen Atollinseln ähnelten, waren sie nicht allein. Paare und kleinere Gruppen genossen den lauen Wind, der über das düstere Meer wehte und durch die zügige Fahrt des Kreuzliners verstärkt wurde. Die Buggischt rauschte auf der Wasserlinie seitlich am Schiffsrumpf entlang, begleitet von dem Lichtfall des schwimmenden Hotels. In der ersten Stunde des neuen Tages dominierte das beruhigende Szenario, hob sich wohltuend ab von dem tagsüber alles und jeden in Beschlag nehmenden Bespaßungstohuwabohu.

„Das Meer ist für mich ein unzähmbarer Urquell. Gut gelaunt duldet es uns auf seinem Rücken." Billy stellte sein Gesicht in den Wind und suchte einen Endpunkt auf der Wasseroberfläche. Den es im Dunkeln nirgends gab. Meer und Himmel verschmolzen zu einem gewaltigen schwarzen Loch. Beide sahen tief hinein und widerstanden seiner Anziehungskraft. Auch an den folgenden Abenden.

Sie redeten viel und sie tranken viel. In der vorletzten Nacht, die „Disney“ nahm bereits Kurs retour nach Port Canaveral, wurden sie von dem magischen Loch aufgesogen. Paul folgte seinem Verlangen, folge Billy in die Kabine, welche ebenfalls steuerbords, aber ein Deck unterhalb jener lag, in der Diane und die Kinder schliefen.

Am Horizont berappelte sich die Sonne aus dem Meer, um gleißend den Tag auszufüllen. Paul klappte hinter sich Billys Kabinentür sanft zu. In dem schnurgeraden engen Decksgang schwebte er über den von diversen Disney-Figuren bevölkerten Teppichboden, als liefe er auf himmlischen Daunen. Er stieg ein Deck empor. An der Kabine mit der Nummer 8049 zögerte Paul einen Moment, bevor er die Magnetkarte in das elektronische Schloss schob. Vorsichtig drückte er die Tür nach innen auf. Den Atem möglichst lange unterdrückend schlich er hinein. Am Bett, auf dem seine Ehefrau bäuchlings lag, hielt er ein. Sie hatte die leichte Decke zum größten Teil von sich gestreift. Das linke Bein reichte nackt und ausgestreckt bis zum Bettende. Seinem Blick entzogen lagerte das andere angewinkelt unter dem Stoff. Dianes Brustkorb hob und senkte sich in entspanntem Rhythmus.

Paul schaute weiter in Richtung Kabinenfenster. Auf der ausgezogenen Schlafcouch davor hatten sich Katy und Betsy in die Bettdecke gewühlt. Sie lagen schräg zueinander. Die Köpfe schienen sie zusammengesteckt zu haben, um sich ihre Träume zu erzählen. In ihren Gesichtern war zu lesen, sie träumten von Mickey, Goofy und den anderen Gefährten in dem Kinderparadies auf dem Meer.

Im Licht des erwachenden Tages genoss er das über alles erhabene friedliche Bild. Seiner Familie. Im Herzen prallten zwei ungleiche Glücksgefühle zusammen. Und strebten heftiger denn je auseinander. Sie zerrten an ihm.

Diane und die Kinder liebte er. Nie würde er sie aufgeben. In der Kabine 8049, an diesem frühen Junimorgen gerann dieses Gefühl neuerlich zu einer festen Gewissheit. Die Abende mit Billy, die zurückliegende Nacht mit ihm konnten diese nicht erschüttern. Sie veränderten und ermutigten Paul jedoch in der Sicht auf das egoistische Glück, auf eine individuell selbst erfüllende Erotik und einen eigenbestimmten Seelenfrieden. So sehr, dass ihm klar war, er würde das Schiff mit dieser unauslöschlichen Erfahrung im Gepäck verlassen. Gleich, wie schwerlastend sie sich vielleicht noch erweisen sollte. Über dem Meer wechselte die Morgensonne von orange-glühend in weiß-strahlend. Paul schob sich an seine Frau heran. Ohne den sanft bebenden Oberkörper und das ausgestreckte Bein zu berühren.

Wenige Wochen später brach die Immobilienkrise über die USA herein. Die folgenschwerste seit Jahrzehnten. Der Markt rächte sich für die Missachtung seiner Gesetze. Große Banken fütterten kleine Leute blanko mit Hauskaufkrediten, an denen sich prekär entlohnte Servicemitarbeiter, Hilfskräfte und Saisonbeschäftigte sehr schnell verschluckten. Sobald sie ihre Jobs verloren oder längere Zeit erkrankten. Die Immobilienpreise stürzten ins Nichts und reihenweise Kreditinstitute ins Aus. Ein Dominostein fiel nach dem anderen, bis der mit der Aufschrift „Lehman Brothers" erreicht war. Die traditionsreiche Investmentbank implodierte binnen Stunden. Von der Schockwelle wurde das globale Finanznetz erfasst und bis zur Zerreißgrenze aufs Krisenrad gespannt. Systemischen Banken, an denen das Wohl und Wehe von milliardenschweren Renten- und Pensionsfonds hing, sprang die Zentralregierung in Washington zur Seite.

Für die kleinen Leute gab es keine Rettung. Ihnen gingen nach den Jobs auch ihre Häuser verlustig.

In Austin tauchten vorwiegend in den schlichten Vorortsiedlungen immer öfter „Zu verkaufen"-Schilder an den Auffahrten zu den zumeist im Bungalowstil errichteten Häusern auf. Die Bewohner waren ausgezogen und auf dem Trail in ein ungewisses Schicksal. An dem Tag, an dem Sergeant Miller auf der Streifenfahrt durch den District Downtown in den Außenbezirk Holly beordert wurde, schirmte über der texanischen Hauptstadt ein Wolkenband die Septembersonne ab. Er ließ das Seitenfenster des Polizeiwagens herunter und den wenig aufgeheizten Fahrtwind hereinströmen. Jemand in Holly hatte der Notruf-Zentrale mitgeteilt, in der 2. Straße, Ecke Robert-E.-Martinez-jr.-Street sehe es so aus, als ob ein Wohnhaus von Unbekannten ausgeräumt werde. Da Miller unweit von der genannten Adresse unterwegs war, bog er zu dieser ab. Dass Wohnhäuser in diesen Wochen, in denen die Banken auf ungedeckten Krediten sitzenblieben, freigezogen wurden, geschah häufiger. In der Regel ohne strafrechtliche Relevanz. Es kam vereinzelt vor, wusste Miller von Einsatzberichten, Hausbesitzer, die nie wirklich Besitzer der Immobilie waren, weigerten sich, diese zu verlassen. Davon ist in der Notruf-Zentrale nicht die Rede gewesen. In der 2. Straße, Ecke Robert-E.-Martinez-jr.-Street musste etwas anderes vorsichgehen. Sollten Einbrecher tatsächlich so dreist sein, am helllichten Tag einen Bungalow auszuräumen? Er machte sich auf eine ungemütliche Begegnung gefasst. Mit einem automatisierten Griff versicherte er sich der Glock-Pistole im Halfter.

Die 2. Straße, Ecke Robert-E.-Martinez-jr.-Street unterschied sich nicht von unzähligen schablonengleichen Straßenzügen, bewohnt von der unteren und oberen Mittelschicht. In beinahe mathematischer Akkuratesse reihten sich mehrheitlich flache

Häuser entlang der breiten Fahrbahn, beidseits gesäumt von unscheinbaren Gehwegen. Der Polizei-Ford rollte aus der Robert-E.-Martinez-jr.-Street kommend in die 2. Straße. Miller spähte nach den Hausnummern. Nach einigen wenigen gab er auf. Vorweg rückte ein großer, auf der linken Seite am Rand geparkter Truck näher. Er fuhr daran vorbei und stoppte kurz darauf. Eine gute Minute beobachtete er die Szene. Kein Mensch war zu sehen. Als die Wagentür ins Türschloss fiel und Miller Anstalten machte, sich auf das hellblaue Holzhaus zuzubewegen, erschienen im Eingang zwei Gestalten. Sie zwängten sich mit einem kieferfarbigen Sideboard ins Freie. Das Möbelstück erlitt nicht den ersten Auszug. Eine Schublade fehlte.

Beide Typen sahen sich fragend an, nachdem sie den Polizisten erblickt hatten. Dann liefen sie mit dem Board in der Mitte unbeeindruckt Miller entgegen. Der war zwischen ihnen und dem Truck stehengeblieben.

„Könnten wir das Ding erstmal auf die Ladefläche verfrachten?"

Miller trat wortlos zur Seite und sah ihnen nach. Der Kräftigere im Holzfällerhemd fragte in ruhigem Ton und mit einem gutmeinenden Lächeln. Dazu das kurzgeschnittene Haar; die Erinnerung an Billy, den Schotten, blitzte auf. Nur nahm sich der Altersunterschied zu der sympathischen Erscheinung hier deutlich geringer aus.

„Womit können wir dienen, Officer?" Frank Spencer war zurückgekehrt und offensichtlich verantwortlich für die Räumung.

Miller schob die Spiegelbrille aus dem Gesicht. Die Sonne kam von den Wolken noch immer nicht frei. Aber das blieb ohne Belang. Er wollte sich Spencer zeigen und hoffte, dieser verstand die Geste.

„Sergeant Miller, Austin Police Department. Wohnen Sie in dem Haus?"

„Nein, aber es sind auch keine Bewohner da. Wie ich hörte, kommen die nicht zurück."

„Was treiben Sie denn hier?"

„Wir sind von der Bank, der die Hütte zugefallen ist, beauftragt worden, sämtliche Einrichtung zu entsorgen." Zum Beleg zückte Spencer ein Papierstück aus der Gesäßtasche. Den Auftrag. „Frank Spencer, mein Name."

Miller faltete den Bogen auf. Es verhielt sich wie angesagt. Spencer arbeitete für die Spedition „Austin Transporters".

„Wo bleiben Sie mit dem ganzen Zeug?" Miller reichte Spencer das Blatt hin. Der griff danach, zog es aber nicht sogleich an sich. Eine Papierbrücke für einen flüchtigen Blickaustausch.

„Wir bringen die Möbel zu einem Lageristen. Der sortiert die besten Teile aus und versteigert sie irgendwann. Aber Officer, was beschert uns die unerwartete Bekanntschaft mit Ihnen?"

„Es gibt in der Straße Menschen, die haben alles im Blick, was per se nicht schlecht ist. Wir erhielten den Hinweis, an dieser Adresse würden Unbekannte damit befasst sein, das Wohnhaus auszuräumen."

„Dann haben Sie ja jetzt einen Verdacht ausgeräumt."

Beide schmunzelten über das Wortspiel.

„Ach sagen Sie Mister Spencer, fahren Sie auch gewöhnliche Umzüge? Ich könnte da eventuell Ihre Dienste demnächst gebrauchen."

„Unsere Spedition bringt so gut wie alles von A nach B, außer vielleicht Goldbarren, Rauschgift oder Leichen."

Spencer fingerte aus der linken Brusttasche des Holzfällerhemdes ein Kärtchen. Darauf stand nichts von „Austin Transporters", lediglich eine Mobilfunknummer. Gebannt sah er Miller an. „Danke, ich melde mich." Dabei wedelte Miller mit dem Kärtchen, als hielte er eine wertvolle Fundsache zwischen den Fingern.

„Können wir endlich weitermachen, Frank?" Die Stimme vom Truck klang ungeduldig. Spencer hob die rechte Hand zum Aufbruch.

Miller schlenderte zum Ford. Er beabsichtigte nicht umzuziehen.

Kapitel 17

„Was soll das schon sein. Du siehst doch, ein Schwein." Frank fasste nach dem Borstentier. Seine Haut glänzte seltsam glatt, ähnlich Porzellan.

„Ich würde auf ein Sparschwein tippen", warf Heidberger amüsiert ein. „Aber es fehlt der Schlitz für die Geldstücke."

„Es hat auch keinen Ringelschwanz." Spencer wollte losprusten, doch das Lachen erstarb, noch bevor es sich auf den Lippen breitmachen konnte.

Lato Kadamski trat aus der Tür zum Nebenraum. In seinem Schatten folgte Jerimez. Für einen Augenblick war es mucksmäuschenstill.

„Haltet ihr stille Andacht?" Kadamski sah einen nach dem anderen an. Schließlich stolperte sein Blick über das rosarote Schwein. Bevor er ein nächstes Fragezeichen in die Runde werfen konnte, platzte Miller in diese mit einer Aufforderung.

„Du kannst jetzt mit Jerimez nach nebenan gehen und ihn ausfragen."

In Millers Worten vernahm Heidberger ein feines Drängen. Er dachte nicht weiter darüber nach. Sie gaben ihm die Chance zum Interview und würden warten.

„Ist das in Ordnung für dich?", vergewisserte er sich bei dem jungen Mexikaner.

Jerimez nickte heftig.

„Nehmt euch zwei Coke aus der Box mit ins Schlafzimmer." Miller ruckelte sich zurecht und drehte den Kopf zu Jerimez. „Dass mir keine Klagen kommen." Und Heidberger raunte er zu, „lass dir ruhig Zeit".

„Für mich auch eine Coke." Kadamski streckte einen Arm aus.

Kaum waren die beiden Jüngsten des Quintetts verschwunden und die Tür und die Wand neben dem Tresen miteinander verschmolzen, rückte Miller dicht heran an das Schwein auf dem Tisch. Kadamski und Spencer winkte er dazu. Die drei Männer hockten jetzt zusammen, als wollten sie einen geheimen Plan aushecken oder die Beute eines Raubzuges unter sich aufteilen. Alle Gedanken, alles Interesse zog das rosafarbene Tier auf sich. Miller hatte es in der kurzen Abwesenheit aller anderen aus einer kleinen schwarzen Sporttasche gezaubert. Mit dieser transportierte er für gewöhnlich Cola- und Bierdosen zum Treffen.

„Seit wann stehst du denn auf solche possierlichen Tierchen?“ Kadamski konnte sich die ironisch-schlüpfrige Bemerkung nicht verkneifen.

„Ein Schweinchen ohne Münzschlitz und Ringelschwanz“, wiederholte Spencer äffend die markanten Details.

„Exakt deswegen habe ich es mitgebracht. Es ist auf eine andere Art ein Sparschwein. Draufgestoßen bin ich durch den fehlenden Schwanz.“

„Kadamski und Spencer schauten sich überfordert an, ihre Mienen hatten ins ernsthafte Fach gewechselt.

„Paul, willst du uns auf den Arm nehmen? Wir haben nichts gegen dein kleines Schwein. Aber wenn du es schon anschleppst, solltest du weniger in Rätseln reden“, reklamierte Kadamski eine klare Ansage.

„Lato hat recht, sag schon, was hat es damit auf sich?“

Miller feixte insgeheim, welchen Sinneswandel seine Andeutung bei den Freunden auslöste. Beliebten sie erst zu scherzen, peinigte sie jetzt Neugierde. „Es ist mir wundersam begegnet.“

Drei Wochen zuvor hielten sich Miller und etliche andere Officer des Austin Police Department bereit für einen Sondereinsatz. An einem bestimmten Tag wollte die bundesweite Drogenfahndung DEA in Austin eine gezielte Razzia starten. Zur Absicherung der Aktion wurden die Officer angefordert. Die DEA war einem Drogenpfad auf die Spur gekommen, über den zuletzt immer größere Mengen Kokain in die Stadt gelangten. In aller Herrgottsfrühe bezogen die Fahnder und die Polizisten ihre Positionen, bildeten einen Sperrgürtel um einen mehrgeschossigen Wohnblock im Süden der Stadt. Miller stellte seinen Streifenwagen in einer Seitenstraße ab. Er näherte sich dem Gebäude auf der Rückseite. Bei einer Feuerleiter am linken Giebel des gealterten Hauses von rotbraunem Backstein sollte er verhindern, dass von den verdächtigen Personen einer oder mehrere über den Notabgang flüchteten. Dorthin gelangte er durch eine schmale Tordurchfahrt. Sie führte auf einen vermüllten Hinterhof. Es roch muffig. An dem metallenen Treppenkonstrukt, schwer gezeichnet vom über Jahrzehnte nagenden Zahn der Zeit, verweilte er keine zehn Minuten. Dann trat im dritten Stockwerk ein DEA-Fahnder ans Geländer und rief ihn an.

„Hey Officer, Sie können wieder abziehen."

So unvermittelt der Beamte aufgetaucht war, so schnell verschwand er wieder, Miller keine Chance lassend zur Nachfrage. Später erfuhr er, die Drogengangster hatten kurzfristig Wind von der Razzia bekommen. Es blieben ihnen entscheidende Minuten, um aus der Wohnung im dritten Stockwerk zu türmen, bevor die DEA-Agents die Tür unsanft aufbrachen.

Miller hegte keinen Zweifel. Er tat, wie ihm geheißen. Der Job war sowieso eine Angelegenheit der DEA. Sein Blick schweifte über den Hinterhof. Noch komplett im Schatten gab sich dieser schwer zu erkennen. In dem Viertel lebten viele Ausländer, vorwiegend Latinos, legal und illegal. Das Milieu und die Klientel eigneten sich vortrefflich als letzte Schnittstelle zu den Junkies. Hier wandelte sich Kokain in Dollarscheine.

Er strebte auf die Tordurchfahrt zu. In seinem Rücken quetschten sich die ersten Strahlen der Morgensonne an dem Hausgiebel vorbei und trafen auf die Mülltonnen rechts vor ihm. Vom Lichtpfeil getroffen leuchtete auf einer Tonne etwas hell rosarot. Miller glaubte im ersten Moment an eine Rundumwarnlampe. Diese enttarnte sich schnell als ein spielzeuggroßes Schwein. Einsam und verlassen auf dem dreckigen Deckel eines Abfallbehälters. Ein surrealer Wink. Katy und Betsy besaßen ähnlich große Spielfiguren. Dinosaurier aus dem Jurassic-Park-Universum. Neben diesen furchterregenden Ungetümen aus der Urzeit nahm sich die kleine Kopie eines Hausschweins wenig befremdlich aus, eher freundlich.

Kurzentschlossen griff Miller nach der animalischen Figur. Sie fühlte sich glatt und fest an, von spürbarem Gewicht. Da sie offensichtlich entsorgt werden sollte, klärte er in der nächsten Sekunde für sich ab, dem Schwein bei Katy und Betsy eine neue Heimat zu geben. Auch wenn die herangewachsenen Teenager ihre Dinos nur noch im Regal zu stehen hatten. Erinnerungsstücke einer unbeschwerten Kindheit.

Im Polizeiwagen legte Miller das Schwein auf den Beifahrersitz. Dabei bemerkte er, der Ringelschwanz fehlte. Abgebrochen. Ein weißes Loch klaffte am Hinterteil. Stutzig machte ihn jedoch eine andere Beobachtung. Unterhalb der Abbruchstelle waren etliche pulverige Partikel aus dem Loch gerieselt.

Miller holte sich das Schwein noch mal zu sich auf den Schoß. Der weiße gepresste Stoff in dem Korpus pulverisierte, sobald er mit dem Finger daran rieb. Instinktiv schmeckte er an der Fingerkuppe. Kokain.

Er fuhr los, ins Zentrum, meldete sich in der Zentrale zum routinemäßigen Streifendienst. Neben sich auf dem Beifahrersitz rund ein Kilogramm Kokain zu einem Schwein geformt. Seine Schirmmütze hatte er darübergestülpt. War die Entscheidung ohne Zögern gefallen, den rosaroten Fund sich anzueignen, so zermarterte sich Sergeant Miller jetzt auf den Straßen von Austin den Kopf über den Verbleib des Rauschgifts. Rein rechtlich gab es kein Wenn und Aber. Er müsste es schnurstracks bei der Drogenfahndung abliefern. Zur Gewissensfrage wurde es durch eine spontane Idee. Geschätzt 100.000 Dollar kutschierte er durch Downtown. Ein Segen für Jerimez und seine Familie. Der begabte Junge könnte an einer Universität studieren, später die Angehörigen aus dem verruchten Ciudad Juárez nachholen und für alle eine rosige Lebensperspektive begründen. Bei dem Adjektiv rosig musste Miller schmunzeln.

Niemand wusste von dem Kokainschwein auf dem Beifahrersitz. Seine Kollegen nicht und auch nicht die Dealer. Sie hatten es bei ihrer hektischen Flucht im Morgengrauen offensichtlich vorgezogen, das Rauschgift an einem unbedarften Ort zurückzulassen. Statt damit womöglich den anrückenden Agents von der DEA direkt in die Arme zu laufen.

Er mochte Jerimez. Es war an der Zeit, ihm herauszuhelfen aus der Stricherszene. Der Junge besaß beindruckendes IT-Wissen und das Zeug, beruflich daraus Kapital zu schlagen. Viele Dollars eröffneten die Chance dazu. Sie waren in den Staaten der entscheidende Schlüssel zu einer erstklassigen Ausbildung.

Das Risiko für Miller tendierte zu diesem Zeitpunkt gegen null. Aber es würde nicht so bleiben. Das Kokain in dem Schwein nützte seinem karitativen Plan nur, wenn es in Dollars umgemünzt wurde. Bei dem Gedanken kroch ein mulmiges Gefühl in die Magengegend. Mit der Drogenmafia war nicht zu spaßen. Von Kollegen der DEA wusste er zudem, im Rauschgiftdschungel tummelten sich etliche Undercover-Agenten und Informanten. Gefahr drohte von beiden Seiten. Feines Kokain an den Mann bringen zu wollen, könnte die Dealer, die den Stoff schwer vermissten, hellhörig werden lassen. Bei der Polizei über deren Zuträger aufzufliegen, kostete ihm im günstigsten Fall den Job. Miller dämmerte sehr schnell, die Sache würde er nicht allein durchziehen können. Er entschied, Katy und Betsy und sonst aller Welt das rosafarbene Schwein vorzuenthalten. Nur Spencer und Kadamski wollte er beim nächsten Ausflug zur Tankstelle einweihen. Sie sollten bei seinem Vorhaben mitmachen.

Kadamski kämpfte mit wachsender Ungeduld, er hasste es, ahnungslos hingehalten zu werden. „Und was sollen wir hier mit dem Spielzeugschwein?"

„Der Clou kommt jetzt, Sparschwein und Ringelschwanz", überging Miller Kadamskis unwirschen Kommentar. Er drehte das pralle Hinterteil zu den beiden anderen so, dass sie gut die Abbruchstelle sehen konnten. „Ratet mal, was aus dem Quieky rieselt? Ich sag's euch, Kokain."

Kadamski und Spencer schauten sich wieder kurz an. Diesmal blieben sie stumm und starten verblüfft auf das Schwein.

„Kokain in Tierfiguren zu pressen, um es unauffällig aufzubewahren, scheint eine neue Masche zu sein. Die Haut besteht aus einer Art Hartwachs." Millers Finger glitten fast zärtlich über den Schweinerücken. „Das fühlt sich an, als bestünde das Tierchen aus einer Vollmasse und nicht aus einem Hohlkörper. Die Hartwachshülle bilden zwei Schalen, randvoll mit Kokain. Die Hälften werden bündig verklebt und fertig ist das Minischwein. Das Wachs ist relativ einfach aufzubrechen, sonst wäre das Schwänzchen noch dran." Miller verschränkte die Arme hinter dem Kopf und lehnte sich zurück. Das Schwein schaute ihn an.

Spencer hatte genug gesehen. „Willst du den Stoff nicht abgeben? Das ist doch mindestens ein Kilo und hunderttausend Dollar wert. Du bist Polizist, Paul. Wenn sie dich damit an den Haken kriegen, kannst du einpacken. Gar nicht auszudenken, was mit dir passiert, machen die Jungs dich ausfindig, denen das gehört."

Kadamski sagte nur einen Satz. „Ganz schön wagemutig, aber wofür?"

„Frank hat es doch erwähnt, hunderttausend Dollar."

„Wie stellst du dir das vor, du musst das Kokain irgendwie verticken?" Spencer klang echt besorgt. „Das spricht sich rum bei den Junkies und vor allem bei den Leuten, die das Geschäft betreiben. Die mögen Eindringlinge ganz und gar nicht. Mir haben Trucker, die hin und wieder über die Grenze fahren, erzählt, was die Kartelle in Mexiko mit Spielverderbern anstellen. Das möchtest du nicht wissen. Vor denen bist du nicht mal in unserem schönen Texas sicher."

„So weit war ich auch schon. Wir müssen eben geschickter vorgehen."

„Wir? Habe ich das richtig verstanden?" Kadamski richtete sich auf, dergestalt, als wollte er sich entrüsten, dass Miller es wagen konnte, ihn und Frank in die Dealerei hineinzuziehen. Doch es hallte weniger empörend. Interessiertheit sickerte durch.

„Ihr sollt mir helfen, ja", erwiderte Miller entschlossen. „Weshalb präsentiere ich euch wohl das megateure Schwein?"

„Ich interpretiere das nicht falsch, das Rauschgift machen wir gemeinsam zu Geld und teilen den Erlös?" Die Vorstellung ein kleines Vermögen einstreichen zu können, kitzelte Kadamskis ehrgeiziges Ego gleichermaßen wie die intellektuelle Herausforderung, bei der brisanten Nummer unentdeckt zu bleiben.

Spencers Blick haftete gedankenversunken auf dem rosafarbenen Hartwachs. Von so einem Dollarregen konnte er bisher nur träumen.

Miller spürte seine Finger kalt werden. Nicht, weil er sie ineinander verschränkt an den Hinterkopf drückte. Er musste Kadamski und Spencer jetzt beibiegen, dass er den gesamten Gewinn Jerimez zugedacht hatte.

„Nicht so eilig", begann er etwas unbeholfen, „den Stoff einzubehalten, dazu hat mich eine Idee bewogen. Das Geld möchte ich Jerimez überlassen, damit er endlich das ersehnte Studium aufnehmen kann. Es ist seine Chance, legal in den Staaten bleiben und sich eine Existenz aufbauen zu können."

„Du willst was? Das gesamte hübsche Sümmchen Jerimez zustecken?“ Spencer sah den Dollarregen sich in eine Fata Morgana verwandeln und verschwinden. Doch das Kokain in der Wachshaut existierte. „Du, Lato und ich füttern Jerimez schon eine Weile durch. Das genügt meines Erachtens, wir müssen nicht die Samariter spielen.“

Ihm gegenüber fuhr sich Kadamski mit der rechten Hand über das Kinn. Die drei Tage alten Barthaare massierten bürstenartig die Handinnenfläche. Beruhigend, aber nicht erlösend. Er haderte ebenfalls mit Millers Vorschlag. Mit dem Geld bekäme er den Rücken frei, sein Buch zu schreiben, bar finanzieller Sorgen.

„Uns offenbart sich eine einmalige Chance. Die fällt uns in unserem ganzen Leben nicht mehr vor die Füße. Jeder von uns könnte ruhiger schlafen. Egal, ob die Ölpreise in den Keller rauschen, die nächste Wirtschaftskrise ausbricht oder eine Krankheit querschlägt. Für mich ist es schwer vorstellbar, darauf verzichten zu wollen.“

Es folgte Schweigen. Von nebenan drangen Wortfetzen in die Stille.

„Was heißt das jetzt? Wir dritteln die Summe und Jerimez geht leer aus?“

„Du kannst ihm gern deinen Anteil überlassen.“ Spencer schaute statt zu Miller zu Kadamski.

„Stopp mal, das haut so nicht hin. Wir sind uns einig, es wird eine äußerst heikle Kiste, den Stoff zu verkaufen. Vielleicht ist es sogar ratsam, ihn woanders, weit weg von hier, auf den Markt zu werfen. An der Pazifikküste oder oben an den großen Seen.“ Kadamski erlaubte sich einen tiefen Seufzer. „Das hieße dann, wer das meiste Risiko trägt, sollte am Ende des Tages entsprechend mehr Scheine einsacken. Oder sehe ich das falsch?“

Miller dachte an Jerimez. Liefe es nach Kadamskis Intention, und darauf deutete vieles hin, dürfte auf ihn, Miller, der geringere

Anteil entfallen. Doch als Polizist riskierte er bereits Kopf und Kragen, ohne dass nur ein Gramm Kokain vertickt worden war. Wenn die beiden anderen das gebührend honorieren, könnte sein Dollarbündel dennoch erklecklich ausfallen. Dieses würde er sowieso an Jerimez weiterreichen. Schnellstmöglich sollte das rosarote Schwein aus seinem Leben wieder verschwinden.

„Da euch sehr an Kassemachen gelegen ist, gehen wir die Sache an, wie es Lato vorschlägt." Millers Zugeständnis war versöhnlich gefärbt. „Ich bekomme Finderlohn plus Gefahrenzulage, den Rest macht ihr unter euch aus."

„Welche Gefahrenzulage?", fragte Spencer.

„Er hat das Schwein nicht allein zurücklassen wollen. Das finde ich sehr nobel, auch weil das in keiner Dienstvorschrift steht." Kadamski sprang Miller bei, was diesem ein weiteres Erklären ersparte.

„Habt ihr eine Idee für den unsichtbaren Vertrieb?"

„Auf die Schnelle bestimmt nicht, aber das wird sich finden. Lato und ich nehmen jeder eine Schweinehälfte in Obhut." Spencer räusperte sich. „Tessa wird geplättet sein, wenn ich mit den Schlüsseln eines neuen Trailers vor ihrer Nase klimpern werde."

Dass Spencer den Namen seiner Wohnpartnerin erwähnte, beunruhigte Miller. Er befürchtete, Spencer könnte auffliegen. Die Fahnder der DEA arbeiteten akribisch. Der Weg zu ihm war ein kurzer. Bei Kadamski, dem intelligenten Hund, hatte er weniger Bedenken.

Kapitel 18

Im letzten Herbst des alten Jahrtausends war es Frank Spencer genug mit New York. Dorthin hatte es ihn nach dem Armeedienst verschlagen. Eine Rückkehr nach Montana schloss er damals aus. Mit dem Lkw-Schein vom Militär hoffte er auf einen Fahrerjob. Bei einem Kurierdienst kam er schließlich unter. Den kornblumenblauen VW Caddy, abwechselnd bestückt mit Gerichtsakten, Verwaltungsschreiben und Börsenpapieren, aber auch mit Blumenbouquets, Fahrzeugersatzteilen und Pharmaka, steuerte er schon bald blindlings sicher durch die Straßenschluchten von Big Apple. Das Monatssalär reichte für ein kleines Appartement in Queens und regelmäßigen Abstechern in die schillernde Schwulenszene der Stadt. Sie war der eigentliche Grund für sein Rendezvous mit New York.

Tagsüber bedrückte ihn von Beginn an die beklemmende Enge zwischen endlosen Häuserzeilen und Betonkathedralen. Keine Weitsicht, lediglich ein schmales Fenster Himmel. Der Blick übers Lenkrad betrübte ihn mehr und mehr. Er sehnte sich nach fernem Horizont. Einer seiner flüchtigen Bekanntschaften im Club „Sparring" stammte aus Texas. Er erzählte ihm von dem einsetzenden Fracking-Boom in dem Bundesstaat. Dieser entfaltete einen gewaltigen Sog. Investorengelder flossen, Unternehmen expandierten, Jobber pilgerten in Scharen gen Süden.

Spencer landete an einem späten Oktoberabend im „Dennie's", einem 24-Stunden-Restaurant im Norden von Austin. Die Interstate 35 verläuft daran vorbei in die Stadt hinein. Unweit des „Dennie's" kreuzt der Highway 183 die Einflugschneise numero 35. Von New York hatte er es bis hier per Anhalter geschafft. Mit einer ledernen Reisetasche in der Hand und seinem alten Cowboy-Hut auf dem Kopf betrat er das Lokal. Der Hut begleitete ihn seit dem Weggang von Montana. Jetzt war es an der Zeit, das gute

Stück wieder zu tragen. Texas empfing ihn mit weitem Horizont und weitem Himmel.

Die Sonne hatte sich für diesen Tag bereits verabschiedet. Im „Dennie's" leuchteten die wuchtigen Deckenleuchten. Eigelbe kurze Zylinder vom Durchmesser einer großen Schlagzeugtrommel. Spotlights erhellten den Verkaufstresen, über dem in großen Buchstaben zu Breakfast, Lunch und Dinner eingeladen wurde. Rund um die Uhr. Gegenüber reihten sich entlang der Fensterfront ein halbes Dutzend Tischabteile mit dick gepolsterten Sitzbänken. Den Mitteltrakt füllten mehrere Vierertische, in Linie und 45 Grad zueinander versetzt. Eine halbe Stunde vor Mitternacht verloren sich in dem von einem Schrägdach überdeckten Gastraum kaum Menschen. Lediglich vier junge Männer saßen in einem der Tischabteile zusammen und schlürften ihre Coke-Becher leer.

Spencer warf die Reisetasche auf die erste Sitzbank gleich neben der Eingangstür. In gehörigem Abstand zu den vier Basecap-Trägern. Am Tresen empfing ihn die einzige Mitarbeiterin im Nachtdienst. Ein großes Weib von üppiger Statur. Die schwarze Bluse spannte an Armen und Oberweite, die schwarze Hose über den Oberschenkeln. Einen bizarren Farbkontrast dazu zeichnete das füllige rotbraune Haar. Offen fiel es bis auf die Schultern. Es erinnerte Spencer an eine Löwenmähne von ungewöhnlich feuriger Art.

„Was darf's sein zu später Stunde?" Ein freundliches rundes Gesicht strahlte ihn an. Geprägt von hellen wachen Augen und einer stupsigen Nase. Die prallen Wangen schimmerten rosig.

Spencer verspürte Hunger. Der letzte Stopp an einer Raststätte lag mehrere Stunden zurück.

„Welche Spezialität des Hauses für den großen Appetit würden Sie empfehlen?"

„Roastbeef und dazu einen Cheeseburger samt unserer hausgemachten Pommes frites."

„Das klingt gut."

„Zu trinken?"

„Ein Budweiser bitte."

„Ein Budweiser", quittierte die „Dennie's"-Verkäuferin und pries stereotyp wie alle Kolleginnen in Fast-Food-Restaurants, Tankstellen und Coffee-Shops dieser Welt das aktuelle Angebot an. „Wie wäre es zum Abschluss mit etwas Süßem? Wir haben seit kurzem Blaubeeren-Pancake neu auf der Karte."

„Mit Schlagsahne?"

„Mit Schlagsahne."

„Dann mit Schlagsahne."

Spencer und die rothaarige Löwin tauschten ein Lächeln aus.

„Ich bringe es an den Tisch. Wollen Sie das Bier schon mitnehmen?"

„Gute Idee."

Er griff nach dem kühlen Budweiser. Ein kurzer abschätzender Blick. Das Girl war ihm in seinem Wesen sympathisch.

Spencer nahm gegenüber der Reisetasche Platz. Sie rüttelte an seinem dringlichsten Problem. Er benötigte eine Übernachtungsmöglichkeit. Nachdenklich zog er die Bierdose auf. Zischend quoll weißer Schaum aus dem Trinkschlitz. Hastig schnappte er danach, ein Überlaufen vermeidend. Der erste lange Schluck belebte die Sinne. Vielleicht wusste die freundliche Bedienung ein günstiges Motel in der Nähe. Bis er einen neuen Job gefunden hatte, musste er seine Dollars zusammenhalten. Auch wenn von einer Boomtown geredet wurde, es könnte sich etliche Tage hinziehen, in Austin auf ein akzeptables Angebot zu stoßen und einen Kontrakt zu unterschreiben. Er schaute in die Nacht. In die hatten sich im Fensterglas die eigelben Schlagzeug-Leuchten gehängt.

„So, da haben wir es. Roastbeef, Burger mit Pommes und Pancake."

Die Löwenmähne war dicht an den Tisch herangetreten. Spencer zuckte leicht erschrocken aus seinen Gedanken. Sie war eine imposante Erscheinung.

„Guten Appetit."

„Danke. Äh, sagen Sie, gibt es in der Umgebung ein Motel?"

Sie drehte sich gerade weg, und gleich wieder zurück.

„Motel?" In skeptischem Ton wiederholte sie die Objektnachfrage. Damit gewann sie einen Augenblick, Spencer genauer zu mustern. Auch wenn er einen abgefetzten Cowboy-Hut trug, er erschien ihr ganz und gar nicht raubeinig, eher von sanftmütiger Natur. Sie wollte ihm vertrauen.

„Ich bin übrigens Tessa. Sind Sie auf der Durchreise?"

„Hi Tessa." Er hatte sich in ihrem sympathischen Wesen nicht getäuscht, ging es ihm schlagartig ein. „Frank Spencer. Durchreise trifft es nicht. Ich habe mir sagen lassen, in Austin sind derzeit gut Jobs zu vergeben. Wegen des Frackings. Ein Truck unterm Hintern, darauf bin ich aus."

„Na dann viel Glück. Von wo treibt es dich hierher?"

„Großgeworden bin ich in Montana." Er tippte an die Krempe des Cowboy-Huts. „Erst hat es mich zur Army verschlagen, bis rüber nach Deutschland. Wieder in Zivil habe ich die letzten Jahre in New York ein Kurierauto gefahren. Aber in dem Großstadtgewimmel ist es mir zu eng geworden."

„Warum bist du nicht zurück in den Westen?"

„Auf dem Lande sind die besten Zeiten vorbei, es ist schwierig geworden."

„Wartet niemand auf dich?"

Spencer erwartete die Frage. Er entschied sich für die Fakten, die aber nicht alles erzählten.

„Es gab Beziehungen, doch keine von Dauer. Juup!"

„Verstehe." Tessa spannte den Oberkörper, der Busen wuchs mächtig an. Die Haltung bekam förmliche Züge, gleich würde sie etwas Offizielles verkünden. Spencer war auf alles gefasst, hatte aber nicht den geringsten Schimmer, worauf. Er lehnte sich zurück.

„Motels haben wir einige. Um diese Zeit wirst du jedoch nirgends mehr unterkommen. Du bist nicht der Einzige auf Jobsuche."

Spencers Blick bohrte sich ins Roastbeef, das er längst gern angeschnitten hätte.

„Aber ich kann dich zu mir mitnehmen. Ich wohne nicht weit von hier in North Lamar, einem Trailer-Park. Wenn dir das genügt."

Er schaute erstaunt zu ihr auf. Sie lächelte gewinnend.

„Ja, danke, wenn du meinst", stammelte er. „Also warte ich, bis dein Dienst beendet ist."

„Genauso. Um sechs Uhr."

Tessa eilte zum Tresen. Ein Biker-Pärchen in Lederkluft hatte von beiden unbemerkt das „Dennie's" geentert. Die vier mit den Basecaps waren verschwunden. Eine Stunde später lag Spencer rücklings auf der Sitzbank. Sein Gesicht vergrub er unter dem breiten Hut.

North Lamar im Norden von Austin war ein aufgeräumter unspektakulärer Trailer-Park. Trotzdem bunt in Farben, Stil und Geschmack. Wohnwagen und Mobilheime säumten die breite Wegung, die sich in einer Schleife durch das Areal unweit des Highways 183 zog.

Tessas Mobilheim und die meisten anderen in North Lamar standen quer zur Straße. Überspannt war der chaletähnliche, beige angestrichene Bau von einem Flachdach, das auf der Eingangsseite bis über die zusätzlich angesetzte Holzterrasse reichte. Auf diese führte eine vierstufige ausgetretene Treppe. Ein hüfthoher dunkelgrüner Lattenzaun umgab das Quartier. Auf dem Rohrrahmen des autobreiten Eingangstores hing schlaffer Maschendraht. Tessa Roth erbte das kleine Anwesen von ihrem früheren Lebenspartner. Dieser war vor Jahren an Lungenkrebs verstorben.

Tessa knipste die Deckenleuchte an. Warmes dunkelgelbliches Licht flutete das Mobilheim, ohne in jeden Winkel zu kriechen.

„Willkommen in meiner bescheidenen Hütte. Schau nicht so genau hin, es ist keine Stärke von mir, ein gewisses Ordnungslevel zu halten."

Durch die schmale Eingangstür tapste Spencer direkt in den Wohnbereich. Rechterhand erstreckte sich der Küchentrakt, mit Mikrowelle, Spüle und einem mannshohen Kühlschrank. Im hinteren Teil des Raumes nahm eine Liegecouch die Stirnseite ein. Davor ein ovaler Tisch, an dem zwei schmale Polstersessel ohne Armlehne drapiert waren. Schräg ab von dem Ensemble füllte ein mittelgroßes Fernsehgerät die Stellfläche eines Sideboards. In diesem verloren sich einige abgegriffene Bücher. Das gesamte Interieur mutete vergilbt und verbraucht an. Neben der Sanitärkoje vis-à-vis der Eingangstür begann links Tessas Schlafreich. Eine Doppelliege erkannte Spencer, nachdem er eingetreten war. Im matten Licht registrierte er zudem die Umrisse eines Gewehrs, das quer über der Schlafstatt an der Wand hing. Er tippte auf eine doppelläufige Schrottflinte.

„Ich mache uns erst noch einen Kaffee. Du kannst dein müdes Haupt auf die Couch betten. Bis Mittag ist Ruhe in der Kiste."

Tessa zerrte aus einem Wandschrank ein lasches Kopfkissen und eine gesteppte Bettdecke. Beides warf sie Spencer zu. „Fühl dich wie zu Hause."

Ihn imponierte Tessas resoluter Auftritt. Das Bettzeug mit den Armen umschlungen reckte er den Kopf über den Textilberg. „Danke Tessa, ich sehe zu, dass ich ein Zimmer finde. Dann bin ich schnell wieder weg."

Sie drehte den Wasserhahn auf für den Behälter der Kaffeemaschine. „Du kannst bleiben, so lange du magst." Sie sah ihn nicht an.

Spencer bettete die Couch auf. Tessas Einladung vibrierte nicht vor Sehnsucht nach einem Mann. Es schwang darin die pragmatische Erwägung, einen Mann im Haus zu haben.

Tessa stellte die Tassen auf den Tisch und setzte sich. Ihre Augen waren müde geschrumpft. Der Kaffee duftete kräftig.

„Seit mein Partner Ian vor zwei Jahren das Zeitliche gesegnet hat, Lungenkrebs ist eine hässliche Sache, bist du der Erste, den ich einlasse. Mein Gespür täuscht mich selten, aber mit dem Moment, als du am Tresen gestanden hast, gab es diesen versichernden Kick. Und bei allem, was ich bisher von dir weiß, sind wir uns ähnlich. Wir sind noch nicht am ersehnten Ufer. Vielleicht könnten wir ein Stück weit einander begleiten. Das macht es jedenfalls leichter, den Widrigkeiten im Leben zu begegnen."

„Zu welchem Ufer zieht es dich denn?"

„Ewig möchte ich zum Beispiel nicht in der Bude hausen. Ich bin damals zu Ian gezogen, obwohl er acht Jahre älter war, weil ich weg wollte von zu Hause. Was kein gutes Zuhause war. Dad arbeitet auf einem Schrottplatz. Das Geld reichte nie hin noch her, zumal auch Mam als Kassiererin in einem Supermarkt wenig beisteuerte. Viel zu oft ersäuften sie den Kummer über das karge Dasein im Alkohol. In gegenseitigen Schuldzuweisungen zogen sie sich zusätzlich runter. Ich habe es nicht mehr ausgehalten."

„Wie alt bist du?"

„25. Warum fragst du?"

„Wenn ich mich schon bereiterkläre, mit einer Frau unter einem Dach zu wohnen, sollte die Altersangabe keine Unbekannte bleiben."

„Das klingt, als wäre es das erste Mal."

„Im Grunde ist es so." Spencer schlürfte den Kaffee, der heiß in den Körper strömte, aber auch am Weiterreden hinderte.

„Lass uns eine Verabredung treffen. Wir versuchen es einfach. Ich habe mich lange genug auf das Ding dahinten an der Wand verlassen müssen", Tessa wippte den Kopf in Richtung zum anderen Ende des Mobilheims. Ihr war beim Eintreten nicht entgangen, dass Frank im Blick auf den Schlafbereich kurz innegehalten hatte. „Mir ist wohler bei dem Gedanken, hier vorne ist jemand anwesend, der mich notfalls beschützt."

Frank verlor mit dem feinstrahligen Hinweis auf die räumliche Trennung seine Anspannung. Fast hätte er sich verschluckt. Tessas nettes Gesicht korrespondierte nicht mit der Körperfülle. Sie musste viel ungesundes Zeug in ihren Kinder- und Jugendtagen in sich hineingefuttert haben. Er vermutete, sie blockte damit die Sorgen über die prekären Verhältnisse der Familie. Andere Mädchen in diesem Alter und in dieser Situation verfielen der Magersucht. Beide Extremreaktionen verzehrten die sexuelle Attraktivität und Selbstachtung.

Für einen Augenblick rang er mit dem Gedanken, Tessa von seiner Vorliebe zu Männern zu erzählen. Er zögerte. Wie würde sie reagieren? Er kannte sie erst seit Stunden. Im Trailer-Park lebte sie in einer Umgebung, von der er annehmen durfte, die Akzeptanz von Homosexuellen bewegte sich auf niedrigem Niveau. Die Wohnsiedlung erinnerte ihn an kleinbürgerliche Gartenanlagen in Deutschland. In den ländlichen Weiten von Montana waren derart dicht an dicht aneinandergereihte Behausungen unbekannt. In Austin bildeten sie den Zufluchtsort für Landsleute, denen der amerikanische Traum entglitten war.

Über viele Jahre und mit kraftvollem Elan versuchten sie vergeblich, des goldfarbenen Luftballons habhaft zu werden. Sie packten zu, doch immer schwebte er ihnen davon. Bis sie sich ihres Lebensschicksals ermüdet ergaben. Ein Rückzug in kärgliche Wohnwagen und Mobilheime. Frust, Schuldzuweisungen und Aggression zogen zur Untermiete mit ein.

Als suspekt bemaßen sie all jene, die sie an ihre dauerhafte Malaise erinnerten oder die es geschafft hatten, den goldenen Ballon zu ergreifen. Sie glaubten an sich und das Land und mussten trotzdem erfahren, fehlte es ihnen an Dollars, wurden sie gnadenlos ausgespien. Sie verfielen in die Opferrolle, aus der sie argwöhnisch beobachteten, ob andere soziale Gruppen vermeintlich ungebührend partizipierten. Einwanderer, Minderheiten, Farbige. Ebenfalls unter Generalverdacht standen Homosexuelle.

Frank schwieg. Tessa und er kämen auch so klar, wähnte er sich sicher.

„Wenn ich das Gewehr mal ausprobieren dürfte, würde ich auch ruhiger schlafen“, besiegelte er umschweifig die soeben gegründete Wohngemeinschaft. Ein breites Grinsen folgte. Tessa lächelte gelöst. In den müden Augen blitzte ein Strahlen. Sie tranken den Kaffee zügig aus.

Schlurfend entfernte sich Tessa. Vor ihrem Schlafreich drehte sie sich noch mal um. „Ich arbeite relativ häufig nachts, da springen ein paar Dollars mehr herum. Vermutlich wirst du auch auf längeren Touren unterwegs sein, wir werden uns also nicht jeden Tag über den Weg laufen.“ Durch den schmalen Gang sah sie Franks schattiges Gesicht nur schemenhaft. „Du findest dich zurecht?“

„Ja.“

Zwischen den hölzernen Fensterjalousien über der Küchenzeile zwängte sich das Morgenlicht ins Innere.

Mit Tessas kleinem roten Dodge Hornet überquerte Spencer den Colorado auf der Interstate 35 in Richtung Süden und verließ diese am Kreuz zum Highway 71. Im Südosten von Austin erstreckt sich an der Autotrasse ein größeres Gewerbegebiet. Riesige flache Hallen, angeordnet im Muster einer Barackensiedlung, dominierten das Areal. An den Ladetoren dockten unzählige Trucks an. Inmitten der fensterlosen Logistikarchitektur stach der Firmensitz von „Austin Transporters“ heraus. Ein zweistöckiges

Gebäude, durchgehend umrahmt von einer bläulich schimmernden Glasfassade. Spencer war nach dem Lunch mit Firmenchef Dustin Fraser verabredet. Dieser suchte für seine Flotte von 15 Trucks, darunter einige Kühltransporter, einen Fahrer für spezielle Aufgaben. Was nichts anderes bedeutete, er brauchte einen Springer. Flexibel einsetzbar im Nahbereich, aber auch im Interstate-Verkehr. In dem knallharten Geschäft konnte er es sich nicht leisten, dass auch nur ein Fahrzeug nicht rollte, weil Fahrer erkrankten oder aus anderem Grund nicht verfügbar waren.

„Willkommen bei *Austin Transporters.*" Fraser stemmte sich aus dem Bürosessel und stürzte auf Spencer zu. Er hatte die Fünfzig überschritten, erste graue Haare siedelten sich auf Schläfenhöhe an. Den dunklen vollen Schopf durchzog ein Scheitel in Robert-Redford-Look. Ein ausgeblichenes hellblaues Jeanshemd und eine indigoblaue Jeans ergänzten halbhohe spitze Westernstiefel.

Das äußere Format gefiel Spencer. Auch der kräftige Händedruck des Großstadtcowboys. Ein Hauch Montana wehte ihn an, stimmte ihn zuversichtlich.

„Dustin Fraser. Ich bewege das Lenkrad dieses Ladens. Setzen wir uns Mister Spencer. Wir duzen uns alle, ist das okay für Sie?"

„Aber klar."

„Das freut mich Frank." Fraser dirigierte ihn zu einem kleinen Beratungstisch, auf dem ein Kühlkübel mit Getränken stand. „Bediene dich."

Nach einer kurzen Pause, in der er Spencer beobachtete, eröffnete er das übliche Fragenspiel.

„Von New York bist du heruntergekommen, warst davor bei der Army und hast dort größere Kisten gefahren."

„Einen Tanklastzug. Drüben in Deutschland, auf der Air Base Ramstein."

„Vor der Army habe ich mich verdrückt zum Studium nach

Kalifornien. Ich wollte nicht in der berüchtigten Recruiting-Lostrommel und in diesem irrsinnigen Vietnamkrieg landen. Das war 1970, nach dem College. Damals herrschte an der Heimatfront auf eine andere Art Krieg. Ein paarmal habe ich an Demonstrationen gegen diese sinnlose Scheiße in Indochina teilgenommen."

„Zu meiner Zeit war auch Krieg. Über Ramstein lief ein Teil des Nachschubs für unsere GIs in der Wüste. Die hatten ein echtes Ziel, die Irakis aus Kuwait heraushauen."

Frasers ausgeprägte Stirnfalten gerieten sichtlich nachdenklich.

„Es schauderte mich trotzdem, als ich im Autoradio hörte, da draußen in der Welt marschieren wieder amerikanische Soldaten ins Gefecht. Es mag ja angehen, dass in dem Fall nur die Brechstange geholfen hat. Aber ich würde meine Firma dafür verwetten, wenn nicht Kuwait besetzt worden wäre, hättet ihr euch in Ramstein weiter die Eier schaukeln können. Die Zauberworte sind Erdöl und Erdgas. Darum ging es immer in der Region. Sie stänkern schon wieder mit dem Hussein herum. Sollte Bush im nächsten Jahr Präsident werden, kracht's garantiert irgendwann. Der stammt aus Texas und steckt mit beiden Händen im Öl."

Frasers Exkurs empfand Spencer nicht unspannend. Nur hätte er zu gern erfahren, wie es um seine Chancen für den Job stand. Der Firmenchef lenkte von sich aus ein.

„Dummerweise hängen wir auch mit dran. Dieser Fracking-Hype reißt alle mit, und ohne Transporte würde nichts laufen. Wir fahren, was an Fracht anfällt, von Hochdruckpumpen bis Schweinehälften. Ich würde dich anheuern als Springer. Du solltest dich also in keinen Bock verlieben. Einige Jungs sind närrisch darauf, aus der Fahrerkabine ein zweites Wohnzimmer zu kreieren. Sollen sie, solange sie die Termine halten und ansonsten keinen Unfug anstellen. Machst du deine Sache gut, sind 50.000 Dollar drin. Du kannst morgen anfangen."

„Okay, ich bin dabei." Spencer schlug schnell ein. Keine 48 Stunden schnupperte er texanische Luft, schon hatte er beides, eine feste Bleibe und den erhofften Job.

Spencer fuhr am liebsten auf der Interstate 10 die Touren rüber nach Louisiana. In der Regel war er dann ein bis zwei Tage unterwegs, je nachdem, ob zügig eine Rückladung in Aussicht stand. Er genoss es, meilenweit auf gerader Strecke dem weiten Horizont entgegenzufahren. Stundenlang für sich allein. Stunden, in denen er nicht Gefahr lief, durch leichtfüßige Äußerungen und Gesten die Truckerkollegen argwöhnen zu lassen über seine sexuellen Vorlieben. Schwuchteln, wie sie Homosexuelle abschätzig titulierten, waren unter den Cowboys der Straße nicht gelitten. Auch musste er nicht lustvoll eingeworfene und schallendes Gelächter auslösende Schwulenwitze ertragen. Jedes Mal kostete es ihm Überwindung, unauffällig mitzugrinsen. Außerdem erkundigte sich niemand nach Familie und Kindern. Der Frage wich er sonst nie aus und verwies auf Tessa. Die anderen hielten sie für seine Lebenspartnerin.

Zur Rast stoppte er häufig am legendären Longhorn Travel Plaza nahe der Interstate 10 in Louisiana, wenige Meilen entfernt von der Grenze zu Texas. Über die Jahre traf er dort häufiger bekannte Gesichter. Viele Fahrer waren regelmäßig auf dem Track entlang der Südostküste unterwegs. Einige kamen von New York City herunter. Sie aßen und tranken gut gelaunt, verdienten gutes Geld. Es rollte. Nach dem Einsturz der Twin Towers in Manhattan am 11. September 2001 legte sich der Schleier der aufgewirbelten gigantischen Staubmassen lähmend auf die Stimmung der Trucker. Im Longhorn hafteten ihr Blicke auf dem TV-Bildschirm, verfolgten sie die Entwicklung in den Wochen danach. Anfängliche Ohnmacht und Fassungslosigkeit wichen bald einem entschlossenen patriotischen „Den zeigen wir's". Die Luftschläge der US Air Force gegen Al-Qaida in Afghanistan erzeugten eine Genugtuung und befeuerten ein Wir-Amerikaner-stehen-zusammen-Gefühl. Spencer dachte des Öfteren an Ramstein.

Ab Mitte der Nullerjahre im neuen Jahrzehnt begann das solidarische *We are all Americans* abzukühlen. Spencer bemerkte es in den Gesprächen mit den New Yorkern. In der Metropole am East River prasselte auf Banker, Börsenspekulanten und Finanzmakler ein Dollarregen nieder, der etliche der Feinen-Zwirn-Träger ohne echte Arbeit zu Millionären machte. Einmal einen Haufen Geld auf den Kursverfall von Unternehmensaktien oder Währungen gesetzt, konnte daraus, beschleunigt durch globale Transaktionen und Spekulationen, ein Vermögen erwachsen.

Zugleich florierte der Handel mit ungedeckten Immobilienschecks. Verpackt zu dubiosen, verstrubbelten Finanzprodukten, bei denen selbst Experten nicht mehr durchblickten, jubelten sich Kreditinstitute und Fondsgesellschaften diese gegenseitig unter. Unendlich viel niedrig verzinstes Geld kursierte im Markt. Das billige Cash verführte auch den unterdurchschnittlich verdienenden Amerikaner zu der Illusion, auf Pump ein eigenes Haus erwerben zu können. Diese vernebelte die Erkenntnis, in dem Casino-Spiel blieben sie die Verlierer.

Den Jungmillionären neideten die New Yorker Trucker nicht, dass für sie der amerikanischste Traum aller Träume wahr geworden war. Das änderte sich mit dem Tag, an dem die Zinsen stiegen und die einst überschaubaren Kreditraten begannen, sich in die Etats der Eigenheimbewohner zu fressen. Spencer erinnerte sich an den Wutausbruch eines Truckers. Alle nannten ihn Grizzly. Ein baumstarker Kerl mit prächtigem Vollbart und praller Wampe. Sie saßen zusammen und verfolgten die sich überschlagenden News von der Pleite der Lehman-Brothers-Bank. Grizzlys Pranke krachte auf den Tisch, die Hände der anderen griffen reflexartig nach den Cola-Bechern.

„Nun schaut euch diese Ganoven an. Erst können sie den Hals nicht voll genug kriegen und dann hauen sie in den Sack, als ginge es sie nichts an."

Der Nachrichtensender zeigte Bilder von Lehman-Mitarbeitern, die fluchtartig mit Kartons, ausreichend für den persönlichen Schreibtischkram, aus der New Yorker Bankzentrale strömten.

„Wir können jetzt zusehen, wie wir klarkommen. Fuck."

Er erzählte hinterher, die Familie seiner Schwester bei sich aufgenommen zu haben. Mit zwei Kindern. Sie konnte mit ihrem Ehemann die Hausraten nicht mehr aufbringen. Die Zwangsversteigerung folgte auf dem Fuße. Mit ihren prekären Jobs in einer Autowaschstraße und als Motel-Reinigungskraft hatten sie sich auf ein Vabanquespiel eingelassen. Davor sie zu warnen, bemüßigte sich keiner der Geldgeber.

In den krisengeplagten Wochen und Monaten sattelte Spencer häufiger um von der Interstate in den Großraum von Austin. Das Umzugsgeschäft blühte auf mit der wachsenden Zahl vermeintlicher Hausbesitzer, die ihr Heim aufgeben und verlassen mussten. In der 2. Straße, Ecke Robert-E.-Martinez-jr.-Street wurde er zusammen mit seinem Spanner Nick, der ihn bei Umzugstouren begleitete, zu einem Haus beordert, dessen Bewohner spärliche Möbel und sonstigen sperrigen Krempel einfach zurückgelassen hatten. Hinderlicher Ballast beim nächsten Versuch, irgendwo zwischen Ost- und Westküste dem Glück zu begegnen.

Der Polizist mit Spiegelglas-Sonnenbrille, der sie bei der Räumung kontrollierte und dem er seine Handynummer zugesteckt hatte, rief zwei Tage später an. Sergeant Paul Miller beichtete ihm umständlich, einen Umzug gar nicht zu beabsichtigen. Er würde sich viel lieber gern mit ihm treffen. Den Anruf hatte Spencer erhofft. Viel zu lange schon verweigerte sich der Moment, in dem brachial und unwiderstehlich ein vertrauensgeladener Funken übersprang zu einem Schicksalsgefährten. Einen solchen erkannte er in den Augen des Polizisten.

Sie begegneten einander wieder in einer Raststätte. An der Interstate 35 im südlichen Umland von Austin. Spencer steuerte diese auf einer seiner Louisiana-Touren an. Miller stieß zu ihm. In Zivil. Von dem schneidig aussehenden und auftretenden Polizisten war nicht viel übrig. Was Frank anfangs enttäuschte. Paul trug die Spiegelglas-Brille, doch das übrige Outfit erinnerte an einen Urlaubstrip. In kunterbuntem Sommerhemd und heller Jeans.

Es bedurfte nur einiger Treffs, dann hatte sich die Kompassnadel ihres Verhältnisses eingependelt. Vorbei am magnetischen Pol der Liebe und erotischer Anziehung. Die Nadel tänzelte in Richtung einer innigen Freundschaft. Entscheidend für sie war das Bedürfnis, gemeinsam das Abseits aufheben zu können, in dem sie sich täglich unerkannt im homophoben Umfeld bei der Polizei und im Trucker-Lager bewegten. Sie erzählten sich die Geschichten ihrer Coming-outs und von den Liebesaffären mit Andreas, dem Deutschen aus Kaiserslautern, und dem Schotten Billy auf dem Micky-Mouse-Kreuzfahrtschiff.

Doch so wohltuend und befreiend es anfänglich gewesen sein mag, uneingeschränkt und lustvoll über die eigene Begierde nach Männern reden zu können, es schürte mit jedem Wort unweigerlich das körperliche Bedürfnis, das gleichgeschlechtliche sexuelle Verlangen zu stillen. Spencer sprach es zuerst an und schlug Miller vor, er möge doch in Austin die Schwulenbar-Szene erkunden.

Er selbst habe im Internet einige Treffs gefunden, doch wäre es für sie beide gut, wenn das Risiko, von jemandem erkannt zu werden, überschaubar bliebe. Bei der Recherche, Miller patrouillierte mit dem Streifenwagen in Abständen von Tagen in den Straßen des einschlägigen Stadtviertels, war er am „Purple River“ zunächst vorbeigefahren. Auf die unauffällige beigefarbene Fassade des flachen Gebäudes wurde er erst auf einer zweiten Runde aufmerksam. Ein unzweifelhafter Beleg, das richtige Etablissement zu sondieren. Bereits bei ihrem zweiten Besuch lief ihnen im Halbdunkel der Schwulenbar der junge Mexikaner Jerimez in die Arme.

Spencer erklärte Tessa seine häufigere abendliche Abwesenheit mit einem Soldatenverein. Dem hätte er sich angeschlossen. Ehemalige in Deutschland stationierte GIs träfen sich regelmäßig, um in Erinnerungen zu schwelgen. Auch würden sie sich zuweilen auf einem Schießplatz am Stadtrand unter Beweis stellen, das Waffenhandwerk nicht verlernt zu haben.

In den Jahren nach dem großen Immobiliencrash versiegten Tessas Nachfragen. Sie war einfach froh, dass Frank noch immer zurückkehrte. Bei seinen längeren Touren fuhr stets die Angst mit, er könnte fortbleiben. Aus ihrem Gesicht hatte sich trotzdem das freundliche Lächeln verabschiedet. Und sie wurde dicker. Seit längerem haderte sie damit, dem engen Mobilheim nicht entronnen zu sein. Sie fluchte über ihr Scheitern und schimpfte sich in Rage. Über die Börsenhaie, die demokratische Clique in Washington, die das alles laufen gelassen und daran mitverdient hatte. Während sie im „Dennie's" weiter bediente, ohne Aussicht auf einen besser bezahlten Job, lernte sie eine Menge Leute von ähnlichem Frust und verlorener Hoffnung kennen. In der Krise waren reihenweise Fracking-Bohrtürme kurzerhand stillgelegt worden.

Ausgangs des Sommers 2016 zwängte sich ein Name in den verbreiteten Unmut. Donald Trump. Der Immobilientycoon hatte wenig gemein mit Tessa, mit Spencer, den Gästen im Restaurant und mit den Bewohnern im Trailer-Park North Lamar. Mochte er sie daher auch nicht verstehen, so begriff er zumindest, sie waren eine mächtige Karte im Machtpoker ums Weiße Haus. Er sammelte ihre unerhörten Stimmen ein, sprach laut aus, was ihnen auf der Seele brannte. Amerika zu einstiger Gloria führen, seine Bewohner vom Goldrausch träumen lassen und ihnen den Wohlstand des fleißig Schuftenden versprechen. Tessa gefiel dieser Republikaner mit der gelbblonden schockgefrosteten Scheitelfrisur. Zwar törnte sie das Widerstück zu ihrer rotbraunen Löwenmähne ab, doch diese äußere Attitüde zieh sie dem millionenschweren Selfmademan. Er schickte sich an, den saturierten Demokraten und den Politikbeschäftigten seiner eigenen Partei das Fürchten zu lehren. Gewönne er die Wahl, gäbe es im Weißen Haus einen Stellvertreter des siegreichen Souveräns, des gemeinen amerikanischen Volkes.

Diese Vorstellung schubste Tessa aus ihrem Alltagstrott. Eines Tages befestigte sie einen alten Besenstiel an einen der Holzpfosten der offenen Veranda. An dem ausgedienten Stiel hatte sie ein Sternenbanner von einem Meter mal eineinhalb Meter Größe getackert. Erhob sich ein Wind über den Trailer-Park, flatterte es so heftig, dass sich die provisorische Fahnenstange bog und abzubrechen drohte. Halte durch, wenigstens bis zur Wahl von Trump, dachte Tessa jedes Mal, wenn das Knattern der US-Flagge ins Mobilheim drang, während sie im Fernseher die Wahlkampfauftritte ihres Favoriten verfolgte. Er gelobte dem amerikanischen gemeinen Volk unter anderem, die USA werden der weltgrößte Förderer von Erdgas und Erdöl werden. In Texas würde bald kein Förderturm mehr stillstehen.

Als Frank eines frühen Abends seinen alten Golf III auf die kurze Auffahrt steuerte, den deutschen Volkswagen hatte er günstig einem Gebrauchtwagenhändler abgekauft, schimmerte die Sonne durch den rot-weiß-blauen Stoff des Sternenbanners. Er drückte den Kopf vor zur Frontscheibe und schaute angestrengt nach oben. Keine Fata Morgana.

Er stieg die vier Stufen der Holztreppe empor und wollte einen prüfenden Blick auf die Befestigung des Fahnenstiels werfen, da bemerkte er Tessa, breitbeinig in der Tür stehend. Ihr ungewohnt kalkuliertes Lächeln sollte ihm signalisieren „Überrascht, was?“.

Das war er. „Aus welchem Fundus hast du das gute Stück?“

„Es hat lange Zeit kein Tageslicht gesehen, lag untergemengt im Kleiderfach. Ich hatte es mir als Teenager besorgt. *Born in the U.S.A.*, das war damals angesagt.“

„Springsteen.”

„Genau.”

„Und jetzt?”

„Trump.”

„Du zeigst also Flagge, im doppelten Sinne.“

„Nee, eher eindeutig. Trump will ein starkes Homeland Amerika. Ich auch. Hast du an die Pizza gedacht?“

„Natürlich.“ Frank schlug sich die rechte Hand an die Stirn, drehte sich um und sprang die Treppe hinunter zum Golf.

„Unser Blondie hat auf jeden Fall eine Chance verdient.“ Frank zerrte am letzten Viertelstück der Peperoni-Cheese-Pizza.

Tessa faltete ihren schmalen Karton hälftig und schob ihn an die Tischkante. Sie füllte Frank und sich aus der großen Colaflasche nach.

„Er macht einen Entschlossenen“, fuhr Frank mit halbvollem Mund fort. „Meine Freunde und ich haben im Ausland für Amerika eingestanden. Trump ist einer von uns. Das verbindet.“

„Die meisten Leute, mit denen ich im Restaurant und hier im Park gesprochen habe, treibt die Sehnsucht, wieder an dieses Land glauben zu können. Wenn Trump nur die Hälfte von dem wahr macht, was er twitternd verheißt, könnte das eintreten. Ich traue es ihm zu.“

Tessa wollte den scharfen Scheitel siegen sehen. Je näher der November-Wahltag rückte, desto öfters war sie nun abwesend. Sie tingelte von Wohnmobil zu Wohnmobil, von Mobilheim zu

Mobilheim und in benachbarten Gegenden von Haus zu Haus. Die Wählerinitiative, der sie sich angeschlossen hatte, ließ für die Werbetouren rote T-Shirts anfertigen. Auf Tessas üppigem Busen prangte *America First*.

Kapitel 19

Heidberger setzte sich Jerimez gegenüber. Auf einem wackeligen Stuhl rückte er nah an den jungen Mexikaner heran. Der kauerte auf einem eisernen Bettgestell, graufarben gestrichen, bedeckt von einer ausgelegenen Matratze. Deren Alter verschwieg ein straffes rostbraunes Spannlaken. Der Wohnraum hinter der Tür am Tresen leuchtete mintgrün. In dem Farbton und karg möbliert wirkte er sanitär. Es gab in dem Zimmer rechts vom Bett ein verblichenes Waschbecken, durchzogen von einem hellbraunen Riss. Oberhalb hing ein Spiegel an der Wand, stellenweise befallen vom grauen Star. Das einzige Fenster ging nach vorn raus zur Straße. Mannshoch eingelassen konnte nicht hinausgeblickt werden, ohne den wackeligen Stuhl zur Hilfe zu nehmen.

Ein ungemütliches Gelass, dachte Heidberger, zumal seit Jahren unbewohnt. Aber offenbar genügte es den drei Jungs nebenan für den sexuellen Kick. Er stellte sich vor, wie vor wenigen Minuten Kadamski ausgestreckt auf dem rostbraunen Laken es sich von Jerimez besorgen ließ. Doch weiter wollte er gar nicht darüber nachdenken. Er versuchte die unangenehme Intimität des Ortes, des Bettes zu ignorieren. Was weniger einfach gelang angesichts einiger Papiertücher, welche am Fußende des Gestells abgelegt und von Jerimez noch nicht entsorgt worden waren. Der Mexikaner schaute Heidberger erwartungsvoll und sichtlich verunsichert an. Ein kritischer Moment. Heidberger wusste, um Jerimez für sich zu gewinnen und aufzuschließen, musste er dessen ängstliche Distanz überwinden. Es bräuchte ein Vertrauen wie zu den Dreien da draußen.

„Hör zu Jerimez, ich lebe in Deutschland, wo ich als Journalist arbeite. Ich komme in dem Job ziemlich durch die Welt, schreibe spannende Stories aus anderen Ländern. Manchmal sind es sehr dramatische Geschichten von Katastrophen, größeren Unglücken und auch von Bürgerkrieg und Terror. Mich interessieren vor allem die Menschen und ihre Schicksale, und wie sie damit umgehen."

Heidberger hielt sein Notizbuch unaufgeschlagen in beiden Händen.

„Auf euch bin ich zufällig gestoßen. Ich hatte mir eigentlich vorgenommen, für einige Wochen ohne vorherigen Plan die USA zu erkunden. Aber das hier", er hob das Notizbuch kurz an, „das lege ich nie ganz beiseite. Journalist bin ich immer."

„Warum hast du an dieser Tankstelle gehalten?", fragte Jerimez überraschend.

„Du wirst es nicht glauben, aber nicht zum Tanken. Ich hatte Durst, mir war das Wasser ausgegangen."

Jerimez' Gesicht heiterte sich auf. Das Anfängermalheur amüsierte ihn. Mit beginnendem Sommer hielt die Sonne voll auf Texas.

„Nennen dich alle Jerimez oder hast du auch einen Nickname?"

Heidberger klappte das Notizbuch auf.

„Meine Familie und ein paar Freunde sagen kurz Jeco. Mit Nachnamen heiße ich Cocha. Je-Co." Er lächelte fast verlegen.

„Paul meinte, du stammst aus Ciudad Juárez. Bist du da aufgewachsen?"

Jerimez warf den Kopf zur Seite und starrte rechterhand auf die mintgrüne Wand. Heidberger bangte in nächster Sekunde, das Gespräch könnte jäh abbrechen. Doch Jeco wendete sich ihm wieder zu. Er begann zu erzählen, die ersten Sätze gingen holprig, fast stotternd über die Lippen. Es kostete ihm merklich Überwindung. Heidberger begriff sofort, jede weitere Frage erübrigte sich.

Jerimez Cocha bevorzugte kurze Wege. Das Wohnviertel Satelite im Südosten von Ciudad Juárez war gnädig. In der Siedlung ver-

liefen die kleineren Straßen parallel zueinander und wurden nach US-amerikanischem Vorbild von breiteren Trassen im rechten Winkel geschnitten. Der 16-Jährige wohnte mit den Eltern und drei Geschwistern an der Kreuzung von Calle Deimos und Calle Saturno in einem zweistöckigen Haus. Mit Flachdach und vergitterten Fenstern. Es ähnelte einem übergroßen Schuhkarton. Links von der Hausfront zur Straße schloss sich ein winziger Innenhof an, abgeriegelt von einem schmiedeeisernen hohen Tor.

Jeco teilte sich mit seinem drei Jahre jüngeren Bruder Pedro eines der beiden mickrigen Zimmer im Obergeschoss. In dem anderen hatten sich die älteren Schwestern Leona und Nina eingerichtet, so gemütlich es irgend ging unter den bemessenen Verhältnissen. Die Mutter hütete das Haus und fütterte die zehn Hühner im Hof. Der Vater arbeitete bei den Elektrizitätswerken der Stadt in einem Umspannwerk als Elektriker. Er fuhr täglich mit einem Motorroller dorthin, am Rande des Gewerbegebietes Zaragoza. In dem Areal befand sich auch die Motorenfabrik eines deutschen Autoherstellers. Seine 22-jährige Schwester Leona schraubte dort am Montageband. Sie hatte eine berufliche Ausbildung in dem Unternehmen absolviert. Ihr gefiel die Arbeit.

Nina steckte in der Abiturstufe. Eine Schulfreundin aus besser begütertem Haus holte sie jeden Morgen mit dem Auto ab. Einem unauffälligen Nissan Micra. Jerimez und Pedro trabten gemeinsam zu Fuß zur Schule. Sie bogen in westliche Richtung in die Calle Saturno und liefen vor bis zur Calle Neptuno. Zur rechten Seite waren es keine 200 Meter mehr bis zur Oberschule Technica. Diese war in einem Flachbau untergebracht. Wie es im gesamten Viertel kein Bauwerk gab höher als zwei Stockwerke. Etliche Straßen in Satelite waren betitelt mit den Namen der Planeten im Sonnensystem. Die Calle Neptuno trennte die Siedlung von dem weitläufigen Gewerbepark Zaragoza. Übersät war dieser von hunderte Meter langen Werkhallen der Maquilas, den Fabriken multinationaler

Konzerne. Sie produzierten weltweit und bevorzugten Mexikos billige Arbeitskräfte und Ciudad Juárez' Nachbarschaft zu den USA. Autozulieferer, Motorenbauer, Elektrounternehmen.

Eine der Hauptzufahrten zum Industrieareal hatten die Planer direkt gegenüber dem Portal der Oberschule angelegt. Zufällig oder nicht, viele Absolventen der Technica nahmen den kurzen Weg über die Straße, suchten eine Ausbildung und Anstellung in den Maquilas zu ergattern. Die Schule genoss bei den Firmenmanagern einen guten Ruf, orientierte sie doch auf praxisnahes polytechnisches Wissen. Pedro liebäugelte damit, seiner Schwester Leona in die Motorenmontage zu folgen.

Bruder Jeco verschwendete keine Gedanken an die andere Straßenseite. Seit er im Computerkabinett der Schule erste Befehlsketten in Programmiersprache aneinandergereiht hatte, war er infiziert vom Software-Schreiben. Dem Faszinosum, in verknüpfte digitale Sequenzen eigene Intelligenz zu übertragen. Abläufe logisch und effizient so zu strukturieren, dass Bedienfelder auf dem Computer anwenderfreundlich funktionieren oder Roboter vorbestimmte Bewegungen ausführen. Diese Transformation von Wissen begeisterte ihn. Er erlebte die Fortsetzung des vom Vater erlernten Schachspiels mit anderen Mitteln. Problemlösungen finden und vorausdenken und sie nun auch noch unendlich verfügbar machen und verbreiten.

Informatik-Lehrer Guerrero bemerkte Jecos Eifer, beim Programmieren jeden gedanklichen Schritt zu hinterfragen, sich nicht mit der erstbesten Intuition zufriedenzugeben. In den Entwürfen des Jungen spiegelte sich kreatives Optimum. Guerrero schlug Jeco vor, der Oberschule Technica einen Kosten-Abrechnungsplan für den Stromverbrauch im Lerngebäude zu erstellen. Eine solche detaillierte Analyse zeigte Schwachstellen auf und Einsparpotenziale. Es hagelte Lob und Dankesworte selbst vom Direktor. Auf einen zweiten Nickname einigte sich sein Umfeld schnell, Mr. IT.

Eines Tages, die Mitschüler hatten bereits das Computerkabinett verlassen, nahm Lehrer Guerrero seinen besten Schützling zur Seite. Er sorgte sich.

„Jerimez, bist du und dein Bruder Pedro in jüngerer Zeit auf der Straße von Unbekannten angesprochen worden?"

„Nein, wieso fragen Sie?"

„Es ist so, uns, ich meine dem Lehrerkollektiv, sind zuletzt Berichte zu Ohren gekommen, dass Kriminelle einige Schüler bedrängt haben sollen, für die Kartelle zu arbeiten, als Drogenkuriere oder Dealer." Zum Satzende senkte sich die Stimme Guerreros, einem großgewachsenen schlanken Kerl von Anfang 40 und mit gepflegtem kurzem Haar, das wie Jecos breit gescheitelter längerer Schopf pechschwarz glänzte. Guerrero schaute den 16-Jährigen an. In vorsichtigem Laut fügte er hinzu, er wüsste nicht, ob Sinaloa-Leute oder Handlanger des Juárez-Kartells im Viertel unterwegs waren. Beide Namen auszusprechen, schauderte ihm. Die Stimme oszillierte ängstlich. Das kannte Jeco nicht vom IT-Lehrmeister.

„Ich bitte dich, diesen Typen aus dem Weg zu gehen. Sie ködern mit schnellem Geld und bringen jeden, den sie an den Haken bekommen, in ihre Abhängigkeit."

„Freunde haben uns von der Anmache erzählt. Uns hat sich aber noch niemand in den Weg gestellt. Wir müssen zu Schule nicht weit laufen, wir wohnen in der Calle Deimos, Ecke Saturno. Da sind wir selten länger auf der Straße unterwegs."

„Achtet weiter auf euch. Und du solltest deine Vorliebe fürs Programmieren zum Beruf machen. In der IT-Branche brauchen sie solche Freaks wie dich."

Guerrero trat dicht an den Lehrertisch heran und beugte sich hinunter. Im nächsten Moment schlenkerte ein Leinenbeutel an der rechten Hand. Er legte ihn ab und zerrte einen Laptop hervor.

„Hier, der ist für dich. Ich habe mir einen neuen gekauft."

„Senor Guerrero, das kann ich nicht annehmen. Meine Eltern werden glauben, ich hätte ein krummes Ding gedreht."

„Sag ihnen, dein Lehrer meint es gut mit dir und möchte dir helfen."

Für Jeco erübrigten sich damit die Besuche im Internet-Café, nur eine Straßenecke entfernt von seinem Zuhause. In dem kleinen Geschäft, dessen Inhaber nebenher Getränke und Snacks verkaufte, verbrachte er viele Nachmittage an einem der vier Computerplätze, klickte sich ins World Wide Web. Er und andere jüngere Kunden vertrieben sich zunächst mit interaktiven Spielen die Zeit. Animiert vom IT-Unterricht interessierte er sich zunehmend für das digitale Know-how, komplexe Illustrationen und Spielverläufe in Echtzeit auf den Bildschirm zu bringen.

Der Laptop zu Hause brachte ihn auf die Idee, Lernprogramme zu kreieren, mit denen am Computer der Unterrichtsstoff wiederholt und vertieft werden konnte. Möglichst einfach zu nutzen, und am Ende jeder Lektion sollte eine Aufgabenauswertung erfolgen. Das würde ihm die anstrengende und zuweilen nervige Nachhilfe für Pedro ersparen, zu der ihn die Mutter vergattert und zu der das Brüderchen wenig Lust hatte. Als Testperson musste deshalb auch Pedro herhalten. Anfangs war er nur mäßig angetan von dem Gedanken, nach der Schule am Computer die Schule zu wiederholen. Doch Jecos methodischer Aufbau verführte zu einem spielerischen Lernen, so dass es Pedro einige Male schaffte, erst auf dem letzten Drücker zum Fußballtraining zu erscheinen. Er träumte davon, Profi zu werden und dann in der spanischen Liga Primera División viel Geld zu verdienen. Sein großes Vorbild war der einstige Stürmerstar Hugo Sánchez, der mehr als zehn Jahre erfolgreich in Madrid kickte.

Das erste Lernprogramm schrieb Jeco für das Fach Mathematik der mittleren Klassenstufen. Lehrer Guerrero stammelte nur zwei Worte, nachdem Jeco ihm den digitalen Unterricht vorgeführt hat-

te. „Phänomenal, perfekt." Sie verabredeten, jedem Schüler, der es wollte, das Programm kopieren zu lassen. Es war kein offizielles Lernmittel und Guerrero musste darauf achten, mit der PC-Pädagogik nicht die Arbeit der Lehrerkollegen zu unterwandern. Sie freundeten sich nur schwer mit dem neuen technischen Kram an. Ihre Schüler würden vom Lernen abgehalten, könnten sich nicht mehr auf die Wissensaneignung konzentrieren. Es bedurfte viel Mühe und geduldiges Argumentieren, bis Guerrero schließlich den Direktor und einige Kollegen aus dem naturwissenschaftlichen Fach soweit hatte, der Einrichtung eines Computerkabinetts zu zustimmen.

Jetzt aber selbstständiges Lernen außerhalb der Schule zu fördern, ohne fachkundige Anleitung, aber ebenso fundiert mit Hilfe klug arrangierter Annäherungs- und Schrittfolgen zum Lösen von Aufgaben, das war ein zusätzliches dickes Brett. Lehrer Guerrero und sein begabter Gehilfe schmiedeten eine verschwiegene Allianz. Vorerst sollte Jeco sein Programm unauffällig unter die Mitschüler streuen, so als würden sie Strategie- oder Managerspiele untereinander tauschen. Guerrero ermunterte Jeco, ein gleiches Lernprogramm für Physik zu ersinnen. Er erhoffte sich, mit diesem Fachgebiet an der Oberschule Technica die Tür zum digitalen Lernen offiziell aufstoßen zu können. In die Euphorie stach jedoch der ernüchternde Fakt, etliche Schüler besaßen keinen eigenen Computer, Laptop oder kein Tablet.

„Es wäre natürlich nur fair, wenn alle Schulkameraden deine feine Lernhilfe nutzen könnten, Jeco. Ich werde mal sehen, woher wir eventuell ein paar gebrauchte Geräte bekommen können."

Jeco klappte den Laptop zu, den Guerrero ihm überlassen hatte. „Ich hätte eine Idee. Drüben im Zaragoza-Park werden in einer Fabrik Plastikgehäuseteile unter anderem für Laptops und Tablets produziert. Sie liefern diese wahrscheinlich an alle bekannten Hersteller. Unser Direktor könnte mit den Firmenbossen reden.

Vielleicht bewegen sie einen der großen Markennamen, mit einer Spende von, sagen wir zwei Dutzend Tablets, die Schulbildung an der Technica nach vorn zu bringen."

„Mmmh, kein schlechter Vorschlag. Mit solchen Aktionen das eigene Image aufpolieren, dem sind große Unternehmen nicht abgeneigt. Wo sie doch unsere Landsleute für gute Arbeit nicht eben üppig honorieren. Sie können es zudem als befriedende Geste in unserer Mord- und Totschlag-Gemeinde verkaufen." Die letzten Sätze kamen grantelnd herüber. Guerrero wusste dennoch genau, aus rein pragmatischen Erwägungen erweist es sich zuweilen als unumgänglich, mit dem vermeintlichen Dämon an einem Tisch Platz zu nehmen. „Wir sollten es versuchen, ich werde mit dem Direktor sprechen."

Wochen später war der Tag da, an dem Jeco in der Schule das Physik-Programm präsentieren sollte. Leichtfüßig hüpfte er am Morgen zu Hause die schmale Treppe hinunter. Sie endete im Küchen- und Wohnbereich, dem größten Raum in der Erdetage. Seinen Schritt beflügelte die Überzeugung, ein detailvollendetes Lernprogramm geschaffen zu haben. Beinahe beschwingt rutschte er auf der Sitzbank am Tisch auf seinen angestammten Futterplatz. Mutter Ricarda hatte am Herd stehend seinen Guten-Morgen-Gruß erwidert, ohne sich umzudrehen und ungewohnt leise. Er meinte gar, ein Schluchzen vernommen zu haben.

Nina und Pedro kamen die Stufen herabgestiegen. Sie grüßten die Mutter ebenfalls freundlich und wunderten sich, dass sie sich nicht von der Stelle rührte. Fragend sahen die beiden hinüber zu Jeco. Der riss die Augen weit auf und zog die Schultern hoch. Ohne ein weiteres Wort zu verlieren, setzten sich die Geschwister. Den Raum erfüllte der allmorgendliche Geruch frisch zubereiteter Rühreier, den Huevos. Alle drei liebten die von ihrer Mutter mit einer extra Prise Chili scharf gewürzte Variante. Sie wirkte wie ein Kickstart in den Tag.

Auf die Gesichter der drei halberwachsenen Kinder legte sich ein Schleier von Erschrecktsein. Mutter Ricarda war an den Tisch herangetreten. Vor sich, in Höhe des auf ihre breiten Hüften geklemmten Küchentuchs, hielt sie die große mit Huevos beladene Pfanne. Sie weinte still.

„Mama, was ist passiert?", fand Nina zu einer ersten Reaktion.

Jeco spürte, wie sich sein Brustkorb zuschnürte. So hilflos hatte er die Mutter noch nie gesehen. Eine robuste Frau mittleren Alters mit kräftigem schwarzem Haar, das sie zu zwei langen Zöpfen geflochten hatte. Bunte Schnüre hielten die Form, sie leuchteten auf ihrem Busen.

Pedro starrte teilnahmslos. Ihm erschienen die Tränen unwirklich.

„Sag schon, was ist passiert?", hakte Nina nach.

„Leona ist von der Spätschicht heute Nacht noch nicht nach Hause gekommen. Ich mache mir große Sorgen. Sie hat sich auch nicht gemeldet."

Nina stockte. Sie konnte es nicht bemerkt haben. Die 18-Jährige, in der Familie neckisch zum bunten Huhn gestempelt, weil sie in ihr dunkles Haar pinke Strähnen eingefärbt hatte, lebte mit Leona in einem Zimmer. Aber die Schlafecke der älteren Schwester war von einer Trennwand verdeckt, seit sie auch in der Spätschicht arbeitete. Angst stieg in Nina auf. Es drängte sie, noch einmal nach oben zu gehen und sich selbst zu überzeugen von Leonas Fernbleiben. Dies durfte nicht wahr sein. In ihre schlimmsten Befürchtungen strömte die unerträgliche Angst, die Ciudad Juárez seit zwei Jahrzehnten umklammerte und die Luft zum Atmen nahm. Beinahe wöchentlich verschwanden junge Frauen. Von der Straße weg entführt. In den Händen ihrer Peiniger erwartete sie ein grausames Schicksal. Sie wurden misshandelt, missbraucht und ermordet, ihre Leichen in Straßengräben, auf Brachflächen oder in der Wüste vor der Stadt aufgefunden. Das Grauen verpestete die Grenzmetropole, ein Horror ohne Ende, da die Frauen-Killer fast nie gefasst wurden.

Nina begann zu zittern. Die Vorstellung, Leona konnte entführt worden und der Marter hunderter unglückseliger Frauen vor ihr ausgesetzt sein, ließ das Blut in ihren Adern eisig erkalten. Sie hatten in der Familie immer mal wieder darüber gesprochen, wenn in den Lokalnachrichten von einem neuen Mordopfer berichtet wurde. Extrem grausige Details mutete Mutter Ricarda ihnen nicht zu. Sie drückte dann blitzschnell auf die Stummtaste der TV-Fernbedienung. Die Eltern sorgten sich um ihre Töchter. In den Träumen peinigten Schilderungen von Folter und bestialischem Morden die Mädchen. Sie lasen darüber im Internet.

Keiner rührte die Huevos an. Jeco fasste sich einigermaßen. „Wir müssen nicht gleich das Schlimmste annehmen", versuchte er Mutter Ricarda Hoffnung zu spenden. „Möglicherweise läuft etwas, von dem wir noch nichts wissen."

„Was meinst du?" Nina blickte ihn ungläubig an.

„Es könnte doch sein, Leona ist verliebt und mit ihrem Lover gegangen."

„Ich wüsste es, Leona kann solche Neuigkeiten nicht für sich behalten, sie erzählt mir alles." Nina begann in dem Rührei herumzustochern.

„Esst Kinder, ihr müsst zur Schule."

„Was gedenkst du zu tun, Mama?", fragte Jeco zögerlich.

„Ja Mama, was wollen wir jetzt unternehmen?" Ninas Gabel verharrte senkrecht steckend in den Huevos.

Mutter Ricarda stellte die Pfanne zurück auf den Herd und schnäuzte sich flüchtig die Nase.

„Wir werden den Vormittag und ein paar Stunden darüber abwarten müssen. Hören wir bis dahin nichts von Leona, bleibt uns nichts anderes übrig, als zur Polizei zu gehen und Anzeige zu erstatten."

„Zur Polizei?" Ninas Aufgewühltheit schlug in entschiedene Empörung um. „Ihr wisst es doch, viele Polizisten decken die Kriminellen, machen sogar mit ihnen gemeinsame Sache. Sie bemühen sich gar nicht erst um Nachforschungen. Da können wir lange warten."

„Wir sollten nicht auf eine Anzeige verzichten. Dann wird es offiziell, egal, wie die Sache ausgeht", gab Jeco zu bedenken. „Aber jeder von uns kann sich umhören, in der Nachbarschaft, bei ihren Kollegen nachfragen. Eventuell ergibt sich ein Anhaltspunkt, was geschehen ist. Pedro und ich werden nach der Schule einige Straßen abklappern. Vielleicht hat jemand etwas gesehen oder sonst irgendwie bemerkt. Nina, du bleibst zu Hause, ich möchte nicht auch nach dir suchen müssen. Papa übernimmt das mit der Anzeige." Jeco sah seine Mutter an. „Ich wünschte, das erledigt sich."

Ricardas ältester Sohn durchraste an diesem Frühstücksmorgen eine Metamorphose vom pubertierenden Teenie zu einem reifen jungen Mann. Er funktionierte in einer extremen Situation, die das Leben der Familie Cocha und das seine aus der bisherigen Umlaufbahn schleuderte. Gleich, ob Leonas Unauffindbarkeit eine glückliche Wendung erfährt oder ein grausames Finale, kein Tag danach wird sich je wieder anfühlen wie die Tage zuvor. Das Verbrechen aus dem Lokalfernsehen war in die Calle Deimos 17, Ecke Saturno eingedrungen.

Leona blieb verschwunden. Nach der Spätschicht hatte sie niemand mehr gesehen. Für gewöhnlich lief sie zusammen mit ihrer Kollegin Juana auf der Calle Neptuno vor bis zur Calle Saturno, wo sie sich trennten. Juana lief gut einhundert Meter weiter bis zur Bushaltestelle, von wo sie der Nachtbus nach Hause brachte. An jenem Abend musste sich Leona von der Motorenfabrik allein auf dem Weg machen. Juana war erkrankt und nicht zur Arbeit erschienen. Die anderen Kolleginnen bestätigten Jeco lediglich, dass seine Schwester ohne Begleitung das Werkgelände verlassen hatte.

Die Tage schleppten sich bleiern dahin. Vater Alfonso verhöhnten die Polizisten auf der für Satelite zuständigen Polizeiwache. Er hätte doch besser auf seine Tochter aufpassen sollen. Vermutlich sei sie längst in den USA, und er wüsste doch, was die Mädchen dort treiben. Alfonso erzählte Ricarda nichts von der Demütigung.

Jeco verbrachte im Zimmer im 2. Stock viele Stunden vor dem Laptop von Lehrer Guerrero. In verschiedenen Chatrooms versuchte er, auch nur den winzigsten Hinweis auf Leonas Verbleib aufzuspüren. Vergebens. Er schlief schlecht und vernahm Ninas bitterliches Weinen nebenan, dass sein Herz krampfte. Die nervtötende Ungewissheit strebte ihrem Peak zu. Spätestens nach einer Woche würde sie in eine Lethargie kippen, fortwährend traktiert von der Sehnsucht nach erlösender Klarheit.

Diese klopfte am Abend des neunten Tages an die Tür. Das grelle Blaulicht des Polizeiautos vor dem Haus der Cochas schlug in Alarmfrequenz in Jecos und Pedros Zimmer ein. Jeco zögerte keine Sekunde und stürzte die Treppe hinunter. Alfonso und Ricarda saßen am Tisch und sahen fassungslos die zwei Polizisten an, die breitbeinig mitten im Raum standen. Nina verharrte an der Haustür. Sie hatte die Uniformierten hereingelassen. Jeco wurzelte auf der untersten Stufe. Stickige Wärme klebte in der Luft. Was der ältere Beamte sagte, schwappte in lapidarem Tonfall herüber.

„Senor Cocha, Senora. Sie sind die Eltern von Leona Cocha?“

„Ja, das sind wir“, fuhr es Alfonso, um Fassung ringend, über die Lippen.

„Man hat ihre Tochter gefunden, vermutlich. Kollegen aus dem Viertel Del Sol haben uns informiert. Morgen früh erwarten wir jemanden aus der Familie bei uns auf der Wache Satelite, die Leiche muss identifiziert werden. Aber bitte nur eine Person.“

„Leiche sagen Sie, was ist mit Leona passiert?“ Alfonso griff nach Ricardas Händen. Versteinert blickte sie auf die gegenüberliegende Wand.

„Es sieht nach einem Verbrechen aus. Sie verfolgen doch auch die Nachrichten."

Ohne ein weiteres Wort hoben die Polizisten jeder seine rechte Hand zum Gruß, die sie die ganze Zeit auf den Pistolenhalftern aufgestützt hielten. Für sie war die Sache durch. Sie drehten sich zum Gehen um.

„Wo ist sie gefunden worden und wann?" Jecos Frage ließ die beiden Polizisten wie an einer Schranke innehalten.

„Auf einer brachliegenden Baustelle etwas abseits des Boulevards Manuel Gomez Morin, gar nicht weit von hier. Herumstreunende Kids sind über sie gestolpert." Der rechte, betagtere Polizist musterte Jeco missmutig aus finster zugezogenen Augenschlitzen. Was erdreistete sich der schnöselige Teenie auf der Treppenstufe, ihm Fragen zu stellen. Zumal er zu dem Bengel aufschauen musste. Jeco hielt dem gefährlichen Blick stand.

„Vor gut drei Stunden war das. Anhand der beschriebenen weißen Bluse mit roten Blumenornamenten, sie hing noch an den Schultern, gehen wir von Leonas Leichnam aus." Die Stimme des jüngeren Polizisten vibrierte mitleidig.

Nachdem sie die Haustür geschlossen hatte, rannte Nina an Jeco vorbei die Treppe hinauf. Ein langer lauter Schrei explodierte ins Zimmer. Jeco setzte sich zu den Eltern. Steif im Rücken und regungslos saßen sie da, blickten verloren ins Nichts. Der Sohn klinkte sich ein in das Schweigen. Bis es wie eine überdehnte Glasscheibe zersprang.

„Ich kann es nicht, ich kann Leona nicht ansehen in diesem Zustand." Die Mutter redete mechanisch und brach sofort wieder ab.

„Jeco, könntest du das übernehmen. Ich fürchte, dass sich der Anblick für ewig einbrennt." Vater Alfonso sprach leise. Er schämte sich seiner Schwäche, aber er besaß die Kraft, diese nicht zu verbergen.

An Jeco strichen die Sätze vorbei. Erst im Nachhall verfing ihr

Inhalt. Die Eltern übertrugen es ihm, Leonas Identität zu bestätigen. Er konnte es ihnen um Himmels willen nicht abschlagen. Aber wie sollte er es selbst durchstehen? Was ihn erwartete, kannte er aus Polizeimeldungen zu vorherigen Frauenmorden. Im gleichen Gedanken fühlte er sich beklemmend hilflos dem mörderischen Treiben in Ciudad Juárez ausgeliefert.

„Ich werde es versuchen, es hinzubekommen. Pedro entschuldigt mich in der Schule." Jeco rückte mit dem Stuhl vom Tisch ab und stand auf. Dann beugte er sich zur Mutter vor und legte seine Rechte auf ihre Hände. Zum Gebet gefaltet zitterten sie kaum merklich. Vater Alfonso vergrub sein hageres Gesicht in der Halbschale von Daumen und Fingern. Hindurch drang leises Winseln. Still entfernte sich Jeco und wankte auf der Treppe seinem Zimmer zu.

Auf der Polizeiwache Satelite meldete er sich am nächsten Tag gegen 9.00 Uhr. Der jüngere Polizist vom Vorabend wurde beauftragt, mit ihm ins Leichenschauhaus zu fahren. Ins Laboratorio de Ciencias Forenses. Es war über die Avenida de las Torres in südlicher Richtung zu erreichen. Jeco nahm im Polizeiwagen Platz auf dem Beifahrersitz.

„Die Eltern kriegen es nicht hin, oder?"

Die Frage zerschellte an apathischem Schweigen.

„Schon gut. Wie steht es mit dir?"

„Einer muss es ja machen."

„Denk daran, du tust es für deine tote Schwester. Das hilft ein wenig. Ich halte mich meistens abseits. Die ersten Bilder von übel zugerichteten Frauen haben mich lange nicht losgelassen."

Eine Weile verloren beide kein weiteres Wort.

„Was treibst du eigentlich, gehst du noch zur Schule?"

„An der Oberschule Technica. Ich hänge viel am Computer rum, schreibe eigene Programme. Lernprogramme zum Beispiel."

„So richtig eigene Programme? Mann, das würde ich auch gern können. Dann müsste ich nicht Leute zum Leichenschauhaus kutschieren. Computerfirmen zahlen gut. Willst du studieren?"

„Würde ich am liebsten."

„Mach das, unbedingt. Damit du hier rauskommst. Am besten auf der anderen Seite. Die haben dort Top-Universitäten."

„Aber auch die teuersten."

„Ich habe nicht gesagt, es ist kostenlos. Suche dir drüben einen Job. So'n Studium zu Computern, das ist deine Chance."

Der Polizist lenkte den Wagen in die Straße Fortin de la Soledad. Sie fuhren an einem hohen grünen Zaun entlang. Auf diesem kräuselte sich endlos Stacheldraht. Im Hintergrund schimmerte ein hohes weißes und weitgehend fensterloses Gebäude. Es ähnelte einem großen Kühlhaus. In langer Zeile verkündeten graue Buchstaben an der Fassade, was sich dahinter verbarg. Laboratorio de Ciencias Forenses. Ohne weitere Nachfragen passierten sie das Einfahrtstor. Neben Leichenwagen gehörten Polizeiautos zum gewohnten Bild auf dem Gelände, des vor einigen Jahren neu gebauten forensischen Instituts.

Der Polizist begleitete Jeco bis zur Tür, durch die er direkt in den Pathologiebereich gelangte. „Ich warte hier auf dich, du meldest dich bei Dr. Hernandez. Er müsste heute Dienst haben."

Jeco drückte die schwere graue Tür auf. Sie besaß einen zweiten Flügel. Aufgesperrt wurde dieser, um die Leichen einzulassen. Chemisch überreizte Luft schlug ihm entgegen. Es roch übel nach Formaldehyd. Die Tür fiel sanft gebremst zurück ins Schloss. In dem nicht sehr großen, weiß gekachelten Saal war das Klacken dennoch deutlich zu vernehmen. Am zweiten von sechs aufgereihten Seziertischen schaute ein kleiner Mann auf. Gekleidet in einem weißen Kittel, mit Mundschutz und einer größeren, schwarz umrandeten Brille. Das Modell schien aus der Zeit gefallen zu sein. Bedächtig näherte Jeco sich dem Tisch. Ein präzis gearbeitetes

Edelstahlgestell. Obenauf eine Handbreit hoch umrandete schwarze Kunststoffwanne, auf der sich hauthell ein menschlicher Korpus abzeichnete. Vergeblich versuchte er, seinen Blick von dem Körper wegzulenken. Die Leiche lag auf dem Bauch gedreht. Eine Frau, zweifellos. Ihr Rücken von dunkelblaugrünen Totenflecken eingefärbt.

„Kommen Sie, ich bin Dr. Hernandez und das ist mein Assistent Camillo."

Er zeigt auf den wesentlich jüngeren, aber ebenso kleinwüchsigen Mitarbeiter ihm gegenüber. Camillo nickte Jeco höflich zu.

„Sie sind Senor Cocha? Danke, dass Sie da sind. Wir brauchen die Gewissheit über die Toten, das erspart uns viel Papierkrieg und Fragerei. Der kurze Anblick erlöst zudem die Angehörigen aus dem Hoffen und Bangen."

Die drei Männer liefen zum letzten Seziertisch in der Reihe vor. Überzogen mit einem weißen Tuch, welches sich wölbte in den Konturen eines auf dem Rücken liegenden Menschen. Assistent Camillo griff oberhalb des Kopfes in das Tuch und riss es hoch. Mit derart viel Schwung, dass es bis zu den Hüften zurückschlug. Dr. Hernandez schob missbilligend die Augenbrauen zusammen.

Der schlanke nackte Oberkörper mutete tattooübersät an. Was zu vielfarbigen Flecken geronnen war, beschrieb Dr. Hernandez als schwere Hämatome, herrührend von zahlloser stumpfer Gewalt. Spitze mittelgroße Brüste überragten die auffallend herausgestellten unteren Rippenbögen. Wo einst Brustwarzen zuckerhütchengleich, wie Jeco hin und wieder beim Anblick der entblößten Schwester befand, jugendfrische Erotik markierten, klafften fleischwunde Löcher. Die sadistischen Mörder wollten ihr Opfer über den Tod hinaus demütigen. Sie schnitten die Brustwarzen heraus.

„Sie haben sie mit einem Schuss in den Hinterkopf getötet." Dr. Hernandez schwieg darüber, ob damit das Martyrium ein Ende

gefunden hatte oder ob sich die entmenschten Täter erst danach an der Leblosen vergingen.

Jeco neigte seinen Kopf zur Seite. Es sah aus, als wollte er das Haupt der Schwester forschend umkreisen. Er wollte sich sicher sein. Leonas rechtes Auge war geschwollen, ebenso die Oberlippe. Verstörender wirkte jedoch der kahlgeschorene Schädel. Der fingerkuppengroße Leberfleck an der linken Halsseite, gut drei bis vier Zentimeter unterhalb des Ohrläppchens, wischte jeden Zweifel weg. Die letzte Gewissheit drang tief in Jeco ein. Sein ganzer Körper wehrte sich zu realisieren, dieser zerschundene und geschändete Leichnam war der seiner Schwester. Die malträtierten Brüste, der vergewaltige Schädel, die in die Haut gedroschenen Hämatome flashten sein Denken. Das Schrecknis katapultierte ihn in einen mentalen Zustand, der ihn der Wirklichkeit entrückte. Im sterilen Seziersaal kam er sich plötzlich vor wie in einem Hohlraum, umgeben von waberndem weißem Schaum. Nirgends ein Zugang, keine Ecken und Kanten, kein Oben und Unten. Kalkweiß schwebte Leona engelhaft im Nichts. Sie zu berühren, gelang ihm nicht. Dr. Hernandez' Worte drangen schaumgefiltert an sein Ohr.

„Ist das Leona Cocha?"

„Ich, ich…", offenen Mundes wollte es Jeco nicht gelingen, seine Antwort auszusprechen. Die Zunge zappelte orientierungslos in der Mundhöhle. Sie fügte sich nicht zu adäquater Phonetik.

„Bleiben Sie ganz ruhig, atmen Sie tief ein und aus." Dr. Hernandez erlebte fast täglich schockindizierte Überreaktionen von Angehörigen der von ihm begutachteten toten Menschen. Frauen schrien, kaum dass das Leichentuch angehoben worden war, schmerzzerrissen los. In einer schaurigen Intensität, wie es unmenschlicher nicht klingen konnte. Dr. Hernandez wunderte sich, in welch tiefster seelischer Höhle diese Schreie schlummerten, bis sie im Anblick eines jede Fantasie sprengenden Horrors freigesetzt wurden. Andere sackten lautlos einfach zusammen. Männer wein-

ten meistens still. Sie antworteten kurz, bekreuzigten sich und beeilten sich, dem unwirtlichen Ort zu entkommen.

Berührungen der Toten blieben in der Regel aus. Leichname auf den Seziertischen der Forensik in Ciudad Juárez zeichneten sich fast nie durch Unversehrtheit aus. Entsetzliche Entstellungen provozierten den surrealen Reflex, ein Körperkontakt könnte weiteren Schmerz bereiten.

Jeco erschrak über seine unvermittelte Sprachlosigkeit. Panisch versuchte er, die Zunge unter Kontrolle zu kriegen, sie seinen Gedanken folgen zu lassen. Es gelang nur zum Teil, angestrengt und konzentriert.

„Ich, ich…bin…mir, mir…sicher…, das ist…Leona."

Camillo drehte sich zu ihm, betrachtete ihn erschrocken. Die seichte Kühle des Raumes drang kalt durch den weißen Kittel des Assistenten.

Dr. Hernandez packte das weiße Tuch und überdeckte Leonas Leiche. Für ihn war dieser Fall, der 27. in diesem Jahr, abgeschlossen. Bei fast allen Frauenmorden klappte die Polizei die Aktendeckel kurze Zeit später ebenfalls zu. Waren der oder die Täter tatsächlich mal ermittelt worden, interessierte ihn das nicht sonderlich. Lange warten musste er nicht, bis die nächste, in schmutzigen Staub abgeworfene Leiche auf einem der Seziertische landete.

„Nehmen Sie nachher ein Beruhigungsmittel und unterlassen Sie am besten erst mal das Sprechen. Nicht mehr als nötig. Wenn im Kopf das Chaos abebbt, funktioniert das wieder."

Der Polizist draußen im Flur zappte auf dem Smartphone die jüngsten nationalen Kriminalitätsmeldungen durch. Im südlichen Acapulco am Pazifik bekriegten sich die rivalisierenden Drogenbanden immer heftiger. Ein Rachefeldzug von einer der Gangs vom Vorabend hinterließ sechs kugeldurchsiebte männliche Opfer.

Die Tür sprang auf, Jeco trat heraus. Er wirkte sichtbar verän-

dert. Das dunkle Scheitelhaar klebte auf der Stirn. In der Leere der Augen glaubte sein Gegenüber in einen Abgrund zu schauen.

„Hey Amigo, ich bringe dich nach Hause. In welcher Straße war das noch gleich?“

„Calle Dei-mos.“

„Welche Nummer?“

Jeco hielt dreimal die rechte Hand hoch und anschließend noch Daumen und Zeigefinger.

„Verstanden, 17.“

Die gesamte Rückfahrt über sah Jeco seitlich aus dem Fenster. Ein endloses buntes Band säumte die Straßen im Süden von Ciudad Juárez. Bestehend aus wahllos aneinander gereihten großen und kleinen Werbeschildern in allen Nuancen der Farbenlehre. Aus dem Dickicht lugten überwiegend hütten- und bungalowartige Gebäude hervor. Von blasser Farbe und architektonisch erbärmlich. Er liebte die Gegend. Trotz allem. Den Ort seiner Kindheit und Jugendjahre. Jetzt aber fuhr er daran vorbei und ein Gefühl von Fremdheit beschlich ihn. Jede Werbetafel, jedes Haus hatte seine Unschuld verloren. Der Stadtteil vermochte es nicht, Leona zu schützen.

Im Polizeifunk schnarrte die Meldung von einem neuerlichen Fund einer Frauenleiche. Draußen in der Wüste, vor den Toren der Stadt.

„Hörst du das, die Killer kennen keine Schamfrist. Geht es von der Calle Saturno ab in die Calle Deimos?“

„Ja…dort vorn…noch zwei…Straßenecken.“ Jeco straffte sich. „Da…steige…ich aus.“

Die Tote in der Wüste war noch nicht identifiziert.

„Wenn die längere Zeit in der sengenden Sonnenhitze liegen, trocknen sie aus. Wie Mumien sehen sie aus, völlig unkenntlich.“

„Was…willst du…damit sagen? Ich hätte…Glück, dass Leona…nicht in der Wüste…gelandet ist?“

„Nein, um Gottes willen, nein. Beides ist barbarisch.“

Der Polizist bremste scharf. Fast wäre er an der Calle Deimos vorbeigefahren. Eine feine Staubwolke blähte sich hinter dem Wagen auf.

„Danke für's Bringen."

„Pass gut auf dich auf Amigo. Viel Erfolg beim Studium."

Jeco verharrte am Straßenrand und sah dem Wagen nach, bis dieser an der übernächsten Abzweigung aus dem Bild verschwand.

Er stieß das quietschende Eisentor zum Innenhof auf. Mutter Ricarda fütterte die Hühner. Die braunen eierlegenden Zweibeiner tanzten aufgeregt um sie herum, im Wetteifer möglichst zuerst eines der auf den Boden prasselnden Maiskörner zu ergattern. Vom Quietschen aus dem stillen Füttern gerissen, hob sie den Kopf und drehte sich zu Jeco hin. Er stand versteinert da, mit hängenden Schultern. Die Arme baumelten an der Seite. Ricarda realisierte es sofort, ohne dass ihr Sohn etwas sagen musste. Sie blieb stumm. Tränen sammelten sich am unteren Augenrand, überwanden diesen und folgten dem Fließweg auf den Wangen. Leonas Tod hatte sie bereits am Abend zuvor ins Herz getroffen. Die beiden Polizisten in der Küche verhießen für sie nichts anderes.

Jeco warf sich auf sein Bett und vergrub das Gesicht tief ins Kissen. Hemmungslos weinte er. Minutenlang. Der emotionale Ausbruch trieb erste Risse in seine Erstarrung. Er wälzte sich herum und bohrte sich in der weißen Zimmerdecke fest. Der Polizist hatte ihm geraten, die Stadt zu verlassen und rüber zu machen in die USA. Eine verlockende Vorstellung. In El Paso, wenn er mit den Geschwistern und Eltern in den Ferien oder an diversen Feiertagen zum Einkaufen auf die andere Seite des Rio Grande fuhr, Vater Alfonso lieh sich dazu einen Servicewagen von den Elektrizitätswerken, fühlte sich die Lebensluft anders, angenehmer an. In den Straßen der texanischen Stadt gab es nicht das latente Gefühl, ständig aufmerksam zu registrieren, welche Art von Autos durch das Viertel rollte. Hatte es der Fahrer eilig oder zuckelte eine Limousine vorbei, vollbesetzt mit fragwürdigen Gestalten, die jeden und alles misstrauisch beobachteten? Oder näherte sich ein dicker, Angst einflößender Van mit dunklen Scheiben, bei denen man sich in der nächsten Sekunde entscheiden konnte, in einer nahen Seitengasse zu verschwinden oder zu riskieren, plötzlich von bewaffneten Typen umringt zu sein und abgezogen zu werden.

Auch war die Polizei in El Paso präsenter. So lange sie nur zum Shoppen verweilten und ein US-Beamter sich nicht veranlasst sah, sie auf Drogen zu checken, gab es keine Beunruhigung. Das Verbrechen in El Paso blieb eingehegt von Recht und Gesetz. In seiner Heimatstadt bestimmte das Verbrechen die Regeln. Kurz vor dem Mord an Leona erfuhr er, dass der Besitzer des früheren Internet-Cafés, vor einigen Monaten hatte er den Laden zu einem Hairstyling- und Nailstudio umgewandelt, von Schutzgelderpressern heimgesucht worden war. Es wurde erzählt, er wolle sich erneut verändern, aus der Gegend wegziehen.

Für Jeco war es verlockend, in die Staaten zu gehen, und egoistisch. Die Eltern mit Pedro und Nina und mit ihrer Trauer im mörderischen Klima von Ciudad Juárez sich selbst zu überlassen, das würden sie ihm für alle Zeit übelnehmen. Er selbst käme damit keinen einzigen Tag klar. Zumal der illegale Aufenthaltsstatus ein baldiges Wiedersehen unter Fernerliefen bedeutete.

Jeco rührte sich eine Weile nicht. Er knetete die Gedanken hin und her. Dabei blitzte immer wieder der Anblick von Leonas kaputtem Oberkörper auf, von den zerschnittenen Brüsten. Egal, ob er sich im Weiß der Zimmerdecke verlor oder die Augen schloss. Es bedrängte ihn fortzugehen. Weniger aus Panik, dafür aus der Ahnung, er könnte allen Orten dieser Welt vertrauen, aber nie mehr dieser Stadt, die seine Schwester auf dem Gewissen hat.

Doch welchen Preis war er bereit zu zahlen für die Flucht? Wie konnte er diesen drücken, ihn moralisch vertretbar halten? Ein IT-Studium sei die Chance, sagte der Polizist. Darin sah auch Lehrer

Guerrero den richtigen Weg. Das unausgesprochene Ziel hießen sozialer Aufstieg und Wohlstand. Was implizierte, dem bisherigen Leben zu entfliehen. Mit seinen Beschränkungen, Entbehrungen, Nöten und Ängsten.

Ein Anflug spontanen Lächelns huschte durch's Gesicht. Er erkannte einen gangbaren Ausweg. Mit den Eltern würde er darüber reden, es von ihrem Zureden oder Zweifel bestimmt sehen, den Plan zu verfolgen oder Abstand davon zu nehmen. In diesem wollte er allein in die USA aufbrechen. Um irgendwann das IT-Studium finanzieren zu können, fände sich Arbeit. Millionen von illegalen Latinos verdingten sich in den Staaten. Mit seinen Informatikkenntnissen, so malte er sich aus, sollte das problemlos gelingen. Käme er zu einem Uniabschluss und danach zu einem gut dotierten Job, könnte er sich legalisieren und dann die Eltern nachholen. Pedro und Nina gingen da schon ihrer eigenen Wege.

Wie beim Schach begann er, möglichst weit Zug für Zug vorauszudenken, eine Strategie zu entwickeln, die ein Scheitern ausschloss. Er brauchte einen Kontakt in den Südstaaten, weil er sich dort auch mit Spanisch verständigen konnte. Die englischen Termini aus der Computerwelt würden anfangs nicht ausreichen, um als Illegaler unentdeckt zu bleiben. Ihm fiel Diego ein. Ein einstiger Mitschüler. Vor zwei Jahren war er mit der Familie in die USA übergesiedelt. Sein Vater arbeitete bei einem amerikanischen Biotech-Unternehmen als Entwicklungsingenieur. Dann machten ihm die Bosse das Angebot, in die Firmenzentrale in Austin zu wechseln und den Forschungsbereich zu leiten. Diegos Familie wohnte, so viel wusste Jeco, in der Umgebung der texanischen Hauptstadt. Hin und wieder hielten sie sich per E-Mail auf dem Laufenden. Diego wollte meist wissen, was an der Oberschule Technica abging. Er berichtete Jeco, wie er an der Highschool zurechtkam. Diego galt als umtriebige Type. Er hielt nicht viel von Jecos Faible, stundenlang vor dem Computer zu hocken und obendrein für die Kiste endlose

Programmbefehlsketten zu schreiben. Ihn interessierten die Geräte der modernen Kommunikation. In nahezu regelmäßigen Abständen zückte er in der Schule ein neues, noch schickeres Smartphone aus der Tasche.

Bald begann er damit, anderen Schülern ebensolche Mobilfunktelefone, aber auch Tablets und Laptops zu besorgen. Er verkaufte sie ihnen preisgünstig, aber trotzdem für sich gewinnbringend. Anders als der wissenschaftlich arbeitende Vater beherrschte Diego ein geschäftstüchtiges Gen. Jeco erfuhr nicht, woher der Schulfreund die begehrten Endgeräte bezog. Er wollte es auch nicht wissen. Diegos Abgang in Richtung Norden bewahrte ihn wahrscheinlich vor einer kriminellen Karriere. Aber einer von Diegos Verschlagenheit war genau richtig für die heikle Mission, im Alltag jenseits der Grenze unterzutauchen.

Auf Jecos erste E-Mail mit der Andeutung, Mexiko den Rücken kehren zu wollen, reagierte Diego überrascht. Vielleicht traute er ihm, dachte Jeco, so einen konsequenten Schritt nicht zu. Nachdem er seine Gründe näher geschildert und auch Leonas Schicksal erwähnt hatte, erfasste Diego Jecos ernsthafte Ambition. Zugleich las Jeco aus Diegos Zeilen eine gewisse Freude darauf, in der Fremde einen Mitstreiter aus zurückgelassenen Zeiten bei sich zu wissen.

Jeco entschied sich, das zwölfte Schuljahr zu beenden und bis zum Beginn der Sommerferien zu warten. Plötzliches Fernbleiben vom Unterricht würde unnötig Unruhe erzeugen. Zum Ferienstart schwoll zudem an der Grenze der Autoverkehr an, so dass das Risiko forschender Nachfragen sank. Warum er beispielsweise mit Gepäck einreiste. Zusammen mit Mutter und Vater würde er den Rio Grande überqueren und mit Pedro und Nina. Bei der Rückfahrt dürfte es kaum auffallen, dass der Wagen mit fünf Insassen von Ciudad Juárez herübergekommen war. Sie würden die südlichste der vier Brücken nehmen, welche die mexikanische Stadt der tausend Morde mit El Paso verbindet. Die Puente Zaragoza befindet sich nur wenige Kilometer entfernt vom Viertel Satelite. Die mehrspurige Avenida Waterfill führt direkt darauf zu.

In den verbleibenden wenigen Wochen bis zum Schuljahresende informierte Diego in mehreren E-Mails, was er erreichen konnte für Jeco und dessen Verbleib in den Staaten. Diegos Eltern hatten sich in San Marcos niedergelassen. Einer mittelgroßen Stadt, gelegen auf halben Weg zwischen San Antonio und dem nördlicheren Austin. Es gab in dem Ort etliche mexikanische Aussiedlerfamilien. Auf diese konnten sie nicht zählen. Sie mieden Illegale aus Furcht, mit den texanischen Behörden Ärger zu bekommen und mit der Höchststrafe belegt zu werden. Der Abschiebung ins Heimatland.

Diego gewann mit der Zeit das Zutrauen zu dem Besitzer des „Mexican Store" in San Marcos. Einer der Vorfahren des Amerikaners lebte in der Gegend, als Mitte des 19. Jahrhunderts die Vereinigten Staaten von Amerika sich unter anderem die Gebiete der heutigen Bundesstaaten New Mexico, Texas, Arizona, Utah, Nevada und Kalifornien einverleibten. Nach mehrjährigem und siegreichem Krieg gegen den südlichen Nachbarn Mexiko. Diego kam regelmäßig in den Laden, um originale scharfe Chili-Gewürze zu kaufen. In der Familie war es Usus, dass der Vater am Sonntag mexikanisch kochte. Er mochte es besonders feurig.

Der Mexican-Store-Chef betrieb nebenbei ein lukratives Vermietungsgeschäft. Auf einer alten vergessenen Gewerbefläche am Ortsrand standen fünf immobile Caravans. Für die hatte er vor Jahren bei einer Auktion in San Antonio den Zuschlag erhalten und sie nach San Marcos gebracht. Die Bewohner der dürftig ausgestatteten und nachlässig gepflegten Campingquartiere rekrutierten sich samt und sonders aus illegal eingewanderten Mexikanern. Gegen zusätzliches Salär vermittelte Ladenbetreiber Francis Cruz, wegen seiner überschaubaren Körpergröße von allen der Kurze genannt, auch diesen und jenen gelegen kommenden Job. Er kannte jede Menge Leute in San Marcos und Umgebung, die in ihren Ag-

rarbetrieben, Dienstleistungsfirmen und Werkstätten erpicht waren auf billige und willige Arbeitskräfte. Der Kurze, um die 40 Jahre alt und mit stets dunkel überwuchertem schmierigem Doppelkinn ausgestattet, sah zu, es mit den Illegalen nicht zu überdrehen. Das Dutzend junger Männer aus seinem kleinen Caravan-Park zerstreute sich in der Stadt. In einer Art von Stillhalteabkommen wurden sie geduldet. Von der örtlichen Polizei hatte noch nie ein Streifenwagen die Gewerbebrache angesteuert. Seit jedoch im tobenden Präsidentenwahlkampf der Republikaner Trump die illegalen Einwanderer im Land brandmarkte, sie als gesetzlos diffamierte und sie bezichtigte, den weißen Amerikanern die Jobs wegzunehmen, war er vorsichtiger geworden.

So reagierte er zunächst ausweichend auf Diegos unverhoffte Frage, ob er jemanden kenne, der ein Quartier vermieten könnte. Für einen Freund. Aus Mexiko. Doch Diego gab sich nicht zufrieden mit der wischigen Ansage, da ließe sich momentan nichts machen. Er warb für Jeco. Dieser stamme aus geordneten Verhältnissen und kenne sich mit Computern gut aus. Er schreibe sogar eigene Software-Programme. Cruz' Miene hellte sich schlagartig auf. Den Jungen konnte er gebrauchen. Beabsichtigte er doch, mit seinem „Mexican Store" ins Online-Geschäft einzusteigen. Dieser Jeco könnte es für ihn aufziehen. Er selbst verlöre bei diesem digitalen Gewusel viel zu viel Zeit. Seine Aufgabe war es, Kunden prononciert erklären zu können, bei welchen Chili-Gewürzen die Gefahr bestand, sich die Zunge zu versengen, oder dass Jeans mexikanischer Hersteller den nordamerikanischen Klassikermarken nicht nachstanden. Sie fielen verziert mit landestypischen Blumenornamenten lediglich bunter aus.

Diego hatte nach einem Quartier gefragt. In den Caravans gab es keinen freien Platz. Spontan entschied sich der Kurze, in seinem Haus im oberen Stockwerk eines der zwei Zimmer freizuräumen. Der Mexikaner könnte dort mietfrei wohnen. Es wäre ein Teil sei-

ner Bezahlung. Der „Mexican Store" warf nicht genug ab für einen zweiten Mann.

Diego wagte es nicht, die Eltern in das Vorhaben einzuweihen, Jeco herüberzuholen. Zu groß das Risiko, sie hießen die Sache nicht gut und vereitelten den Plan im letzten Moment. Indem sie kurzerhand zu dem Urlaubstrip aufbrachen, den sie ihm zum Highschool-Abschluss zugedachten. Nach Kalifornien. Stattdessen erzählte er ihnen, er würde Mitte Juli mit Schulkameraden einen Wochenendausflug nach San Leon an der Galveston Bay unternehmen.

Zum besagten Datum mietete er hingegen einen unauffälligen Mitsubishi Mirage. Damit wollte er Jeco in El Paso abholen. Seit einem halben Jahr besaß er den Führerschein. Sie hatten sich auf dem Parkplatz vor der Shoppingmall „Supercenter" nördlich der Americas Avenue in der texanischen Grenzstadt vereinbart.

In der Donuts-Bakery im Erdgeschoss sollte er auf ihn warten. Bei seiner Ankunft spähte er vergeblich nach dem Firmenwagen der Elektrizitätswerke von Ciudad Juárez. Wenige Minuten später bog der Ford Focus auf den Parkplatz des Mall-Komplexes ein. Kaum dass Vater Alfonso den Motor ausgeschaltet hatte, erhob sich ein Schluchzen und Weinen. Jeco kämpfte tapfer gegen die Tränen an. Mit den Eltern und Geschwistern sollte es kein inniges Umarmen und Verabschieden mehr geben. Sie hatten es vorab zu Hause zelebriert. Am Einkaufscenter, das sie von früheren Shopping-Ausflügen kannten, lauerte die reale Gefahr, unnötig aufzufallen und einen Streifenwagen der Polizei anzulocken. Jeco stieg allein aus und schnappte sich aus dem Kofferraum die von Pedro überlassene Sporttasche.

Die einstigen Schulfreunde erreichten San Marcos in den frühen Abendstunden. Diego war nicht entgangen, wie sehr Jeco sich abmühte, längere Sätze zusammenhängend auszusprechen. Der Schock über den Tod Leonas wollte nur schwerlich von ihm las-

sen. Diego drängte Jeco während der Fahrt auf der Interstate 10 in Richtung Osten, von dem Leid der Familie zu erzählen. Darüber zu reden, konnte helfen, die Sperre im Kopf zu lösen. Außerdem kannte er Jecos ältere Schwester gut.

Kurz bevor sie in die Straße mit dem Haus des Kurzen hineinfuhren, eröffnete Diego dem Freund, er würde nach dem Sommer das College in Houston besuchen und nicht mehr täglich in San Marcos weilen. Der Vater versprach sich davon, im Sohn die Lust an einer technischen Profession zu wecken. In der Raumfahrt-Stadt waren unzählige Hightech-Firmen ansässig und ambitionierter Forschergeist allgegenwärtig. Ein verschmitztes Lächeln verriet, wie viel Diego davon hielt.

Trotzdem freute er sich auf Houston. Es bot die Chance zum Absprung von zu Hause. Ihm schwebte vor, ein Unternehmen zu gründen. Spezialisiert auf den Handel mit hochwertigen Technikgerätschaften, Materialien und Software-Lösungen für Zukunftstechnologien. In vielen hergebrachten Branchen stand ein epochaler Wandel an. In der Mobilität, im Energiesektor, in der Kommunikation, bei der Erforschung des Weltalls. Sein Vorbild war der Gründer des größten Online-Warenhauses, Jeff Bezos. Der verkaufte inzwischen alles, was die Masse der Menschen begehrte. Diego zielte auf die Tüftler ab, die Erfinder, auf die Bill Gates dieser Welt. Sie benötigten äußerst leistungsfähiges Equipment für ihre außergewöhnlichen Ideen. Bezos hatte es zum Multimilliardär gebracht. Der junge Mexikaner mit dem kaufmännischen Gen wollte es ebenso schaffen, dem amerikanischen Traum nicht nur nachzujagen. Vielleicht könnten sie eines Tages etwas zusammen machen, bot er Jeco an.

Im Haus von Francis Cruz fühlte sich Jeco von Beginn an wenig befremdet. Der schmale, hintenraus gestreckte Holzbau, bereits in den 1950er Jahren errichtet, unterschied sich in der Größe kaum von dem schuhkartonförmigen Elternhaus in Ciudad Juárez. Auf der linken Seite der vorderen Giebelfront dominierte die Eingangstür. Sie maß deutlich höher, als es für den Kurzen bedurfte. Die drei hinaufführenden knarrenden Stufen kündigten jeden Besucher an. Cruz hatte das bescheidene Heim vor Jahresfrist frisch in hellbeige Farbe getüncht. Verwitwet lebte er darin allein. Seine Frau war bei einem Autounfall vor acht Jahren tödlich verunglückt, den er, so meinte er, mitverschuldet hatte. Zu schnell unterwegs und im entscheidenden Moment unachtsam konnte er den Zusammenstoß mit einem riskant überholenden, entgegenkommenden Pick-up nicht verhindern. Die Polizei schrieb Cruz keine Schuld zu, doch der quälende Gedanke lebte weiter und belastete fortan das Verhältnis zu seiner Tochter. Kaum 16 Jahre alt zog sie im vorigen Jahr aus und weit weg an die Großen Seen. Dem Haus komplett einen neuen Anstrich zu verpassen, markierte den Einschnitt und sollte diesen verwinden helfen. Ihn erreichten auf dem Smartphone nur spärlich Nachrichten aus dem Norden.

In dem kleinen Zimmer im Obergeschoss hing noch immer ein mädchenzarter Duft. Er erinnerte Jeco an Leona und Nina. Eine Wand war plakatiert mit den beiden Justins namens Timberlake und Bieber. Die Tagesdecke auf dem Bett leuchtete in Pastelltönen. Vor dem leergeräumten provisorischen Schminktisch versuchte Jeco, sich im Spiegel Cruz' Tochter vorzustellen. Er beschloss, ihn zu bitten, ihm ein Foto von ihr zu zeigen.

Cruz fasste schnell Vertrauen zu seinem neuen Mitbewohner. Dieser redete keinen Satz zu viel. Umso mehr erwies er sich als Computer-Genius. Er richtete in wenigen Tagen den Online-Warenshop des „Mexican Store“ ein. Die Männer gewöhnten sich aneinander, ohne dass Cruz in Jeco einen Ersatz für die verlorene Tochter ersehnen wollte. Die aufgehobene Leere im Haus, das sagte ihm zu. Auch ging im Laden der Junge zur Hand und begleitete ihn zum Großhändler. Beim Einkauf der mexikanischen Produkte halfen Jecos frische Kenntnisse, gezielt diejenigen auszuwählen, die in der Heimat besonders gefragt waren und die im Onlineshop häufig angeklickt wurden. Der jahrelang dümpelnde Umsatz machte einen Satz nach oben.

Jecos dauerhafte Präsenz infizierte Neugierde bei Nachbarn und Stammkunden, von einigen offen vorgetragen. Der Kurze erzählte jedem, der es wissen wollte, der Junge wäre ein ferner Cousin. Ein Sprössling aus der mexikanischen Linie seiner Familie. Er würde ihm helfen, einen beruflichen Einstieg zu finden. Jeco wäre sehr interessiert an Informationstechnik und es wäre doch nur zeitgemäß und bequem, wenn der „Mexican Store" seine Waren jetzt via Internet feilbieten könnte.

Heidberger sprang vom Stuhl und begann mit dem Notizbuch in der Hand den mintfarbenen Raum auszuschreiten. Jecos langatmige Erzählung strengte an. Konzentriert hatte er zugehört. Die Geduld schrumpfte stark, weil sein journalistisches Gespür das einseitige Gespräch an einen entscheidenden Punkt angelangt sah. Jeco reihte sich mit der Flucht über den Rio Grande in das Millionenheer illegaler Einwanderer in die USA ein. Auch die Gründe dafür, in jedem einzelnen Fall speziell, waren kopierbar. Und somit wenig spektakulär. Mit der Geschichte bis dahin würde er in keiner Redaktion in Deutschland einen Abnehmer finden.

Er setzte sich zurück, Jeco gegenüber.

„Wie kam es dann, dass du an die Kumpels da draußen geraten bist?"

Mit einer Kopfbewegung nach hinten über die rechte Schulter deutete er auf den Kassenraum hin. „Was ist passiert?"

Nachgeschoben suggerierte die kurze Frage eine erhoffte Dramatik. Der Abstieg eines intelligenten und traumatisierten Flüchtlings ins Rotlichtmilieu, da war sich Heidberger sicher, dürfte in den Medien daheim den Speichelfluss auslösen. Klassisch das Opfermuster von einem, der auszog, sein armseliges Dasein auf eigene Faust im Wohlstandswesten gegen ein besseres Lebenslos einzutauschen. Der Aufbruch ins vermeintliche Wunderland endet im verruchten Gewerbe. Allein der Gedanke daran lässt unbeleckte Redakteure, aufgewachsen in steriler heiler Welt, lüstern-verklemmt schaudern und zu empörten Jeanne d'Arcs und Robin Hoods an der Tastatur mutieren.

Doch Heidberger befürchtete zunehmend, die Geschichte würde nicht in dieser Schablone enden. Zu einvernehmlich gingen Jeco und die anderen miteinander um. Er war nicht an die falschen Leute geraten. Darum interessierte Heidberger umso brennender, wie sich der Deal, so Kadamskis Bewertung, angebahnt hatte. Er benötigte für eine authentische, auf den Mainstream reitende Story den einen entscheidenden Schnipsel von Unfreiwilligkeit. Dieser überzog alles Folgende mit dem Geruch, es geschah erzwungen. Nicht schicksalhaft, sondern als Quintessenz eines systemischen Versagens einer ungerechten und asozialen Gesellschaft. Diese Duftmarke atmeten viele tonangebende Journalisten in den Medienhotspots in Berlin, München und Hamburg inbrünstig. Heidberger klammerte sich an das Warum.

In seiner Bleibe in San Marcos überstrich Jeco mit wachen Augen die Zimmerdecke. Er lag auf dem Bett. Schemenhaft flimmerte das Konterfei von Cruz' Tochter auf. Das vereinnahmende Lächeln auf dem Bild, mit dem der Kurze seine Bitte entsprochen hatte, gefiel ihm. Schnell verflog es. Nach gut einem Vierteljahr, seitdem Cruz ihm Unterschlupf und einen unterbezahlten Job gewährte, bedrückte Jeco die Erkenntnis, es würde nicht reichen fürs Studium. Um sich in der in San Marcos angesiedelten Texas State University für ein IT-Studium eintragen zu können, müsste er gut 30.000 Dollar pro Jahr aufbringen. Die Information auf der Website der Uni hätte beinahe seinen Traum zertrümmert. Aufgeben und nach

Ciudad Juárez zurückkehren, den Gedanken schob er beiseite. Ihm fröstelte dabei. Er entschied sich, mit Cruz zu reden, auch weil er überzeugt war, der Kurze wüsste eine Möglichkeit, an mehr Geld zu gelangen.

Nachdenklich hörte ihm Cruz zu. Sie saßen des Öfteren nach Ladenschluss vor dem Haus und genossen die späte Sonne. Mit einem Bier in der Hand. Die wackeligen weißen Plastikstühle disziplinierten beim Sitzen. Cruz beeindruckte Jecos Beharren, es unbedingt an die Universität schaffen zu wollen. Die meisten jungen Latinos in der Gegend waren heilfroh, irgendeinen billigen Job ergattert zu haben. Sie begnügten sich damit. Ihnen blieb das Souterrain der amerikanischen Gesellschaft vorbehalten. Er traute es Jeco zu, da unten herauszukommen.

Das aber gab nicht den alleinigen Ausschlag. Cruz war klar, mit den begrenzten Dollars, die er ihm zahlen konnte, öffnete sich für Jeco nicht die Tür am Ende der Treppe, welche hinaufführte. Schnell überdurchschnittlich Geld zu verdienen, erwies sich wie überall in der Welt durch ehrliche Plagerei im Schatten des Lebens als aussichtslos. Illegal im Land besaß der Mexikaner zudem keine guten Karten im Wettbewerb um begehrte Stipendien.

Cruz zögerte mit seiner Offerte. Jecos jungenhafte Unschuld und vorgetragene Schüchternheit versperrten, so schwante ihm, den Zugang zu einer alternativen, aber nicht selbstverständlichen üppigen Geldquelle. Er tastete sich vorsichtig heran. Warum er fast jeden Freitagabend nach Austin fuhr, hätte einen banalen schönen Grund. Im Vergnügungsviertel besuchte er Tabledance-Clubs und legte zuweilen ein paar Scheine obendrauf für den leibhaftigen Genuss einer attraktiven Frau. Ein guter Freund führte einen der angesagtesten Schwulenbars. Das sei aber seine Sache nicht. Von Rodriguez, dem Barbesitzer, wisse er, dieser sei permanent interessiert, junge Männer anzustellen. Für seine Gäste. Die Boys könnten im Club einen Haufen Dollars einstreichen mit erotischen

Gefälligkeiten. Er behalte lediglich eine moderate Gebühr ein. Die Anwesenheit der Animierjungen sorgte allabendlich für ordentlich Umsatz über den üblichen Durst. Eine Folge des schnellen Geldes war indes eine hohe Fluktuation, was vielen Gästen nicht ungelegen kam. Sie gierten nach Abwechslung.

Er könne sich bei Rodriguez für ihn verwenden, wenn er denn interessiert sei, schallte es an Jecos Ohren. So völlig unvorbereitet die Offerte ihn traf, so überraschend eröffnete sich die Chance, finanziell Boden unter die Füße zu kriegen. Was sagte der Kurze, um die 3000 Dollar monatlich wären locker drin? Bei den Gefälligkeiten in der Bar, so viel wusste Jeco von neugierig durchstöberten Sexportalen im Internet, würde es darum gehen, die homosexuellen Besucher in ihrer Lust spontan zu befriedigen. Von Hand oder vorzugsweise oral. Den Spielverlauf kontrollierte er selbst, ihm oblag es, wie viele Kunden er sich am Abend zumutete. So hatte er den Kurzen verstanden. Ein den Lockruf des Geldes verstärkendes rationales Begleitmomentum.

Aber konnte er das, sich auf fremde Männer einlassen, die intime körperliche Nähe aushalten? Jecos sexuelle Erfahrungen tendierten gegen null. Leonas schwesterliche Nacktheit hatte er aufregend schön empfunden, ohne dass diese ihn unbotmäßig erregte. Bei anderen Mädchen war es ihm bisher versagt geblieben, auch weil er es selbst nie forcierte, sie zu erobern. Unterschwellig widerstrebte er dem Begehren. Zu sehr überschatteten die Morde an jungen Frauen in Ciudad Juárez seine aufkeimenden Empfindungen. Lüsterne brutale Kerle nahmen sich einfach die Töchter der Stadt, fielen empathielos über sie her und massakrierten sie in abartiger Triebhaftigkeit. Dieses Verhalten nährte sich aus einem völlig disruptiven Sexualverständnis und einem machtversessenen Machoanspruch. Degenerierte tollwütige Seelen.

Jeco entwickelte einen Beschützerinstinkt, der es ihm erschwerte, auf ganz natürliche zwischenmenschliche Weise die Weiblich-

keit herauszufordern und zu gewinnen. Er flüchtete in das von sexuellen und pornografischen Inhalten überquellende Internet. Wie würde es sich anfühlen, statt sich selbst zu befriedigen, das Glied eines anderen ins orgastische Finale zu treiben? Eine glaubhafte Antwort konnte er nur im Erleben finden. Er wollte sie erfahren, um sich nicht eines Tages vorwerfen zu müssen, eine reale Chance vergeigt zu haben. Darauf, die Studiengebühren aufzubringen.

Am folgenden Freitagabend begleitete er den Kurzen erstmalig nach Austin. Der setzte ihn vor dem „Purple River" ab. Rodriquez war informiert, bei ihm sollte er sich melden. Der Clubchef strahlte ihn an. Offenbar übertraf er dessen Erwartungen. Jeco entsprach dem von vielen Gästen bevorzugten Typ des jungfräulichen und heranwachsenden Mannes. Rodriguez ermunterte ihn, Hemmungen abzustreifen. Es ginge im Club alles sehr wohlmeinend und gesittet zu. Einige Junkies zählten zu den Loverboys, aber daran sollte er sich nicht stören. Arme Kerle seien sie. Jeden verdienten Dollar gaben sie im Handumdrehen wieder aus für die teuflischen Drogen.

Der Chef begleitete Jeco in den Club, stellte ihn einigen Stammkunden vor und erläuterte beiläufig die Spielregeln. Zwischen dem Bartresen und der in schummriges Licht gehüllten Lustecke bewährten sie sich seit Jahr und Tag. Nichts ging erzwungen, nichts musste sein. Bezahlt wurde vorab und in bar.

In dem lustschwangeren lilawohligen Ambiente überkam Jeco ein unbekanntes erotisches Flirren. Um ihn herum tummelten sich Homosexuelle jeglicher Couleur. Ältere und junge, weiße und dunkelhäutige, schmale und beleibte, geschminkte und ungeschminkte. Eines einte sie alle, ihnen war machohaftes Gehabe fremd. Dieser andere Umgang miteinander legte eine in Mexiko verschüttete Selbstsicherheit frei und schürte ein Bedürfnis nach Nähe. Sanft bahnten sich die meisten Kontakte an. Plaudernd, trinkend, tanzend, streichelnd, küssend. Die anfängliche Aufregung löste sich auf in ein entgegnendes Erregtsein. Jeco begann sich selbst zu mögen im

Spiegel der Lust, die er anderen bereitete. Cruz holte ihn zu fortgeschrittener Nachtzeit ab und nahm ihn regelmäßig freitags mit nach Austin.

Zu den gleichgeschlechtlich Liebenden wähnte sich Jeco zu keinem Zeitpunkt dazugehörig. In dem frivolen und freizügigen Umfeld respektvoll behandelt und umschmeichelt zu werden und ein Hauch von Geborgenheit zu empfinden, genoss er. Doch es blieb Distanz. Jedes Mal, wenn er die hunderten Dollar zählte, schlang sich der Jobcharakter wie eine Banderole um die Summe. Er versuchte der nüchternen Einsicht zu entfliehen, eine erotische Dienstleistung zu verkaufen, indem er den Kreis seiner Kunden möglichst überschaubar hielt. Sympathie und Vertrauen sollten die krasse Ware-Geld-Beziehung abmildern. Doch mit der Zeit geriet dies immer schwieriger. Im „Purple River" wurde es ruppiger. Die über Jahre harmonisch gewachsene Community zerbröselte durch das Eindringen zu vieler neuer zahlungskräftiger und geiler Besucher. Yuppies und Glücksritter des Wirtschaftsbooms, gierend nach ausgiebigem Rausch und schnellem Sex.

In diesem Unbehagen machte er an einem Abend, dessen er sich genau erinnerte, weil es im Club außergewöhnlich schwülwarm und dieser überfüllt war, die Bekanntschaft von Paul Miller und Frank Spencer. Die beiden kamen aus der Gegend. Jeco bemerkte sofort, sie bewegten sich nicht so ungezwungen wie die meisten Clubgäste. Er glaubte darin sein eigenes Vortasten in die homosexuellen Gefühlswelten und Lebensfreuden zu erkennen. Paul und Frank machten sich im „Purple River" frei von dem Deckmantel, den sie im Alltag über ihre Homosexualität warfen. Daraus resultierte ein unverkennbar vorsichtiges Abschätzen, mit wem sie sich einließen in der Barszene und wer sich ansonsten dort amüsierte.

Zuerst übermannte es Paul, davon zu reden. Im Polizeidienst hielt er sich permanent in Schwulen-Sperrgebiet auf. Er fürchtete bei den gelegentlichen Besuchen im „Purple River" vor allen Din-

gen eine plötzliche Drogen-Razzia. Sofern es irgend ging, versuchte er vor dem nächsten Ausflug in den Club bei der Drogenfahndung zu erfahren, wann die Kollegen demnächst dort vorbeischauen wollten. Aber selbst dann blieb wegen der strengen Geheimhaltung von Operationen der DEA ein Restrisiko. Seine Quelle war nicht über alles im Bilde.

Frank trieb geringere Sorge um. Der sexuelle Kick, seine Begierde nach dem Geschmack, dem Geruch, dem Begehren geschlechtsgleicher Wesensbrüder ausleben zu können, führte bei ihm absolute Regie. Im Grunde hatte er Paul dazu animiert, in seiner bisexuellen Veranlagung die schwulen Sehnsüchte nicht verkümmern zu lassen. Er würde in der familiären Bande glücklicher sein, zumal Ehefrau Diane sich von selbst mit den Jahren erotischen Gelüsten entsagte. Frank konnte davon ausgehen, im „Purple River" auf keinen ihm bekannten Trucker zu treffen. Aber ausgeschlossen war es nicht, dass Typen aus der Nachbarschaft im Trailer-Park North Lamar aufkreuzten. Mancher dort gab sich bei Tageslicht betont konservativ und martialisch männlich, doch niemand konnte in dessen wirkliches Ich hineinblicken. Er und Paul, da war Frank sich sicher, gehörten in der Stadt nicht allein zur Fraktion der Homosexuellen bei Nacht.

Sie waren erst wenige Wochen miteinander bekannt, als Frank Jeco im heftig pulsierenden Schattenreich des Clubs einen neuen Kunden nahelegte. Lato Kadamski. Dieser, erfuhr Jeco, käme seriös daher. Ein romantischer Typ, so gar nicht in das Fach des hart schuftenden und sich hart gebenden Erdgasarbeiters passend. Er verdiente sein Geld auf einem Förderfeld östlich von Austin und lebte in der freien Zeit in der Stadt. Seine jüngeren Jahre lägen bereits eine Weile zurück und er trank nur schottischen Whisky. Er, Jeco, dürfte mit ihm klarkommen und Lato sich eher großzügig statt großspurig geben. Frank behielt recht.

Einmal fügte es sich, dass sie zu viert am Tresen standen. Die seltene Konstellation nutzte Paul, mit einer überraschenden Idee aufzuwarten. Er erzählte, diese hätte er de fakto am Wegesrand aufgegabelt. Bei einer Ausfahrt mit Diane und dem neuen Ford Edge. Zuweilen tourten sie abseits der großen Straßen quer durchs Land, dabei immer auf der Suche nach Überresten vergangener Zeiten. Verlassene Gehöfte, verrostete Pferdekopf-Ölpumpen, stillgelegte Gleise, verwilderte Memoriale. Diane poste gern vor den Zeugnissen von Verwitterung und Verfall. Sie besaß bereits eine beachtliche Serie von diesen speziellen Motiven und plante, damit ein Fotobuch zu erstellen. Beleg ihrer Heimatliebe, wie sie meinte.

Dann an der einsamen County Road 1681 östlich von San Antonio war da diese verlassene Tankstelle. Dorthin hatte sich offenbar ewig niemand verirrt. Wer vorüberkam, in dem Landstrich reduzierte sich die Zahl auf wenige Leute von den verstreuten Ranches, fuhr vorbei. An der Tür zum Kassenraum baumelte ein Pappschild. Closed. Doch der letzte Besitzer der Station musste es versäumt haben abzuschließen. Drinnen war die Zeit stehengeblieben. Allzu lange allerdings nicht. Kassen- und Nebenraum schienen darauf zu warten, in Besitz genommen zu werden. Bei dem Anblick sei ihm der Gedanke eingeschossen, den verschwiegenen Ort wieder aufzusuchen. In der Fantasie malte er sich aus, sie könnten künftig dort zusammenkommen. Der Stress würde entfallen, dass in Austin durch einen dummen Zufall ihre verborgen gehaltene Homosexualität entblößt wird. Jerimez bräuchte auch nicht mehr jeden Freitagabend im „Purple River" anschaffen, wo die einstige intime Atmosphäre für alle spürbar zerrissen wurde von einer Meute zugereister Freier. Der „Purple River" ertrank im Angesagtsein.

Pauls Vorschlag verweigerten die anderen eine spontane Reaktion. Dieser machte sie sprachlos. Perplex tauschten sie Blicke aus. Zu unerwartet traf sie die radikale Abkehr vom Gewohnten, zu unvorstellbar erschien ihnen der Ortswechsel. Aber Paul setzte nach, schwärmte detaillierter von dem Plan. Er hatte ihn vor allem logistisch durchdacht. Von Austin konnten sie gemeinsam starten und bei einem Zwischenstopp in San Marcos bequem Jeco einsacken. Die Interstate 35 führte direkt durch die Stadt. Unweit der Anschlussstelle an der Hopkins Street befand sich das Restaurant „Fuego Tortilla Grill". Mit einem größeren Parkplatz davor. In dem Viertel Rio Vista wohnte Jeco bei Francis Cruz in der Sycamore Street, Ecke Cheatham Street. Den Parkplatz erreichte er zu Fuß.

Als Jeco das erste Mal zu Paul, Frank und Lato in den Wagen stieg, kam es ihm vor, sie starteten zu einem gewöhnlichen Tagesausflug. Die gelöste Stimmung der anderen übertrug sich auf ihn. Paul hatte sie neugierig gemacht. Auf diese verwaiste Tankstelle. Sie sollte es ihnen ermöglichen, ganz unter sich zu sein und sich für wenige Stunden aus ihren sonstigen Lebensumständen auszuklinken. Diese gewährten ihrer sexuellen Andersartigkeit keinen Zentimeter Freiraum, bei unverhohlener Ächtung und Ablehnung. Das private erotische Treffen besaß für Jeco indes einen anderen Anstrich. Er war Teil des Lustprogramms. In diesem Part begegneten ihm die drei Amerikaner fair. Sie zahlten gut, kauften sich bei ihm, dem illegal in den USA lebenden jungen Mexikaner, frei von den Ängsten, aus ihren gesellschaftlichen Rollen verstoßen zu werden. Sie bildeten eine eigenartige vertrauliche Zweckgemeinschaft.

Jeco sprach zum Schluss entspannt und fast selbstverständlich von sich als Stricherjungen und vom erquicklichen Dollarverdienst.

„In zwei Jahren, denke ich, habe ich genug Geld zusammen für die Texas State University. Wenn ich erst mal dort bin, sehe ich zu, dass ich an ein Stipendium komme. Es würde ungemein helfen, einen guten Job zu finden und für länger hier bleiben zu können."

Heidberger hörte nicht mehr sehr aufmerksam zu. „Das würde mich für dich freuen." Jeco sah in dem Warum, mit den anderen regelmäßig in die Tankstelle zu fahren, ebenfalls einen Deal. Keine Opferrolle, keine Brisanz, kein Klischee. Heidberger starrte nachdenklich auf den Boden. Die Story plätscherte aus, ohne Aufreger. Es war brütend warm. In der Schwüle fiel es ihm schwer, sich weiter zu konzentrieren. Sein Ego stemmte sich dagegen. Jetzt aufgeben, das Notizbuch zuklappen? Irgendein Dreh war ihm immer eingefallen. Wenn auch zuweilen *erfunden.*

Er spannte sich und stand auf, packte den Stuhl und rückte ihn an die Wand.

„Jeco, ich danke dir, wir sind durch. Ich würde gern den anderen draußen noch ein paar Fragen stellen."

„Si."

Heidberger war entschlossen, nach allem, was ihm Jeco geschildert hatte, den anderen drei gegenüber daraus den Vorwurf eines *schmutzigen Deals* zu konstruieren.

Kapitel 20

„Was macht eigentlich unser Freund Mark Heidberger?" Samtpfotig wie eine Wildkatze hatte sich Raven Meynburg angeschlichen. Im Kragenausschnitt seines weißen Hemdes, die überhitzte Berliner Luft Anfang Juli ließ ihn auf ein Jackett verzichten, glänzte ein locker gebundenes laubfroschgrünes Seidentuch. Passend dazu trug er eine lindgrüne Leinenhose. In der Hand hielt er ein gut gefülltes Glas Whisky.

Harriett Schinski, Marks langjährige Intimfreundin, checkte Meynburgs leuchtenden Dress blitzschnell. Sie mochte die giftige Farbe nicht. Meynburg kannte sie nur flüchtig von den Partys der Hauptstadtjournaille. Seine Kommentare in der „Berliner" las sie selten. Die politischen Machenschaften in der Stadt, anstrengende wirtschaftliche und juristische Problematiken und auch abstrakte gesellschaftliche Fragen interessierten sie nur mäßig. Sie schmachtete nach News aus der Prominentenszene, sog jede Neuigkeit aus dem Mode- und Style-Universum auf, verfolgte Trubel und Trouble auf dem großen Boulevard von Berlin. Zu Meynburgs Party im Loft zu erscheinen, war ein Muss. Sie standen an einem der hohen Fenster.

„Hallo Herr Meynburg."

„Raven, bitte, Raven." Meynburgs Blick glitt am fliederfarbenen Kleid hinab, das enganliegend Harrietts modelschlanke Figur nachzeichnete.

„Das Kleid steht dir blendend."

„Danke. Du hattest nach Mark gefragt. Ich muss gestehen, ich weiß es nicht. Zuletzt gesehen habe ich ihn vor gut einer Woche. Seitdem herrscht Funkstille."

„Habt ihr euch zerstritten?"

„Genau genommen nicht, jedenfalls nicht so richtig. Es gab eine Meinungsverschiedenheit. Ich habe grußlos seine Wohnungstür hinter mir zugeworfen."

„Gar nicht besorgt? In seiner Lage möchte man als Journalist nicht stecken."

„Einmal habe ich versucht, ihn anzurufen. Keine Chance. Er kann sehr stur sein." Sie nahm einen Schluck vom orangenen Aperol Spritz, den sie in Höhe des Busens mit beiden Händen umklammerte.

„Das dürfte wohl weniger der Grund sein. Ich denke, er verkriecht sich."

Meynburg führte das Whiskyglas ebenfalls zum Mund. „Mir würde es vermutlich ebenso gehen. Sich feiern zu lassen für angeblich authentische Reportagen, die sich dann als frei erfunden herausstellen, das haut einem in unserem Job beide Beine weg. Ich hoffe, er berappelt sich bald wieder. Wobei es sehr schwierig ist, totalen Vertrauensverlust wettzumachen. Derart zu fehlen, bleibt einem wie ein Kainsmal haften."

„Das beunruhigt mich auch. Wie soll es mit ihm weitergehen?" Harriett sah an Meynburg vorbei zu den anderen Partygästen. Sie verteilten sich, in Gruppen zusammenstehend, über das weiträumige Loft. Einige interessierten sich für die fertigen und die noch in Arbeit befindlichen Bilder von Meynburgs malenden Lebenspartner. Das kreative Areal füllte den östlichen Flügel der alten Fabriketage. Die überwiegend abstrakten und surrealen Motive strotzten vor kräftigem Farbauftrag. „Was mich noch viel mehr bewegt und auch wütend macht, Mark steht als Buhmann allein im Kreuzfeuer. Alle, die ihm die vielen Preise hinterhergeschmissen haben, wenden sich empört ab und weisen entrüstet jegliche Kritik an ihrer mainstreamergebenen Vergabepraxis zurück. Dieses durchsichtige Spiel verführt dazu, in den Texten besonders dick und wohlgefällig von der Moralpaste aufzutragen." Harriett manövrierte sich in Rage.

„Da kommt einer, den hat es auch erwischt, liebe Harriett", ließ Meynburg ihre kritische Tirade abgefeimt ins Leere laufen.

Er kannte das Spiel seit vielen Jahren. Nach der Preisvergabe, ob skandalumwittert oder langweilig, war vor der nächsten.

„Hey Vincent!" Er winkte Vincent Probst heran.

„Na mein Guter, schön, dass du da bist."

„Hallo Raven, ich musste mal wieder unters Volk."

„Darf ich dir vorstellen, Harriett, Mark Heidbergers Muse, wenn ich so sagen darf." Er grinste sie überlegen an.

„Hallo Harriett, Vincent. Wir sind uns persönlich bisher nicht begegnet. Aber Mark hat von dir erzählt. Du bist beim Berliner Privatsender BTV?"

„Stimmt, ich moderiere ein Wochenmagazin. Seit gestern, gestern war Premiere." Harriett errötete leicht, das flüchtige Strahlen hatte was Schamhaftes. Als hätte sie Unerhörtes preisgegeben.

„Damit kommst du so nebenbei, das ist doch fantastisch. Wie ist es gelaufen?" Raven plusterte sich gönnerhaft auf.

„Es war ganz schön aufregend. Zu Anfang, dann lief es gut. Der Programmchef hat beide Daumen gehoben."

„Glückwunsch." Vincent salutierte mit seinem Rotweinglas.

„Niklas Nieper hat sie unter seinen Fittichen." Raven betonte den Namen und wendete sich von Vincent ab und Harriett zu. „Vincent und Niklas kennen sich, sie haben sich ihre ersten Sporen beim Privatradio verdient, als das noch belächelt wurde. Also Harriett, wenn das kein Grund zum Feiern ist. Nehmt ihr noch mal das Gleiche?" Er zeigte auf die Gläser und entfernte sich abrupt, ohne das Nicken der beiden anderen wahrzunehmen.

„Wie geht es Mark? Ich habe nichts mehr von ihm gehört, seit seinem Abgang beim *Echo*. Inzwischen bin ich da auch weg. Du hast es bestimmt mitgekriegt. Es ist eine ziemliche Scheiße, in die wir uns hineingeritten haben. Erst war ich sehr wütend auf Mark. Aber ich habe in den letzten Tagen viel darüber nachgedacht, warum es überhaupt soweit kommen konnte." Er hielt inne und schwenkte den Rotwein kennerisch.

„Und?“, hakte Harriett ungeduldig nach.

„Wir wollten die Texte so, wie er sie geschrieben hat. Das blendet jedes Hinterfragen aus. Als einziger schaute unser New Yorker Korrespondent genauer hin, bei der Drogen-Story aus dem mexikanischen Grenzgebiet. Aber auch nur aus einem simplen, wenig ehrenvollen Grund. Da landet ein jüngerer Kollege eine Reportage aus seinem Beritt und wird dafür vermutlich den nächsten Preis einheimsen. Er hingegen schreibt Beitrag für Beitrag, die alle so durchlaufen. Das zerrt am Kostüm und der Neid im Nacken reibt sich die Hände. Ohne den *Echo*-Mann in den USA würde sich Mark wahrscheinlich gerade wieder feiern lassen.“

Harriett beobachtete Vincent angestrengt. „Aber was veranlasst den Chefredakteur eines führenden Nachrichtenmagazins, Texte bevorzugt ins Blatt zu hebeln, die in breiter Epik einer bestimmten Erwartung folgen?“

„Welcher Erwartung?“

„Du sagtest es doch eben, ihr wolltet die Texte so, wie Mark sie lieferte. Ich glaube, ihr habt daraufgesetzt, mit seinen Reportagen ganz vorn zu sein im Überbietungswettbewerb, sich dem Mainstream anzubiedern. Es ist auch viel ungefährlicher, der durchs Dorf gejagten medialen Sau hinterherzulaufen, statt sich ihr in den Weg zu stellen.“ Harriett spornte das Bedürfnis an, Mark trotz seines Verschuldens zu verteidigen. Sie bemerkte nicht, dass Raven seitlich an sie herangetreten war, mit drei vollen Gläsern in der Hand. Er hatte ihre letzten Sätze mitgehört.

„Höhö Harriett, du urteilst aber sehr drastisch, du verkennst die Situation der Medien heutzutage.“ Er reichte ihr den Aperol Spritz.

„Was gibt es daran zu verkennen, journalistisch sauber zu arbeiten?“

Raven und Vincent tauschten einen kurzen Blick. Harriett geriet in die Zange der erfahrenen Medienfüchse.

„Das schreiberische Handwerk ist das eine. Da sollte man unangreifbar sein und möglichst Sorge dafür tragen, dass das so bleibt. Was nicht immer gelingt." In Vincents letzte Worte verfing sich ein Seufzen.

„Das andere ist das Systemische in der Branche, wenn du so willst. Darin haben sich die Koordinaten in den letzten zwei Jahrzehnten gewaltig verschoben. Als Chefredakteur stehst du unter erheblichem geschäftlichem Druck. Die Auflagen befinden sich im Sinkflug und im Onlinebereich ist es unendlich mühselig, adäquat Abonnenten zu gewinnen. Am Ende des Tages wird dein Wirken daran bemessen, wie viel Kosten du eingespart hast." Vincent machte eine kleine Pause. „Glaub mir Harriett, das ist echt frustrierend."

„Ich wollte nicht in Vincents Haut gesteckt haben. Zum Glück liefere ich nur meine Texte ab und hoffe inständig, dass die *Berliner* nicht sobald die Segel streicht."

„Ist das zu befürchten?"

„Naja, so viele feste Redakteure rennen im Großraum nicht mehr herum. Für richtig gut recherchierte Geschichten bleibt wenig Manpower und Kompetenz, und ohne Top-Qualität wirst du in dem heutigen Mediendschungel unkenntlich. Wenn dann eine Knallergeschichte auf dem Tisch liegt, brennen allzu schnell die Sicherungen durch." Raven erwartete ein zustimmendes Nicken von Vincent. Der lächelte gequält.

„Im dürftigen Studio beim Lokalfernsehen dürfte dir Kostendruck nicht unbekannt sein." In Ravens Augen funkelte Geringschätzung.

„Das ist nicht fair, Raven, das ist ein anderes Format." Vincent versuchte eilig, weitere Misstöne zu vermeiden. „Harriett, ich halte trotz allem Mark für einen begnadeten Schreiber. Wenn der Rauch sich verzogen hat, sollte er unbedingt eine zweite Chance erhalten."

„Das sehe ich auch so. Ihr entschuldigt mich." Raven hatte einen langjährigen Freund im Partygewusel entdeckt.

„Bei all der Kritik und Häme, die berechtigt und gnadenlos auf ihn einprasselt, darf es nicht sein, dass zum Schluss ein begabter junger Mensch zerstört ist. Triffst du ihn in nächster Zeit? Dann sag ihm, er möge sich bei mir mal melden, meine private Handynummer kennt er."

„Was hast du jetzt vor, ohne *Echo*?"

„Ich wollte mir schon immer ein Sabbatical gönnen, dazu habe ich nun Zeit. Wenn auch ungeplant." Vincent gab sich alle Mühe, abgeklärt zu klingen. Die unfreiwillige Demission als Chefredakteur schmerzte und nagte heftiger an ihm, als er es sich eingestehen wollte. Erst recht nicht vor Harriett. Er war sich bewusst, es würde schwierig werden, in der Branche einen ähnlich renommierten und dotierten Job zu finden. Die über Jahrzehnte verfestigten Medienstrukturen im Land zerbröckelten immer schneller wie eine erodierende Felswand. Zahlreiche Chefredakteure von gutem Ruf mussten ihre Schreibtische räumen und mit der Erkenntnis umgehen lernen, nicht mehr gefragt zu sein. Um weiter ihre Profession ausüben und existieren zu können, schufen sich einige von ihnen ein eigenes Medium. Im ungebrochenen Glauben an hochwertigen und kritischen Journalismus gründeten sie Monatsmagazine oder wanderten sofort ins Internet und auf die Social-Media-Kanäle, schufen Meinungsportale und bloggten. Vincent widerstrebte der Gedanke, ganz bei null anfangen zu müssen. In den kommenden Wochen und Monaten wollte er ausloten, welche Chancen bestünden, in gewohnten Gefilden unterzukommen. In den disruptiven Verhältnissen erwiesen sich die einst verlässlichen Netzwerke in der Medienlandschaft spürbar weniger engmaschig und tragfähig.

Sie unterhielten sich noch eine Weile. Vincent fragte halb neugierig, halb höflich nach dem Alltag beim Lokalfernsehen und dem Spagat zwischen Kommerz und leidlich unabhängiger Berichterstattung. Harriett offenbarte ihre Karrierepläne, es als Moderatorin zu einem der großen TV-Sender schaffen zu wollen. Privat oder öffentlich-rechtlich sei ihr im Grunde egal, bekannte sie freimütig.

„Übrigens, weil Raven vorhin Niklas Nieper erwähnte, er ist vor wenigen Minuten auch eingetrudelt. Er hat sich zu den Bildern gesellt."

Vincent drehte sich zu dem östlichen Flügel hin.

„Wollen wir rübergehen?" Harriett hakte sich spontan bei Vincent unter und schob ihn in die vorgezeigte Richtung.

Kurz vor Mitternacht verließ sie die Party. Je länger sie in dem um sich selbst kreisenden Medienorbit an diesem Abend ausharrte, desto intensiver musste sie an Mark, den Ausgestoßenen, denken. In einem stillen Moment packte sie Panik, er könnte sich etwas angetan haben. Sie beschloss, am nächsten Tag, bevor sie im Sender sein musste, zu seiner Wohnung zu fahren.

Nach dem dritten vergeblichen Klingeln ohne Lebenszeichen aus der Wechselsprechanlage griff Harriett in die Handtasche und fummelte ihr schmales Schlüsselbund heraus. Der einzige messingfarbene unter den überwiegend kurzen Schlüsseln öffnete den Hauseingang und die Tür zu Marks Appartement. Sie drückte diese leise hinter sich zu und blieb im Flur stehen. Nichts war zu hören. Keine Stimme, keine Musik, kein Bewegungsgeräusch.

„Mark! Bist du da?"

Stille. Die Tür zum großen Wohnzimmer stand einen handbreiten Spalt offen.

Harriett streckte die linke Hand vor, um die Tür aufzudrücken. Die Finger zitterten. Zaghaft presste sie diese gegen das Blatt. Sie kämpfte wider das Bild, Mark leblos auf seiner Couch vorzufinden, schlimmstenfalls aufgehängt in einem Winkel der

Wohnung. Es blieb ihr erspart. Die Erleichterung darüber schlug schnell in noch größere Ungewissheit um. Wenn Mark nicht in seiner Wohnung war und sich telefonisch verweigerte, wo steckte er dann? Erneut kroch in ihr die Angst hoch, er könnte die letzte Ausflucht Tod gewählt haben.

Harriett versuchte sich zu beruhigen, indem sie begann, das Appartement systematisch nach Hinweisen auf Marks Verbleib zu erkunden. In der Küchenzeile standen mehrere leere Rotweinflaschen aufgereiht neben dem Spülbecken. Im Kühlschrank lagerten bis auf einen angebrochenen Frischkäse und eine noch vollständig folienumhüllte Teewurst keine Lebensmittel mehr. In der Tiefkühlbox fehlten die sonst darin verstauten Pizzen. Alles in der Küche harrte geordnet an seinem Platz. Die Kaffeemaschine, der Toaster, der Wasserkocher.

Einer Ahnung folgend inspizierte Harriett als nächstes das Schlafzimmer. Womöglich hatte sich Mark nach irgendwohin verdrückt. Entflohen der über Tage unerträglicher gewordenen Isolation in der Medienmetropole Berlin. Seine dunkelblaue Reisetasche mit der weißen Aufschrift „Traveller" war weg. Auf dem gemachten Doppelbett lagen mehrere dunkle T-Shirts und zwei schwarze Jeans. Unberücksichtigt für die Reise. Sie lieferten ein Indiz, dass er nicht in letzter Konsequenz am Leben verzweifelt war. Harriett trat aus dem Zimmer heraus. Von der Tür aus überzog sie das Wohnzimmer mit suchendem Blick. Beinahe erschreckt blieb sie am Clubtisch inmitten des Raumes hängen. Auf der flachen quadratischen Platte zeigten sich die Umrisse von Marks Laptop. Sie setzte sich davor und starrte auf die glänzende Oberseite. Hatte er absichtlich das Gerät an diesem Platz zurückgelassen, weil darauf eine Botschaft gespeichert war? Zuzutrauen wäre es ihm, dachte Harriett. Er besaß einen Hang, in außergewöhnlichen Situationen theatralisch-dramatisch zu überhöhen. Ähnlich gelang es ihm immer wieder beim Schreiben seiner Reportagen. Sie war unsicher, was sie erwartete, wenn sie den Laptop aufklappte. Wieder durchzuckte sie die Angst, es könnte ein letzter Text sein, der endgültige Abschied.

Schließlich nahm sie allen Mut zusammen und startete den Computer. Zu groß der Drang nach Gewissheit. Mark hatte ihr einmal das Passwort für die Entsperrung genannt, damit sie, er war nicht vor Ort, etwas in einem bestimmten Ordner heraussuchen konnte. Den einprägsamen Code tippte sie ein. *Pionier.*

Auf dem Desktop flackerten einige Icons auf. Ordner, vereinzelt pdf-Dateien und Word-Marken. Das Hintergrundbild zeigte einen bleiern ruhenden See. Das schwarze Wasser überspannt von einem zähen, auf der glatten Oberfläche aufsitzenden Morgennebel. Von den ersten Sonnenstrahlen durchstochen leuchtete er orange. Eine mystische Momentaufnahme eines unbekannten Ortes. Möglicherweise aus dem nahen Berliner Umfeld. Harriett tippte eher auf ein Naturkleinod in der fernen Wildnis von Alaska oder Sibirien.

Mehr interessierten sie die Details der Dateien. Die Namen. Keiner gab jedoch einen Hinweis auf eine hinterlassene Nachricht. Harriett öffnete den Browser *Firefox*, mit dem Mark am häufigsten im Netz unterwegs war. Die *Google*-Startseite ploppte auf. Im Such-Verlauf der zurückliegenden Wochen erkannte sie, Mark hatte noch vor zwei Tagen an diesem Platz gesessen und gegoogelt. Alle gängigen Nachrichtenportale tauchten in der Liste auf. Er fahndete nach Nachrichten und Beiträgen, die sich mit seiner Person und seinem Vergehen befassten. Zahlreich und ausführlich wurde berichtet. Das Format eines Skandals war schnell erreicht.

Zuletzt surfte Mark durch die Welt. Homepages von Städten in verschiedenen Bundesstaaten der USA, auffällig häufig Kalifornien, Texas und Washington, waren im *Google*-Protokoll vermerkt. Auch Websites mit Reiseempfehlungen für Großbritannien, Norwegen und Südafrika hatte er besucht. Hielt er Ausschau nach einem Ziel, wo er für eine Weile fernab von Berlin, vom angehäuften Trümmerberg und den schmerzlichen Schmähungen und moralischen Peitschenhieben verschnaufen und mit sich selbst in Klausur gehen konnte? Oder plante er gar, Deutschland zu verlassen?

Harriett scrollte die Sucheinträge bis zum Ende durch. Einige wiesen auf Preisvergleichs- und Buchungsportale für billiges Fliegen hin. Er schien sich für die USA entschieden zu haben. Sie fuhr den Computer herunter und schaltete ihn aus. Eine merkliche Erleichterung drückte sie in die Rückenlehne der Couch. Ihr Blick verkrallte sich ins Dunkelgrau des toten Fernsehbildschirms an der Wand gegenüber. Kurz glaubte sie, Marks Gesicht, sein fein geschnittenes Konterfei zu erkennen.

Er war in ein abgrundtiefes Dilemma gestürzt, welches so bodenlos sein konnte, dass jegliche Lebenseuphorie im Nichts verschwand. Sie traute ihm zu, sich da wieder herauszuwinden. An diesem Morgen in seiner Wohnung packte sie die Empfindung, es täte ihm gut, sie würde ihm dabei helfen. Die Zeit der Vorfreude auf seine Rückkehr begann zu laufen.

Sie schaute auf die Uhr. Sie musste los, ins Studio. Der Berliner Boulevard kannte keine Pause. Bevor sie die Wohnzimmertür anlehnte, ließ sie Mark noch mal auf sich wirken. Den messingfarbenen Schlüssel drehte sie im Schloss vorsichtig um. Wie sie es getan hatte, als sie kam, nach ihm zu sehen.

Kapitel 21

Heidberger und Jerimez betraten den Kassenraum, ohne von den anderen zunächst bemerkt zu werden. Sie hockten zusammengerückt am Tisch, in der Mitte vor sich die rosarote Schweinsfigur. Es hatte den Anschein, sie beratschlagten sich. Als erster hob Spencer den Kopf und bedeutete Kadamski und Miller, sie seien nicht mehr allein unter sich. Lato und Paul drehten sich um.

„Da hat er dich aber mit deutscher Gründlichkeit gelöchert, was Jerimez." Lato suchte das überraschende Momentum des Eintretens der beiden zu entkrampfen. Mit dem Stuhl rückte er ab vom Tisch. Frank und Paul taten es ihm gleich, erweiterten den Kreis. Das Schwein verblieb auf seinem zentralen Platz. Heidberger rätselte, was die drei daran faszinierte.

„Setzt euch, wir trinken noch aus, bevor wir aufbrechen", dirigierte Miller. „Was hast du unserem Journalisten alles erzählt? Wir dachten schon, ihr findet gar kein Ende."

„Ich habe alles erzählt", antwortete Jerimez knapp.

„Er war wirklich sehr gesprächig", sprang Heidberger ihm zur Seite. „Ich kam gar nicht dazu, groß Fragen zu stellen."

„Schöner Mist da drüben in Ciudad Juárez mit den vielen Ermordeten. Es ist unvorstellbar, was seit Jahren auf der anderen Seite geschieht, unmittelbar hinter der Grenze. Ein fieser Krieg das Ganze." Frank schüttelte ungläubig den Kopf.

„Da kann es einem grausen. Jerimez hat uns einiges berichtet", nahm Paul den Gedanken auf. „Bei der Polizei erlebe ich viele unschöne Dinge, bis hin zu grässlichen Morden. Aber das dort geht über Tötungsdelikte hinaus, es ist ein Abschlachten. Vor einigen Jahren gab es um die 3000 Mordopfer binnen zwölf Monaten. Das wollte im Polizeirevier erst keiner glauben. Wir nahmen an, es handelte sich fehlerhaft um eine Null zu viel. Aber der Irrsinn war kein Irrtum."

„Das ging damals um die Welt. Von Jerimez das Trauma geschildert zu bekommen, fühlt sich noch mal anders an. So nahe fällt es einem schwer, die Distanz des Reportes zu halten."

„Er hat dir auch von seiner Schwester Leona erzählt, nicht wahr?" Kadamski fragte Heidberger und schaute zu Jerimez.

„Hat er, und dann weißt du, was ich meine. Man hört es sich an und im Innern weigert sich alles, das als wirklich geschehen zu akzeptieren. Doch der Horror dringt in deinen Kopf und du bekommst es nicht verdrängt. Genauso ist mir jetzt zumute. Um nicht zu verzweifeln, kocht schnell Wut in mir hoch."

„Wut sagst du, gegen wen richtet sie sich denn? Bei solchen Mordorgien kann sie doch nur ins Leere laufen. Die Drogenkartelle sind überall und nirgends. In der Gegend ist der Staat machtlos, zumal die Polizei vor Ort zum Teil mit den Verbrechern unter einer Decke steckt."

„Drum eben. Dass so etwas in eurer Nachbarschaft passiert, lässt euch das völlig kalt?"

„Mal langsam, Mark", mischte sich Spencer in den Dialog mit Kadamski ein. „Menschen werden dort zuhauf massakriert, aber auch bei uns überlebt mancher einen brutalen Raubüberfall nicht. Im Grunde macht das keinen Unterschied, es sterben unschuldige Menschen. Das lässt hier in der Runde keinen kalt." Spencer betonte den letzten Satz schneidig. „Aber klar ist auch, das Problem müssen sie drüben schon selbst lösen. Es hilft ihnen nicht viel weiter, wenn wir uns hier aufspulen. Außerdem haben wir unser eigenes Kreuz zu tragen, wie dir nicht entgangen sein dürfte."

„Und was ist mit Jerimez?"

„Was soll mit ihm sein?" Spencer hatte sein Budweiser fast schon an die Lippen herangeführt, hielt aber für die Gegenfrage kurz inne.

„Mit ihm und anderen Betroffenen schwappt das mexikanische Problem doch zu euch ins Land."

„Ja und? Wir haben ihn nicht hergebeten. Wenn er meint, bei uns kann er sein Glück finden, nur zu. Wir sind ein freies Land. Jeder hat es in der Hand, es zu etwas zu bringen."

„Ganz so frei sind illegale Einwanderer wohl nicht."

„Siehst du und da kommen wir ins Spiel." Kadamski erwähnte es verhalten triumphierend. „Wir verpfeifen Jerimez nicht und er verdient ordentlich Dollars mit uns."

Miller lauschte, die Beine ausgestreckt und vor der Brust die Arme lässig verschränkt, dem wortreichen Geplänkel.

„Aber dass er traumatisiert ist durch das Schicksal seiner Schwester, das wollt ihr nicht sehen, oder? Stattdessen nutzt ihr seine Situation, um euch unbehelligt zu amüsieren." Heidberger wusste, das war anklagend, nicht mehr freundlich. Er riskierte es, er brauchte die Zuspitzung.

Keiner erwiderte etwas. Das Jaulen des Windes unter dem Dachvorbau der Tankstelle legte schlagartig einige Phonstärken zu und drang sanft kreischend in den Raum. Miller sah zu Jerimez herüber. Auf einem Stuhl am Nachbartisch hockend hielt er den Kopf gesenkt. Es schien ihm unangenehm zu sein, dass die Debatte um ihn kreiste. Von der plötzlichen Stille überrascht, sah er auf. Ein mildes Lächeln von Miller traf ihn.

Nach ewigen Sekunden hustete Kadamski, als gelte es, sich Gehör zu verschaffen.

„Was willst du uns damit sagen? Wir wären skrupellos, ohne Mitgefühl? Ich denke, wir und du haben in dieser Frage einen grundsätzlich verschiedenen Ansatz. Mit deiner Mitleidtour wirst du nicht weit kommen. Jedenfalls nicht hierzulande. Vielleicht bei euch in Deutschland. Jerimez muss sich schon selbst durchbeißen. Einwanderer sollten wissen, sie konkurrieren untereinander und mit zig Millionen Amerikanern um nicht unendlich vorhandene Jobs. Auf dem Markt wird mit harten Bandagen gekämpft. Es interessiert auch niemanden, was Schreckliches mit seiner Schwester passiert ist."

„Leonas Schicksal hat dir offensichtlich heftig zugesetzt. Das ist nachvollziehbar. Was nicht geht, uns deshalb moralisch frontal anzufahren." Spencer gab sich alle Mühe, seinen Unmut nicht explodieren zu lassen. „Warum, das haben wir dir zu erklären versucht."

Miller geriet unter Spannung. In Spencers Stimme schwang eine gehörige Verärgerung mit. Er selbst, Miller, war wenig erbaut über Heidbergers Vorhaltungen. Der Deutsche konnte ja denken über sie, was er wollte. Aber derart die Moralkeule zu schwingen, das berührte auch ihn gegen den Strich. Miller schrieb Heidbergers drastischen Vorwurf jugendlicher Empörung und Unbedarftheit zu. Das milderte den eigenen Unmut. Er versuchte die plötzlich aufgeladene Situation umgehend zu entschärfen. Das Schwein auf dem Tisch schob er ein Stück zu sich heran.

„Schau her, Mark, dieses niedliche Tier ist, wie du vorhin vermutet hast, tatsächlich ein Sparschwein. Auch ohne Geldschlitz." Miller machte eine dramaturgische Pause. „Ich erklär's dir. Die Figur ist vollgestopft mit Rauschgift, bestem Kokain. Ein solches Exemplar gerät einem nicht jeden Tag in die Fänge. Es gibt einen feinen Grund, warum ich es mitgebracht habe. Lato, Frank und ich haben uns eben geeinigt, den Stoff zu verkaufen und einen Teil des Gewinns Jerimez für sein Studium zu spendieren."

Der Mexikaner riss die Augen auf und fixierte irritiert die Runde. Er war unsicher ob des Gehörten, ob er es richtig verstanden hatte.

Heidberger musterte verblüfft das Schwein. Die Szene nahm surreale Züge an. Bevor er realisierte, was Miller gesagt hatte, ertappte er sich dabei, als erstes die Menge des Kokains abzuschätzen und den etwaig resultierenden Marktwert. Verdutzt musste er sich zudem eingestehen, den Jungs, nach allem, was er bisher erfahren hatte, einen solchen noblen Deal nicht zugetraut zu haben. Wie auch? Das Drogenschwein platzte völlig unvermittelt in das Geschehen. Vor gut zwei Stunden war er es selbst, der das regelmäßig ungestörte Treffen in der Tankstelle aus dem gewohnten Takt brachte. Jetzt wandelte es sich zum Krimi. Kokain ist kein Kavaliersdelikt. Aber wie ging das zusammen? Miller war Polizist, und auch Spencer und Kadamski riskierten Gefängnis und ihre Jobs.

„Interpretiere ich es korrekt, das Kokain ist euch zufällig in die Hände gefallen?" Heidberger vermutete Miller als Quelle. Hätten die anderen das Zeug angeschleppt, mit Sicherheit wäre er davor zurückgeschreckt. Daher lag es nahe, die Idee mit dem Studiengeld stammte von Paul.

„Exakt. Oder glaubst du, wir dealen mit Drogen?" Miller sah ihn vorwurfsvoll und zugleich amüsiert an. „Natürlich ist das ein Zufallsfund. Dass er jetzt nicht im Depot der Drogenfahndung liegt, war eine spontane Eingebung. Du hast ja gehört von Jerimez, was er erlebt hat. Der verfluchte Stoff wird in diesem Fall einem nützlichen Zweck zugeführt. Das dürfte einmalig sein." Miller grinste zu Spencer und Kadamski. Sie verzogen keine Miene. Sie waren heilfroh, dass ihr Freund von der Polizei keine weiteren Details ihrer Absprache ausbreitete.

„Aber Jerimez hat erst etwas davon, wenn ihr das Rauschgift zu Geld gemacht habt. Das wird sicherlich schwierig."

„Lass das mal unsere Sorge sein", kam Spencer Miller zuvor.

In der ruppigen Aufforderung spürte Heidberger die Absicht mitschwingen, umgehend das Thema abzuwürgen. Er ignorierte sie.

„Euch macht es also nichts aus, das Geschäft der Kokainkartelle zu betreiben. Wenn auch für einen hehren Zweck, ihr geht den gleichen Weg. Armselige Junkies bezahlen und werden bei der Stange gehalten, bis sie an dem Zeug verrecken. Ihr kassiert dreckiges Geld."

„Jetzt reicht's!“ Spencer sprang auf und beugte sich nach vorn, als wollte er Heidberger anpacken. Der deutete es so. Ebenso blitzartig schnellte er von seinem Stuhl hoch. Dabei geriet er in leichte Rücklage und stieß den Stuhl um. In dem Schwung geriet er über das plötzliche Hindernis aus dem Gleichgewicht. Bevor er, mit den Armen rudernd, versuchen konnte, sich abzufangen, verlor er den Halt unten den Füßen und krachte rücklings zu Boden. Dabei traf der Hinterkopf die Oberkante der nächsten Stuhllehne. Dann schlug er mit dem Schädel zuerst auf den steinharten Untergrund des Kassenraums. Im ersten Moment, wie er da lag, versuchte er sich ungelenk aufzurappeln. Seine Augen fahndeten erschrocken nach einem Halt und einer Erklärung, was geschehen war. Der Versuch scheiterte. Er sackte zurück. Angestrengt stammelte er einige unverständliche Worte. Bis der Kopf aufgab. Eine aschfahle Blässe kroch in sein Gesicht. Sie ließ das Blut besonders dunkelrot erscheinen, das aus dem linken Ohr zu rinnen begann. Heidbergers regungsloser Körper setzte den Schlusspunkt in der ohne Regie und ohne Vorwarnung abgelaufenen Szene.

Alle waren aufgesprungen. Jerimez drückte sich an die Wand, möglichst viel Distanz zwischen sich und dem daniederliegenden Deutschen bringend. Er konnte nur kurz hinsehen und wendete sich mit leerem Blick zu den anderen hin. Sie verharrten an ihren Plätzen und betrachteten Heidberger gebannt. Als hofften sie, er würde sich jeden Augenblick erheben, schütteln und zurück an den Tisch setzen. Doch er rührte sich nicht. Kein Zucken, kein Stöhnen, kein Wimmern. Nichts. Jerimez schob sich an der Wand weiter weg. Kadamski löste sich zuerst aus der Erstarrung. Er kniete neben Heidberger und sprach ihn an.

„Hey Mark, kannst du mich hören? Komm, mache keinen Scheiß.“

Er fasste nach Heidbergers linkem Handgelenk und hob es an. Spannungslos war der Unterarm beschwert. Sanft legte ihn Kadamski wieder ab und suchte den Puls. Er glaubte, ihn schwach zu fühlen. Danach hing er seinen Kopf über Marks gebleichtes Gesicht. Ein friedlicher Ausdruck, der nicht über feine Nuancen hinwegtäuschen konnte, die verrieten, in einen ungewollten Schlaf gestoßen worden zu sein. Er zog das linke Augenlid auf. Die geweitete Pupille reagierte auf die Helligkeit nicht, in ihr spiegelte sich das getrübte Weiß der vergilbten Decke. Kadamski schluckte. Er wusste, das Blutrinnsal am linken Ohr verhieß nichts Gutes. Der Aufschlag hatte zweifellos eine Verletzung im Schädel verursacht. Wie schwerwiegend, konnte er so nicht erkennen. Was ihn elendig beunruhigte, Mark zeigte keinerlei Reaktion und Reflexe. Kadamski sträubte sich, den schlimmsten anzunehmenden Fall zu denken.

„Was ist mit ihm?" Miller war um den Tisch herum herangetreten und beobachtete Kadamskis vorsichtiges Vortasten.

„Keine Ahnung. Ich fühle kaum Puls und er ist ohne jedes Lebenszeichen."

„Dann sollten wir den Rettungsdienst verständigen." Miller zückte sein Smartphone.

Derweil hatte Kadamski sein rechtes Ohr auf Heidbergers Brust gepresst. Kein Herzschlag. Bemerkte er ihn nur nicht, weil er aufgewühlt war? Um sich zu versichern, spürte er auch am Hals nach dem Puls. Vergeblich. Der Seenotrettungslehrgang dereinst bei der Fischereiaufsicht schoss ihm in Gehirn und Adern. Er benötigte kein Nachdenken. Er funktionierte. Die linke Hand positionierte Kadamski auf dem Brustbein, die rechte darüber. Mit beiden und durchgestreckten Armen drückte er kraftvoll auf Heidberger ein.

„Lass das mit dem Rettungsdienst", hörte Kadamski mit einem Mal Spencer auf Miller energisch einreden. „Ihr seht doch, der Junge gibt keinen Mucks mehr von sich. Bis ein Rettungswagen hier ist, wird es zu spät sein."

„Was ist mit einem Helikopter?“, entgegnete Miller.

„Paul, du solltest es am besten wissen, wenn die uns mit einem Halbtoten vorfinden, werden uns hinterher deine Kollegen in die Mangel nehmen. Dann wollen sie alles wissen, hörst du, alles. Und schon gar nicht werden sie es uns einfach abnehmen, dass es ein Unfall war. War es doch, nicht?“

„Ja sicher. Aber wir können ihm ärztliche Hilfe nicht versagen. Lato, was meinst du?“

Kadamski kämpfte. Wieder und wieder stieß er mit den Händen in den Brustkorb. Das Herz schaffte es nicht zurück in den Lebensrhythmus. Ob es noch was nützte, einen Arzt herbeizurufen? Der Schweiß auf seiner Stirn rührte von der Anstrengung her, jedoch auch von der Angst, falsch und anmaßend zu entscheiden. Er drohte am Tod zu scheitern. Heidberger schien offensichtlich so schwer kopfverletzt zu sein, dass irreparable Schäden wahrscheinlich waren. Soweit konnte er medizinisch eins und eins zusammenzählen. Mark würde nie mehr der sein, der vor gut zwei Stunden hereinspaziert war. Was würde Mark ihm jetzt raten?

Kadamski dachte urplötzlich an das Unglück des deutschen Rennfahrers, welcher vor einigen Jahren beim Skifahren auf ähnlich tragische Weise ein schweres Schädel-Hirn-Trauma erlitten hatte. Viele Fans wünschten in Tweets und auf anderen Social-Media-Kanälen, er möge bald wieder gesund und munter in den unverletzten Alltag zurückkehren. Sie hofften darauf und glaubten daran. Als er damals von den ersten ärztlichen Diagnosen, den starken Einblutungen ins Gehirn, erfuhr, sagte ihm der Verstand sofort, alles Hoffen und Bangen würde vergeblich sein. Der Rennfahrer ward seitdem nicht mehr in der Öffentlichkeit gesehen.

Mark ein toter Lebendiger? So lag er vor ihm. In jeder Sekunde, die er zögerte, wich unwiederbringliches Leben aus dem

Jungen. Jetzt konnte er ihm das Schicksal des Rennfahrers ersparen. Weitere Minuten ohne Herzschlag und der Tod hätte gesiegt. Käme ein Arzt hinzu, war der scharfschneidige Moment vorbei. Der Tod würde womöglich vertrieben und müsste vorerst weiter unbestimmte Zeit auf Mark Heidberger warten.

„Was ist nun Lato, holen wir einen Arzt?", drängelte Miller. Ihm saß die Angst doppelt im Nacken. Spencer hatte recht, es würde schwierig, die wahre Unfalltheorie wahrhaftig glauben zu machen, und ihr gemeinsames homosexuelles Treiben ließe sich unschwer verbergen. Zu vermeiden wäre das, wenn jede erdenkliche Hilfe unterbliebe und sie Marks Sterben in Kauf nahmen. Wie aber sollten sie das vor sich vertreten?

Miller kniete, Kadamski gegenüber, neben Heidberger nieder. Im Dienst ist er mit zig Toten konfrontiert gewesen und hatte gesehen, nach welchem Procedere amtlich der Tod festgestellt wurde. Bestätigte sich dieser bei Mark, erübrigte sich der Notarzt. Mit der Lampe des Smartphones überprüfte er die Reaktion der Pupillen. Fehlanzeige. Statt eines Spiegels hielt er den dunklen Touchscreen des Mobiltelefons dicht vor Heidbergers Mund. Ein Hauch blieb aus. Miller fragte stumm Lato nach dem Herzen. Der winkte ab, nachdem er sich noch einmal vergewissert hatte. Kein Schlagen.

„Er ist tot." Miller wagte es auszusprechen. Die endgültige Formel setzte alle vorherigen Überlegungen außer Kraft.

„Auf einen Arzt verzichten wir unter diesen Umständen." Kadamskis Stimme erhob sich entschlossen. „Ihm kann keiner mehr helfen." Kadamski stellte seinen rechten Unterschenkel senkrecht und drückte mit beiden Händen auf das Knie, um sich aufzurichten. Für einige Sekunden haftete sein Blick auf Heidbergers zartem Gesicht, bis ihm ein leiser Fluch über die Lippen fuhr. „So ein Mist."

Miller folgte ihm an den Tisch, wo Spencer bereits in den Stuhl gefallen war.

„Was machen wir jetzt mit ihm?“

„Das ist die falsche Frage, Frank. Wichtig ist, wie wir unbeschadet aus dieser Nummer herauskommen. Für mich gibt es nur eine Variante. Wir müssen zusehen, dass niemand irgendeine Verbindung zwischen uns und unserem verstorbenen deutschen Freund herstellen kann. Die Chance haben wir. Mark ist zufällig eingeschwebt. Er und wir kannten uns vorher nicht. Wenn ich ihn richtig verstanden habe, war er allein unterwegs. Zu Hause wusste wohl auch keine Freundin oder sonst jemand, wohin er sich verdrücken wollte. Das spielt uns jetzt in die Karten. Bei Mordfällen bleiben zumeist die ungeklärt, bei denen sich Mörder und Opfer nicht kannten.“ Kadamski nahm Miller in den Zeugenstand. „Stimmt doch Paul, oder?“

„In dieser Konstellation bleiben in der Tat etliche Morde ungelöst. Aber wir haben ihn doch nicht umgebracht.“

„Natürlich nicht“, mischte sich Spencer ein. „Lato sagt doch bloß, es läuft auf das Gleiche hinaus.“

„Trotzdem wird es Nachforschungen geben. Ab einem gewissen Zeitpunkt dürfte in Deutschland irgendwer Mark als vermisst melden. Er ist geflogen und hat sich einen BMW gemietet. Ihr könnt die Uhr danach stellen, bis der erste Streifenwagen vor der Tür steht. Ich hoffe, ihr habt eure Smartphones wie immer abgeschaltet. Sie werden versuchen, alles zu orten, was in dieser verlassenen Gegend unterwegs war.“

„Völlig richtig, Paul. Nur ergeben sich daraus keine Hinweise auf uns. Unsere Smartphones sind aus.“ Spencer nickte bestätigend. „Wir sollten ihn jedoch nicht so zurücklassen.“

Kadamski hatte den Satz kaum zu Ende gebracht, da drang ein lautes Schluchzen auf sie ein. Jerimez saß in der Hocke an der Wand und heulte jämmerlich. Alle albtraumhaften Bilder von der verstümmelten Leiche seiner Schwester Leona waren zum Leben erwacht. Der Tod kreuzte seinen Weg erneut in besonders tragischem Gewand. Der junge Mexikaner hing über einer geöffneten Luke, in die er abzustürzen drohte. Tief und ahnungslos wohin. Eine höllische Pein. Von der Luke weg, weg vom Abgrund riss ihn eine Hand.

Spencer hatte zugepackt und ihn zum Aufstehen bewegt. Er reichte ihm ein hellblaues, fein gefaltetes Taschentuch.

„Hey, wir gehen nach nebenan. Du legst dich hin und beruhigst dich. Wir holen dich dann."

Als sie wieder zu dritt am Tisch saßen, führte Kadamski seinen Gedanken fort.

„Es könnte für uns dumm enden, wenn alles unverändert bleibt und wir abzischen, als wäre nichts geschehen. Sie werden alles penibel untersuchen und Fingerabdrücke und DNA-Spuren entdecken. Zuordnen können sie diese erst mal nicht und auch nicht morgen. Aber ich möchte nicht dem Zufall vertrauen müssen. Irgendwann will es das Schicksal, dass deine Daten erfasst werden, nach einem blöden Unfall oder so, und dann genügt ein Datenabgleich und die Falle schnappt zu."

„Cold Case nennt sich das, wenn alte ungelöste Verbrechen neu verfolgt werden."

„Alles klar, Paul, wir brauchen jetzt aber keine Vorträge. Wir sollten schnellstens die Zelte abbrechen." Spencers Anspannung war zu greifen.

„Was schlagt ihr vor?" In Miller stieg ein lähmendes Unwohlsein auf. Regelmäßig flüchteten sie aus ihrem Leben in diese gottlose Tankstelle, um ihrem anderen Ich kurzen Auslauf zu gewähren. Dieser Ort bedrohte sie nun in ihren Existenzen durch den unglückseligen Tod eines Fremden. Wäre er vorbeigefahren wie die wenigen Siedler in der Gegend für gewöhnlich, sie befänden sich jetzt relaxt auf der Rückreise nach San Marcos und Austin und würden zurück in ihre Lebensrollen schlüpfen.

„Wir fackeln die Hütte ab, samt dem Wagen."

Miller und Spencer glaubten, sich verhört zu haben. Wortgleich vergewisserten sie sich. „Du willst was, die Bude abbrennen?"

„So habe ich es gemeint."

„Keine gute Idee, du ziehst alle Aufmerksamkeit hierher. Der Feuerschein wird meilenweit zu sehen sein", gab Miller beinahe entrüstet zu bedenken.

„Bis das soweit ist, sind wir längst um die Kurve. In der Brandruine werden sich verwertbare Spuren nur sehr schwer finden lassen. Darauf läuft es nämlich hinaus. Keine Fingerabdrücke, keine DNA-Profile, auch sind verkohlte Leichen nicht so leicht zu identifizieren, wenn überhaupt. Das zieht die Ermittlungen vielleicht so lange hin und erhöht den Aufwand derart, dass die Sache eines Tages ganz zu den Akten gelegt wird."

„Wir könnten ihn doch wegschaffen. An einen Fluss oder ans Meer und dort seinen Wagen abstellen. Es sähe nach Selbstmord aus und er bliebe unauffindbar. Solche Abgänge ereignen sich jeden Tag. Seine Leiche vergraben wir in einer unwirtlichen Gegend, wohin sich nie ein Mensch verirrt."

Spencer folgte Kadamski und Miller nervös. Er hatte die Ellenbogen aufgestützt und tippte die gespreizten Finger in unruhigem Takt aneinander. Je länger er darüber nachsann, den Deutschen als verkohlte Leiche enden zu lassen, bedrückte ihn diese Vorstellung. Zwar trug er an dessen Sterben keine direkte Schuld, eben darum müsste er sich jetzt nicht damit belasten, ihn im Tod unwürdig behandelt zu haben. Er rang mit sich und wünschte sich am ehesten, aus der verzwickten Lage einfach abzuhauen. Wie er aus Montana die Flucht ergriffen hatte.

„Paul, mit einer Leiche im Kofferraum umherfahren und sie auch noch verbuddeln, das birgt zu viele unwägbare Momente. Wir können in einen Verkehrsunfall geraten oder beim Graben von jemanden beobachtet werden, von dem wir nicht die geringste Ahnung haben, dass dieser Jemand am gleichen Ort zur gleichen Zeit unterwegs ist. Nein, das ist mir zu risikovoll. Siehst du das auch so, Frank?“

„Schon, aber Marks Leiche verbrennen, das ist schändlich. Es widerstrebt mir.“

Kadamski spürte den Anwurf körperlich. Bis eben suchten sie rational nach einem Ausweg. Jetzt kam aus dem Nichts Frank mit moralisch-ethischen Bedenken. Sollten sie darüber erst noch diskutieren wollen, wäre es sinnvoller, die Polizei umgehend herbeizurufen. Emotional eingefärbten Überlegungen entsprangen selten die besten, abgeklärtesten Lösungsvarianten. Sie würden Fehler begehen und sehr bald auffliegen.

„Ich kann deinen Einwand verstehen, Frank, und glaube mir, es lässt mich überhaupt nicht kalt, Mark dort liegen zu sehen. Aber es ist der denkbar ungeeignete Augenblick für Gefühlsausbrüche. Den heben wir uns auf.“ Kadamski erwartete Widerspruch. Der blieb aus. „Mark kann es egal sein. Uns aber nicht, wollen wir dem Verhängnis entkommen.“ Er erhob sich demonstrativ. „Wir sollten uns beeilen. Ein Feuerzeug habe ich dabei. Frank, du fährst das Cabrio hinter die Hütte und stellst es an der Wand ab. Miller, du schnappst dir die Getränkekühlbox und kümmerst dich um Jerimez. Er sollte uns keine Probleme bereiten, er hat gesehen, dass alles unglücklich passiert ist.“

Spencer bückte sich zu Heidberger hinunter. Es kostete ihn Überwindung, in den Hosentaschen nach dem Autoschlüssel zu greifen. Er befürchtete das Unwahrscheinliche, Mark könnte auf die intime Berührung brüsk reagieren. Welch ein Blödsinn, redete er sich mutmachend ein. Den Schlüssel erwischte er beim ersten Eingriff. Danach kam es ihm vor, er hätte gestohlen. Betreten schlich er aus dem Kassenraum.

Der erste kräftige Luftzug vor der Tür fegte die Seele frei von quälender Last. Im Anblick des blauen Cabrios war Spencer zurück in der klaren Realität. Frei von jeglicher Wolke strahlte die Nachmittagssonne, legte einen flirrenden Schleier über das Gelände ringsum die Petrol Station.

Auf dem Beifahrersitz des BMW dümpelte eine leere Wasserflasche. Spencer öffnete das Handschuhfach. Eine Sekunde überlegte er, ob er das Smartphone und die Brieftasche an sich nehmen sollte. Er klappte das beladene Fach zu. Kräftig auf das Gaspedal tretend stieß er den Wagen nach hinten, bremste nach einem kurzen Satz scharf und bewegte den Knauf der Automatikschaltung auf *Drive*. Er lenkte den BMW nach rechts an der Ostseite der Tankstelle vorbei und dann hinten dicht an die Wand. Den Autoschlüssel warf er neben die Wasserflasche. Bereits die Fahrertür zum Aussteigen weit genug offen, hielt er abrupt inne. Das war keine gute Idee mit dem Schlüssel. Warum sollte Heidberger diesen draußen im Wagen zurückgelassen haben? Er entschloss sich, dem Deutschen den Schlüssel in die Hand zu drücken.

Spencer betrat den Kassenraum. Die anderen waren nach nebenan verschwunden. Zwei Schritte vor ihm lag Heidbergers Leichnam unverändert. Nur der Stuhl, der den Deutschen zu Fall brachte, hatte einer der Jungs aufgestellt und zurück an den Tisch beordert.

Die linke Hand fühlte sich noch warm an, aber leblos. Er drückte die Finger um den Schlüssel zusammen und hielt seine eigene Hand länger umschlossen, als es das bedurfte. Spencer verabschiedete sich. Die Unglückssekunde konnte durch nichts getilgt werden. Hätte er sie vermeiden können? Warum musste sich der Grünschnabel auch so aufspielen, ihnen vorwerfen, sie würden sich unredlich benehmen, abseits moralischer Korrektheit. Was wusste er denn, welchen Preis sie entrichteten, täglich wider konservierten Normen und konservativen Moralbilder zu leben?

Im Nebenraum waren Paul, Lato und Jerimez damit beschäftigt, auf das Bettgestell alles brennbare Material zu häufen, das sich in der Tankstelle zusammenklauben ließ.

„Das sollte genügen", unterbrach Kadamski. „Erfassen die Flammen erst die trockenen Holzwände, brennt die Bude wie Zunder. Wir sollten schleunigst viele Meilen zwischen uns und der Feuerstelle bringen. Also los."

Paul und Jerimez stürzten zur Tür und liefen Frank in die Arme.

„Kehrt marsch, wir brechen auf", empfing ihn Miller.

„Hey, hey, wartet mal, ihr wollt Mark doch nicht auf dem Boden liegen lassen?", schrie Spencer an Miller vorbei Kadamski zu.

Sie erstarrten jeder in seiner augenblicklichen Bewegung.

„Ich meine, wir sollten ihn wenigstens auf das Bett legen. Es sähe auch eher nach Selbstmord aus", intervenierte Spencer.

„Dann holt ihn rein", entschied Kadamski kurzentschlossen.

Verdutzt blickten sich Frank, Paul und Jerimez an. Wollte Kadamski nicht mit anpacken?

„Lato, du kommst mit, oder sollen wir ihn herzerren?"

Millers Worte klangen bestimmt und eindringlich. Kadamski wollte schon beginnen, das brennbare Material rundum an den Bettrand zu verteilen, Platz zu machen für den Toten. Er hielt das Erotik-Heft „Gay Guide" in der Hand, in welchem er vorhin geblättert hatte. Die Boys in ihren aufreizenden Posen befeuerten die Lust in den Lenden. Achtlos warf er es jetzt ans Bettende.

„Eine Minute, ich will das Zeug hier noch verteilen."

Spencer stellte sich rücklings zwischen die Beine zur Leiche und hob diese an. Als wollte er eine Schubkarre hinter sich herziehen. Miller und Kadamski griffen jeweils unter Schulter und Arm. Jerimez stützte mit den Händen den Kopf, damit dieser nicht nach hinten abkippte. Sie schwiegen und achteten darauf, mit dem toten Deutschen nicht anzuecken.

„Fahrt den Wagen vor, ich komme gleich nach", zerriss Kadamski die Stille.

Eilig verließen die anderen drei die Tankstelle. Miller stoppte kurz vor dem kältelosen Kühlschrank, öffnete die Tür und nahm die Kühlbox heraus. Im Ford Edge sitzend kam es ihnen vor, sie hätten in einer Raumkapsel Platz genommen und könnten es kaum erwarten, von einem unwirtlichen Planeten zu entschwinden. Miller startete den Wagen für den irdischen Abflug.

Auf Höhe von Heidbergers Kopf hockte sich Kadamski hin. Er bekreuzigte sich. Viele Jahre war das ausgeblieben. Im Angesicht des Todes überkam ihn der Kreuzschlag, seine Fürbitte bezeugend, Heidberger möge es auf der anderen Seite des Lebens gut erwischen.

Er knüllte Papier zusammen und vermengte es mit Holzsplittern, einigen verklebten Bierdeckeln und verrotteten Donut-Schachteln. Die kleine Flamme des Feuerzeugs leckte gierig an der leicht entzündlichen Beute. Der Schein übergoss Heidbergers kalkweißes Gesicht mit lebendiger Farbe. Ein unwirklicher Anblick. Bevor das Bild versengt wurde, löste sich Kadamski von dem auflodernden Feuer. Hitzig griff es um sich, fraß sich in das Bettlaken und die Matratze.

Kadamski stürmte durch den Kassenraum ins Freie. Es würde nicht lange dauern, bis der verwitterte Holzkasten von Tankstelle komplett in Flammen stand und von diesen ausgelöscht wurde. Er warf die schmale Eingangstür hinter sich zu. Das Pappschild *Closed* schaukelte hektisch.

Blubbernd wartete der Ford Edge im Schatten des Dachvorbaus. Die anderen hatten Kadamski den Beifahrersitz zugedacht. Kaum saß er angeschnallt im Raumschiff, gab er den Start frei.

„Jetzt nichts wie weg hier."

Miller steuerte den Wagen über den grob knirschenden Schotter auf die öde Landstraße zu. Im Rückspiegel sah er ersten

Qualm durch das halboffen angestellte Fenster des Nebenraums aufsteigen. Gegen das gleißende Sonnenlicht schob er die Spiegelglas-Brille ins Gesicht und gab Gas.

Die auf dem Bett aufgewachsenen Flammen züngelten schnell nach der nahen Holzwand und hangelten sich an ihr empor. Unter dem Dach schwirrten sie zu allen Seiten aus. Die heiße Brunst peitschte das Flammenmeer immer wilder auf. Schon bald brachen die ersten Ausläufer in den Kassenraum ein. Sie hingen sich an der Tür neben dem Tresen auf, sprangen zu diesem über. In einem höllischen Veitstanz vereinten sich der sperrige Verkaufstisch, der alte Kühlschrank, die Regale an der Wand und die Kaffeemaschine. Das Glas der Vitrine zersprang ächzend in der entfesselten Hitze.

Auf dem Tisch schmolz der rosarote Hartwachs des kleinen Schweins.

ENDE